リビルドワールド VII
Rebuild World
超人
Author ナフセ
Illustration 吟
Illustration of the world わいっしゅ
Mechanic design cell
The advanced civilization that once dominated the world has crumbled away, and a long time has passed. People rallied the fragments of wisdom and glory scattered all over the world and spent a long time rebuilding human society.

『私が対応するからアキラは黙っていて』
『わかった』
やがて日が昇る。
わざわざ屋根に上がる価値がある光景を、
アキラ達はゆっくり楽しんだ。
しかしそれを邪魔する者が現れる。

「よう。そっちも日の出を見に来たのか?」

>シロウ SHIRO
アキラが都市間輸送車両内で出会った少年。

>ハーマーズ HARMERS
シロウの護衛。坂下重工所属。

>ヒカル HIKARU
クガマヤマ都市職員。キバヤシの部下。都市広域経営部所属。

「アキラの担当、頑張ってくれ」

>Author : nahuse >Illustration : gin >Illustration of the world : yish >Mechanic design : cell

リビルドワールド VII

Rebuild World

超人

The advanced civilization that once dominated the world has crumbled away, and a long time has passed. People rallied the fragments of wisdom and glory scattered all over the world and spent a long time rebuilding human society.

Author ナフセ Illustration 吟
Illustration of the world わいっしゅ Mechanic design cell

Contents

第191話　入院中の出来事

望み望まれ、願い願われ、殺し合い、ユミナを殺し、アキラは生き残った。

スラム街の路地裏から飛び出してハンターとなった少年は、それまでも、それからも、多くの者を殺してきた。スラム街でも、荒野でも、相手が人でもモンスターでも、自分を襲う敵を殺して、勝って、生き延びて、少年は成り上がった。

何も持っていなかった子供は多くのものを得た。健康な体。清潔な服。安全な食事。屋根のある家。強力な武装。桁違いの大金。

そして、死なせたくない、殺したくないと想《おも》う者。その者すら殺し、アキラは生き延びた。

ユミナの死を、アキラは悲しまないようにしようとした。自分で殺しておいて、悲しい、などと何をほざく。そんな傲慢なことは許されない。そう思っていた。

しかし病室で目覚めたアキラは、シズカに抱き締められて、それを許された。ユミナが死んだことを、悲しんでも良いと。

許しを得たアキラは声を上げて泣いた。自分で殺した者の死を、大切な人が失われたことを、心から悲しんで。

人が死ぬことは、大切な人が失われることは、とても悲しいことなのだ。その理解と実感。それもまた、アキラが得たものだった。

スラム街の路地裏では得られなかったものを得て、アキラの戦いはこれからも続く。

◆

泣いて泣いて泣いて、アキラは溜《た》まっていた感情を涙と一緒に流し終えた。シズカに抱き締められながら大きく息を吐く。

シズカはアキラが泣き止《や》んだことに気付くと、アキラをゆっくりと離した。そしてアキラの顔を見て、これなら大丈夫だろうと思って優しく微笑《ほほえ》んだ。

たっぷり泣いて落ち着きを取り戻したアキラが、少し気恥ずかしそうな表情で言う。

「……えーと、その、ありがとうございました。随分気が楽になったと思います」

「どう致しまして。元気になったのなら良かったわ。それじゃあ、私はそろそろ帰るわね。ちょっと雑談でもと思ってたけど、予定の面会時間はもう過ぎてたわ。結構、早く過ぎちゃったわね？」

それはアキラが、それだけ長い時間、シズカに抱き締められて泣いていたということでもある。それに気付いたアキラは、思わず笑ってごまかすように笑顔を少しだけ固くした。

シズカはそのアキラの様子を微笑ましく思いながら安堵《あんど》した。憂いや強がりなどを感じさせない普通の笑顔だったからだ。

ユミナの死から完全に立ち直った訳ではないのだろう。それでもこうやって笑えるぐらいには、前を向けるようになった。良かった。シズカはそう思い、自分がその手助けを出来たことを嬉《うれ》しく思い、その機会を得られたことにも感謝した。

「アキラはしっかり休むこと。また元気な顔を見せてちょうだい。今度は私のお店でね？」

「はい。分かりました」

しっかり頷《うなず》いたアキラに、シズカも微笑んで頷いて返す。そして病室を後にした。

そこでアキラがアルファの視線に気付く。

『……何だよ』

『ん？　ちょっとね』

アルファがアキラを抱き締める。しかしアルファの姿はアキラの拡張視界上に存在するだけのものだ。アキラの方には抱き締められた感触など無い。豊満な胸をアキラの顔に押し付けたことで、その柔らかさの証明のように変形した膨らみも、アキラの視界を狭くする効果しかなかった。

『……アルファ。だから何だ？』

怪訝《けげん》な顔を浮かべたアキラに、アルファはアキラを離してから、からかうように少し大袈裟《おおげさ》に溜《た》め息《いき》を吐いた。

『やっぱりちゃんと触れないと駄目みたいね。両手だけじゃ足りないか』

アキラは更に怪訝な表情を浮かべたが、すぐに何を言われているのかに気付いた。

クズスハラ街遺跡での戦いで両手を失った今のアキラには、医療用の義手が取り付けられている。そしてその義手であれば、擬似的にではあるが、アルファに触ることが出来るのだ。

その手でアルファの豊満な胸に触れた時のことを、その柔らかな感触を、その時の自分の反応を思い出し、アキラが恥ずかしさをごまかすようにベッドに横になり、掛けシーツを深く被《かぶ》って顔を隠す。

『疲れたから寝る！』

『分かったわ。ゆっくり休んで』

アキラもシズカに抱き締められたことが嫌な訳ではない。むしろ嬉しく思っており、そのまま泣かせてくれたことに感謝している。それでも、そのことを改めて指摘されると、アキラも恥ずかしさを覚えた。

そして、そのような感情を覚えることが出来るぐらいには、ユミナの死から立ち直っていた。

◆

泣き腫らした顔からむくみが取れて、恥ずかしさも薄れて落ち着きを取り戻した頃、アキラは担当医から自分の体の説明を受けていた。

体は両手が無いことを除けば完治している。よって退院しても問題は無いのだが、アキラの入院はイナベの都合による軟禁も兼ねているので、退院の時期はそちらで調整してほしい。担当医はそう前置きした上で、欠損した両手の扱いについてアキラに尋ねてきた。

このままにする。義手に換装する。再生治療を受ける。アキラの選択は、大まかにこのいずれかになる。

両手が欠損したままでも、義手や強化服を適切に使用すればさほど問題は無い。今アキラの両手には、質感が白いゴムやプラスチックであることを除けば、自在に動き触覚もきちんと感じられる高度な義手が取り付けられている。日常生活では同様の義手を使えば事足りる。

戦闘では強化服を着用すれば良い。両手の部分の中身が空でも、高性能な強化服であれば戦闘に支障は出ない。義手に換装するか再生治療にするか決めるまで、当面はこのままにするという選択もアキラには可能だった。

身体の欠損部位を補う為《ため》の義手ではなく、体の一部を機械に置換するという意味での義手には、生身では得られない多くの利点がある。

見た目は生身と同じで、本来は超人しか得られない筋力を機械的に得ることも出来る。人体の構造を逸脱、或《あるい》いは超越した形状にも出来る。関節を増やした上で360度を超えた可動域にすることも、銃やブレードに変形する手にすることも可能だ。

壊れても、大破損失しても、代替部品を用意しておけば新品に取り替えるだけで済む。治療ではなく修理だからこそ可能な即時性は、生身では高価な回復薬を大量に服用しても困難であり、機械化の大きな利点となる。

担当医の男はアキラにそこまで説明したところで、さりげなく、厳密には自分ではそのような自然な感じを出せていると思っている半分押し売りのような雰囲気で話を続ける。

「それで、どうでしょう。義手にするなら今はちょうど良《い》い機会ですよ？　体を部分的に義体化して活躍している高ランクハンターの方も多いですが、機械化の為に無事な部位をわざわざ切り落とす人は稀《まれ》ですしね。大抵はこういう機会にやるんです」

「は、はあ……」

「それに今回の治療費はクガマヤマ都市から出るんです。換装費用だけでなく義手そのものの代金も治療費に含めてしまえば、非常に高価な義手を事実上無料で手に入れられます。こんな機会は又と無いと思いますよ？　災い転じて福となすって言いますし、どうです？　ここは福にしておきませんか？」

「い、いえ、俺は再生治療にしておきます」

アキラは担当医から妙な圧を感じて少々押されながらも、しっかりとそう答えた。

「………そうですか。分かりました。では再生治療の方法ですが、大まかに二つありまして……」

担当医の男は笑顔を絶やさずに、しかし何らかの勧誘に失敗した者が浮かべる表情で、そのまま話を続けていった。

再生治療の場合は欠損部から新たに生やすか、培養した手を手術で結合することになる。どちらの方法にも利点と欠点があるが、生やす場合は再生中に両手が不自由になりやすく、培養の方であれば培養中は義手を使えば普通に手を動かせるということもあり、アキラは後者を選択した。

早速処置が始まる。まずは両腕の前腕の先を切除して培養の土台にする。切断面には、義手の換装処置でも用いられる神経伝達情報の読取装置が付けられる。その上に今までも使用していた医療用の白い義手が付けられた。これにより培養中の手の方にも神経伝達情報が伝わり、適切に培養された手は移植手術の直後でも、違和感無く動くようになる。

この前処理は10分ほどで終了する簡単なものだ。簡単なので、アキラの意識がある状態で手早く行われた。麻酔のおかげで痛みは無いが、アキラも流石《さすが》に目を逸《そ》らしていた。

「手の培養には1週間ほど掛かります。その間、義手は適度に動かしたり、いろいろ触って感触を確かめたりしてください。入力情報が多い方が培養が上手《うま》くいく可能性が高くなります。移植手術後の問題も大きく軽減されます。義手に違和感などがありましたら連絡をお願いします。お疲れ様でした」

説明を終えて、アキラの腕の切除部を保管容器に入れて帰ろうとした担当医が、そこで付け加える。

「ああ、今の内に戦闘用の義手の使い勝手を試すのも良いと思いますよ？　興味が湧いたら連絡してください。手からレーザーが出るやつとかもあるんです。すぐに試せますよ？」

「か、考えときます」

いいえ、に限りなく近いアキラの返事にも、担当医の男は少しだけ嬉しそうな様子を見せていた。そして軽く会釈をして病室から出ていった。

アキラが自分の両手を見る。

「……いや、レーザーはちょっと」

『慣れてしまえば便利で手放せなくなるかもしれないわよ？　アキラ。ちょっと手を前に伸ばしてみて』

アキラが言われた通りに右手を前に伸ばす。するとその右手から凄《すさ》まじい光線が放たれた。エネルギーの奔流が射線上の物を消し飛ばし、部屋の壁に外まで続く大穴が穿《うが》たれる。

勿論《もちろん》、これは破壊の映像をアキラの視界に拡張表示したものだ。現実の病院は無傷。掠《かす》り傷一つ付いていない。それでもその使用感を、アキラに分かりやすく伝えることは出来た。

『こんな感じかしら。アキラ。どう？』

『……レーザーを撃ちたい時はレーザー砲を買うよ。手から出す必要は無いだろう。こんなものが手から出るようにして、うっかり撃っちゃったらどうするんだよ』

『その辺は私が管理するから大丈夫よ』

『俺との接続が切れて管理できない時もあるだろう。それにそんな手じゃ落ち着いて風呂にも入れねえよ。駄目だ』

『仕方が無いわね。分かったわ』

アキラの視界が元に戻り、壁も無傷に戻った。何となく安心したアキラに、アルファがアキラの側まで行って笑って言う。

『それじゃあ、生身の手に戻るまでの短い間だけだけれども、私の体をたっぷり堪能《たんのう》してちょうだい』

『…………触らない』

『遠慮しなくて良いのに』

からかうように笑うアルファから、アキラは少し顔を赤くして目を逸らした。

◆

一応アキラは軟禁を兼ねた入院中であり、面会人の数も時間も限られた状態になっている。その制限の本日分の残りを使って見舞いに来たのは、エレナとサラだった。

すっかり元気になったように見えるアキラの様子を見て、エレナ達はまずは安堵した。そしてアキラの近くに座ると、まずはエレナが笑って話し始める。

「1週間も眠ってて、ようやく目を覚ましたところだって聞いてたけど、元気そうで良かったわ」

「御心配をお掛けしました。よく寝たおかげで体調はバッチリです。まあ、両手は再生治療が終わるまでこのままなんですけどね」

アキラはそう言って、両手を失ったことを全く気にしていないと伝えるように、自分の白い義手を軽い感じでエレナ達に見せた。

サラがその白い手を興味深そうに見る。

「高そうな義手だけど、どんな感じなの？」

「凄《すご》い感じです。普通に動きますし、触った感触とかもしっかり分かるんです。もうこれで良いんじゃないかってぐらいですね」

「へー。ちょっと触ってみても良い？」

「どうぞ」

サラがアキラの義手を握ったり撫《な》でたり、両手で挟んだりする。義手の手触りを楽しむようなその動きに、そして一緒に伝わるサラの手の感触に、アキラは気恥ずかしくなった。

「えっと、その、すみません。それぐらいでやめてもらえると……」

そこでサラがアキラの手を自分の胸に押し付けた。警備上の問題もあってエレナもサラも私服だ。薄い布越しでも、柔らかな胸の感触はアキラにしっかり伝わった。

驚いて手を引っ込めた少し顔の赤いアキラを見て、サラが楽しそうに笑う。

「本当にしっかり伝わってるみたいね」

「な、何するんですか」

「まあ良いじゃない。アキラの手も私の胸も似たようなものよ」

「そ、そうかもしれないですけど」

サラの胸は、消費型ナノマシン系の身体強化拡張者であるサラの、ナノマシンの補給庫となっている。その豊満な膨らみはナノマシンの内容量に比例しており、ある意味でアキラの義手と同じ偽物だ。

しかし見た目も感触も生身と全く変わらない。その胸に触れたアキラの反応も、それを分かりやすく示していた。

エレナが大袈裟に溜め息を吐く。

「サラ。アキラをからかうのはそれぐらいにしておきなさい。アキラは病み上がりなのよ？」

「はいはい。悪かったわ。アキラ。ごめんね？」

「あー、はい」

からかわれたものの、アキラはサラの軽い様子に、厳密にはサラの敢《あ》えて冗談っぽく明るく振る舞う態度に、それだけを答えた。

そのまま軽く雑談する。そこには、その前の遣《や》り取《と》りも含めて、本題に入るタイミングを窺《うかが》っているような雰囲気があった。

そして先にその雰囲気を改めたのはアキラだった。姿勢を正してエレナ達に向き合う。

「エレナさん。サラさん。あの時助けてくれて、本当にありがとうございました。おかげで死なずに済みました」

丁寧に頭を下げたアキラに合わせて、エレナとサラも楽しい雑談の雰囲気を改めた。

「どう致しまして。私もサラもアキラを助けられて良かったわ」

「まあ、ちょっとギリギリだったけど、でも間に合ったんだし、先輩の面目は立ったってことにしておいて」

サラはそう言って、視線をエレナに送った。

どちらが言うか。それを問われていることぐらいはエレナも理解する。そして、自分とサラの二択である以上、チームの交渉役である自分の役目だろうと思い、口を開く。

「ユミナのこと、シズカから聞いたわ」

アキラがわずかに硬くなった。エレナが続ける。

「正直に言って、何て言えば良いのか分からない。詳しい事情も知らないし、私達が知って良いことかどうかも分からない。分かるのは、軽く聞くことでもないし、聞き出すようなことでもないってことぐらい。だから、聞いてほしいのなら幾らでも聞くけど、私達から聞き出すことはしないわ」

アキラはエレナの話を黙って聞いている。

「でもだからって、黙ってるだけってのは違うと思ったの。だから、これだけは言っておくわ」

エレナが自分とサラの気持ちをアキラに告げる。

「アキラが無事で良かった。これが私達の本心よ」

「…………、はい」

ある意味で、ユミナは死に自分だけが助かったとも捉えられるその言葉に、アキラは感謝の言葉は返せなかった。

それでも、エレナ達が自分を気遣ってくれたことに感謝して、アキラはそれだけを答えた。

ハンター稼業は過酷だ。大切な人を失うことも珍しくはない。その経験を既に何度か乗り越えた者と、今回が初めての者の違いがそこにはあった。

アキラもエレナ達も、言っておかなければならないことを言い終えた。申し合わせたように小さく息を吐いて雰囲気を和らげる。

「まあ、また泣きたくなったら、私もサラも胸ぐらい貸すから、遠慮無く言ってちょうだい。聞いた限りだと、シズカの胸を随分長い時間堪能してたみたいだしね」

エレナはからかうように笑ってそう言った。アキラが思わず吹き出す。

「エ、エレナさん。そういう言い方は……」

「でも嫌じゃなかったんでしょ？」

「……そういう聞き方、ズルくないですか？」

「まあ良いじゃない。顔をうずめる胸の大きさには好みもあるんでしょうけど、都合の良いことに胸の大きさを変えられる人がここにいる訳だしね」

話を振られたサラが笑って話を合わせる。

「エレナ。私の胸には私の命が詰まっているようなものなんだけど、扱い軽くない？」

「何言ってるの。そういう大切なものを貸すってことが信頼の証《あかし》ってものでしょう？」

「なるほど。それじゃあアキラ、堪能してみる？」

サラはそう言って、アキラを向かえるように両手を広げた。アキラが少し顔を赤くして答える。

「しません！」

そのどこか子供っぽいアキラの反応を見て、エレナ達は楽しげに笑っていた。


その後もエレナ達はアキラと冗談交じりの雑談を続けた。楽しい時間ほど速く過ぎる。面会終了の時間となるまですぐだった。

帰る前にエレナが軽く釘《くぎ》を刺す。

「それじゃあ私達は帰るけど、アキラはちゃんと休むこと。暇だからって病室から抜け出して荒野に出ちゃ駄目よ？」

冗談のようなその言葉に、アキラも笑って答える。

「分かってます。ちゃんと休みます」

サラも軽い調子で言う。

「まあ、荒野に出るのが我慢できない時は、私達に声ぐらいは掛けてね。付き合うから」

「出ません。エレナさんもサラさんも、そんなに釘を刺さなくても良いじゃないですか」

「それはまあ、ちょっと目を離すと、アキラが病院送りになってるからじゃない？」

「はいはい。ちゃんと休んでますよ」

サラの反論し難《にく》いその言葉に、アキラは苦笑を浮かべてそう答えた。


自宅への帰り道、サラが少し真面目な顔でエレナに言う。

「……ねえエレナ。アキラのことだけど、あの様子なら、大丈夫よね？」

「多分ね。ちょっと調子の良過ぎたサラに合わせてくれただけだったかもしれないけど、そういう真似《まね》が出来る時点で、それだけ立ち直ったってことよ。本当に駄目ならそんな真似は出来ないわ」

「……そうよね」

アキラがユミナの死をまだ引《ひ》き摺《ず》っているのは明白だ。だがエレナもサラもそれで良いと思っている。友人が死んだのだ。大したことではなかったかのように、すぐに立ち直る方が不健全にも思えた。

二度と立ち上がれないほどでなければ大丈夫。ゆっくり時間を掛けて起き上がれば良い。必要ならば手も貸すし支えもする。そうやってゆっくり立ち上がれば良い。エレナ達はそう考えていた。

誰かの死に慣れ過ぎてはいけない。その死に何も感じないほど普通のことにしてしまえば、荒野に人間性を捨てたモンスターに成り下がる。そしていずれはモンスターとして駆除される。

しかしある程度は慣れなくてはならない。耐え切れないほど過剰に辛《つら》く感じてしまえば、その死に自身の心を殺されて、そのまま自分も死んでしまう。

死に鈍感にならず、だが過敏にもならず、生と死に折り合いをつけて生きていくのがハンターだ。エレナ達はそう思っていた。

その思想をアキラに押し付ける気は無い。それでも、アキラがユミナの死に押し潰されず、取り込まれず、しっかりと受け止められるようになることを、エレナ達は願っていた。

◆

アキラの病室は富裕層向けの個室ということもあり、そこそこ広い浴室も備わっている。浴槽の大きさ以外は自宅の設備より数段上の入浴体験を、アキラは大きく息を吐くほどに堪能していた。

『……入院中にこれに慣れちゃったら、家の風呂に入れなくなりそうだ。家の浴室も改装しないと。幾らぐらい掛かるんだろ』

いつものように一緒に入浴しているアルファが、その裸体を晒《さら》しながら言う。

『装備の再調達に入院費用もあるし、アキラが期待する豪勢な浴室に改装できるかどうかは分からないわね』

『……いや、装備の代金はともかく、入院費は都市が支払うって話だろ？』

『厳密にはイナベが保証したのは治療費よ。それが入院費込みなのかどうかは、まだ確認していないわ』

『……いや、そうだけど、でもその辺は……』

『それに更に高性能な装備にすれば、代金も相応に高くなる。余ったお金で浴室を豪勢にする分にはアキラの好きにして良いけれど、浴室の改装費用の為に装備の性能を抑えるような真似をするのなら、流石に私も止めるわよ？』

アルファはアキラに顔をすぐ近くまで寄せながらそう言った。

アキラが唸《うな》る。言いたいことはアキラにも分かる。装備の性能はまだまだ足りていない。クズスハラ街遺跡での戦いでは、30億オーラムも使って装備等を準備したのにもかかわらず死にかけたのだ。その費用の一部を浴室の改装代に回して装備の質を下げていたら、下手をすれば死んでいた恐れがあった。

アキラも戦う為に生きている訳ではない。しかし死にたくはないし、少しは良い生活もしたい。良い風呂は欲しいが、その為に死んでは何の意味も無い。

『……まあその辺はゆっくり考えるよ。風呂より装備が優先だってことは、俺も分かってるって』

『それなら良いわ』

実在していれば肌が触れ合うほど近くでアルファが笑う。そのアルファを、アキラは義手で押して少し離した。

『離れろ。狭いだろ』

『そう？　いつもこれぐらいじゃない？』

『……良いから、離れろ』

『はいはい。分かったわ』

アルファは言われた通りに少し離れた位置に腰を下ろした。それでも飛び切りの美女が裸で側にいるという刺激的な状況に違いは無い。

アルファが完全に視覚的な存在で、何をやっても触れられないのであれば、たとえ肌が触れ合うほど側にいても、アキラも全く気にしないことが出来た。

しかし今は義手という限定的な部分だけではあるが、アルファに触ることが出来る。それがアキラに、アルファがそこにいる、という感覚を強めさせていた。

　勿論、それはアルファがアキラの動きに合わせて自身の映像を変化させて、そう装っているだけにすぎない。義手であろうと本来であればすり抜ける。

　それでもアルファはそうした方がアキラの意識を刺激できると分かっており、そうしていた。

　湯の火照りなどで顔を少し赤くしながら、自分から微妙に目を逸らしているアキラの様子を見て、アルファは嬉しそうに笑っていた。

◆

　翌日、アキラの病室にキバヤシがやってくる。キバヤシの非常に機嫌の良さそうな顔を見て、アキラは逆に嫌そうな表情を浮かべた。そのアキラの態度にも、キバヤシは楽しげだった。

「酷《ひで》えな。見舞いに来てやったってのに、普通そんな顔するか？」

「だったら見舞いに来た顔をしろよ。それが1週間も意識不明でようやく目を覚ましたやつに向ける顔か？」

「何言ってんだ。意識不明で病院送りなんて、アキラならいつものことだろ？」

　微妙に言い返せない内容に、アキラは大きな溜め息を吐いた。

　キバヤシはそのアキラの反応も楽しみながらベッドの側に座り、大きく笑って話し出す。

「それにしても、今回もド派手にやったな！　黒狼《こくろう》の部隊でも倒せなかったあのデカいやつと一人で戦った上に倒し切るなんて、最高だ！　無理、無茶、無謀！　どれも完璧だ！　流石はアキラだ！　楽しませてもらったぜ！　俺もお前にバッチリ準備させて送り出した甲斐《かい》があったってもんだ！」

　欠片《かけら》の世辞も無く本心で褒められている。アキラはそう思いながらも、それはキバヤシをそこまで喜ばせるほど大変な目に遭った証拠でもあるので、全く喜べなかった。それでも言うべきことは言っておこうと思い、それを言う。

「……あの準備が無かったら危なかったのは確かだから、そこだけは礼を言っておく」

「気にするな！　俺とお前の仲じゃないか！」

アキラは返事の代わりに、また大きな溜め息を吐いた。

キバヤシが気を取り直して話を続ける。

「まあ何だ、名目であれ口実であれ見舞いに来たのは本当だ。だから見舞いの品の代わりに、お前が知りたそうなことをいろいろ教えてやろう。お前がこんな目に遭ったそもそもの原因の、都市幹部の権力争いはどうなったんだとか、知りたいだろ？」

「……そうだな。俺の無理無茶無謀で楽しんだんだろ？　その分ぐらいは話してから帰れ」

「任せろ。それじゃあ、まずはイナベとウダジマの件だが……」

キバヤシは楽しげに話し始めた。

イナベとウダジマの派閥闘争、権力争いは、イナベ優勢の状況で現在も続いている。つまり自身の勢力の巻き返しというイナベの目的は、今回の騒ぎの結果を以《もっ》て達成された。

これにはヤナギサワがツバキとの取引に成功したことが大きく関わっている。

まず、クズスハラ街遺跡の第1奥部はその全域がヤナギサワの担当区画になった。これにより派閥闘争の主要素であった第1奥部の担当区画の争奪戦は、完全に消えて無くなった。

もっともヤナギサワも第1奥部の細かい管理を自分でする暇など無い。そこで後方連絡線を境に、ツバキハラ方面の側の管理をイナベに、逆側の管理をウダジマに投げた。これがイナベとウダジマの立場を大きく分けることになる。

第1奥部はクガマヤマ都市により一度その全域が立入禁止区域に指定されて封鎖された。今は部分的に解除されているが、ツバキハラ方面の封鎖は今も続いており、都市の防衛隊の大部隊による厳重な警備が敷かれている。

立ち入れない以上、そこにどれだけ高価な遺物が眠っていようとも、遺物収集場所としての価値は無い。その無価値な場所の管理を担当させられるイナベは、本来ならばそこで終わっていた。

しかしその場所にはツバキの管理区域がある。そしてヤナギサワはツバキとの取引により、クガマヤマ都市がツバキハラ方面の封鎖を徹底するのと引き換えに、その諸経費をツバキにオーラムで請求できる契約を結んでいた。

勿論、現代の企業通貨でしかないオーラムなど、旧世界の存在であるツバキは持ち合わせていない。よって支払に充てるオーラムを手に入れる必要がある。そこでもヤナギサワはその手腕を発揮した。ツバキにクガマヤマ都市との貿易を認めさせたのだ。

ツバキは都市に旧世界の遺物を売り、その代金としてオーラムを得る。そして都市と結んだツバキハラ方面の封鎖費用を、オーラムという企業通貨で支払う。

この金の流れが都市にもたらす利益は莫大《ばくだい》だ。その利益の大半をヤナギサワが持っていくとはいえ、ツバキハラ方面の管理の担当者としてその利権に関わるイナベにも、桁違いの利益をもたらす。

これによりイナベとウダジマの派閥争いは形勢逆転。一気にイナベの優勢となった。

そこまでの話をアキラは興味深そうに聞いていた。しかしそのアキラの反応は、キバヤシの感覚では話の内容に比べて非常に薄いものだった。もう少し反応が欲しいところだったキバヤシが、分かっていないと言わんばかりに軽く首を横に振る。

「アキラ。俺は今結構凄いこと話してるんだぞ？　欠片も興味がねえって態度なら、お前はそういうやつだよな、って感じで逆に分かるけどさ、多少は興味があるのなら、もうちょっとこう、おおって感じの反応はねえのかよ」

「いや、そう言われても」

「よし。見舞いの品の代わりに、その辺もしっかり補足してやろう。ちゃんと聞いとけよ？」

貴重な情報を提供してやっているというように、キバヤシは得意げな顔で話を続けた。

クガマヤマ都市がツバキから遺物をオーラムで買う。そしてツバキが都市にツバキハラ方面の警備費用をオーラムで支払う。簡単に説明すればそれだけのことだが、その意味は大きい。

まず、ツバキから遺物を買う、買える、という時点で、そこらの遺物売買とは次元が異なる。

遺物ぐらい、非常に高価な品でもなければ、そこらの遺物販売店で金を出せば買える、と現代の一般人は思っている。しかし旧世界側の視点ではこれは誤りだ。

それらの遺物はハンター達が遺跡から集めた物。盗品であり、強奪品であり、不正な手段で入手した物だ。正規の品ではない。それを犯罪者達が独自のルールで交換しているにすぎない。旧世界側の視点では買ってなどいない。

一方ツバキから買った遺物は、旧世界の基準で判断しても買った物だ。正当な取引で得た正規の品であり、正当性という意味において次元の異なる物となる。

この手の商取引を旧世界の存在相手に成立させること自体、本来は五大企業などの大企業でなければ難しい。それほどのことを、東部のたかが中堅統治企業であるクガマヤマ都市が成功した。この意味は大きい。

また通常であれば、相手が旧世界の存在である以上、本来その商取引には旧世界の通貨であるコロンを使用する。オーラムを含めた企業通貨など、旧世界の存在にとっては金ではないからだ。

それにもかかわらず、クガマヤマ都市はツバキとオーラムでの商取引を成立させた。つまり旧世界の存在に対してオーラムの金としての価値を認めさせたことになる。これは快挙と呼んで良い実績だ。オーラムの発行元である坂下《さかした》重工に対しても多大な功績となる。

これだけでもそこらの中堅統治企業からは想像も

出来ない桁違いの成果だ。しかもそれだけではなく、クガマヤマ都市はツバキからツバキハラ方面の警備を請け負っている。

これはクガマヤマ都市が旧世界の存在から、自身の支配領域の警備を委託されるほどの相手だと認められたことになる。そして警備費用の支払にコロンではなくオーラムを使っていることも、オーラムの価値の追認となる。

これらの成果が東部では具体的にどれほど凄いことなのかというと、今現在クガマヤマ都市は坂下重工の傘下にあるが、他の五大企業から鞍替《くらが》えの話が来ても不思議の無いほどだ。今回の件はそれほどまでに凄いことだった。

いろいろと疎く無頓着なところがあるアキラも、流石にそこまでしっかり説明されると驚いた。

「す、凄いことになってるんだな」

「そうだ。凄いことなんだぞ？」

キバヤシはアキラの反応に満足した。説明中、無意識に出していた気迫を緩めて、軽い感じで話を続ける。

「まあ、これで見舞いの品の分は話しただろう。ここからは俺の個人的な話をさせてもらう。アキラ。今後の予定はどうなってるんだ？」

「特に考えてない。両手を治して、装備を買って、それからゆっくり考えるよ」

「そうすると……、早くても1週間後ぐらいか。よし。分かった」

「待て、何がだ？」

嫌な予感を覚えたアキラがそう聞き返すと、その予感通りの返事がキバヤシから返ってくる。

「何って、次の依頼だよ。今から準備しておかないと間に合わないだろう？　楽しませてもらった礼に、お前に相応《ふさわ》しい依頼を張り切って斡旋《あっせん》してやる。期待してくれ」

結果論ではあるが、キバヤシの依頼は確かにアキラの成り上がりに非常に貢献している。それはアキラも分かっている。

「嫌だ！」

それでも、アキラはアルファに相談すらせずに、そう言い切った。

第192話　一因と遠因

スラム街にある拠点の屋上で、シェリルがアキラのことを想いながら深い溜め息を吐く。

「……都市の立食会に出たところで、所詮私はスラム街のボスでしかないってことかしらね」

シェリルはアキラの身をずっと案じていた。重傷を負ったアキラが意識不明の状態で入院したと聞かされる前から、アキラの無事を願っていた。命に別状は無いと知らされた後でも、容態の安定を祈っていた。

そしてアキラが目を覚ましたと聞いて、喜び、安堵して、早速見舞いに行こうとした。

しかしその見舞いの予約が取れない。軟禁状態であるアキラに接触する為には、ただの見舞いであろうとも厳重な手続きが必要で、加えて来訪の時間と人数にも制限があるからだ。

更には申請順ですらない。社会的地位などによる優先順位があり、それら諸々《もろもろ》の理由で後回しにされている。シェリルはヴィオラに見舞いの手続きの代行を頼んだのだが、一向に予約が取れない理由としてそう聞かされていた。

一応イナベにも何とかならないか頼んでみたのだが断られた。流石にシェリルも都市の幹部相手にしつこく食い下がる訳にはいかず、見舞いの順番が来るのを諦めて待つしかなかった。

今の自分ではアキラの見舞いに行くことすら満足に出来ない。その自身とアキラの差に、その突き付けられた現実に、シェリルが零《こぼ》す溜め息は深く重くなっていた。

そこにヴィオラが表れる。

「浮かない顔ね。アキラの見舞いに行けないのは残念だろうけど、アキラは無事だったのだし、建国主義者の容疑も晴れたし、あなたの恋敵も死んだ。総合的には浮かれていても良いくらいじゃないの？」

ユミナが死んだことに、シェリルは複雑な思いを抱いていた。

シェリルもユミナのことを、アキラのことを除けば好感の持てる人物だと思っている。いつ死んでも不思議は無いハンターである以上、その死に驚きはしなかったが、多少の感傷は覚えた。

しかしヴィオラに指摘された通り、自分の中にはユミナの死を事態の好転と捉える醜悪な部分も確かにあった。シェリルはそれを自覚していた。

だがその醜い部分は恋敵の喪失を喜ぶ自身を責めるのと同時に、その喜びをアキラに欠片でも気付かれた途端、アキラから切り捨てられると警告もしていた。

だからこそ、この感情は誰にも絶対に知られてはならない。その強い想いでシェリルが平静を装って答える。

「……両手を失ったんです。無事で済んだとは言えないでしょう。勿論アキラが死なずに済んだことは幸運ですし、私も本当に嬉しく思っていますけどね」

「そう」

ヴィオラはいつもの質《たち》の悪い笑顔を浮かべながら意味深にそう答えた。シェリルが面倒そうに溜め息を吐く。

「それで、何の用ですか？」

「出掛ける前に様子を見に来ただけよ。あと、私の客がしつこくてね？　全く、頼むだけ無駄だって言ってるのに……」

ヴィオラはそう言って、屋上の出入口の方に向けて手招きした。すると背広の男がやってきてシェリルに深く頭を下げる。

「吉岡《よしおか》重工営業部のハラジと申します。本日はシェリル様に当社の交渉の御助力をお願いしたく、足を運ばせて頂きました」

シェリルも統治企業を相手に商売をする吉岡重工の企業規模ぐらいは知っている。そのような大企業からの予想外の申し出に、シェリルは困惑しながら話を聞いていた。しかし話の内容を理解すると、その表情を一気に険しくする。

「お断りします」

ハラジの頼みは、吉岡重工の部隊の者がアキラを襲った件について、アキラと和解を成立させたいというものだった。

この頼みを引き受ければ、自分がアキラを襲撃した側についたとアキラに誤解されても不思議は無い。下手をすれば纏《まと》めて敵とみなされる。シェリルはその恐れから、取り付く島も無い態度でハラジの頼みを断った。

予想以上に痛烈な拒否が来たことに、ハラジも流石に驚いた。しかし事前にヴィオラから、シェリルがこの話を受ける可能性は無いと言われていたこともあり、すぐに平静を取り戻して食い下がる。

「ま、まあそう仰《おっしゃ》らずに。お願いしているのは、あくまでも交渉の御助力で御座います。和解成立の成否にかかわらず、十分な報酬を御用意させて頂きますので……」

「駄目です」

「この話は当社との関係を深める好機でもあります。シェリル様もこのような場所で事業を営む以上、十分な防衛戦力は必要でしょう。当社であればその戦力調達に御協力できると思うのですが……」

「お引き取りを」

聞く耳を持たないシェリルから、帰れ、という強い笑顔を向けられて、ハラジも口を閉ざした。更にヴィオラから肩を叩《たた》かれて、笑って首を横に振られたことで、シェリルの説得を諦める。

「……失礼致しました」

「じゃあ私も行くわね」

ハラジはシェリルに頭を下げてその場を後にした。ヴィオラもハラジと一緒に去っていく。

ヴィオラを見送ったシェリルが軽く呟《つぶや》く。

「……全く、よくやるわ」

一度アキラに撃たれているのにもかかわらず、アキラとの和解交渉を吉岡重工から請け負ったヴィオラの度胸に、シェリルは半ば呆《あき》れていた。

再び一人になったシェリルが、思考の先をヴィオラからユミナに戻す。

「……ユミナ。何も死ぬことはないじゃない。カツヤを無理矢理引っ張って、荒野から連れ出して、どこか遠い安全な場所で一緒に暮らす。それじゃあ、駄目だったの？」

ユミナがなぜそうしたのか、或いはなぜそうしなかったのかは、自分には分からない。やろうとして失敗したのかもしれないし、組織のしがらみなどの所為《せい》かもしれない。理由はいろいろ考えられるが、当事者でない自分には、結局本当のところは分からない。シェリルはそう思いながらも、別の選択もあったのではないかと、少しだけ思った。

シェリルは、ユミナがカツヤと一緒に建国主義者討伐戦で死亡した、ということしか知らない。ある意味で一番重要な、アキラに殺された、ということまでは把握していなかった。ヴィオラが説明を省いたからだ。

相手に自分を信じさせて裏切るのではなく、疑わせ、惑わして、深読みさせて選択を誤らせる。多くの者から死を望まれているが、自分で殺すのは避けたいと思わせる悪女は、今日もその質の悪さを発揮していた。

◆

アキラが病室でハラジに面倒臭そうな目を向けている。

「……言いたいことは分かった。あれはそのザルモってやつが勝手にやったことで、吉岡重工とは無関係だ。そういうことだろ？」

「はい。確かにあれは当社が手配した部隊の者でしたが、その行動は断じて当社の意志では御座いません。いえ、勿論、今回の件が当社の不手際であることは否定致しません。当社と致しましても、その点を考慮した十分な譲歩をする用意が……」

「いや、そういう話はどうでも良い。言いたいことは分かったから、帰れ」

「い、いえ、そういう訳には……」

シェリルとは別の方向で取り付く島も無いアキラの態度に、ハラジは営業用の笑顔を硬くした。そしてこの場に同席しているヴィオラに、助けを求めるように視線を向ける。

　本来はヴィオラもシェリルと同じくアキラの病室に入れる立場ではない。しかし今は吉岡重工に雇われた交渉人という立場でそれを解決していた。そしてその仕事を始める。

「アキラ。こういう交渉事が面倒臭いからって、その態度はないんじゃない？　それとも後で吉岡重工を強襲する予定でもあるの？」

　笑ってとんでもないことを言い出したヴィオラに、ハラジが驚きを露《あら》わにする。そして思わずアキラを見た。

　一介のハンターが吉岡重工を敵に回すなど無謀にも程がある。だが相手はその無謀をやりかねない人物だ。下手をすれば和解不成立どころでは済まない騒ぎに発展しかねないと思い、ハラジは平静を装いながら恐る恐るアキラの様子を確認した。

　アキラは図星を衝《つ》かれたような反応は見せず、面倒そうな態度のままだった。

「そんな予定は無いけど、面倒な交渉もやりたくないんだよ。俺は入院中なんだぞ？　休ませろ」

「相変わらずね。あの吉岡重工が下手に出て交渉に来たっていうのに」

「知るか」

　吐き捨てるようにそう言ったアキラが、視線をヴィオラからハラジに移す。

「そもそも吉岡重工とは、今回の件の前からいろいろあったんだ。二大徒党の件とか、ハンターランク調整依頼とかな。その辺の話も無しに、今回だけ不手際もクソもあるか」

　スラム街の二大徒党の大抗争で多数の人型兵器と戦う羽目になったことや、ハンターランク調整依頼であっても事実上強制の依頼を都市経由で押し付けてきたことなど、吉岡重工は間接的にではあるが自分にいろいろと面倒事を持ち込んでいる。アキラはその思いを込めて、少々非難気味の目をハラジに向けていた。

　そしてハラジの方も、相手が裏側の話を持ち出してくるのならばと、交渉の態度をそちら側に変える。

「あの抗争では、あなたは当社のプレゼンテーションの巻き添えになったのではなく、そちらの方から乱入してきたのでしょう。ハンターランク調整依頼の方も、あなたに十分な利益のある内容だったと思いますが？」

「迷惑だったかどうか決めるのは俺だ。そっちじゃねえよ」

少し険悪な雰囲気が流れる。しかしアキラの方も病室で暴れる気は無く、ハラジの方もこの程度で和解成立を捨てる気は無く、それ以上の事態の悪化は起こらなかった。

そこで二人の様子を楽しげに見ていたヴィオラが提案する。

「アキラ。二大徒党の抗争の件とかも含めた交渉なんて、面倒臭くて仕方が無いって理由で乗り気じゃないのなら、私に交渉を委託すれば解決よ？　良い感じに纏めてあげるわ。任せておいて」

アキラが思わずヴィオラを見る。そして視線をヴィオラとハラジにさまよわせた。

ヴィオラは非常に質の悪い人物だが、それだけにその手腕は優れている。その質の悪さが相手に向かうのであれば、ヴィオラに頼むのも悪くはないかもしれない。そう思い、アキラが悩む。そして少し唸ってから、この場での結論を出した。

「……考えとく。だから今日は帰れ」

ハラジはアキラの返答を、比較的前向きなものと捉えた。和解を初めから蹴るつもりであれば、相手の性格から考えてこの場で蹴るはずだ、と判断したのだ。そしてヴィオラをチラッと見る。ヴィオラも軽く頷いて同意見だと示した。

「分かりました。それでは、本日はこれで失礼致します。貴重なお時間を御提供頂き、誠にありがとう御座いました」

「それじゃあアキラ、決まったらそっちから連絡して。入院中のアキラにこっちから連絡するのは、手続きが大変なのよ」

丁寧に頭を下げたハラジの隣で、ヴィオラはいつも通りに笑っていた。

アキラの病室を出たハラジが、ヴィオラに少し真面目な顔を向ける。

「彼から交渉を委託されたらどうする気だ？」

「まずあなたに吉岡重工はどこまで譲歩するつもりなのかを確認するわ。で、実際どうなの？　プレゼンテーション第3弾を成功扱いにする為に、どこまで妥協できるの？」

こちらが欠片も説明していないことを、当然の知識のように話してくるヴィオラに、ハラジは相手の能力を改めて認めながら答える。

「それは彼の協力次第だろうな。細かいところは上と相談だ」

建国主義者討伐戦は、図らずも吉岡重工と八島《やじま》重鉄の機体のプレゼンテーション第3弾となった。

そのプレゼンテーションで八島重鉄の機体である白兎《しろうさぎ》は、調達費用から考えれば十分に健闘したという高い評価を受けている。ツバキハラ方面の封鎖用の部隊再配備でも、上位製品を含めた多数の機体の導入が検討されていた。

その一方で、吉岡重工の機体である黒狼の評価は微妙なものになっていた。

黒狼の部隊でもツバキに勝てなかったことは仕方が無い。相手が悪過ぎた。巨人達を統率する上位個体に勝てなかったことも、その上位個体である大型の巨人が他の巨人に比べて格段に強かったからだと、言い訳できなくもない。

しかし勝てなかったことに変わりはない。どうしても評価にケチはつく。

しかもその大型巨人は黒狼の部隊が撤退した後に、アキラによって撃破された。更に黒狼自体もザルモとの戦闘で一機アキラに破壊されている。

そしてアキラは、ツバキハラ方面を管理するイナベと繋《つな》がりが深い。そのアキラからイナベに黒狼の悪評が伝われば、ツバキハラ方面の封鎖を担当している防衛隊への黒狼の導入が、再検討されてしまう恐れがある。

吉岡重工がアキラとの和解を望んでいるのは、アキラが自社製品の酷評をイナベに伝えるのを、その和解を以て阻止する為だった。

ハラジが溜め息を吐く。

「正直どうなんだ？　彼から交渉を委託されれば、彼の説得は何とかなりそうなのか？」

「言ったでしょ？　それはそっちの譲歩次第よ。そっちの上がこの件を端金《はしたがね》で済まそうと思っていたらどうしようも無いわね」

「だよなー」

ハラジが疲れた顔をする。アキラとも、上司とも、これから大変な交渉になると思って顔を歪《ゆが》めていた。

そのハラジとは対照的に、ヴィオラは笑顔を浮かべていた。今回もいろいろと楽しめそうだと思って、笑っていた。

◆

アキラの病室に担当医が培養中のアキラの両手を運んできた。円柱状の水槽の中に浮かんでいる手は、まだ完全には育ち切っていないこともあり、小さな子供の手のような大きさだ。

その手を興味深く見ているアキラの前で、担当医はアキラの義手の設定を変更して、水槽の手とアキラを遠隔で繋げた。

「培養の経過を確認しますので、義手を介して動かしてみてください。違和感がありましたら言ってください」

アキラが言われた通りに義手を動かす。すると少しぎこちない動きではあるが、水槽の中の手も同じように動いた。

「感覚の方はどうでしょう。水の感触とか感じますか？　ぬるま湯ぐらいの感じのはずですが」

「はい。感じます」

その後もアキラは担当医の指示に従って手を動かしていた。手を開いたり、握ったり、指を順に立てたりと、いろいろ試していく。

そしてアキラはふと思い、それも試してみた。

「問題無いようですね。……ん？」

そこで担当医は、途中からアキラの義手と水槽の中の手が、明確に別の動きをしていることに気付いた。そしてそれが誤作動ではなく、アキラが意図的にやっていることにも気付いて感心した様子を見せた後、我に返って慌ててアキラを止める。

「あ！　駄目です！　そういうのはやめてください！　結合処置後に手の操作が重複してこんがらりますよ！」

「す、すみません」

アキラは慌てて義手と水槽の手の個別操作をやめた。義手と再び同じ動きをするようになった手を見て、担当医が軽く息を吐く。

「注意を怠ったこちらも悪かったですが気を付けて下さい。それにしても随分器用ですね。普通はこんなこと出来ないんですが……」

「強化服で似たようなことをやったことがあって、ちょっと試したら出来ました」

「なるほど。そういうことですか」

納得したように軽く頷いた担当医が、そこで少し圧のある笑顔を浮かべる。

「それなら強化服用の多腕とか試してみませんか？　追加用の義手があるんですよ。生身に付けるより簡単ですし、操作の方だって既にそこまで出来るのならすぐに……」

「は、はあ……」

「両手を使ってる時に、腕がもう一本欲しいなって思うこと、あるじゃないですか。あったら便利だと思いません？　今ならお手軽に試すことも……」

だんだんと熱が籠もっていく担当医の話を、アキラは少し押されながら聞いていた。

一応話を聞いたものの、アキラは担当医の勧めを断った。培養中の手の確認を終えた担当医が、少し残念そうな様子で帰っていく。

どことなく安堵したような表情のアキラを見て、アルファが笑って言う。

『なかなか面白い提案だったと思うけれどね。アキラも補助アームぐらいはもう使っているのだし、大きな違いは無いと思うわよ？』

『義手と補助アームは全然違うだろう。それに腕を増やした状態に慣れ過ぎて、生身だと腕が２本しかないって不満を持ち始めたら大変だ』

『そう？　まあ無理強いはしないわ。その辺は好みの問題だからね』

『好みって……、アルファだって腕は2本だろう？』

『増やしましょうか？』

『やめてくれ』

ここで下手なことを言えば、アルファの腕が際限無く増えかねない。そうなったら絶対に非常に気になると思い、アキラは本気で止めていた。

◆

アキラの下に再びイナベが現れる。アキラが目を覚ました時は非常に忙しくて暇が無かったが、ようやくある程度の時間を捻出できたので、見舞いを兼ねて改めて来たのだと、イナベは軽く説明した。

「まあ長居は出来ないがね。それでも前回よりは猶予がある。まずはそちらから何か話があるなら聞いておこうか」

「ああ、それなら治療費のことなんだけど……」

自分の治療費は都市が負担するという話だが、退院までの入院費も込みなのか。両手を義手にした場合、その義手の代金も込みだったのか。本当に自分は1オーラムも払う必要は無いのか。アキラはその辺のことを改めてイナベに尋ねた。

「問題無い。入院費も込みで全額こちらで負担する。義手の方も日常生活用のものであれば許容範囲だ。まあ数億オーラムはする品、レーザー砲を搭載した高価な戦闘用の義手などの場合は、流石に要相談となるが、再生治療にしたのだろう？　その程度であれば通常より高額な治療方法であっても、君に請求することはない」

「そうか。助かる」

少し大袈裟にも思える安堵の息を吐いたアキラを

見て、イナベは不思議そうな表情を浮かべた。

「仮に全額自己負担だったとしても、君なら問題無く支払えるだろう。そこまで気にしなければならないことか？」

「ああ。余計な金なんて無いからな。前の装備には30億オーラムぐらい掛かったけど、それでも死にかけたんだ。新しいのはもっと高性能なやつにしないと。次は一体幾ら掛かるやら……」

新装備の調達費用の心配をするアキラを見て、イナベが話を続ける。

「更に高性能な新装備を揃《そろ》える考えがあるということは、ハンターを続ける意志はある訳か」

不思議そうな顔をしたアキラに、イナベが本題に入るように尋ねる。

「ちょうど良いから聞いておこう。君はこれからどうするのだ？　今後の予定が決まっているのなら聞かせてくれ」

「予定って……、特に決まってない。両手を治したら退院して、装備を買って、その後はまた遺物収集とかを……」

「そういう話ではない。もっと大まかな、大きな予定の話だ。君は今、ハンターとして大きな区切りの状態だろう。知りたいのはその先の話だ」

更に不思議そうな顔をしたアキラに、イナベが話の補足をしていく。

建国主義者討伐戦で、モンスターの群れや建国主義者と思われる部隊、巨人達を統率する上位個体などを討伐したアキラは、その報酬としてハンターランク50の地位と、約50億オーラムを得ていた。

50億オーラムは大金だ。節度を持って使えば死ぬまで遊んで暮らせる。金の為にハンターになった者ならば、命を賭けるに足る金を得たことになる。今回死ぬ思いをしたことも含めて、もうハンターを辞めても良いだろうと判断しても不思議は無い。

十分な金は得た。その上でハンターをこれ以上続けるのかどうか。まずはその意味で、アキラはハンターとして区切りの状態だった。

ハンターを続けるのであれば、そして更なる成り上がりを目指すのであれば、ハンターランク50は活動場所をクガマヤマ都市から移す目安となる。

その都市で稼げるハンターランクには、程度の差はあれど一定の上限があると言われている。本人の力量がどれだけ高くとも、周囲の遺跡の状態やモンスターの強さなどにより、ハンター稼業の稼ぎには限界が生じるからだ。

安い遺物を手に入れても、弱いモンスターを倒しても、ハンターランクは上がらない。更なる成り上がりの為には、次の場所に向かう必要があるのだ。

今も延長作業が続けられている後方連絡線により、クズスハラ街遺跡の奥部攻略の状況は大きく変化している。その影響でクガマヤマ都市のハンターランクの上限も変わっていくのは間違いない。しかしその辺りのハンター達の感覚までは、すぐには変わらない。

更に成り上がる為に、更にハンターランクを上げる為に、もっと東側の都市に活動場所を移すかどうか。その意味でも、アキラはハンターとして区切りの状態だった。

「ハンターを辞める。クガマヤマ都市でハンター稼業を続ける。より東側の都市に活動場所を移す。大まかにはこの3択になるが、君にはハンターを辞める気は無いようだから、クガマヤマ都市に残るかどうかの2択だな。私が知りたいのは、その辺りの、今後の予定だ。それで、今のところの君の考えは？」

「あー、全然考えてない」

「……、そうか。まあ急いで決めることでもない。入院中にゆっくり考えると良い」

イナベはそう言って一度話に区切りをつけた。そして表向きは些細《ささい》なことを尋ねるように軽く聞く。

「ああ、そういえばドランカムはどうするのだ？　退院して装備を調えたら襲撃するのかね？」

予想外のことを尋ねられて、アキラは思わず怪訝な顔を浮かべた。

「……襲撃って、いや、そんな気は無いけど、何で？」

「なに、ドランカムのカツヤやユミナ達に、建国主義者のボスだと誤解されて襲われたのだろう？　君ならドランカム自体も報復対象にしても不思議は無いと思ってね」

「ああ、そういうことか。……俺を襲ってきたやつらは殺したし、ドランカム自体を襲う気は無いよ。それにドランカムは事務派閥とそれ以外で分かれてるみたいだし、全部ドランカムで纏めるのもな。まあ、向こうから襲ってきたら別だけど」

「そうか。ではウダジマは？　ドランカムに君の殺害を依頼したのはあいつだが」

そう問われたアキラは、少し返答を迷った。

「……それ、本音を言っても良いやつ？　いや、イナベがウダジマと敵対してるのは知ってるけど、イナベも都市の幹部だし、この病院も都市の施設なんだろ？」

「問題無い。ここで何を言っても都市の記録には残らない。私も不用意に口外しないと誓おう」

「そうか。それなら、殺そうと思ってる」

都市の幹部の前で、他の幹部の殺害を明確に口にしたのだ。本来は大問題だ。しかし予想通りの返事だったこともあり、イナベは普通に対応する。

「まあ、君ならそうするだろう。しかしそれは大きく二つの理由でお勧めしない。一つは、ウダジマは都市の幹部だ。殺せば都市を敵に回すことになる。もう一つは、ウダジマが防壁の内側にいることだ。防壁内への侵入も、防壁内での殺人も、同じく都市を敵に回すことになる」

「だからやめろって言いたいのか？」

「正確には、その問題を解決するまでやめておけということだ。つまりウダジマを殺すのは、ウダジマを完全に失脚させて都市の幹部の地位を喪失させた上で、壁の外に追い出してからにしろ、ということだな」

「……言いたいことは分かるけど」

「ではその為にはどうすれば良いのか。方法は大きく二つある。私と君で、一つずつだ」

意外そうな顔を浮かべたアキラに、イナベがその方法を話していく。

一つ目は、単純にイナベがウダジマとの権力争いに完勝することだ。それでウダジマの地位は失われる。壁の外に追い出すことも容易になる。

二つ目は、アキラがクガマヤマ都市を脅せるほど強力なハンターになることだ。極端な話、アキラが最前線で活動するハンターにまで成り上がれば、それだけでウダジマは壁の外に追い出される。超一流のハンター達の武力や経済力は並の都市を超えるのだ。そのような存在から敵視されているというだけで、ウダジマの地位などあっさり消《き》え失《う》せる。

勿論、どちらも実現は容易ではない。それでも不可能ではない。また片方だけでやる必要も無い。イナベとアキラの両方からウダジマを追い詰めれば、実現の難易度は格段に下がる。

「私としては、ウダジマを殺す為に防壁を強行突破するような無謀な真似をするよりは、そちらの選択を勧める。どうだ？」

「……手を組もうってことか？」

「そこまでの話ではない。単純に両者の利害の一致だ。強いて私個人の利害を言うのであれば、君は私の関係者とみなされているのでね。その君が防壁の強行突破を試みれば、私に責任を取らせようとする者も出るだろう。だから君にはウダジマを殺害する手段として、強行策ではなくハンターランクの上昇を選んでほしい。それだけだ」

「……、分かった」

それでイナベは取《と》り敢《あ》えず満足した。キバヤシ好みの無理無茶無謀の体現者を、これで恐らく多少は制御できた。そう判断したのだ。そしてその安堵で軽い雑談の感じで話を続ける。

「まあウダジマの件を抜きにしても、ハンターランクを意欲的に上げることは、君にとっても良いことだ。不要な敵が減る。ドランカムの事務派閥がカツヤ達に君を襲わせた一因もそこにあるからな」

話の理解が追い付かずに怪訝な顔を浮かべたアキラに、イナベが内容を補足する。

ドランカム事務派閥がウダジマの要望を呑《の》んでカツヤ達にアキラを襲わせた一番の理由は、そこに十分な勝率が、最低でも賭けるに足る期待値があったからだ。確実に負けるのであれば、余りにも無謀な賭けであるならば、ウダジマからどれだけ脅されようとも断っている。

ではドランカム事務派閥はどのようにしてその勝率を判断したのか。当時のアキラのハンターランクは45で、ハンターランク調整依頼が終了した直後だった。客観的にはアキラのハンターランクは適正値に調整済みと判断できる。

ハンターランクはそのハンターの武力を示すものではない。しかしハンター稼業にモンスターとの戦闘が付き物である以上、ハンターランクは当人の武力を推測する重要な判断基準となる。

その上でアキラのハンターランクと実際の実力に多少上向きに誤差があったとしても、ハンターランク45程度の者であれば、カツヤ達の実力ならば倒せるだろう。ドランカム事務派閥はそう判断したと考えられる。

だがその判断は間違っていた。アキラの実力はハンターランク45程度ではなかった。アキラは巨人の上位個体を個人で撃破できるほどの、ハンターランク50ですらランク詐欺になるほどの実力者だった。

仮にアキラの当時のハンターランクがアキラの実力相応の数字であったならば、ドランカム事務派閥がアキラの討伐を諦めた可能性はあっただろう。

そういう意味で、今までアキラが自身のハンターランクに無頓着であったことも、今回の件を招いた一因だと考えられる。イナベはそうアキラに説明した。

その説明にアキラは小さくない衝撃を受けていた。もし自分がハンターランクを貪欲に上げていれば、アルファのサポートを含めた実力に相当するハンターランクを求めていれば、ユミナを殺す事態は避けられたかもしれない。そう言われたのも同然だったからだ。

随分と衝撃を受けているアキラの様子に気付いたイナベが、そのことに内心で驚きながら付け加える。

「まあ判断を誤ったのはドランカムだ。ドランカムの無能が原因であり君の所為ではない。しかし他者が常に有能だと期待するのも問題だ。無能にも分かりやすい客観的な評価を求めることも、余計な敵を増やさない為に重要だということだ」

「……、そうだな」

落ち込んだ様子を見せながらも、アキラは何とかそう答えた。

ウダジマを排除する為に、アキラにも多少はハンターランク上昇に意欲を持ってほしい。その程度の考えでこの話をしたイナベは、アキラの反応に内心で困惑していた。それでも話の締めに入る。

「それでは、私はそろそろ失礼する。ああ、そういえば、ヴィオラが来ていたようだな。何の用だったのだ？」

「吉岡重工のことでちょっとあったんだ」

「そうか。ドランカムのことも少し話したりしたのか？　あそこはカツヤやユミナが死んだことで、いろいろ大変な状態のようだが」

「いや、その話は無かったけど」

「そうか。では私はこれで。君はゆっくり休むと良い。ああ、シェリルもその内に見舞いに来るだろう。諸事情で遅れているようだがね」

イナベは最後にシェリルの名前を出して、アキラの反応を少し確認するような目をしてから去っていった。

アキラとアルファの二人だけに戻った病室で、アルファがアキラを気遣って声を掛ける。

『アキラ。大丈夫？』

『……ああ。大丈夫だ』

しっかり頷いてそう答えたアキラは、前にシズカから言われたことを思い出していた。

それなら、悔やみなさい。悲しみなさい。後悔しなさい。彼女を殺したことに慣れてしまわないように。彼女の死を、些細なことにしてしまわないように。また、同じことを繰り返さない為に。

「大丈夫だ。繰り返さない」

強い決意を以て、アキラはそう宣言した。

病室を出たイナベが難しい顔を浮かべている。

(ヴィオラはアキラにあのことを話していなかった。知らなかっただけか？　それとも敢えて黙っていたのか？　後者ならば何を求めての選択だ？　分からんな)

質の悪い女への懸念に、イナベはそれ以上思考を割くのをやめた。そして別の懸念を考える。

(いずれにしても、シェリルをアキラに会わせるのはもう少し後の方が良さそうだ。退院日辺りまで引き延ばせば、仮にアキラがあれを知っても冷静に考えられるだろう。……無理ならば、彼女は切り捨てるしかないな)

イナベもこれが杞憂《きゆう》であることを望んではいる。しかし杞憂で済まなかった場合には、シェリルを切り捨てることに躊躇《ちゆうちよ》は無かった。

◆

培養が完了したアキラの手の結合処置が始まった。

まずはアキラの腕の先から、切断面の蓋でもあった神経伝達情報の読取装置が取り外される。次に生身の先をわずかに切り取り、培養した手との接着面を作る。

培養した方にも同様に接着面を作る。そしてそれらの面を、担当医が高度な器具を用いて丁寧に結合していく。骨、神経、血管、筋繊維が繋げられていき、その感覚がアキラにも伝わる。痛覚の制御は実施しているが、非常に痛々しい。

繋ぎ終えた後は切れ目の部分に回復薬を塗り込んで包帯を巻く。これで両手の再生治療は完了だ。

確認の為にアキラが両手を動かす。つい先程繋げたばかりだというのに、アキラの両手にぎこちない部分は全く無く、非常に自然に動いていた。

「大丈夫みたいです」

「念《ねん》の為《ため》しばらくの間は重い物を持たないようにしてください。その両手は鍛えていない状態ですので、多少の鍛え直しは必要です。可能であれば強化服の併用をお勧めします。まあ個人差はありますが、一から鍛え直すよりは格段に早く元に戻りますよ」

「そういうものなんですか？」

「ええ。そういうものです。腕を失った超人が培養した腕を付けたら、その部分だけいつまでも常人のままだった、ということもないみたいですね」

担当医はそう言った後、少し楽しげに続ける。

「じゃあ超人の腕や脚、或いは首から下を丸ごと培養して常人に移植すれば、超人を大量生産できるんじゃないかって考えもあるんですけど、そこは上手くいかないようです。何でですかね？　本人のものじゃないからですかね？　不思議ですね」

そして今度は得意げに笑顔の圧を強める。

「その点、義手や義体にはその手の問題はありません。誰でも超人並みになれます。どうです？　まずは義手で腕を増やすことから始めても……」

「あー、いや、その、まずは装備を買い直すのが先なんで……、すみません」

「……、そうですか。分かりました。これで再生治療は完了です。お疲れ様でした」

残念そうな雰囲気を出した担当医が、丁寧に頭を下げて退出していく。その担当医を、アキラは少し怖いものを見る目で見送った。


両手を治したアキラだが、一応半日ほど術後の経過を見ることになっていた。その間に病室で退院の準備をしていると、ようやく面会の予約が取れたシェリルが見舞いにやってくる。

シェリルは少し緊張した様子を見せていた。いろいろと鈍いところのあるアキラが、その緊張に気付くほどに。

「シェリル。どうかしたのか？」

「あ、いえ、その、すみません。何かギリギリで来てしまって。もう退院するっていうのに。私もすぐにお見舞いに来たかったのですが、私では予約が取れなくて……」

「何だそんなことか。気にしなくて良いよ。俺は一応軟禁状態だったからな。その辺は難しかったんだろう。ギリギリ間に合ったってことで良いんじゃないか？」

わざわざ見舞いに来てくれたことに文句を言う気などアキラには欠片も無い。笑ってシェリルを気遣った。

シェリルも出来る限りの笑顔を返す。

「そう言って頂けると助かります。では、改めまして、言うのが大分遅れてしまいましたが、アキラ、無事で本当に良かったです」

その言葉はシェリルの紛れもない本心だ。そして見舞いが遅れたことをアキラは本当に気にしておらず、自分が見舞いに来たことを嬉しく思っていることも、シェリルは正しく把握した。

それでも、病室に入る前から覚えていた緊張がシェリルから消えることはない。その緊張の源である怯《おび》えが、変わらずにシェリルの中にあるからだ。

アキラの見舞いに行く前、シェリルはイナベから連絡を受けていた。

「今からアキラの見舞いに行くのだろう？　その前に伝えておくことがある。まず、私は君がアキラの見舞いにすぐには行けないように妨害した。君がアキラに会うのは、しばらく時間を置いた後の方が良いと判断したからだ」

予想外のことを聞かされたシェリルが、怪訝に思いながら聞き返す。

「……どういうことですか？」

「ユミナというハンターが死んだことは知っているか？　あのアキラが珍しく懇意にしていた者だ」

「はい。建国主義者討伐戦で死んだと聞いています。私も残念に思っています」

「その件について君はどこまで正確に摑《つか》んでいる？」

「……どこまでと言われましても、その討伐戦の最中に死んだということぐらいしか」

「そうか。では私が摑んでいる情報を渡しておこう。アキラに会うのは、それを知ってからにしたまえ」

よく分からないが、イナベは自分に非常に重要なことを教えようとしている。それを理解したシェリルはその心構えをした。だが聞かされた内容は、その覚悟を吹き飛ばすものだった。

「ユミナを殺したのは、アキラだ」

「……アキラが？」

「事故とかそういう話ではない。明確に敵対し、交戦し、殺害した。ドランカムのチームがウダジマの誘いに乗って、その時に建国主義者のボスだと誤解されていたアキラの確保に動いた結果だ」

「そ、そうだったんですか……」

敵対すれば、アキラはユミナでさえ殺すのか。シェリルはそのことに小さくない衝撃を覚えながらも、このことを知らずにアキラに会い、下手にユミナのことを口にしていたらどうなっていたかと思って、同時に安堵もしていた。

だがその安堵も吹き飛ばされる。

「重要なのはここからだ」

これを超える内容とは何なのかと思い、戦々恐々とするシェリルに、それが告げられる。

「そのチームを率いていたのはカツヤで、アキラの確保を最終的に決めたのもカツヤなのだが、その際にウダジマと取引をしている。アキラの確保、事実上の殺害と引き換えに、君を助けるように要求していたのだ」

「わ、私を……？」

困惑を超えて混乱し始めたシェリルに、ウダジマはその詳細を語った。カツヤはシェリルを建国主義者の容疑者から外す為にアキラの殺害を決意し、ユミナはそのカツヤの決定に従ってアキラと戦い、アキラに殺されたのだと。

「つまりだ。君もユミナが死んだ理由の一つだ。アキラがユミナを殺さなければならなかった遠因となっている」

絶句しているシェリルに、イナベが続けて話していく。

「恐らくだが、アキラはこのことを知らない。先日アキラと話した時に、君とユミナの名前を出してアキラの反応を探ってみたのだが、明確な反応は無かったからだ」

シェリルの息が荒くなっていく。その音を聞きながら、イナベが話を続けていく。

「だが今後も知らないままとは限らない。これを知る誰かから教えられる恐れはあるだろう。ウダジマは当然として、ドランカムの関係者や、私が調査を命じた者、その結果を何らかの手段で取得した者など、このことを知っている者はそれなりにいる。ヴィオラ辺りも情報を得ている恐れはある」

シェリルは相槌《あいづち》も打てずに話を聞いていた。

「以前、私は別件で君に尋ねた。問題無いのだな？と。君は答えた。問題ありません、と。だが今回に限っては、問題無いとは言わせない。問題はある。その上で、この問題を解決する能力が君にあることを期待しよう。話は以上だ。それでは、失礼する」

イナベはシェリルの返事も待たずに、相手はそれが出来る状態ではないと理解して、そのまま通話を切った。

シェリルは青ざめた顔で、そのまま黙って立ち尽くしていた。シェリルの所為で、自分はユミナを殺す羽目になった。アキラがそう思ったらどうなるか。その想像に、心を切り刻まれながら。

アキラの病室で、シェリルがアキラの反応を確認する。

自分を見るアキラの目には敵視も嫌悪も不快感も無い。自分が見舞いに来たことを普通に喜んでくれている。

だから、だいじょうぶだ。まだ、だいじょうぶだ。きっと、なんとかなる。

自身にそう言い聞かせて、何とか平静を保って、全力で自分をごまかし装って、シェリルは、微笑んでいた。

第193話　アキラとヒカル

　退院した日の翌日、アキラは新装備調達の相談を兼ねてシズカの店に顔を出していた。

　笑顔でアキラを迎えたシズカが、元気そうなアキラの様子を見て、安心したように機嫌良く頷く。

「ちゃんとしっかり休んでいたようね」

「はい。両手もバッチリ治しました」

　アキラが少し得意げに自分の両手をシズカに見せる。その部分が失われていたとはとても思えない状態だ。両手を閉じたり開いたりする動きも自然で、見た目には完治している。

　もっとも超人を目指しているかのような過酷な鍛錬で得た身体能力までは戻っていない。その意味では完治にはまだまだ時間が掛かるのだが、二人を笑顔にさせるのには十分だった。

「やっぱり生身の手は良いですね。何か病院の人に熱心に義手を勧められたんですけど、幾ら義手が高性能でも俺は生身の方が良いです」

　アキラはそう言って、担当医との遣り取りを面白《おもしろ》可笑《おか》しく語った。シズカも楽しげに話を聞いていた。

「それで、また両手を失うのも嫌ですし、そんな無理や無茶をしないで済むように、良い装備をしっかり揃えたいんです。その相談をまたお願いできないかと思いまして……」

　頼んではいるが、アキラはシズカがまた引き受けてくれると思っていた。しかしそこでシズカは少しだけ困った表情を浮かべた。

「あー、実はその件で、私もアキラに伝えておかなくちゃいけないことがあるのよ」

「あ、はい。何でしょう？」

　アキラが少し戸惑いながらシズカの話を聞いていく。それはアキラの装備調達が非常にややこしいことになっているという話だった。

　アキラは前回装備を調達した際に、強化服を安く売ってもらう代わりに、次も自社の強化服を買う契約を機領《きりょう》と結んでいた。

違反すると多額の違約金を支払う羽目になるが、契約通りに機領から買えば良いだけだ。アキラに損は無い。

しかしここで状況がややこしくなる。違約金を肩代わりしてでも、アキラに自社製品を使ってほしい企業が現れたのだ。

これは建国主義者討伐戦でのアキラの活躍が原因だった。黒狼の部隊でさえ撤退した大型巨人。その巨人をたった一人で撃破したハンターが、その際に使用していた強化服。それが自社の製品だと広めれば、非常に高い宣伝効果を見込むことが出来る。

優れた製品であっても、失敗談や悪評のついた品は敬遠される。凡庸な製品であっても、偉業を達成した者が使用していたものであれば、その性能は肯定される。あやかりたいと思う者も続出する。

今回は機領がその恩恵を得た。それを知った他企業が、次の機会を得る為に動き出すのは、ある意味で当然のことだった。

シズカが溜め息交じりで話を続ける。

「それでね？　その営業の人達が、入院中のアキラには近付けないからって、私の店に来てるのよ。それで私に熱心に営業して、他の営業の人と競い合ってて、結構大変なことになってるの」

「そ、そうだったんですか。すみません。御迷惑をお掛けしました」

慌てて頭を下げたアキラを、シズカは笑って止めた。

「ああ、勘違いしないで。アキラが私の店を装備調達の窓口にするのが嫌って訳じゃないの。むしろ大歓迎。それだけで私の店の売上が文字通り桁違いに増えるからね。その分だけ私も頑張るつもり」

そしてまた少し困った感じの表情を浮かべる。

「ただね？　正直に言って、私に任せておいて、とはとても言えない状況なのよ。ああいう大きなところの営業の人達って、何かもう凄くてね？　私は押されっぱなしで、このままだと向こうの人達が決めたことを、そのまま押し付けられそうなの。それが、ちょっとね」

ハンターランク50の者を顧客に抱えているとはいえ、シズカの店は所詮は高くともハンターランク30程度の者達を客層にしている店でしかない。

そして押しかけてきた営業達は、数億オーラムの品を平然と購入する高ランクハンターを相手に商売をしている者達だ。そのような凄腕《すごうで》達が相手では、シズカでは分が悪いのは事実だった。

「アキラ。どうしようかしら？」

「ど、どうしましょうか？」

少し楽しげに困ったような笑顔を向けてきたシズカに、アキラも似たような表情を返した。笑ってごまかしている感じは、アキラの方が強かった。

◆

シズカの店を出たアキラが、帰り道で小さく溜め息を吐く。

店では結局何も決められずに、シズカと一緒に困った顔を浮かべただけに終わった。また来るであろう営業達に対しては、シズカの頑張りに期待するしかない状況に変化は無い。

『アルファ。装備の話だけどさ、本当にどうすれば良いと思う？』

『難しいわね』

『アルファでもか？』

『予算内で買える品の中から最適解を選ぶだけなら、私が選んだ後にアキラが勘で選んだことにすれば良いのだけれど、シズカの話を聞く限り、企業間の利害調整を操作して相手に高性能な装備を提供させる交渉が必要になるわ。私の指示通りにアキラが話して交渉することも可能ではあるけれど、それを偶然や勘で済ませるのは流石に不自然よ』

『あー、そういうことか』

そのような真似をすれば、アキラに交渉内容の指示を詳細に出した誰かが裏にいると流石に見抜かれる。アルファの存在に気付かれない為にも、その手は使えなかった。

『どうしようかなー。どうしようもないか？』

良い考えが浮かばず、アキラは唸っていた。

そこでキバヤシから連絡が入り、ちょっとした話があるから会おうと呼び出される。装備の面倒な交渉の件をキバヤシに相談するのも悪くないと思ったアキラは、そのまま待ち合わせの場所に向かった。


クガマビル1階のロビー、ハンターオフィスの受付があり、防壁の内と外を繋ぐ場所でもあるそこで、アキラはキバヤシを待っていた。

今日もこの場には、アキラがここを初めて訪れた時のように、多くのハンター達がいる。

その時のアキラはスラム街のただの子供でしかなかった。周囲にいるハンター達に、隔絶した実力者達に圧倒され、気圧《けお》されていた。

しかし今は違う。今はアキラの方が隔絶した実力者だ。アキラに気付いたハンター達の方が、戸惑ったり、軽く緊張したり、興味深そうな様子を見せたりしている。建国主義者討伐戦の情報がハンター達に流れた結果だ。

一部の者はアキラから慌てて距離を取っていた。アキラに畏怖の目を向けている者までいた。

その周囲の反応に、アルファが機嫌良く笑う。

『アキラもようやく認められてきたようね』

『……、そうだな』

見くびられ軽《かろ》んじられていた以前とは正反対の反応を見せる周りの様子を、アキラは嬉しいとは全く思わなかった。しかしそれでも、それで良いと捉える。勝ち目は無いと思ってくれれば、襲ってくる恐れは減るからだ。

この光景を、ドランカム事務派閥の者がもっと前に見ていれば、何かが変わっていただろうか。アキラはふとそう思い、それ以上考えるのをやめた。

そのいろいろな意味で注目されているアキラに、ロビーの奥、防壁の内側の方向から、一人の少女が近付いてくる。

大人びているが、大人と呼ぶには少々歳《とし》が足りていない年頃のその少女は、都市職員の制服を着ていた。少し勝ち気にも見えるその表情には、自分は有能な人物であると理解している自信が見え隠れしていた。

少女はそのままアキラの前まで来ると、微笑んで丁寧に頭を下げた。

「アキラさんですね？　お待たせ致しました。クガマヤマ都市広域経営部のヒカルです。本日はよろしくお願い致します」

「……え？　あ、はい。何か用でしょうか？」

知らない者から急に微妙に要領の得ないことを言われたアキラが戸惑いを見せる。そのアキラの態度に、ヒカルの方も軽く困惑していた。

「あの、俺はここでキバヤシってやつを待ってたんですけど」

「はい。キバヤシの方から連絡を受けて、お待ちになっていたのですよね？　そう聞いておりますが」

「そうだけど……」

「ですよね。では立ち話も何ですし、落ち着ける場所で話しましょうか」

納得してもらえたと判断したヒカルがアキラに移動を促す。流されてヒカルについていこうとしたアキラだったが、慌てて立ち止まった。

「ちょ、ちょ、ちょっと待ってください」

アキラが情報端末を取り出してキバヤシに連絡する。すぐに繋がった。

「俺だ。どうした？」

「どうした、じゃない。人を呼び出しておいて、今どこにいるんだ？　ヒカルって人が来たけど、ついていけば良いのか？」

状況を説明したアキラに、キバヤシが楽しげな声を返す。

「待ち合わせの場所と時刻に、都市の制服を着た者が現れて、俺の知り合いらしいことを口にした。それで納得して黙ってついていかずに、ちゃんと俺に確認を取ったのは、お前にしては良い判断だったと言っておこう」

「どういう意味だ？」

「そいつがお前を騙《だま》そうとしてたかもしれないだろ？」

アキラが思わずヒカルを見る。高ランクハンターから急に警戒の視線を向けられたヒカルがたじろいだ。

「ああ、誤解するな。そういう恐れもあるから注意しろってだけの話だ」

「何なんだよ。それで、彼女についていけば良いのか？」

「それはお前が判断しろ」

「はぁ？」

「よく聞け。そのヒカルってやつは、間違いなく俺の知り合いだ。そこまでは保証する。だがそれ以外は、事実がどうであれ、俺は一切保証しない」

「何が言いたいんだよ……。ちゃんと説明しないなら帰るぞ？」

「それもありだ。交渉の場に信頼できる相手がいない。詳しい説明も無い。話にならない。そう一蹴するのも間違いじゃない。常に正しいかといえば、それも違うけどな」

アキラが溜め息を吐く。そして本当に帰ろうかと思ったところで、キバヤシが本題に入った。

「お前は間違いなく強い。ハンターランクも50になった。東部全体の基準でも、いわゆる高ランクハンターの仲間入りをしたと言って良いだろう。でもそんなお前の交渉能力は、はっきり言って素人同然だ。このままだと大変だぞ？」

キバヤシの本題は、その武力に比べて著しく低いアキラの交渉能力の改善だった。

「これからお前には、高ランクハンターと美味《おい》しい取引をしたい連中が殺到する。知ってるぞ？　次の装備調達で、複数の企業から俺のところの商品を使えって話が来て、ゴチャゴチャしてるんだろ？」

アキラがその交渉能力の低さの所為で、企業と揉《も》めて大騒動になる分には、キバヤシも楽しめる。しかし企業の都合の良いように扱われるのでは楽しめない。アキラの為にも、自分の楽しみの為にも、キバヤシはアキラの交渉能力の改善を望んでいた。

「連中に食い物にされる前に、今の内に最低限の交渉能力ぐらいは身に付けておけ。そこにいるヒカルはその練習台だ。そいつの身元、立場、思想、心情、有能か無能か、信用できるのか、信頼して良いのか、自分で確かめてみろ」

非常に痛いところを衝かれたアキラは、難しい顔をしながらも黙って話を聞いていた。

「前にも言ったが俺はお前を気に入っている。だから お前を贔屓《ひいき》して、こういう機会をわざわざ用意してやったんだ。この機会を有効に活用するかどうかは、お前次第だけどな。じゃあアキラ。頑張れよ」

そう言い残してキバヤシは通話を切った。

アキラが軽く頭を抱えながらヒカルを見る。焦りの滲《にじ》んだ笑顔を返された。


クガマビル1階のレストランに場所を移したアキラ達は、取り敢えずお互いの状況を説明した。

ヒカルが溜め息を吐いて頭を下げる。

「申し訳御座いません。アキラさんには話が通っているものだと思っておりました。私の方は、今後のことを考えた顔合わせだと言われておりまして」

「そうだったんですか。あいつは何をやってるんだか。それで、ヒカルさん、どうしましょう」

「あ、私のことはヒカルで結構ですよ。良ければ普通に話してください。交渉事に大切なのは信頼です。本音が伝わり難い話し方をした所為で、不信と不満が生まれては本末転倒ですから。私もアキラさんとは気兼ね無く話をしたいと思っております。……まあ、キバヤシは少し行き過ぎとは思いますけどね」

そう言って苦笑したヒカルに、アキラも同じように笑って返す。

「分かった。じゃあヒカルも普通に話してくれ。そっちの方が俺も楽で良い」

「そう？　じゃあ遠慮無く私もアキラって呼ばせてもらうわね。アキラ。改めてよろしく」

「ああ。よろしく」

お互いにキバヤシに振り回された者同士だ。そう思い、アキラは気を緩めてヒカルと笑い合った。

ヒカルは今回の件を絶好の機会だと捉えていた。

統治企業にとって高ランクハンターと友好関係を築くことは、経済的な面でも都市防衛の面でも非常に重要だ。

数十億オーラムの装備を身に纏い、討伐にそれだけの武力が必要なモンスターを多額の弾薬類を使って撃破して、それでも採算が合うほどに高価で貴重な遺物を遺跡から入手し、その遺物を売却した金で更なるハンター稼業を続ける。

その経済的な影響は桁違いに高く、ハンターランクの上昇に比例して更に桁が増える。最前線付近で活動するような一流のハンターともなれば、小規模な統治企業の経済規模を個人で超える。

そのような高ランクハンターと交渉し、信頼を得て、都市に協力させることが可能な者の権力は、当然高くなる。そしてクガマヤマ都市でその代表的な例といえば、キバヤシだった。

キバヤシには悪評がある。無理無茶無謀。駆け抜けて生き、駆け抜けて死ね。それがハンターの生き様だ。その信条のままに、ハンター達にその機会を嬉々《きき》として提供するのだ。

自分には確かな実力があるのだが、それを発揮する機会に恵まれていない。チャンスさえあれば、一発逆転の機会さえあれば、自分は必ず成り上がれる。そう考える多くのハンターが、キバヤシからそのチャンスを、大勝か大敗しかないハイリスクハイリターンの機会を与えられて、勝負に負けて破滅していた。

しかし全員が負けた訳ではない。キバヤシも確実に負ける勝負を提供する気など無い。キバヤシは他者の破滅が見たいのではなく、勝利の為に破滅覚悟で突き進む生き様と、その結果が見たいのだ。わずかな勝機を摑んで勝利を得た者も少なからず出た。勝利者がもたらす利益と、敗北者の死体の山を見比べて、都市が前者を優先するぐらいには。

そしてその勝者は例外無く高ランクハンターに成り上がり、その多くが活動場所をクガマヤマ都市より東の都市に移していた。

キバヤシはその者達との繋がりで自身の立場を強固なものにしていた。自身の悪評の件を含めて、いろいろ好き勝手に動いても、それを都市から黙認されるほどに。

ヒカルもそれを知っている。そして今ここに、アキラという高ランクハンターとの接点がある。

アキラに好感を持たれて、信頼を得て、クガマヤマ都市相手の専属の交渉役の立場になることが出来れば、末端の職員から一気に役付きに成り上がることも可能だ。このチャンスは逃せない。ヒカルはその思いから、アキラに向けては愛想良く微笑みながら、内心ではかつて無いほどに気合いを入れていた。

(アキラのハンターランクは50! 建国主義者討伐戦では大活躍! イナベ区画長とも繋がりがある! キバヤシが何を考えて私にこんな機会を与えたのか知らないけど、何だろうと知ったことじゃないわ! 絶対にものにしてやる!)

ヒカルはその内心の意気込みをおくびにも出さずにしっかりと隠して、アキラに向けて親しげに微笑んだ。

「それで、どうする? 私を練習台にして交渉の訓練でもしてみる?」

「良いのか?」

「勿論よ」

「それじゃあお言葉に甘えて……って言っても、どうすれば良いんだろう」

「キバヤシが何か言ってなかった?」

「確か……、ヒカルの身元とかを自分で調べてみろって言ってたな」

「それじゃあ、そこからね。私はアキラを騙そうとしている詐欺師かもしれないし、本物の職員かもしれない。分からないから確かめないといけない。そういう前提で、私の挨拶からね」

そう言って、ヒカルがわざとらしく丁寧に頭を下げる。

「初めまして。クガマヤマ都市広域経営部のヒカルと申します」

アキラもヒカルの意図を察して、軽く笑って頭を下げた。

「初めまして。アキラです。……本当に都市の職員？　証拠は？」

「そんな、本当ですよ。疑ってるんですか？」

「だってヒカルがそう言ってるだけじゃないか」

アキラ達は軽いゲームをしているかのように話を続けていた。アキラはヒカルが本当に都市の職員かどうかを見極めなければならない。ヒカルはアキラに自分が都市の職員だと信じさせなければならない。そういうゲームだ。

ヒカルの証言だけでは証拠にならない。その当然の指摘に対して、ヒカルはテーブルの上に情報端末を置くと、身分証をかざして職員情報を表示させた。

「これは私の身分証。これを使って都市のページから私の職員情報を出したわ。私の顔もちゃんと載ってる。あと、私の服は都市の制服で、関係者以外が着ると、身分詐称で重い処罰を受けるものなの。これでどう？」

アキラもそれで納得して頷いた。しかしこれは訓練だということもあり、ここは敢えて難癖をつけるように疑い深い態度を取る。

「身分証も表示ページも偽造したもので、制服は堂々と着てればバレないだろうって言ったら？」

「そうきたか。それなら一緒にハンターオフィスに行って、私の身分照会をしてもらうってのはどう？」

「ハンターオフィスの職員を抱き込んで偽の照会をされたら？」

「えー。流石にそれは無理があると思うわ。ハンターオフィスの職員を抱き込むなんて、相当よ？」

流石にその仮定には無理がある、というようにヒカルは首を横に振った。しかしアキラも首を横に振る。

「いや、場所によっては案外何とかなると思う」

そう言って、アキラは自分がハンター登録をした時のことを話した。

潰れかけの酒場のような外観の建物で、非常にやる気の無い職員から、紙切れのようなハンター証を受け取った。その男の仕事は本当に適当で、受け取ったハンター証には、自分の名前が間違って登録されていた。ハンターオフィスの職員であっても、あんなやつなら金で抱き込める。間違いない。

かつての鬱憤を晴らすように、アキラは少し熱心にそう語っていた。

防壁の内側で育ったヒカルには、その話には少し信じ難いものがあった。しかしアキラの態度から本当のことだと判断して、軽く呆れた様子を見せる。

「ハンターオフィスの職員でも、防壁の外だとそんな人もいるのね。でもまあその辺は、ちゃんとした所で照会すれば良いだけじゃない？　このクガマビルのハンターオフィスとかなら、アキラも流石に信用するしかないでしょう？」

「まあ……、そうだな」

納得したアキラを見てヒカルは得意げに笑った。そして自分の話術で高ランクハンターを上手く説得できたという慢心から、付け加える。

「これでも駄目なら私からはもうお手上げね。あとはアキラの方から私を調べてもらって、私もその調査に協力するしかないわ。アキラならどうする？　どうやって調べれば納得するの？」

「そう言われるとな。うーん……」

そこでアルファが口を挟む。

『アキラ。私に確認してもらうというのは駄目よ。これはアキラの交渉能力の訓練なのだからね』

『……分かってるって』

アルファにはそう答えたアキラだったが、良い案は浮かばなかった。そこでこれも交渉の一環だと自分に言い訳して、尋ねる相手を変える。

「ヒカル、どうすれば良いんだ？」

「それを自分で考えるのも訓練の内だと思うわよ？　それに私に聞くのもどうかと思うわ。疑っている相手が提示した調査方法で調べた所為で、裏をかかれちゃったら大変よ？」

「……そうだな」

結局自分で考えることになったアキラが、難しい顔で再度考える。しかし改めて考えても良い案は浮かんでこない。その様子を見てヒカルが助け船を出す。

「まあアキラはハンターなんだし、現実的な問題として、その辺を細かく自分で調べるのは難しいわよね。結局は信頼できる人に調査を委託することになると思うわ」

「そうだよなー。そうなるよなー」

「高ランクハンターには、その手の調査の委託先を抱えてる人も珍しくないって話よ。アキラにもその伝があるのなら、これも訓練ってことで、今ここで試しに頼んでみたらどう？　その調査結果が出たら、その内容が信頼できるものかどうか私が見てあげるわ」

「良いのか？」

「ええ。確かにそういうのを勝手に調べられるのは普通嫌なものだけど、私はアキラの訓練に付き合ってる立場だからね。協力するわ。遠慮せずにやってちょうだい」

「そうか。それなら試しにやってみるか」

アキラは情報端末を取り出すと、心当たりの人物に調査を頼んでみた。

そのアキラの様子を見ながら、ヒカルが内心でほくそ笑む。

キバヤシから交渉能力の低さを指摘されるだけあって、アキラがこの手の対処に疎いことは間違いない。ここまでの短い会話だけでも、それははっきりと読み取れた。

それならば、今調査を頼んでいる相手も大したことはないのだろう。調査内容の不備を徹底的に指摘して、その者に調査を依頼するのは適切ではないと教えれば良い。そして似たようなことがあったら自分に依頼するように勧めれば良い。上手くいけばその実績を足掛かりにして、アキラの交渉役の立場を得られるかもしれない。

そう思い、そうなった時に得られる地位を想像して、ヒカルは楽しそうに笑っていた。

相手との話を終えたアキラが情報端末を仕舞う。

「調べるのに30分ぐらい待ってくれって」

「へー。たった30分でどこまで調べられるのか、お手並み拝見ね」

やはり大したことはない。自分は防壁内の住人で、しかも都市の職員だ。個人情報の入手にも、防壁外の者とは比較にならない保護が働いている。調べたが、よく分からなかった、という調査結果が来るだけだ。ヒカルはそう判断して内心で勝ち誇っていた。

その後アキラ達は調査の結果が来るのをそのまま雑談して待っていた。しかし調査の結果が来る前に状況が変わる。それをアルファに教えられたアキラが少し表情を険しくする。

「ヒカル。俺達を包囲してるやつらがいるんだけど、何か心当たりがあったりするか？」

「えっ？」

急にそのようなことを言われて困惑するヒカルに、アキラは視線でその者達の位置を教えた。

離れた席や、レストランの出入口付近、ガラス壁の向こうなどに、先程まではいなかった者達がいる。背広や都市の制服などの普通の服を着ているが、見る者が見れば高度な戦闘能力を持つ者だと分かる。アキラもアルファに教えられるまでは気付けなかったが、指摘されれば判別できた。

ただその者達は、アキラよりもヒカルに注意を向けていた。それでアキラは一応ヒカルに心当たりが無いか聞いたのだが、ヒカルにも心当たりは欠片も無かった。

そしてその者達の一人が他の者達に視線で待機の指示を出した後、二人の部下を連れてアキラ達の下にやってくる。一人はアキラの前に丁寧に立ち、残りの二人は、まるでヒカルを逃がさないとでもいうように、ヒカルの左右に立った。

「アキラ様。イナベから連絡が来ますので対応願います」

その直後、その言葉通りにアキラの情報端末にイナベから連絡が来る。

「俺だけど……」

「アキラ。都市の職員を装った詐欺師が君を騙そうとしている恐れがある、という情報が入ったのだが、今、どういう状況だ？」

「あー、そういう訓練をしてたっていうか……」

「訓練？」

怪訝な声を強い口調で返してきたイナベに、アキラが事態を説明する。その間、突然の事態に慌てるヒカルは、イナベが派遣した者達から取り調べを受けていた。

派遣された者達が、ヒカルの身分証や本人の身体情報などから、ヒカルの本人確認を終える。

「隊長。確認が取れました。広域経営部所属、サクヤマ・ヒカル。本人です」

「了解した」

その情報はそのままイナベの下に送られた。イナベの深い溜め息が、情報端末を介してアキラの下に送られる。

「……アキラ。訓練の結果は満足のいくものだったかね？」

アキラが気まずそうな声で答える。

「あー……、はい」

「それは良かった。では、失礼する」

面倒な事をさせるな、とは思いながらも、本当に何らかの詐欺だった場合のことを考えれば、確認するな、とも言えず、その心情が籠もったどことなく嫌味っぽい声を最後に、イナベは通信を切った。

派遣された者達がアキラに頭を下げる。

「では我々もこれで失礼致します。お騒がせ致しました」

「いえ、こちらこそ、お手数をお掛けしました」

他の場所で待機していた者達も、彼らと一緒に去っていく。包囲は解かれ、状況は元に戻った。しかしアキラとヒカルの間に漂う、やらかしてしまったという雰囲気までは戻らなかった。

「……あー、その、何か、ごめん」

「い、良いのよ。試してみてって言ったのは私だしね」

「い、一応言い訳すると、俺はイナベに頼んだんじゃなくて、ヴィオラってやつに頼んだんだ。多分そいつから変に伝わったんだと、思う」

「そ、そう……」

ヒカルは何とか笑って返した。しかしその笑顔は大分硬いものになっていた。

◆

アキラとの顔合わせを終えたヒカルは、アキラと別れた後もレストランに残っていた。少し疲れた顔で大きなパフェを頼み、高いだけはある上質の甘味を摂取して、予想外の事態が発生した所為でたっぷり溜まった精神的な疲労を、その甘さで癒やしていく。

そしてその口から零れる溜め息が、疲労の表れではなく美食への賛美に変わった辺りで、ヒカルはようやく気を切り替えた。

「予想外のことはあったけど、それも結果的にはプラスに働いたってことにしておきましょう」

イナベがアキラを重要視していることは、あの対応からも明らかだ。仮にあの場に本当に詐欺師がいた場合、派遣された人員はその詐欺師を確実に確保し、徹底的に尋問していただろう。レストランの外にまで人員を配置していたことからも、その本気度が窺える。

つまりアキラには、イナベがそれだけの配慮をする価値がある。そのような人物との伝を得られたことは非常に有益だ。怖い思いをした価値はあったのだ。ヒカルはそう考えて、今回の件を前向きに捉えることにした。

「アキラとの伝は手に入ったし、あとは適当な理由をつけて接点を増やして……」

スプーンでパフェをすくって口の中に運び、その味を堪能する。胃を勝手に拡張させるだけはある魅惑の存在を享受して頬を緩ませる。その至福の時間を過ごしながら、ヒカルは自分の輝かしい未来を想像して機嫌良く笑っていた。

そこでヒカルに通知が届く。その内容を確認したヒカルは、浮かべていた笑顔を思わず硬くした。

通知の内容は、イナベからの呼び出しだった。

　イナベに呼び出され、執務室でイナベの向かいに座らされたヒカルは、緊張した様子を隠し切れずにいた。

「先に言っておこう。君に何らかの責を問う為に呼び出した訳ではない。その点は安心してくれ」

「は、はい」

「キバヤシから、ろくに説明もされずにアキラと会う機会を与えられたようだな」

「は、はい」

「それで、どうだった？」

　敢えて抽象的な質問を投げ掛けたイナベに対して、ヒカルの方もそれが意図的なものだと気付いた上で、その意図の解釈を含めて返答を思案する。

「お、概《おおむ》ね好感触を得られたと判断しております」

「そうか」

　イナベはそれだけ言うと、ヒカルを見定めるようにじっと見る。ヒカルの緊張が高まっていく。

　そして10秒ほど間を開けてから、イナベが口を開く。

「それは良かった。実は君にアキラの担当になってもらおうと考えていてね」

「わ、私がですか？」

「不服かね？」

「い、いえ、お任せください！　微力を尽くさせて頂きます！」

　ヒカルは降って湧いた絶好の機会に、上司に向けるのに適した笑顔を浮かべることすら忘れて、嬉々として笑った。

「アキラには扱いの難しいところが多々あるが、既に好感触を得られているのであれば問題無いだろう。クガマヤマ都市の為に、君の有能さが遺憾無く発揮されることを期待している」

「はい！」

　ヒカルはイナベに深々と頭を下げると、浮かれた様子で退出していった。

　イナベが小さく溜め息を吐く。

「……まあ、キバヤシよりはましだろう」

そのイナベの呟きが、廊下で小躍りしているヒカルの耳に届くことはなかった。

◆

自宅で休んでいたアキラにヒカルから連絡が来る。それはヒカルがアキラの担当になったことを知らせるものだった。

「そういう訳で、私がアキラの担当になったわ。クガマヤマ都市の、アキラ専用の窓口だと思ってちょうだい」

「専用の窓口って……、随分大袈裟だな」

「そんなことはないわ。アキラはハンターランク50のハンターなのよ？　そこらのハンターと同じ扱いは出来ないわ」

「そういうものか。でもちょっと意外だな。俺の担当なんて、キバヤシが嬉々としてやりそうな気がするけど」

「えー、アキラは私よりもキバヤシの方が良いの？」

ヒカルのわざとらしい不満の声に、アキラが笑って返す。

「そういう意味じゃないよ。ヒカルかキバヤシのどっちか選べって言われたら、俺もキバヤシよりヒカルの方が良いって」

「でしょう？　まあそう言ってくれると私も嬉しいわ。アキラ。ありがとね」

仲を深める為の歓談を兼ねた着任の挨拶を、ヒカルはこれぐらいで切り上げることにした。ここからは本題の方に入っていく。

「それでアキラ、ハンター稼業の予定の方はどうなってるの？　特に決めてないのなら、私が良い感じの依頼を斡旋してあげるわよ？　任せておいて。実は私もイナベ区画長には目を掛けられてるの。都市幹部の伝も使って、とびっきりの依頼をもぎ取ってきてあげるわ」

自分は都市の大派閥の長からも一目置かれているのだと、ヒカルは暗に自身の有能さを伝えるように、自信たっぷりの口調でそう話した。

そしてアキラはその話を、イナベがヒカルを介して自分にハンターランクを上げやすい依頼を斡旋しようとしている、と判断して前向きに捉えた。しかしその話を気軽に受けられない事情もあった。

「あー、依頼を斡旋してくれるのは助かるんだけど、実はまだ装備の調達が済んでないんだ」

「大丈夫よ。それぐらいこっちで調整するわ。いつ頃になりそうなの？」

「俺にも分からない。実はちょっとややこしいことになってて……」

アキラから詳しい事情を聞いたヒカルが、自信に溢《あふ》れた声で言う。

「分かったわ。その話、私が纏めてあげる」

「出来るのか？」

複数の企業の利害が絡んだ交渉を纏めることがどれだけ難しいことなのかは、拙い交渉能力しか無いアキラでも流石に理解できる。驚いて思わず聞き返していた。

「ええ。任せておいて」

そしてそれがどれだけの面倒事なのかをアキラ以上に理解しているヒカルは、その上でそう言い切った。

「他にも似たようなことを抱えてるのなら遠慮無く言ってちょうだい。一緒に片付けるから」

「えっと……、それなら、実は吉岡重工とちょっと揉めてるっていうか……」

アキラと吉岡重工の揉め事についても、ヒカルはアキラから話を聞いた上で、軽く言う。

「分かったわ。そっちの交渉も並行してやっておくわね。他には？」

「いや、それぐらいだ。……随分あっさり引き受けたけど、本当に大丈夫なのか？」

アキラもヒカルが出来もしないことを安請け合いしているとは思っていない。しかしヒカルがそう言うのであれば大丈夫だと、安易に信じるのも難しかった。

そのアキラの少し訝《いぶか》しむような声を聞いても、ヒカルは気にした様子も無く答える。

「ええ。大丈夫よ。自慢に聞こえるかもしれないけど、私はこれでもこの歳で広域経営部に入った才女なの。そこら辺の人と一緒にしてもらっちゃ困るわ」

それがどれだけ凄いことなのかはアキラには分からない。しかしクガマヤマ都市での一定の基準を、少なくともヒカルが自慢したくなるほどの高い水準を超えていることは分かった。

「そうか……。ヒカルって凄いんだな。それじゃあ、頼んだ」

「ええ。任せておいて。アキラ。またね」

機嫌の良い声でそう言い残し、ヒカルは通話を切った。

アキラが何となくアルファを見る。

「装備の件はこれで解決……で、良いのかな？」

『そうね。そう考えておきましょうか』

アルファもアキラがいつまでもハンター稼業に戻れないことは望まない。強硬策に出るよりは、それで良しとした。


アキラとの通話を終えたヒカルが、感じた大きな手応えに比例する大きな息を吐く。

「よーし。バッチリだったわ」

アキラが抱えていた問題を解決すれば、アキラからの信頼も大幅に上がる。その上で、成果を効果的に稼げる依頼を斡旋すれば、更に関係を深められる。

キバヤシとも交流があるようだが、アキラも自分とキバヤシなら自分の方が良いと言ってくれた。アキラにキバヤシより自分との関係を重視させるのは十分に可能なはずだ。

上手くいけば、アキラとの繋がりを足掛かりにして、都市の幹部になることも夢ではない。そう思い、思わず顔を綻ばせる。

「さーて、どこから手を付けましょうかね。早めに依頼を斡旋する為にも、まずは装備の方か」

希望の未来を実現させる為に、ヒカルは張り切っていた。

第194話　酒場での話

病院送りになったアキラがまだ病室で眠り続けていた頃、ヤナギサワは部下に命じてクズスハラ街遺跡からカツヤの死体を密《ひそ》かに運び出させていた。そして隠れ家でカツヤの死体の検死を終える。

死体は間違いなくカツヤ本人のものであること。この状態から蘇生《そせい》させることは旧世界の技術を以てしても、少なくとも自分が知る限りでは不可能であること。ヤナギサワはそれらを納得するまで、部下に任せずに自分で調べるほど執拗《しつよう》に確認して、カツヤの死を確定させた。思わず軽く安堵する。

（……連中と契約していたのはこいつのはず。そのこいつが死んだことで、連中の試行は振り出しに戻った。猶予は大幅に伸びたはずだ）

普段から軽薄な笑顔で内心を隠しているヤナギサワの顔に、その安堵がわずかに浮かぶ。今回の件はヤナギサワにとって、その油断が生まれるほどに重要なことだった。

その時、ネルゴから通信が入った。ヤナギサワはそれで自身の気の緩みに気付くと、意識を切り替えて表情を普段の笑顔に戻した。

「はいはーい。ヤナギサワでーす。何の用？」

「同志がカツヤの死体を回収したと聞いている。そのことで少し話がしたい」

「それ、結構隠してたことなんだけど、どうやって知ったの？」

「こちらにも情報源はあるということだ。それでどうなのだ？　カツヤは死んでいるのか？」

「死んでるよ。ああ、そういえばカツヤを確保する予定だったんだっけ？　死体で良いなら持っていく？」

「脳は生体部品として再利用可能な状態か？」

「いやー、無理だな」

「では不要だ」

意図的に再利用不能な状態にしたのか。その点に関してはヤナギサワも言わず、ネルゴも指摘せず、再利用不能な状態であることの認識の共有に留《とど》めていた。

「同志にもう一つ尋ねたいことがある。アキラというハンターを同志はどう評価している？」

「どうって言われても、スラム街出身のハンターだし、旧領域接続者じゃなさそうだってのは、前にそっちから説明されて、俺も納得したはずだけど」

「そういう意味ではない。彼の……、そう、あの大型巨人を倒した意外性などを含めた、総合的な評価の話だ」

「総合的な評価ねー。まあ、強いとは思うよ？　カツヤを殺したのも彼だしね」

ヤナギサワはそう答えながら、アキラの調査結果を思い出していた。

取るに足らないスラム街の子供が、わずかな期間でハンターランク50にまで到達した。その驚異的なまでの成り上がりは、確かに自分に連中の関与を疑わせたほどだった。

しかし大型巨人と戦うアキラの光景を確認したことで、その懸念は大幅に下がった。ヤナギサワが確認した光景は、ネリアの義体の情報収集機器や、黒狼の索敵機器などから取得したデータを解析して得たものであり、部分的に粗いところもあった。だがそれでも分かるほどに、アキラは大型巨人との戦闘中に、急に、そして急激に強くなっていたのだ。

通常時であれば、それを根拠に連中の関与を強く疑った。しかしその時はツバキによる通信障害の最中であり、それは不可能だった。つまりアキラの自力であることが確定した。

良く言えば、窮地で覚醒する者がいる。悪く言えば、死ぬほど追い詰められなければ、どうしても本気を出せない者がいる。死地から何度も不自然なまでに生還した戦歴を持つアキラだが、それもアキラが後者の人間であれば辻褄《つじつま》も合う。

また、アキラはカツヤを殺している。そしてカツヤが連中の契約者だったのは、ほぼ確定している。契約者同士で殺し合うことは考え難い。通信障害中で契約者の制御が出来なかったとしても、仮にアキラとカツヤの両方が契約者だったならば、対象とは殺し合うなと事前に厳命ぐらいするだろう。

よってあのアキラの実力は自力であり、連中の手助けによるものではない。つまりアキラは連中の契約者ではない。ヤナギサワはそう判断していた。

「でも彼より強いハンターなんて幾らでもいるし、現時点で彼に興味は無いかな」

ヤナギサワはネルゴが敢えて本題からズレた質問をしたことに気付いた上で、その解釈を含めた返答をした。つまり、そちらがアキラを取り込みたいのであれば好きにしろ、カツヤの時のようにこちらに確認を取る必要は無い、という意図を示した。

「なるほど。了解した」

尚《なお》、ネルゴがこのような質問をした本当の意図は、アキラに対するヤナギサワの認識から、アキラの危険性を調べる為だった。同志であるザルモはアキラのことを非常に危険視しているが、その認識はどの程度妥当なものなのか。ネルゴはヤナギサワの認識からそれを計ろうとしていた。


食い違う意図がアキラの評価を捩《ね》じ曲《ま》げる。ヤナギサワとネルゴ、協力関係を築いてはいるが、目的を同じくしない者達の限界がそこにあった。

「そういえば、ドランカムへの潜入は続けるの？」

「中止する。彼が死んだ以上、潜入を続ける意味は無い。私は建国主義者討伐戦で死亡したことになっている。そのまま離脱する」

「ふーん。まあ離脱するまでもなく、ドランカムそのものが瓦解するかもしれないけどね」

ヤナギサワもネルゴも、カツヤがいないドランカムに興味は無い。目を覚ましたアキラがドランカムを壊滅させようと、どうでも良かった。

ネルゴとの話を終えたヤナギサワが、改めてネルゴ達のことを考える。

ネルゴ達は死を恐れない。だがそれはその不死性によるものではない。大義成就の為に生き、過ごし、殺し、死ぬ。自身の命と人生を大義の下に置く、その価値観によるものだ。

不死性による蛮勇など、その不死性を一時的に失わせるか、そうなったと誤認させるだけで対処できる。十分に脅せる。だが思想の為に笑って死ぬ者達に死の脅しは通用しない。それで本当に死ぬのだとしても、その死を許容して変わらずに、揺るぎ無く行動するからだ。

今は協力関係を築けている。しかしその関係もいつまで続くかは分からない。自分とネルゴ達が目的そのものを共有していない以上、自分自身よりも重要な絶対に譲れないその目的の為に、いつ敵対しても不思議は無い。十分に気を付けなければならない。

しかしそれは非常に大変だ。

「……大変だなー」

ヤナギサワは改めてそう思い、軽薄な笑顔を消して、本心で溜め息を吐いた。

◆

カツヤの死はドランカムに多大な影響を与えていた。

シカラベの友人であり、ドランカムの幹部でもあるアラベは、拠点の会議室で疲労の滲んだ重苦しい雰囲気を出していた。そこに呼ばれたシカラベも、気持ちは分かるという表情を浮かべている。

「それでアラベ、今はどんな状況なんだ？」

「そうだな、まず、事務の連中は壁の内側のスポンサー連中への事態の説明に追われてる」

ドランカム事務派閥は防壁内の住人達を相手に、カツヤが今後も成り上がる前提の下で、カツヤを主軸にする長期契約を幾つも結んでいた。

ハンター徒党がそのような長期契約を結ぶ場合、本来ならば契約期間中に主要なハンターが死亡したとしても、代わりの人員を割り当てて続行するような、柔軟な契約内容にするのが普通だ。

しかし今回はカツヤの存在が大前提となる契約にしてしまった。そしてカツヤの死によりその全てが台無しになった。その所為で、一連の計画を推進していたミズハは、違約金の支払を含めた交渉に忙殺されていた。

その話を聞いたシカラベが、軽く呆れたように笑う。

「忙殺か。どうせ事務連中、意図的にそうしてるんだろ？」

「だろうな。何しろ交渉場所は壁の内側だ。ずっと続けていたいだろうさ」

シカラベとアラベは、その事務派閥の者達を馬鹿にするように軽く笑い合った。そして現状から目を逸らすのをやめて、非常に面倒そうな顔をする。

「それで、アキラの状況は？」

「遺跡から重体で病院に運び込まれて、今も意識が戻っていないらしい。もっとも高い治療を受けたことで命に別状は無し。近い内に目を覚ますだろうって話だ」

「そうか……。そりゃ揉めそうだな」

「ああ。事務連中の所為とはいえ、ドランカムはアキラを敵に回したんだ。向こうの出方次第でドランカムは終わりだな」

都市の大派閥の長とも深い関係がある高ランクハンターと敵対している。これだけでもドランカムの存続はかなり怪しい。

加えて、アキラがドランカムという組織そのものを敵視して、完全武装の状態で襲撃してくる恐れもある。その場合、アキラに拠点ごと物理的に消し飛ばされても不思議は無い。建国主義者討伐戦でアキラが大型巨人を一人で倒したことは、シカラベ達も知っていた。

誰もが頭を抱えたくなるほどに、ドランカムは前途多難な状況だった。

ドランカムはアキラが目を覚ました後も有効な対処を取れないでいた。

アキラが武力行動に移れない入院中の間に和平交渉を試みようとしても、軟禁状態の所為でそもそも接触できない。キバヤシに仲介を頼んでも、今のアキラにドランカムの話をして刺激するのは危険過ぎると断られる。そして手をこまねいている間にアキラは退院してしまう。

シカラベもドランカム存続の為にアキラと敵対するつもりはない。そもそも事務派閥が招いた事態だ。その尻拭いの為に命を懸ける気などさらさら無い。

しかしそれでもドランカムに愛着はある。そうでなければクロサワがドランカムから離脱した時に、その誘いに乗って一緒に出ている。

それらの気持ちが混じった複雑な胸中で、シカラベは決断した。

「……腹を括《くく》ってアキラと会うか。アラベ。付き合え」

「……分かった。全く、俺はとっくに実戦から退いてるってのに、また命懸けかよ」

「何言ってんだ。ハンターってのはそういうもんだろ？」

「そうだな」

シカラベとアラベ、結成当初からドランカムにいる二人の古参ハンターが笑い合う。ある意味で自分達の長年のハンター稼業の中でも類を見ないこの苦戦必至の事態を前に、それでもどこか楽しげに笑っていた。

◆

直《じか》に会って話がしたい。シカラベからそう連絡を受けたアキラは、その口調にどこか真剣なものを感じたこともあって、深くは聞かずに会うことにした。簡単に準備を済ませて、前にも行った歓楽街の酒場に向かう。

歓楽街は今日も多くのハンターで賑《にぎ》わっていた。アキラは以前と同じく多くの者とすれ違う。しかし明確に異なるものもある。そこにいる子供に、弱者を見る目を向ける者はどこにもいなかった。

自分は弱い。かつては事実だったその認識に引き摺られて、自身の実力を過剰に過小評価するアキラの心の傾向は、良くも悪くも既に無い。

ユミナは強かった。そのユミナを殺した自分を弱く思うなど、ユミナへの侮辱だ。

自分の力が正しく、或いは過大に評価されていれば、ユミナを殺さずに済んだかもしれない。

自身を弱者とみなして捻《ねじ》れた心は、それらの想いでその捻れが緩み戻るのではなく、より強く捻れて歪《いびつ》になっていた。

強くならなければならない。ユミナを殺してでも生き残ったのだから。

強いと認められなければならない。また、繰り返さない為に。

捻れた心がそう望むままに、アキラは更なる強さを求める。その想いは、正の精神情報の送信が酷く苦手な旧領域接続者であるアキラから、負の精神情報として周囲に念話として漏れ出していた。

それにより、今までは見下され軽んじられていた故に埋没していたアキラという地雷が、その存在を露見させる。アキラとすれ違うハンター達は、その見えている地雷を間違っても踏まないように、大きく距離を取っていた。


シカラベはアラベと一緒に酒場の2階の奥の席でアキラを待っていた。待っている間に少し酒を入れたシカラベとは異なり、アラベは一滴も飲んでいない。

「シカラベ。程々にしとけよ？」

「分かってるって。なあに、ちょっと酔ってるぐらいの方が、アキラもこっちを変に警戒しないだろう。その為だよ。……それに向こうが殺しに来てるなら、素面《しらふ》だろうが泥酔してようが大して違いはねえよ」

笑ってそう言ったシカラベに、アラベも苦笑を返す。

「……まあ、そうだな」

「だろ？　おっと、お前は飲むなよ？　上手くいって細かい交渉の流れになったら、そこからはお前の仕事なんだ。それを酒が入った頭でやる訳にはいかねえだろ？」

「へいへい。そうなるように期待してるさ」

ある意味での決戦を前に、シカラベ達は笑って話していた。そして時間通りにアキラが現れる。

アキラの姿を見た途端、シカラベの酔いが覚めた。

公開されているアキラのハンターランクや、出回っている建国主義者討伐戦の映像などから、シカラベもアキラの大凡《おおよそ》の実力は把握していた。そこからアキラが飛び抜けた実力者であることは事実だと、客観的には疑いようが無いのだと考えていた。

そして不安を覚える。

もしアキラと直に会って、完全な主観だけでアキラを見て、実際のアキラを取るに足らない者だと感じてしまったら。

その時は、自分は自分の勘を二度と信じられなくなるだろう。下手をすればそのままハンター廃業だ。自分の勘に自分の命を預けられないようでは、荒野という死地で無難な選択を繰り返し、ありふれた死を迎えるだけだ。

そう思い、シカラベはドランカムの件とは別に、ある種の覚悟を決めてこの場にいた。

そして懸念は杞憂となった。シカラベの前には、黒狼の部隊ですら撤退を強いられた大型巨人を個人で撃破した者が、それが可能なハンターが、確かにそこにいた。

（……俺の勘も、ようやく調子が戻ったか）

自分の勘への信頼を取り戻したシカラベが、安堵しながらアキラに席を勧める。

「まあ座ってくれ。まずは飲むか？」

「遠慮しとく。俺は飲まない方なんだ。いや、その前に、子供に酒を勧めるなよ」

少し呆れた様子を見せたアキラに、シカラベが楽しげに笑う。

「酒は体に悪いってか？　ハンターなんだ。関係ねえだろう。荒野でモンスターと戦うなんて、命に関わるほど体に悪いことをいつもやってるんだからな。酒の体への悪影響なんて誤差だ。回復薬もあるしな」

「そういう問題じゃないと思うけど……」

アキラはそう言いながらシカラベの向かいに座った。

「それで、話って何だ？」

「そうだな。回《まわ》りくどいことは無しだ。単刀直入に聞こう。アキラ。お前、ドランカムをどうする気なんだ？」

質問の内容がよく分からない、という顔をするアキラを見て、シカラベはアラベと一緒に、その反応は予想外だったという様子を見せた。

「あー、ほら、カツヤ達がお前を襲っただろ？　あれは俺達にとっては事務連中が勝手にやったことなんだが、お前にとってはドランカムに襲われたことに違いはねえ。それで、お前はドランカムに対してどこまで報復する気なんだって話だ」

「あー、そういう話か」

アキラはようやく納得したように軽く頷いた。そして少し難しい顔で答える。

「あれは、俺にとってはドランカムっていうよりカツヤ達だし、そのカツヤ達はもう殺したから、今のところ俺からドランカムにどうこうする気は無いよ。そっちからまた襲ってくれれば別だけどな」

命じた者と、それを実行した者。その両方に報復するとしても、アキラにとって、命じた者はドランカム事務派閥ではなくウダジマだ。そしてアキラはウダジマが都市の幹部だからという理由で都市そのものに報復する気は無いように、ドランカムそのものを報復対象にする気は無かった。

その返事を聞いたシカラベ達は、その内容が予想外だったこともあって少々驚いた。しかし自分達に都合の良い内容だったこともあって、指摘はせずに話を進める。

「そうか。それなら大まかな話はこれで終わりだ。あとは細かい話をアラベとやってくれ。おっと、紹介が遅れたな。そいつはアラベだ。ドランカムの幹部で、内外の交渉とかをやってる」

アラベが深々とアキラに頭を下げる。

「アラベと申します。本日はアキラさんとの和平交渉の為に同席しております」

「和平交渉？　大袈裟だな。さっきの話じゃ駄目なのか？」

面倒臭い、という態度で聞き返してきたアキラに、アラベが敢えてわざわざ和平交渉をする利点を説明していく。

ドランカムの中には、主に事務派閥の者だが、アキラにいつ襲撃されるのか、戦々恐々としている者も多い。

そのような者達に先程のアキラの話を聞かせても、単純に安堵する者もいるだろうが、逆にその穏便な対応を、不可解に甘い、と捉える者も出る。そしてその甘さの理由を、後で潰すつもりだから、と邪推して、どうせ殺されるのであればと、暴挙に出る恐れも完全には否定できない。

そこでハンターオフィスを介した和平交渉を成立させる。そこにドランカム側が許容できる範囲での賠償を含めておけば、これだけの賠償を支払ったのだからアキラの方も武力行使を控えるだろうと、事務派閥の者達も安堵できる。

だから余計な面倒事が起こるのを防ぐ為にも、和平交渉は多少面倒でもやっておいた方が良い。アラベはそう言ってアキラを説得した。

アキラもその内容には納得したが、自分が交渉事に不慣れなこともあって難しい顔のままだった。その様子を見てシカラベが口を出す。

「自分でやるのが面倒なら、代理人でも立てたらどうだ？　自動人形の交渉の時には、キバヤシってやつに代理を頼んでただろ？」

そう助言されたアキラだが、キバヤシに頼もうとは思わなかった。しかし交渉の代行を頼めそうな者が最近増えたことを思い出す。

「……ちょっと待ってくれ」

アキラは情報端末を取り出すと、その心当たりの人物に連絡を入れた。

事情を聞いたヒカルは、アキラの頼みを喜んで引き受けた。

「分かったわ。和平に説得力が出るように、ドランカムから搾り取る感じで纏《まと》め上《あ》げれば良いのね。任せて」

「……一応言っとくけど、搾り取ることが目的じゃないからな？」

「分かってるって。大丈夫よ。ちゃんとやっておくわ」

本来ならばキバヤシが担当していたであろう交渉を、アキラの方から自分に担当を変えてくれたことに、つまりキバヤシから成果を横取りする機会を得たことに、ヒカルがやる気をみなぎらせる。

「それじゃあ早速始めるわね。………………アラベ様ですか？　私はクガマヤマ都市、広域経営部所属のヒカルと申します。都市におけるアキラの担当者として、今回の和平交渉の代行をさせて頂きます。早速ですが……」

ヒカルはアキラと話しながらアラベにも通信を繋いで、早速ドランカムとの交渉に入った。

都市の広域経営部から突然連絡が来たことに、そしてその相手がアキラの担当者だということに、アラベは慌てながらも交渉を始めた。

シカラベがその様子を見ながら軽く笑い、高い酒を注いだグラスを空にする。

「アキラ。奢《おご》るから好きに頼んでくれ。酒が駄目なら料理でも良いし、何なら女でも良いぞ？　前にも少し話したが、ここの3階は娼館《しょうかん》だからな。好きなだけ呼んで、好きなだけ侍《はべ》らせてくれ」

「……だから、酒も女も子供に勧めるもんじゃねーだろう」

「そうだな！」

酒が入ってきたシカラベは、そのアキラの返事にも楽しげに笑っていた。アキラが小さく溜め息を吐き、気を取り直して言う。

「わざわざここまで来たんだ。遠慮無く好きに頼ませてもらうぞ。高いやつから順に頼んでやる」

「良いぞ？　この店の食材を空にしたって、お前と戦った場合の被害額に比べれば誤差だ。俺の酒代もな」

シカラベはそう言って、また高い酒をグラスに注いでいく。アキラも本当に気にせずに高い料理を注文した。

そのまま雑談をしていると、酒の入った頭のシカラベが、カツヤのことを話し出す。今のアキラには少々危険な話題だが、アキラは食事を続けながら話を聞いていた。

「……それでな、俺はあいつのことが大嫌いだったんだが、いや、今でもあいつのことは嫌いだが、そうじゃなくて……」

酒を足して、酒を足して、シカラベが話を続ける。

「……初めの内は、死んだやつをいつまでも嫌ってても仕方ねえって、そういうことだろうって思ってたんだが……」

酒も足して、疑問も足して、シカラベが話を続ける。

「……どうしてあいつのことがあそこまで嫌いだったのか、分からねえんだ……」

酒も、疑問も、自分へのいらだちも足して、話を続ける。

「幾ら考えても分からねえ……。どうしても分からねえ……。確かにあいつは生意気なガキだったが、それだけじゃねえか……。むかつくことも多かったが、あいつはあいつなりに仲間を助けようとしてたじゃねえか……」

あの自分でも訳が分からないカツヤへの嫌悪さえ無ければ、何かが違っていたのではないか。その悔いを込めて、シカラベは話し続ける。

「結局あいつは……、自分で助けた仲間を引き連れて、そのまま一緒に死にやがった……。馬鹿な死に方しやがって……」

それを止められなかった自分への自虐まで込めながら、シカラベはどこか寂しげに、愚痴を交えてカツヤへの複雑な想いを語っていた。

そしてその話を、アキラはそのカツヤを殺した者として、静かに聞いていた。


シカラベが酔い潰れた辺りで、アキラの胃も許容量を超過した。ヒカルとアラベの交渉もこの短時間では終わらず、この場は解散となった。

帰り道、アキラがふとシカラベの話を思い出す。

『なあアルファ。シカラベが言ってたカツヤの話だけどさ。あれ、どう思う？』

『カツヤのことを、なぜあそこまで嫌いだったのか分からないって話？　特に思うことは無いわね』

『それは、別に不思議なことじゃないってことか？』

『ええ、そうよ』

『……そうか』

なぜ不思議ではないのか。アルファはその説明を省略した。そしてアキラも、不思議なことではないのなら、そういうものかと思い、そこで思考を止めてしまった。

アルファが子供を窘《たしな》めるように微笑む。

『まあ、嫌いだから嫌いだって理由もあるにはあるのでしょうけれど、そこから嫌う為に嫌うようになってしまえば、どこまでも嫌えるものよ。その切っ掛けになった理由なんて忘れてしまうほどにね。そういうのが嫌なら、アキラも大した意味も無く何かを嫌うのはやめておきなさい。敵を不用意に作らない為にも大切なことだわ』

アキラも笑って返す。

『……そうだな。気を付けるよ』

敵など皆殺しにしてしまえば良い。かつてはそう思っていた。だがそれでは駄目だった。殺したくない者と敵対することもあるのだから。

それは甘い考えなのかもしれない。そう思いながらも、それでも、繰り返さない為に、殺したくない者を殺さずに済むように、アキラはその甘さを肯定した。

アルファも嬉しそうに微笑む。これでアキラとの接続が切れた時に、アキラが無差別に敵意を振りまいて不要な敵を増やす恐れが少しは減った。そう思って笑っていた。

◆

ヒカルから装備調達交渉が纏まったという連絡を受けたアキラは、新しい装備をシズカの店で受け取ることになった。

予定の時刻の少し前に店に来たアキラを、多くの者が笑顔で出迎える。まずはヒカルだ。得意げな顔をアキラに向けている。シズカはいつもの微笑みでアキラを迎えた。エレナとサラも一緒に楽しげに笑っている。

機領の営業であるマエバシと、ＴＯＳＯＮの営業であるソメヤは、今回の交渉の勝者として、ハンターランク50の得意先候補という金の生《な》る木へ向けるのに、企業の営業として相応しい笑顔を浮かべていた。同行させた社員達も、上客に失礼の無いように姿勢を正している。

そしてシズカは、企業の者達がそれだけの態度を取る者に対して、普段と変わらない態度で声を掛ける。

「アキラ。いらっしゃい。こっちよ」

「はい」

アキラもいつものように、嬉しそうに笑って答えた。

アキラは店の倉庫で新装備を装着しながら、マエバシ達から装備の説明を聞いていた。

アキラの新装備は、今回もＣＡ３１Ｒ強化服とＬＥＯ複合銃を基本としたものだ。しかしその総合的な性能は別物になっている。

元々ＣＡ３１Ｒ強化服は、多彩な拡張部品の使用を前提とした多目的強化服だ。前回は予算の都合もあって高価な拡張部品の使用を控えていたが、今回は違う。強力な拡張部品を存分に組み込むことで、その性能を段違いに上げていた。ＬＥＯ複合銃にも同様の改造がなされている。

そこまで強力な装備になると、使用する弾倉やエネルギーパックなども、今までアキラが使っていたような低性能な物ではその性能を出し切れなくなる。もっともその問題は、アキラがハンターランク50になったことで解決した。高ランクハンター向けの品の購入が解禁されたのだ。

既にアキラはハンターランク50相当の弾薬購入費補助を得ていたとはいえ、それは購入自体は可能な品を安く買える権利であり、ハンターランクによる購入制限を解除するものではない。ここからは質そのものが大きく向上する。

片手で持てる大きさだが、大型のエネルギータンクを超える大容量の小型エネルギーパック。総弾数も最大威力も向上したＣ弾《チャージバレット》の拡張弾倉。加えて非常に高性能な回復薬など、アキラの武力を支える消耗品の品々も、高ランクハンターに相応しい物に変わった。

これだけでもアキラは大幅に強くなった。しかし新装備の目玉は別にある。それはＣＡ３１Ｒ強化服のオプション品であるＡＦレーザー砲だ。

もっとも厳密にはレーザーを撃つ訳ではない。エネルギーを過剰に供給されたＣ弾《チャージバレット》などが、崩壊しながら射出される時の光景などと同じで、まるでそう見えるだけの、いわゆるのレーザーだ。使用の際には弾丸が必要となる。

それでもこのＡＦレーザー砲は、ハンターランク50未満の者には購入制限が掛けられているだけあって、桁外れの威力を持っている。普段は強化服の背中に折り畳まれて小さくなった状態になっており、使用時には自動で変形して砲となる。その制御は強化服を介して行われる。

その辺りの説明を聞いたアキラが、ＡＦレーザー砲の起動を試してみる。小さく纏められた状態だった背中の砲が変形し、組み立てられて大型の砲になりながらアキラの右肩の上を通って前に出た。

「おー、何か凄そう。これならあの巨人みたいなやつも簡単に倒せますかね？」

アキラから軽い気持ちでそう尋ねられたマエバシが、機領の営業として言葉を選ぶ。

「このＡＦレーザー砲も無しにあの巨人を倒したアキラ様です。これを使えば前回より容易な撃破が可能でしょう」

下手に、はい、出来ます、などと言ってしまえば言質になってしまう。流石にマエバシも、このＡＦレーザー砲を使えば、あの巨人を誰でも容易く撃破できるなど、営業用の口上であっても言えなかった。

使用者をアキラに限定した上で、簡単に倒した、という言葉を、前回より容易、と言い換えて、明確な回答を避けた。

正確な回答などされていないことにも気付かずに、アキラはその返答に満足して機嫌良く頷く。そして満足したからこそ、その後に少し難しい顔をしてヒカルを手招きし、小声で尋ねる。

「ヒカル……。これ、本当に只《ただ》で大丈夫なのか？」

ＡＦレーザー砲まで付属した最高額構成のＣＡ31Ｒ強化服。そして強力に改造済みのＬＥＯ複合銃2挺《ちょう》。普通に買えば50億オーラムは軽く超えるこれらの品を、アキラはヒカルの交渉により実質無料で手に入れていた。思わず何らかの詐欺かと疑ってしまいそうなほどの内容に、アキラは改めてヒカルに確認を取っていた。

ヒカルが得意げに答える。

「大丈夫よ。どういう交渉をしてこうなったかは、ちゃんと説明したでしょう？」

「そ、そうだけどさ……」

これらの品は、厳密にはアキラに貸し出された物だ。しかし返却の義務は無く、壊してしまっても弁償する必要は無い。これらの代金は、アキラが次に強化服を買う企業が負担する契約になっている。

交渉を延々と続けてアキラの装備調達を遅らせて不興を買うよりは、次も機領から強化服を買うというアキラと機領の契約を速やかに終わらせて、その次の買い換えの機会を早めた方が良い。ヒカルは機領以外の企業にはそう言って説得した。

そして機領に対しては、出来る限り高性能な装備を提供してアキラに大活躍してもらった方が良い宣伝になる、と言って説得した。

更に他企業には、強化服の買い換えを促進するような依頼をアキラに斡旋すると約束する。また機領には、良い宣伝になる依頼を斡旋すると約束する。

その上でアキラには、強力な装備が必要だが、それだけに大きな成果を得られる依頼を斡旋すると約束した。

高性能な強化服の買い換えが短期間で必要になることを、機領も他企業もアキラも理由は違えど望むように、全員の利益になるように、ヒカルは交渉を纏め上げていた。

「高価な品を只で貰《もら》うのが気後れするのなら、それを使って大活躍して、装備の性能をしっかり宣伝してちょうだい。アキラなら、出来るでしょう？」

そう言って調子良く笑うヒカルを見て、アキラも余計な心配をするのをやめた。笑って返す。

「分かった。それじゃあそっちも、それだけ宣伝できる依頼の方は頼んだぞ？」

「ええ。任せといて」

気を切り替えたアキラが、そこでエレナ達を見てふと思う。

「そういえば……、エレナさん達は装備の更新とかしないんですか？」

前回の時のようにエレナ達の装備も含んだ契約になっていて、今日もその為にここにいるのだろう。アキラはそう思っていた。

しかしエレナは首を横に振る。

「今日は仕事よ。彼女に護衛に雇われたの」

「……護衛？　ヒカル。エレナさん達と一緒にどこか行くのか？」

そう言って不思議そうな顔をしたアキラに、ヒカルも不思議そうな顔を返す。

「どこって、ここよ。防壁の外に出るんだもの。護衛ぐらい要るでしょう？」

「そ、そうか」

ヒカルの感覚では、ここは護衛が必要なほど危険な場所だった。アキラはそれを理解して、自分とは余りにも感覚が違うことに、少しだけたじろいだ。

第195話　間引き依頼

4台の大型装甲車両がクガマヤマ都市の東の荒野を進んでいる。アキラはその先頭車両の屋根の上でエレナ達と一緒に荒野を眺めていた。

「エレナさん。もう結構走ってますけど、これと言って景色に代わり映えは無いですね」

「大分東に進んだとはいえ、東部の広さに比べれば微々たるものだからね。一目瞭然の違いが出るのは、もっともっと東のツェゲルト都市辺りからよ。あの辺だと、空に島が浮かんでる光景とかが普通に見えるらしいわ」

「空に、島が。へー」

アキラは面白そうに軽く頷いた。そこでサラが一応釘を刺す。

「アキラ。代わり映えしない景色でも、棲息《せいそく》してるモンスターの強さはクガマヤマ都市の周辺とは段違いよ。そこは油断しないでね」

「はい。勿論です」

アキラはしっかりと答えた。そのアキラを見て、サラがからかい半分で続ける。

「頼もしいわー。流石ハンターランク50のハンターは違うわね？」

「あー、はい」

いえいえ、俺なんてまだまだです、とは言いたくなかったアキラは、少し照れながらもそう答えた。すると今度は、エレナがアキラに向けて意味深に微笑む。

「ようやくアキラも変な謙遜をやめたようね。良いことだわ。さん付けとかもやめて良いのよ？　何しろ今日はアキラが私達の雇い主なんだから」

「い、いやー、それはちょっと……」

笑ってごまかそうとするアキラの様子を見て、エレナ達は楽しそうに笑った。

そこでクロサワから車内に戻るように指示が来る。アキラはエレナ達を急《せ》かすようにして一緒に車内に戻った。

車内にはクロサワの他にシカラベとエリオがいる。そしてヒカルにも通信が繋がっている。アキラ達が戻って参加者が全員揃ったところでクロサワが話を始める。

「そろそろ作戦予定地域だ。ここで作戦内容を再確認しておく。俺達の目的は該当地域のモンスターの間引きだ。ただし通常の間引き依頼ではなく、大流通関連の依頼であることを改めて認識してくれ」

大流通とは統企連が定期的に実施している大規模な流通支援のことだ。

東部に点在する各都市を繋ぐ流通は東部経済の生命線だ。しかしモンスターがうろつく荒野でその流通網を維持するのには莫大な労力が掛かる。維持費用がかさみ、多額の負債を抱えて破綻した輸送企業も少なくない。そして破綻企業の流通経路が失われたことで流通網が途切れてしまい、状況が更に悪化することも珍しくない。

そこで統企連は定期的に巨額を投じて流通の活性化を図っていた。それにより東部の人、物、金を掻《か》き混《ま》ぜて、東部経済の更なる発展を促進する為でもある。

「通常の間引き依頼なら、しばらく巡回してもモンスターを見掛けなくなった程度で済ませるが、今回は違う。広域からモンスターを根絶やしにするぐらいの水準が求められる。大流通の期間は都市間輸送車両も行き交うからな。それぐらいは必要だ」

都市間輸送車両とは、主に長距離の大規模物資輸送を担う、大型タンカー並みに巨大な輸送車両のことだ。その巨体による桁外れの輸送量で東部の物流を支えている。

それだけ巨大な物体が荒野を移動すると、当然ながら一帯のモンスターを非常に強く刺激する。地平の先からも大量の群れを引き寄せて、普段は遺跡の中に引き籠もっている個体ですら引き摺り出して呼び寄せる。

普通の輸送車両がその群れに巻き込まれては一溜まりもない。都市間輸送車両の移動経路の近くにある都市周辺にも悪影響が出る。よって都市間輸送車両がそこを通過しても大して影響が出ないように、事前にモンスターを大量に間引いておく必要があった。

勿論、これは流通網の整備も兼ねている。モンスターをそこまで間引いておけば、個体数が元に戻るまでの間は通常の輸送も安全に行えるからだ。

「今回の依頼元はクガマヤマ都市だが、俺達の作業場所は、普通ならミルカケワ都市が担当している辺りだ。まあそれでも向こうの担当範囲の中では比較的難易度の低い場所だがな」

クガマヤマ都市を活動拠点にしているハンター達が、普段とは違う領域に来たことを指摘されて、自然に気を引き締める。

「尚ミルカケワ都市は、ハンターランクが大体40から60ぐらいのやつらが活動してる都市だ。クガマヤマ都市ではハンターランクが40もあれば十分上澄み。こっちの上澄み連中が、向こうじゃ下限ってことだ。作戦場所のモンスターの強さはその辺から判断してくれ」

アキラ達が普通に話を聞いている中、エリオの顔色が少し悪くなった。クロサワは気にせずに話を続ける。

「さて、今回の依頼の担当者であるヒカルさんからは、俺達がそんな場所で多大な成果を上げることを期待されている。だが知ったことじゃない。俺は安全にやらせてもらう。そういう契約で指揮を請け負ったんだ。文句は言わせない」

ヒカルが表示装置の中で笑顔をわずかに歪ませる。しかし確かにそういう契約なので口出しはしなかった。

アキラに大流通関連の間引き依頼を受けさせたヒカルだが、流石にアキラ一人で現地に行かせるのは無理があると判断して、アキラを隊長にする部隊を編制することにした。

エレナ達はアキラと仲が良いという理由で誘われた。シカラベ達はドランカムとアキラの和解の一環として参加している。エリオ達は機領の総合支援システムの実地試験として部隊に加わっていた。

「俺は死人も重傷者も出す気は無い。絶対に無理はしない。どんな状況だろうが俺が撤退と言ったら撤退だ。全員、俺の指示に従ってもらう。良いな？」

クロサワはそう言って一度全員を見渡した。全員から無言の肯定が返ってきたことで、話を続ける。

「まあ、そうは言っても、たっぷり稼げる依頼だってことに違いは無い。安全厳守の範囲で出来る限り稼ぐつもりだ。俺達の主力はアキラだが、そのアキラがモンスターを蹴散らしてくれれば、俺の中にあるこれぐらいなら安全っていう判断基準も変わってくる。アキラが活躍した分だけ撤退が延びる訳だ。アキラ。そこは期待させてもらうぜ？」

「ああ。分かった」

「よし。この辺のモンスターはクガマヤマ都市周辺のやつらとは格が違うが、残弾なんて気にせずに撃てば十分に倒せる。それだけの弾薬も積んであるし、弾薬費は依頼元負担だ。ケチケチしないで気兼ねなくぶっ放せ」

クロサワが話の締めに入る。

「一応言っとくが、他の連中もアキラに任せっきりにしないでしっかりサポートすること。協力して安全に効率的に稼いで帰ろう。以上だ。各自、自分の車に戻ってくれ」

クロサワの指示でアキラ以外の者達が他の車に移動していく。ヒカルも通信を切った。

そこでサラがアキラに声を掛ける。

「アキラ。クロサワさんも言っていたけど、絶対に無理をしちゃ駄目よ？　危ないと思ったらすぐに撤退して。良い？」

「はい。ヤバいと思ったらすぐに逃げるので、その時は援護をお願いします」

「任せといて」

俺なら大丈夫などと変に調子に乗ることもなく、素直に逃げると答えたアキラの返事に、サラもエレナと一緒に満足そうに頷いた。そして走行中の車両から、二人で別の車両にあっさり飛び移る。

クロサワとシカラべは既に自分達の車両に戻って

いる。まだ残っているのはエリオだけだ。それを見てアキラが声を掛ける。

「エリオ。一度停《と》めるか？」

「だ、大丈夫だ」

エリオは意を決して車から飛び出した。総合支援システムの支援もあって、無事に自分達の車に飛び移ることが出来た。

車両に一人残ったアキラに、アルファが余裕の笑顔を向ける。

『安心しなさい。私がついているのよ？　この辺のモンスターぐらい、問題無く蹴散らせるわ』

『そうだな。助かる。ついでに、ヤバいことになんて絶対にならない、って保証してくれればもっと嬉しいんだけど』

モンスターの群れに襲われたり、過合成スネークもどきに丸呑《まるの》みにされたりと、アルファとの接続が切れていない時も、非常に危険な事態はいろいろあった。それらの意図を込めた意味深な目をアキラに向けられて、アルファがそっと目を逸らす。

『それはまあ、私にも予知能力がある訳ではないからね』

『全くだ。油断せずにいこう』

余裕と慢心の境目は曖昧だ。余裕は大歓迎だが、それを油断で慢心に変えては意味が無い。アキラはしっかり気を引き締めた。

◆

4台の大型装甲車両の一台は、エリオ達などシェリルファミリーの関係者に割り当てられている。移動中、徒党の武力要員の子供達は、様々な雑談で緊張を和らげながら暇を潰していた。

「この辺ってさー、クガマヤマ都市のハンター程度じゃモンスターが強過ぎて近寄れない所なんだろ？　大丈夫かな」

「大丈夫だろ。主力はアキラさんだし、他にもハンターランクが40を超えてるやつらが同行してる。それに指揮者のハンターは、安全第一の指揮を執るやつって話だ。俺達は数合わせみたいなもんだ。敵を離れた場所から撃つだけの楽な仕事だよ」

「……そ、そうだよな？」

「ああ、大丈夫だって」

不安を紛らわせる為に肯定的な意見を言い合って状況を楽観視する中、別の話題も出てくる。

「そういえば、知ってるか？　ドランカムにカツヤってやつがいただろ。あいつ、死んだらしいぜ」

「マジか？　あいつ、死んだの？　へー。何か凄そうなやつだったのに」

「あー、知ってる知ってる。でもその話、深掘りしねえ方が良いぞ」

「何で？」

「そいつ、アキラさんに殺されたらしい」

「マジか」

「ああ。事情は知らねえけどアキラさんと敵対したらしい。でもその辺はどうでも良いんだ。ほら、ユミナってやつがいただろ？　アキラさんと結構仲が良かったやつ」

「ああ、いたいた。アキラさんと仲が良過ぎて、ボスが怖い目をしてた女だな」

「カツヤを殺した時に、アキラさん、そのユミナも殺したんだってさ」

「マジか!?　あんなに仲良かったのに？」

「どれだけ仲が良かろうと、敵に回れば容赦ねえってことなんだろうな」

「そういうことか。怖えなー。でもアキラさん、ゼブラが裏切った時、その裏にいたヤザンってやつの徒党の連中を一人で皆殺しにしてたしなー。殺しに躊躇はねえってことか」

「それでも仲が良い相手を殺した話なんて、アキラさんも聞いて良い気はしねえだろ？　あんまり話さねえ方が良いと思うぞ」

「そうだな。俺も死にたくない。黙っとこ」

頼もしさよりも恐ろしさが勝る人物だが、それでも敵に回しさえしなければ大丈夫だろう。多分。その思いを同じくして、子供達は揃って頷いた。

そこにエリオが戻ってくる。

「エリオ。どうだった？」

「場違い感が凄かった……。いや、隊長だから会議に出ろってのは分かるんだけどさ」

少し疲れた顔でそう答えたエリオを、子供達が次々に労《いたわ》っていく。

「大丈夫だって。エリオは俺達を率いてるんだ。場違いってことはねえさ」

「そうそう。今の俺達なら、そこらのハンター崩れぐらい軽く蹴散らせる。その俺達の中でもエリオは一番強いんだ。もっと自信持ってくれよ」

「お前でダメなら俺達全員ダメダメだ。アキラさんが別格過ぎるだけだろ？　気にするなって」

自分を元気付ける仲間達の態度に、エリオが少し熱いものを感じる。

「お、お前ら……」

エリオの仲間達は誰も嘘《うそ》など言っていない。エリオに挫《くじ》けられると、次は自分達の誰かが代わりにアキラに付き合わなければならなくなる。それは勘弁してほしい。その思いでエリオの頑張りを本心で称《たた》えていた。

◆

アキラは再び車の屋根に上がっていた。両手にＬＥＯ複合銃を持って配置に付き、作戦の開始を待っている。

他の車はアキラから大きく距離を取っている。車載の武装ではなく乗員が戦う設計の大型装甲車両の、屋根の上や壁が変形して出来た足場で、アキラと同じく各自が配置に付いていた。

そしてクロサワからアキラに通信が来る。

「アキラ。そろそろ始める。準備は良いか？」

「いつでも良いぞ。始めてくれ」

「よし。Ａ車両の敵寄せ機を起動させる！　作戦開始だ！」

クロサワの合図と共に、アキラの乗るＡ車両の車内から異様な音と振動が発せられる。車載の非常に強力な敵寄せ機が起動したのだ。

モンスターを誘《おび》き寄《よ》せる敵寄せ機は、正しく使用すれば逃走時にも交戦時にも有用なこともあって、多くのハンターに普通に市販されている。

しかし一定以上の性能の物、極めて効果範囲が広くモンスターを強力に誘引する物などは、建国主義者がテロ目的で都市の近郊で使用する恐れがあることなどから、購入にも使用にも制限が掛けられている。

そしてA車両に搭載されている敵寄せ機は、使用に統企連の許可が必要なほど強力な物だった。各都市が統企連の許諾を取った上で、それを大流通関連依頼を受けたハンターに貸し出すという、厳格な使用手順が定められている代物だ。

勿論クロサワもいきなり最大出力で開始することはない。しかし強力過ぎる所為で、最低出力であっても市販されている敵寄せ機の出力を大きく超えている。すぐに効果が現れた。

アキラの視界の先にある遺跡からモンスターが次々に出現する。カニやエビやヤドカリなどを模した多脚戦車のような、体長10メートルほどの生物系にも機械系にも見える個体が、硬い装甲の上に大砲や機銃やミサイルポッドなどを生やして、続々と遺跡から飛び出してきた。

アキラがそれらのモンスターに両手のLEO複合銃を向ける。

『うーん。強そう。やっぱりサラさんが言ってた通り、似たような景色でもモンスターは段違いだな』

いつものようにアキラの側に立っているアルファが、自分の力を誇示するように微笑む。

『アキラ。それで、私はどの程度サポートする？　強そうに見えるのなら、無理はしない方が良いと思うわよ？』

建国主義者討伐戦の大部分を自分のサポート無しで乗り越えたアキラに、自分の力を改めて知ってもらう為に、アルファは全力でのサポートを促している。

『そうだな。じゃあ全力で……って言いたいところだけど、ちょっと注文をつけてもいいか？』

『良いわよ。何？』

『モンスターが弱いんじゃなくて、俺が強いって感じのサポートにしてくれ。その上で、俺の訓練にもなるように頼む』

『分かったわ』

面倒な注文をつけたと思っていたアキラは、アルファがそう軽く返してきたことに少し驚いていた。

『随分あっさり引き受けるんだな』

アルファが得意げに笑う。

『当然よ。簡単だもの』

それでアキラもアルファはそういう存在なのだと改めて認識した。意識を切り替えて笑って返す。

『そうか。じゃあ、頼んだ。やるぞ！』

『ええ。始めましょう！』

既にアキラは体感時間の操作を始めている。口頭であれば十数秒は掛かる会話を念話で一瞬で済ませると、目標に狙いを定め、両手の銃の引き金を引いた。２挺のＬＥＯ複合銃から無数のＣ弾《チャージバレット》が放たれる。

銃に装着されているエネルギーパックは、ハンターランク50未満の者では購入すら出来ない桁外れに大容量の物だ。そこから大量のエネルギーを供給されて威力を飛躍的に上げた弾丸が、大気中に微量に含まれる色無しの霧による射程と威力の減衰効果を突き破る。一直線に飛び、宙を貫いて標的に着弾した。

鋼より硬く、そこらの徹甲弾など無傷で弾き返《かえ》す硬組織で作られたモンスターの武装が、被弾の衝撃で破壊されていく。大砲も機銃も、ミサイルポッドもレーザー砲も、それらと同等の生体機構も、遠距離攻撃に属する攻撃手段の全てが、アルファが計算した脅威度の順に粉砕されていく。

それでも標的の無力化には至らない。ハサミの代わりに機銃を生やした甲殻類は、その武装を千切られようとも、その巨体からは考え難い速度で前進する。他の個体も多脚を高速で動かして、またはタイヤや無限軌道で、或いは浮遊機能でわずかに浮いて突進する。その強固で巨大な体による高速での体当たりは、大型車を横転させ、家屋を倒壊させるほどの威力だ。

しかし遠距離攻撃手段を喪失したことで、その脅威度は大幅に低下した。近付かれる前に火力で押し切るだけならば、撃ち合いよりも容易く撃破できる。

アキラは車を遺跡の外側を回るように走らせながら、モンスターの遠距離攻撃の喪失を狙い続ける。その上で敵寄せ機の指向性を遺跡の方へ固定して、出現したモンスターがまずは自分を襲うように誘導する。

それによりアキラは、体当たりを喰《く》らわせようとするモンスターの群れに追われながら、新たに出現する個体の対応にも追われることになった。

両手の銃を連射しながら、車両の屋根の上を駆け回る。敵の機銃程度ならば、自分は自力で避けて、車両の方は大型装甲車両の強固な装甲に期待する。しかし大砲やミサイルを車に喰らうと、そのまま横転して後続の群れに呑み込まれる恐れがあるので、先に徹底的に敵の武装を破壊する。

砲撃でも車に直撃しないものは後回しにしているので、アキラを狙った砲弾やミサイルが車両の屋根の上を駆け抜けていく。

それは喰らわずとも横を通り過ぎる際の風圧だけで、人を吹き飛ばすどころか体を引き裂く威力だが、アキラは強化服の接地機能で車から放り出されるのを防いでいた。物体が高速で宙を穿った際に生じる衝撃波も、強化服の力場装甲《フォースフィールドアーマー》でしっかりと守っている。エネルギーの消費を除けば完全に無傷だ。

避けて、躱《かわ》して、撃ち落として、撃って撃って撃ち続ける。敵の弾道を読み切って回避しながら、絶え間無い連射を継続する。

1分間に数万発の発射速度を誇る銃であっても、その消費速度に耐えうる量の弾丸が無ければ、戦場での活用は難しい。弾丸を山ほど用意しても、あっと言う間に撃ち尽くしてしまい、鈍器以下の存在に成り下がる。

だがアキラはその問題を、不可解なほどの総弾数の拡張弾倉で解決している。これまでに撃った弾数は、それが通常の物であれば既に弾倉が車から溢れるほどになっている。それでも連射の勢いは衰えない。しかもその一発一発が、通常弾とは比べものにならないほど高威力だ。

その力で、アキラは強力なモンスターの群れをたった一人で蹴散らしていく。高ランクハンターの戦闘能力をまざまざと見せ付ける光景がそこにあった。

しかしそれでも、この地域はそもそもその高ランクハンターがモンスターの間引きを担当する場所だ。アキラ一人で楽々と殲滅《せんめつ》とはいかない。

車の移動を妨げるように出現するモンスターも出る。そちらは遠距離攻撃を喪失させるだけの無力化ではなく、しっかり撃破しなければならない。その分だけ他のモンスターの対処、主に後続の群れへの対応が遅れる。それが続けば、いずれは追い付かれて車に痛烈な体当たりを喰らうことになる。

しかしそうはならない。アキラが群れの方に視線を向けたちょうどその時だった。群れが側面から痛烈な銃撃を浴びせられる。他の車両からの援護だ。

強力な銃弾が分厚い装甲を貫いて内部に到達する。被弾の衝撃により生体機関が破壊される。それで死んだ個体の内、殻などを生体力場装甲《フォースフィールドアーマー》で守っていた種類のモンスターは、その死によって体の強度が著しく低下したことで、続け様の銃弾を浴びて木っ端微塵《こっぱみじん》に吹き飛んだ。

アキラがその銃撃元に視線を向ける。その先にいたサラは、アキラが自分を見ていることに気付くと、アキラに向けて得意げに笑った。

アキラも笑って返す。そして視線を戻して戦闘を続行した。

アキラが乗るA車両以外の車は、A車両から大きく距離を取って並走して、アキラを追うモンスターを横から狙える位置を保っていた。

サラがエレナと一緒にC車両の屋根からモンスターを銃撃する。身の丈を超える巨大な銃による銃撃は、期待通りの威力で標的を粉砕した。調子良く笑って撃ち続ける。

「良い威力！　これならアキラの足手纏《あしでまと》いにはならないわね！」

「ええ！　アキラが折角誘ってくれたんだもの！　張り切って良いところを見せましょう！」

エレナもチームの交渉役として、自分達が誘われたのは自分達の実力を評価されたからではなく、自分達がアキラと仲が良い人物だから、という理由であること、つまりヒカルがアキラの信頼を得る為の出しにされていることぐらいは気付いている。

それでもアキラは自分達の同行を喜んでくれた。それならば自分達も出来る限りのことをしよう。エレナはその想いで、ヒカルと交渉してまで強力な武装を調えてこの依頼に臨んでいた。

その甲斐もあって、調達した武装はミルカケワ地方の強力なモンスターにもしっかり通じていた。エレナ達は意気を上げて苛烈に攻め立てる。

「サラ！　この程度じゃアキラに頼れる先輩面するには全然足りないわよ！」

「分かってるって！　火力担当の見せ所なんだもの！　しっかり働いて、アキラに私達を連れてきて良かったたって思わせないとね！」

エレナ達は笑い合い、全力で戦って、アキラに自分達の存在を誇示し続ける。その結果として荒野に散らばった大量のモンスターの骸が、エレナ達の活躍の証拠となった。


D車両ではシカラベが同僚のパルガとヤマノベと一緒に戦っている。ドランカムから今回の作戦の為に貸し出された装備は、ハンターランク40程度でしかないシカラベ達の力を格段に引き上げていた。

「良い性能だ。高いだけはあるな」

そのシカラベの呟きに、パルガが笑って口を出す。

「そりゃそうだ。この装備、ハンターランク50ぐらいのやつが使ってる代物だぜ？　貸出装備の性能で調子に乗ってたガキ連中を笑えねえぐらいだ」

シカラベが笑って言い返す。

「何言ってんだ。俺も別に装備の貸出自体に文句はねえよ。それでガキ連中だけが過度に優遇されてたのが問題だったんだからな」

「物は言いようだな。まあ俺達にも旨《うま》みがあるようになったのは良いことだけどさ」

ドランカムからの装備貸出の恩恵を受けながら、シカラベ達は雑談を交えて戦っていた。

ドランカム事務派閥の衰退は、ドランカムの各種制度にも大きな影響を与えていた。高ランクハンター向けの貸出装備の追加もその一つだ。以前はさほどハンターランクの高くない若手向けの装備ばかり充実していたが、今後は古参向けの装備の追加も図ることになっている。

もっともそのような高性能な武装は非常に高く、本来のドランカムの予算では購入が難しい。ミズハも若手優遇の為だったとはいえ、機領などと幾度も交渉を重ねた上で、総合支援システムの試験などを兼ねてようやく手に入れていた。ドランカムの方針転換だけでは、高額な装備の購入は予算の都合で実現しない。

その予算の出元となったのは、ドランカムが建国主義者討伐戦で得た報酬だ。その総額は約200億オーラム。その戦いでカツヤ達が死んだことを考えれば、それでも大赤字、大損失ではあるのだが、大金には違いない。建国主義者のボスの撃破が評価されたことや、自分の頼みでカツヤ達を死なせてしまったウダジマからの配慮もあって、この報酬額となった。

今回使用している大型装甲車両も、その金でドランカムが購入した物だ。そしてそれらの装備や車でアキラの依頼に参加することは、ドランカムとアキラの和平交渉の結果でもある。つまり解釈によってはウダジマから流れたものである金をアキラの為に使用することで、ドランカムの立ち位置を明確にしたのだ。

これによりその金は、ウダジマからの手切れ金の意味も持つようになった。その上でドランカムはウダジマ派から手を引き、イナベ派に乗り換える。そうなるようにヒカルが調整していた。

新体制となったドランカムでは、当面の間は古参が幅を利かせることになる。しかしシカラベ達もカツヤの死により、ある意味で我に返り、若手の暴走を止められずに死なせてしまったことに思うところもあって、若手を冷遇する気は無かった。

徒党の利益ではなく、古参と若手の区分け無しに、所属ハンター全員の利益を第一に考える。その方針でドランカムを運営する。シカラベ達はそう考えていた。

そしてそのドランカムの変化の原因となった者に、パルガが視線を向ける。

「それにしても、俺達があいつを賞金首戦で雇った時には、あいつのハンターランクは確か20ぐらいだったよな。それが今は50か。とんでもねえやつだな。最前線まで辿《たど》り着《つ》けるのは、ああいうやつなのかね」

ヤマノベも軽く笑って言う。

「ああ。だろうな。俺は前にあいつのことを、殺し過ぎで自滅するタイプって言ったことがあったが、自滅するどころか更に殺して我を通すなんてな。あいつ、都市の幹部を敵に回して裏で賞金懸けられたらしいぞ？　それで襲ってきた連中をカツヤ含めてぶっ殺したらしい」

「ああ、知ってる。総合捜査局の職員も何人か殺したんだろ？　都市の方で揉み消したらしいがな。公表してアキラを捕まえる場合の被害を考えての処置か？　おっかねえなー」

パルガがそう言ってから、シカラベに顔を向ける。

「シカラベ。お前、あいつがあんなやつだって気付いてたのか？　タンクランチュラ戦でお前があいつを雇ったの、俺達にはあいつが億超えのハンターだって説明して納得させたが、お前があいつを雇うことに決めたのは、お前の勘なんだろ？」

「さあな」

正確にはその勘を確かめる為にアキラを雇ったシカラベは、笑って返答を避けた。そして話を流す。

「パルガ。ヤマノベ。おしゃべりはこれぐらいにしておけ。この依頼はアキラとドランカムの和解も兼ねてんだ。俺達がしっかり働かねえと、下手すりゃ和解を破棄されるぞ？」

「へいへい」

「了解だ」

雑談を切り上げたシカラベ達は、和解成立に足る成果をしっかり稼ぐ為に、モンスターの群れに痛烈な弾幕を浴びせ続けた。


B車両ではエリオ達が必死に戦っていた。大型装甲車両の屋根の一部が変形して出来た簡易防壁の陰や、車両側面の開口部などからモンスターを銃撃している。

総合支援システムはエリオ達を的確に支援している。驚異度の高いモンスターを集中的に狙って攻撃させ、危ない時には隠れさせて、安全に効率的に戦わせていた。

加えてエリオ達は機領から以前の物より強力な装備を提供されている。流石にエレナ達やシカラベ達の武装のように、ミルカケワ地方のモンスターを個人で撃破できるほどの物ではないが、部隊で運用すれば十分に戦えるほど高性能だ。

この手厚い支援の裏には機領側の都合もあった。都市幹部の支援まで受けて強化した総合支援システムの部隊が、たった一人のハンターに倒されるという事態の対処だ。総合支援システムの評価に致命的な悪影響を与えかねないこの事態を、何とかして挽《ばん》回《かい》しなければならない。

不幸中の幸いではあるが、そのハンターは黒狼の部隊ですら撤退した大型巨人を一人で倒したほどの実力者だった。加えて自社製品の強化服を着用していた。機領はそこに解決策を見出《みいだ》した。総合支援システムの部隊をそのハンターと一緒に戦わせて活躍させる。そしてその活躍を以て、総合支援システムの評価を上書きすることにしたのだ。

その御膳《おぜん》立《だ》てはヒカルとの交渉で調えた。正確にはヒカルに調えさせられた。アキラに他社の強化服を選ばせないのと引き換えに、加えてアキラに総合支援システムの性能を否定させないように促すことを条件に、50億オーラム以上の品を事実上無料で提供させられたが、何とか交渉を成立させた。

その詳細など何も知らないエリオ達だが、機領から成果に応じた多額の報酬を約束されており、シェリルを介して君達の活躍を期待しているとも言われていた。

少し前まではスラム街のただの子供にすぎなかった自分達が、企業から期待されるほどに成り上がったことに、そして多額の報酬にも釣られて、エリオ達は今回の作戦に意気を上げて参加した。

しかしその高揚も荒野に出た時点で半減した。そして巨大なモンスターが自分達に向けて突撃してくる姿を見た途端、その高揚は消し飛んだ。今は皆、必死の形相で銃撃を続けている。

「ひいっ！　また突っ込んでくるぞ！」

巨大なモンスターが突撃してくる大迫力の光景を見て慌てふためく仲間達を、エリオが大声で叱咤《しった》する。

「良いから撃て！　目を瞑《つぶ》ってても銃を構えろ！　それだけやってりゃ、あとは総合支援システムが狙ってくれる！」

何とか応戦するエリオ達だが、こちらだけが一方的に撃てる訳ではない。モンスターからも銃撃や砲撃は飛んでくる。アキラがモンスター達の遠距離攻撃を潰しているとはいえ、全ての個体を即座に対処するのは流石に無理だからだ。

敵の銃弾が車に当たる音がする。近くに着弾した砲弾の爆発が車両を揺らす。その度に子供達の悲鳴が響く。

「ひっ！　い、今の、凄く近かったぞ!?」

「当たってねえから大丈夫だ！」

「当たったら!?」

「この車なら少しぐらい喰らっても大丈夫だ！　ゴチャゴチャ言ってないでぶっ放せ！　早く倒さねえとまた撃たれるぞ！」

弱音を吐く仲間達を怒鳴り付けて励ましながら、エリオも必死に戦っていた。

子供達が驚きや焦りや恐怖で戦闘不能に陥ってしまうのを、総合支援システムは的確に防止する。両手を頭に乗せて伏せようとしても、強化服を動かして銃を構えさせ、目を閉じていても引き金を引かせて、攻撃の手を緩めさせない。

呆然《ぼうぜん》としてしまっていた者も、自分の体が勝手に動いたことで我に返って銃撃を再開する。強力な銃弾を全身に浴びた大型甲殻類が、多脚を千切れさせながら地面に転がった。殻に開いた無数の穴から流れ出た体液が荒野の大地を染めていく。

「や、やった！　倒した！　倒したぞ！」

「その調子だ！　次が来るぞ！　近付かせるな！」

エリオ達の本来の実力では決して倒せない桁外れに強いモンスターを倒せたとはいえ、それは群れの一匹にすぎない。安堵するには早過ぎる。

しかし倒せたことに違いは無い。その成果はエリオ達の焦りと恐怖をわずかだが薄れさせ、ほんの少しだが余裕と自信を生み出していた。

そのまま戦闘が続く。モンスターを倒す度にエリオ達の焦りと恐怖は薄れていく。そして車内から悲鳴が聞こえなくなった頃、エリオ達は十分な余裕を手に入れていた。

「……案外、何とかなるもんだな」

楽勝などとは口が裂けても言えない状況は続いているが、今のところ死者も重傷者も出ていない。巨大なモンスターに車の近くまで近付かれたことも無い。エリオ達は状況にしっかり対応できていた。

エリオが仲間達に笑って言う。

「言っただろ？　大丈夫だって。アキラさんだって俺達が役立たずなら連れてきたりしねえよ。いるだけ邪魔だからな」

それを聞いた子供達も、少し大袈裟に笑って頷いた。

「そ、そうだよな！」

流石に子供達も、エリオのその言葉で一気に楽観的になれるほど、その内容を信じた訳ではない。そこまでは信じられない。

しかし悲観を吹き飛ばすぐらいには信じた。そしてこの機に乗じて皆で意気を上げる。

「よーし！　やるぞ！　やってやる！」

「おう！　たっぷり稼いでやる！」

やる気を出した仲間達を見て、エリオも声を上げる。

「ああ！　やろう！　俺達だってやれるんだって、見せ付けてやろうぜ！」

荒野に出る前の高揚を少々強引に取り戻したエリオ達は、その後も全力で戦い続けた。

第196話　よくある想定外の事態

　アキラ達がモンスターの間引きを行っているのは、東部に幾らでも存在する名無しの遺跡の一つだ。個別の呼び名が付けられるほど広くもなく、これといった特徴も無い。何らかの目的でそこに行く時には、地域名と座標の組み合わせ、或いは仮の呼称で呼ばれる程度のありふれた遺跡だ。

　そして個別の名称も付けられない程度の遺跡は、ハンター達にとっては無価値な、基本的に割に合わない場所となる。多くのハンター達が訪れるような採算の合う遺跡であれば、その場所を指し示す共通認識としての名称ぐらいは付けられるからだ。

　間引き対象の遺跡の中には多くのモンスターが棲息していた。しかし基本的に遺跡の外には出ようとしない種類であり、遺跡に近付かなければ害は少ない。輸送ルートを遺跡から余裕を取った位置にしておけば襲われることもない。よって通常は放置されている。

　そのような理由もあり、遺跡内のモンスターはハンター達に倒される機会が極端に少ない状態が続いていた。その所為で遺跡の内部には、モンスターがその環境で増殖可能な限界量まで増えていた。

　それでも通常は無闇に近付かないだけで問題無い。しかし大流通で都市間輸送車両が地域を通過するようになると、余りに巨大な物体が高速で移動する影響で、普段は外に出ていかないモンスターをも遺跡の中から引き摺り出してしまう。すると当然ながら荒野にモンスターが溢れることになり、地域の流通に大きな支障が出る。

　それを防ぐ為に、事前に強力な敵寄せ機を使用してでも遺跡の奥にいるモンスターを引き摺り出して駆除する、大規模な間引きが必要だった。

　アキラ達がその間引き作業を開始して1時間が経《た》った。アキラも、エレナ達も、シカラベ達も、エリオ達も、休憩無しでモンスターを倒し続けている。

　その戦いの中、エリオ達は自分達の前方で一人で戦うアキラの姿を情報収集機器の望遠機能で見て、恐れと羨望の両方を感じていた。

「それにしてもアキラさん、本当につえーなー」

「ああ、見ろよ。笑ってやがる。あの数を相手に余裕じゃねえか。どういう強さだよ」

「……あんなに強いやつが俺達の後ろ盾ってのは心強いけどさ、機嫌を損ねたらあの強さで消し飛ばされるってことなんだよな。ボスも必死になる訳だ」

頼もしくも恐ろしいアキラという存在に、エリオ達は様々な視線と感情を向けていた。


エリオ達からは余裕で戦っていると思われており、実際にその通りの戦い振りを見せているアキラだったが、アキラ自身は必死に戦っていた。

無数の標的へ無数の銃弾を撃ち放つ。休む暇無く撃ち続ける。驚異的な総弾数を誇る拡張弾倉であっても、同じく驚異的な連射速度を持つ銃で撃てば弾切れまでは早い。加えてC弾《チャージバレット》の威力向上の為には大量のエネルギーを消費する。エネルギーパックの残エネルギーも急速に減っていく。

今のアキラに、空になった弾薬などを手でいちいち再装填する暇は無い。しかし問題は何も無い。

空になった弾倉とエネルギーパックがLEO複合銃から自動で排出される。同時に車載の射出機から新しい弾倉とエネルギーパックが射出される。そしてアキラはそれらに向けて勢い良く銃を振るった。弾倉とエネルギーパックは吸い込まれるように銃に装填された。

総弾数と残エネルギーが最大に戻った銃で標的を狙う。撃ち出された弾丸が、甲殻類の殻に似た素材と生体爆薬で作られた武装を破壊する。壊れたミサイルポッドから小型ミサイルが零れて周囲に撒き散《まち》らされ、爆発し、本体と一緒に近くのモンスターも纏めて吹き飛ばした。最も効果的な銃撃箇所への精密射撃による、最大効率の攻撃だ。

しかしアキラは内心で顔をしかめる。

『えっ!?　そんなに!?　2メートルもズレてた!?』

アキラの拡張視界には、先程の銃撃がアルファのサポート無しで実施されていた場合の弾道が表示されていた。加えて実際の着弾地点との誤差まで記されていた。

その不甲斐無《ふがいな》い内容に、アルファから注意が入る。

『アキラ。集中力が落ちているわ。訓練だとしても気を抜いてはダメよ。気を付けなさい』

これは実戦だがアキラの訓練でもある。モンスターが弱いのではなくアキラが強い。そう示すように戦う。その上でアキラの訓練にもなるようにする。アルファがそのアキラの要望に応えた結果だ。

『了解だ。……俺もまだまだだな！』

遠距離の移動目標を、揺れる足場の上で、即座に、正確に、次々に銃撃する。それが至難の業であることぐらい、アキラも分かっている。

それでも可能な限り誤差を無くさなければならない。自分の動きを、アルファのサポートを得た完璧な動きに近付けなければならない。

極めることなど出来ない。極めたとは、才能と修練の不足の所為で、更に高度な領域を認識できない者が陥る状況の誤認にすぎない。

そして自分はその誤認にすら届いていない。もっと強く。かつては想像すら出来なかった強さを想像できるように。もっと強く。その想像に追い付き、追い越すように。

それぐらいでなければ、望む強さは手に入らない。

その思いで、アキラは全力を尽くしていた。

クロサワは後方からアキラの様子を注意深く観察していた。アキラは部隊の主力であり要だ。部隊全体の安全の為にも、不調の兆しがあればすぐに撤退させる必要がある。しっかり見ておく必要があった。

そして唸る。

「これは……、どうなんだ？」

戦闘開始からアキラの動きは全く乱れていない。楽勝とは言わないまでも、余裕の表情で戦い続けている。

しかしクロサワは、アキラの表情にどこか硬いものの、無理をして笑っているようなものを感じていた。

（……焦り、じゃないな。内心で怯《ひる》んでいる訳でもない。それなら動きに乱れが出るはず。……俺達に良いところを見せようとして、過度に意気込んでるだけか？　無理をしてるのならすぐに援護に入って、アキラにはもっと下がってもらうんだが……）

アキラは本当に余裕なのか、それとも余裕を装っているだけなのか、クロサワは見極められずにいた。

遺跡からは甲殻類と多脚機を融合させたような大型モンスターが続々と湧き出ている。アキラがそれらと戦い続けていると、車の敵寄せ機が停止した。そしてクロサワから通信が入る。

「アキラ。そろそろ遺跡の外周を一周する。この辺で一度休憩だ。こっちに戻ってくれ」

「分かった」

敵寄せ機を止めても増援が止まるだけで、戦闘中のモンスターまで引き下がってくれる訳ではない。アキラは自分の車をクロサワ達の下へ向かわせながら、追ってくる相手を撃退する。

増援さえ無ければ視界内の敵を片付けるだけで済む。すぐに片付いた。アキラが大きく息を吐く。

『よし。これで一区切りだな』

そして遺跡の方を軽く見渡す。モンスターの死体がまるで遺跡を取り囲むように大量に散乱していた。

『まあ、これなら十分働いたんじゃないかな？』

アルファが得意げに笑う。

『当然よ。私がサポートしたのだからね？』

『……、そうだな』

思うところはあるものの、アキラも笑って返した。

大量のモンスターの死体は、アルファのサポートを存分に活用して生み出した成果だ。これが自分の力だと誇ることは出来ない。

しかし、これが自分の力なのだと示さなければならない。高らかに誇示しなければならないとは言わないまでも、謙遜は出来ない。この力を自分で否定してはならない。

他者に自分の襲撃を躊躇させる為に、繰り返さない為に、アキラはそれを、今は良しとした。

その後、アキラ達は安全な場所まで問題無く撤退した。

◆

アキラが休憩中にエレナ達と雑談していると、クロサワがやってくる。

「アキラ。前で一人で戦った感触はどんな感じだ？」

「どんな感じって……、見てた通りだけど。見てたんだろ？」

「ああ、見てた。それでお前自身の感覚は？　余裕だった？　楽勝だった？　それともあれで実は結構無理をしてたとか？」

「……流石に楽勝とは言えないけど、俺なりに十分働いたと思ってるぞ？」

明確な返答を微妙に避けるアキラの返事に、クロサワは懸念を少し深めた。そして質問内容を変える。

「ああ、十分な働きだった。ちゃんと見てたからな。ただアキラは、戦い始めた頃からずっと調子が変わってなかったからさ。ちょっと気になってな」

大したことではないように、クロサワは話を続けていく。

「普通は疲れとかで少しずつ調子が落ちるもんだろ？　グラフにすると右肩下がりでだ。その傾きとかを見て、あいつはそろそろ下がらせた方が良いなって判断する訳だ」

アキラも自力で戦っていればそうなっていた。しかしアルファのサポートにより、アキラの動きは乱れなかった。

「でもアキラの場合はグラフが真横だった。そういうやつは大抵急に調子をガクッと落とすんだ。本人も気付いていない疲労の所為だったり、自分の不調を敵に悟らせないような戦い方が癖になってたりしてな」

クロサワが内心でアキラの反応を探りながら、軽い感じで言う。

「あの戦闘はお前にとって、道端の小石を蹴飛ばす程度の楽な仕事だった。だから単に全然疲れないだけってのなら別に良いんだよ。ただ、意図的にしろ無自覚にやったにしろ、無理を隠してる感じが少しでもあるのなら、それはやめてくれ。無理はしないしさせない。そういう契約で俺は雇われてるんだからな」

別に何かを変に疑っている訳ではない。そう告げるようにクロサワが言い切る。

「はっきり言えば、アキラが俺達の主力である以上、アキラには余裕綽々《よゆうしゃくしゃく》で戦ってもらわないと困るんだ。アキラの余裕が、そのまま部隊全体の安全マージンなんだからな」

自分の本当の実力を探ろうとしているようなクロサワを少し警戒していたアキラも、そこまで聞いてようやく納得した。

「じゃあもう一度聞くぞ？　アキラ。一人で戦った感触はどんな感じだ？　余裕か？」

「ああ。まだまだ余裕だ。多少疲れても回復薬を使えば良いし、そもそもまだこれも使ってないからな。十分余裕だ」

アキラはそう言って背中のＡＦレーザー砲を指差した。先程の戦闘では、それを使うとアキラの効率的な訓練にならないので使わなかっただけであり、使おうと思えばいつでも使える。継戦能力の点でも、単純な火力の面でも、アキラには確かにまだ余裕があった。

それを聞いてクロサワも納得した。そのアキラの返事には、何かを隠しているようなものは欠片も感じられなかったからだ。間違いなく本心で言っていると判断し、それならば大丈夫だろうと考えた。

「そうか。そりゃ良かった。無理はしないって言っても、その基準も人それぞれだからな。片腕吹き飛ばして、掠り傷だ、なんて言うやつもいるしな」

「いや、それはどう考えても重傷だろう」

「そういうことを言うやつもいるってことだ。義体化してるやつには結構いるぞ？　腕がもげても新品に換装すれば良いって考えなんだ。全く、その感覚を生身のやつにも適用しないでくれっってんだ」

クロサワはそう言って小さく溜め息を吐いた。

「アキラもやめてくれよ？　聞いたぞ？　両手を再生治療で治したんだろ？　また失っても、また治せば良いとか思ってないだろうな」

　アキラが嫌そうな顔をする。

「思ってない。折角治したんだ。この両手は大事にするんだよ」

「そりゃ良かった。じゃあしっかり休んでくれ」

　最後に笑い話のようなものをして、クロサワは去っていった。

　そこでエレナが笑って告げる。

「アキラ。クロサワさんが言っていたように、アキラの余裕が私達の安全に繋がるんだから、もっと私達を頼ってちょうだい」

　サラも笑って続ける。

「そうそう。全部一人でやろうなんて考えなくて良いからね。折角一緒にいるんだから」

「まあアれよ。サラにも活躍する機会をもうちょっとあげてもいいと思うわ。索敵とか情報収集とか交渉とかいろいろ機会のある私と違って、火力担当はこういう場面が無いと、先輩面をする機会が減っちゃうから」

「ちょっとエレナ？」

　エレナに不満げな目を向けるサラを見て、アキラが軽く笑う。

「分かりました。支援は大歓迎ですのでお願いします。先輩」

「……仕方無いわね。分かったわ」

　笑いを堪えているエレナの隣で、サラは満更でもないように笑った。

　そしてエレナも、どことなく無理をしているように見えたアキラが、誰かを頼ることを否定せずに受け入れたのを見て、安心したように微笑んだ。


　エリオ達はアキラ達が休憩している間もクロサワの指示で働いていた。

「休憩じゃねえのかよ……」

「ぼやくなよ。さっさと終わらせて休もうぜ」

「へいへい」

まずはA車両とB車両の積み荷を入れ替える。休憩後はアキラがB車両に乗って戦う為だ。アキラはアルファのサポートもあってほぼ無傷だったが、流石に車両まで無傷で済ませることは出来なかった。A車両は激しい砲火を浴びて大分傷んでしまっていた。

その傷んだ車体を見て、少年達が顔を険しくする。

「うおっ。見ろよ、ここ結構凹《へこ》んでるぞ。これ、あの力場装甲《フォースフィールドアーマー》ってやつじゃ耐え切れなかったってことだろ？」

「装甲タイルも剝がれてる。並の砲弾ぐらい軽く弾き返す頑丈なやつだって聞いたのに……」

「えー、俺達、次はこの車に乗るの？　大丈夫かな」

「まあ無傷の車で突撃させられるよりはましだろ。無理はしないって言ってるし、防御力に不安がある車なら、その分だけ下げてくれるさ」

積み荷の入れ替えを済ませた後は、消費した弾薬類の再分配を行う。平等に分配するのではなく、クロサワが部隊の効率を重視して調整する。その作業中、少年達の一人が手にしていた拡張弾倉を見て唸る。

「これさ、戦ってる時は気にする余裕なんて無かったけど、やっぱり変だよな？　撃っても撃っても空にならねえし、どうなってんだ？」

「拡張弾倉って、そういうものなんじゃないの？」

「いや、だからって限度があるだろ。絶対おかしいって」

「そこはほら、旧世界の技術ってやつだろ。これ、高ランクハンターしか買えない高級品って話だし」

「ああ、そういうことか。なるほどなー」

今回用意された弾薬類は、アキラが購入して傘下の部隊に配ったという形式を取っている。そのおかげで、エリオ達は本来ならば絶対に入手できない非常に高性能な品を、存分に使用することが出来た。

「知ってるか？　それ、１個５００万オーラムぐらいするらしいぜ？」

「５００万!?　高《たけ》え！　道理で凄《すげ》え性能な訳だ」

驚く少年の横で、別の少年がその拡張弾倉を見ながら生唾を飲み込んだ。

「これ1個で……500万か……」

「おい、変なこと考えるなよ？　これくすねたらアキラさんに殺されるぞ？　500万オーラム盗んだのと同じなんだからな？」

「わ、分かってるって。弾倉1個で500万なんて凄えなって思っただけだよ」

そこで別の子供が首を傾《かし》げる。

「……あれ、1個500万？　1発500万じゃなかったっけ？」

「おいおい、そんな訳ねーだろ。1発500万ならこれ1個で幾らになるんだよ」

「……それもそうだな。勘違いか」

自分達が運んでいる品の本当の価値も知らずに、エリオ達は笑って作業を続けていた。

◆

休憩を終えたアキラ達が再び間引き作業を開始する。まずは休憩前と同じように遺跡の外を1周した。既に一度誘《おび》き出した後だということもあり、2周目はモンスターもまばらにしか出現しない。問題無く撃破した。

そして3周目に突入しようとする頃、アキラにクロサワから通信が入る。

「アキラ。ここからは敵寄せ機の出力を上げていく。遺跡内のモンスターの分布は不明だが、奥部ほど強力なパターンの場合、誘引する個体数は少なくとも個体の質は上がるはずだ。注意してくれ」

「分かった。始めてくれ」

敵寄せ機の出力が上がり、モンスターをより強く誘引するようになる。しばらくして車の屋根で警戒するアキラの前に現れたのは、体長20メートルはある重武装したザリガニに似たモンスターだった。

分厚い強化服を纏ったような外骨格。多腕の巨大なハサミ。そのハサミの中から生えている機銃や大砲やミサイルポッド。人の武装をザリガニに無理矢理適応するとこうなる、という実例のようなその姿を見て、アキラがかなりの驚きを見せる。

『これぐらい束になると、モンスターも強化服を着るようになるのか……』

『強化服は人の専売特許ではないのでしょう。アキラも着ているのだから文句は言えないわ』

『そうだな。やるぞ！』

アキラは苦笑した後、気を切り替えて両手の銃を巨大なモンスターに向けた。

1周目では続々と出現する数多くのモンスターに分散して放っていた銃弾を、巨体とはいえたった1体の敵に集中的に浴びせる。驚異的な総弾数の拡張弾倉と驚異的な連射速度の銃による相乗効果で、弾丸の津波を敵に叩き付ける。その波は相手の銃撃も砲撃もミサイルも迎撃して呑み込みながら、アキラ達が乗っている大型装甲車両を超える甲殻類の巨体も呑み込み、消し飛ばした。

『よーし。全弾命中。ちゃんと休憩したから集中力も戻った。バッチリだな』

『私のサポート無しでもしっかり当てたのはお見事だけれど、弾の使い過ぎは減点要素ね』

『まあその辺は、クロサワの要望通り余裕綽々の戦い方をしたってことにしてくれ。敵が強くなるから注意しろとも言われたし、その上で余裕で倒す為だよ』

『そういうことにしておきましょうか。アキラ。次が来るわよ。油断せずに気を引き締めて、余裕の撃破を続けましょう』

『了解』

新手は多腕の巨大な重装備のカニだった。先程のザリガニのように強化服を着たような外骨格をしており、まるで義手を追加したようにハサミを四つも生やしている。そしてその構造で前に突進するのは無理があるのではないか、という感覚をあっさり無視して、遺跡の奥から前方向に高速で移動して近付いてくる。

出現した新たな標的に、アキラは余裕を感じさせる笑顔で両手の銃を構えた。

モンスターは基本的に大きいほど強い。巨体ではその重量の所為で動きが鈍くなり、被弾面積も広くなって逆に弱くなる、という理論を旧世界由来の不可解なまでの敏捷性《びんしょうせい》や頑丈さ、生命力で強引に捩《ね》じ伏《ふ》せるからだ。

1周目では体長10メートル前後の個体が襲ってきたが、この3周目ではそれが20メートル前後にまで大きくなっていた。相手をするモンスターの強さは、見た目の印象以上に上がっている。

それでもアキラは1周目より優勢に戦っていた。その理由は大きく二つある。

一つは一度に相手をする敵の数が少ないことだ。

単体が基本で、多くても3匹ぐらいであり、1周目とは大きく異なっている。1周目は無数の敵を相手にしなければならず、加えて遠距離攻撃で他の車両を攻撃させないようにする必要もあり、その分アキラの負担も多かった。敵が単体や少数であれば、それらの負担は大きく下がる。

そしてもう一つは、アキラが弾の消費を出来るだけ抑えるのをやめたことだ。

アキラは今も1周目と同じように訓練をしている。しかしクロサワから余裕綽々で戦ってほしいと要望され、それがエレナ達の安全にも大きく寄与すると指摘されたこともあり、自分の訓練の質の為にエレナ達の危険を増やす訳にはいかないと考えて、弾の消費は気にしないことにした。

その分だけ向上した火力は、更に強くなったモンスターにも十分に通じている。加えてエレナ達やシカラベ達からの強力な援護もある。エリオ達もエリオ達なりに頑張っている。

それらのおかげもあって、アキラはこの3周目をクロサワの要望通りに、危ない時にはアルファのサポートを受けるのが前提とはいえ、ある意味余裕綽々で戦っていた。

無事に3周目を終えた後は、また休憩を挟んで4周目、敵寄せ機の出力を更に上げての5周目と続ける。モンスターの出現頻度は減っていき、その体長も20メートル前後から変化していない。再び休憩を挟んでの6周目では、モンスターは一匹も出現しなかった。

7周目が始まる前に、アキラにクロサワから通信が入る。

「アキラ。これから敵寄せ機の出力を最大まで上げる。これでもモンスターの出現が無しかまばらなら、ここの間引きは完了として良いだろう。中にまだ残ってるかもしれないが、これ以上ここで粘るぐらいなら別の場所の間引きをやってろってことだな」

「……ってことは、今日はそれで引き上げか？」

「そうだ。前の周の時点でモンスターの出現は無かったし、もう一周暇人やって終わるだけかもしれないが、敵寄せ機の出力を最大まで上げるんだ。予想外の大物を釣り上げる恐れがある。気は緩めないでくれ」

「了解だ」

「よし。やるぞ」

敵寄せ機の出力最大で、7周目が始まった。

周を重ねるごとに戦闘が楽になり、前の周はモンスターの出現すら無かったこともあって、エリオ達は大分気を緩ませていた。

「もうすぐ終わりか。終わってみれば案外楽だったな」

「まだ終わってないだろう。気を抜くなよ。帰るまでがハンター稼業って言うだろう？」

「そうだけどさ、終わったようなもんだろ？　遺物収集の場合は換金するまでがハンター稼業らしいけど、俺達はモンスターの間引きに来ただけだからな。あとは帰るだけだ。帰り道のモンスターなんて楽勝だし、心配することはねえよ」

「遺物収集か。そうだ。帰る前にあの遺跡で遺物収集をするってのはどうだ？　あれだけモンスターを減らしたんだ。今なら楽勝だろう」

「良いねえ。提案してみようぜ」

緩んだ空気のまま雑談が始まる。注意を入れた者もそこまで強く咎《とが》めるつもりは初めから無く、緩んだ空気に釣られて雑談に加わっていた。

そしてその空気に当てられて本当に気を緩めてし

まった者が、安堵で思わず口に出す。

「アキラさんがいるから、また何か起こるんじゃないかって思ってたけど、心配のし過ぎだったたな」

その途端、車内が沈黙した。誰もが薄々思っていたことを明確に言葉にされたことで、皆が思わず雑談を止めてしまった所為だった。

そして誰もが黙ったまま微妙な雰囲気になった車内に、総合支援システムの警報が響く。その警報は強力なモンスターの接近を知らせるものだった。

注意喚起を飛ばしていきなり出た警報に、子供達が慌て出す。

「お前がそういうこと言うから！」

「俺の所為か!?」

帰るまでがハンター稼業。その指摘は正しかった。

総合支援システムの警報は、部隊を指揮するクロサワにも届いている。

「これは……、デカいな」

総合支援システムは各車両の索敵機器を連係して運用することで、4台分の索敵機器を超える強力な索敵能力を有している。そしてその力で、遺跡の奥から高速で迫ってくる巨大な存在を捉えていた。

対象との距離や、その間にある建造物などの所為で、正確な形状までは分からない。しかし大まかな体長ぐらいは算出可能だ。約35メートル。今まで倒したモンスターの最大値を軽く超える大きさであり、それだけ強力な個体であることが推測できる。

アキラを一度下げた方が良いか。そう思案したクロサワだったが、アキラが先に行動に出たことで無意味になる。クロサワの視線の先で、アキラが車から飛び降りていた。


アキラはアルファのサポートのおかげで、クロサワ達よりも早くモンスターの存在に気付いていた。

『アキラ。訓練は中止よ』

『分かった。……そんなに強いのか？』

真面目な顔でそう聞き返したアキラに、アルファが余裕の笑顔を向ける。

『ええ。両手の銃ではなくて、背中の物を使った方が良いぐらいにはね』

『了解だ。ようやくこいつの出番が来たか』

危機的な状況などからは程遠い。そう告げるアルファの笑顔を見て、アキラも表情を和らげた。両手の銃を仕舞うと、先に移動したアルファに続いて車から飛び降りる。そして背中のＡＦレーザー砲を起動させた。

三次元的に折り畳まれて小型化していたＡＦレーザー砲が、展開され組み立てられて大型の砲の形状に変わっていく。変形しながら背中側から肩口を通って自分の前に来たレーザー砲を、アキラは両手でしっかりと握り、標的に向けて構えた。

その砲口の先では、機械化された軟体生物のような、中途半端にタコを模した多脚戦車のような、奇怪な姿の大型モンスターが疾走していた。

軟体生物のように柔らかに動く足は金属やゴムの質感をしており、正面に冗談のような大口径の大砲を生やしている。アキラ達が乗っている大型装甲車両よりも巨大な体躯《たいく》を、タイヤも無限軌道も使用せずに移動させていた。

アキラは目視できない位置にいるそのモンスターの姿を、アルファのサポートのおかげでしっかりと視認している。自身の拡張視界に透過表示されている巨体にしっかりと照準を合わせた。ＡＦレーザー砲の砲口から光が漏れ始める。

そこでクロサワから通信が入る。

「アキラ。倒せるんだな？」

「こいつが説明通りの威力ならな。危ないから俺の後ろにはいないでくれ」

「……分かった。頼んだぞ」

アキラの返事から自信と余裕を感じたクロサワは、アキラを信じて全てを任せた。

その短い会話の間にも標的との距離は急速に縮まっていた。ＡＦレーザー砲を撃ち放つ絶好の瞬間を逃さないように、アキラは体感時間を操作して、その密度を更に上げてその時に備える。砲口から漏れ出す光の量は、その内部が既に十分なエネルギーを蓄えていることを示していた。あとは撃つだけだ。

そしてその瞬間が来る。遺跡の建物を粉砕しながら出現した軟体多脚機に、アキラがＡＦレーザー砲を撃ち放つ。そして相手の方も特大の砲弾を、アキラが囮《おとり》として少し離れた場所に走らせていた大型装甲車両にではなく、アキラを狙って撃ち放った。

ＡＦレーザー砲の中で多大なエネルギーを供給された弾丸が、崩壊して発光する粒子と化し、強い指向性を与えられて放出される。その光線は大気を焦がしながら直進し、一瞬で標的に到着した。

ＡＦレーザー砲はその放出角を変更することで威力と範囲の調整が可能だ。大きく広げれば広範囲の標的を攻撃できるが、その分だけ威力は下がる。逆に絞れば絞るほど威力を上げられる。

そして今回の一撃は、アルファのサポートによる精密な調整がなされていた。

高速で距離を詰めてくる標的に対して、力場レンズの焦点が寸分の狂いも無く相手の表面になるように調整したことで、砲口から放出された粒子が一点に集中し、その威力を増幅させる。その結果、放たれた光線は相手の装甲を易々《やすやす》と貫いた。

そして表面の装甲を突破した粒子のエネルギーが、その内側にある生体力場装甲《フォースフィールドアーマー》の発生源の細胞を破壊する。それにより体の力場装甲《フォースフィールドアーマー》の強度が細胞単位で激減し、射線の周りの細胞は光線の高エネルギーに耐え切れずに気化し、消失した。

直径１ミリ未満の光線の周囲が広く消し飛ばされ、体長数十メートルの巨体を貫く大穴が開く。消失を免れた部分も高エネルギーで焼け焦げている。その巨体に見合う驚異的な生命力を持つ大型モンスターは、それを上回る圧倒的な威力の一撃により、即死した。

死の直前に放った特大の砲弾も、照準を狂わされてアキラの横を駆け抜けていく。そしてアキラの後方の離れた位置に着弾し、大爆発を起こした。

爆発による暴風がアキラの背中を押す。だがアキラは後ろの爆発を気にするよりも、ＡＦレーザー砲の威力に満足して笑った。

『凄い威力だ。確かにこの威力ならあの巨人も楽に倒せそうだな』

アルファが念を押すように補足する。

『私のサポートがあっての、この威力だということは忘れないでよ？』

『分かってるって』

予想外の強敵の出現により、最後まで余裕綽々の戦いとはいかなかったものの、アキラは無事に今回の間引き作業を終わらせた。

◆

クガマヤマ都市への帰路で、アキラ達は間引き作業開始前の時と同じように車内に集まっていた。ヒカルも通信で参加している。

その場でアキラは、自分を笑顔でじっと見詰めてくるエレナとサラへ、聞かれてもいないことに対しての言い訳をしていた。

「……いや、違いますよ？　あれは俺なりに安全に戦ったんです。車から降りたのも、あれは車を囮にしようとしたからで、まあ結果的には囮だと見抜かれてしまいましたが、車に残って一緒に吹き飛ばされるよりは安全だったはずです」

無茶をした訳ではない。そう力説するアキラだったが、強まるエレナ達の視線に劣勢を感じて、チラッとクロサワを見る。

「あー、クロサワからも後退の指示は出ませんでしたし……」

援護を求められたクロサワは、部隊の指揮者として答えることにした。

「結果論に聞こえるかもしれないが、最適な指示をしたつもりだ。アキラを下げて全員で相手をする選択もあったかもしれないが、その場合は他の者が車ごと吹き飛ばされる恐れが増える。その際の死者数を考えれば、最大戦力のアキラに一人で頑張ってもらった方が、全体の安全を考慮すれば正しいと判断した。本人にも一人で倒せる自信はあったようだし、実際に一人で倒したしな」

同意を示して強く頷くアキラを見て、エレナ達も態度を緩めた。サラが軽く息を吐く。

「まあ指揮者がそう言うのであれば、私達からゴチャゴチャ言うのはやめておくわ。アキラも安全に戦おうとはしていたようだしね」

「そうね。でもアキラ。安全に戦おうとする気持ちは忘れちゃ駄目よ？　良いわね？」

「はい。勿論です」

部隊行動にもかかわらず、事態を一人で解決しようとしたアキラを糾弾する話はこれで片付いた。しかしクロサワが話を続ける。

「敢えて苦言を言うのであれば、その対象はアキラではなくヒカルさんになるな」

「私ですか？」

「ああ。俺達はそちらから提示された依頼内容を基に動いているが、あんなものが出るとは説明されていない。確認するが、そちらの想定とこちらの認識がズレていた訳ではないよな？」

「……そうですね。あのオクパロスはミルカケワ都市の担当範囲でも東端の地域に棲息しているモンスターのはずです。この西端地域にはいないはずですので、こちらとしても想定外の事態になります」

「だがその事態が発生した以上、想定外で済まされては困る。こっちは命を張ってるんだからな」

クロサワはヒカルの不手際を糾弾するような態度を敢えて取っていた。クロサワとヒカルの間に不穏な空気が流れ始める。

だがそこでクロサワは大きく態度を変えた。

「それを踏まえて、再び同様の事態が発生した場合に備えたい。また次はアキラ一人に全てを任せるのではなく、部隊全体で安全に対処できるように、より高性能な装備の貸出などを検討して頂きたい。駄目かな？」

それでヒカルの方も態度を和らげた。不手際の糾弾そのものが目的ではなく、更なる支援を引き出す為の口実であれば、それはクガマヤマ都市とのただの交渉だ。現場はそう言っていると、クロサワがヒカルに交渉材料を渡しただけにすぎない。

ヒカルとしても、アキラの部隊を更に支援することは、アキラに対する更なる貸しになる。ヒカルはクロサワの頼みを笑って引き受けた。

「分かりました。私からも上に頼んでみます」

「ありがとう御座います」

作戦の内容に対する話はそれで一区切りになった。話の内容が雑談に移っていく。

「まあ予想外の事態もあったが、全員無事で何よりだ。それにしても……」

クロサワがアキラをチラッと見る。

「……正直に言うと、アキラもいるし、何か起こるんじゃないかな、とは思ってたんだよな。イイダ商業区画遺跡の時も、あれだけの騒ぎが起こったし」

「いや、俺にそんなこと言われても……」

「別にアキラの所為だなんて言ってねえよ。ジンクスみたいなもんだ。何かってのは、起きる時には起きる。そういう時に、不思議とその場に居合わせるやつがいる。そういう意味だ。お前も自覚はあるんじゃないか？」

違う、とは言い切れないアキラは黙っている。エリオは無意識に深く頷いていた。

「まあ考えようによっては、お前はそのおかげで不測の事態への心構えを無意識にしていて、何事に対しても慌てずに対処できて、どんな状況でも死なずに済んでいるのかもしれないけどさ」

エレナ達やシカラベも納得したように頷く。アキラはそれが、どちらかと言えばアルファのおかげだと分かっていたが、それを話す訳にもいかないので黙っていた。

そのアキラの横でアルファが笑う。

『確かに、アキラは不測の事態に慣れ過ぎているのかもしれないわね。アキラ。その慣れの所為で、油断しては駄目よ？』

『そうだな』

アキラは苦笑いを頑張って嚙《か》み潰した。

第197話　分かりやすい強さ

アキラがヒカルから引き受けた間引き依頼は、一度やって終わりではない。荒野からモンスターが十分に間引かれるまで続く。それでも流石に毎日荒野に出る訳ではない。各員の体調の調整、傷んだ車両の修理や整備、消費した弾薬類の再調達などを兼ねた、数日の休みを挟んでいる。

その休みの日にアキラはシェリルの拠点を訪れていた。

遺物販売店の店舗にもなっているビルや、遺物用の倉庫、以前に比べて桁違いに増えた構成員用の宿舎など、シェリルの拠点も大分規模が大きくなっている。そして最近、そこに大きな格納庫が加わった。

その格納庫の中で、アキラがそこにある物を見上げて軽い感嘆の声を上げる。

「おー、本当にある」

アキラを出迎えてここまで案内したシェリルも、同じ物を見上げて微笑む。

「アキラを疑った訳ではありませんが、実を言いますと、私も実物を見るまでは結構半信半疑でした」

「俺もだ。ヒカルがそんな嘘を吐いて何の意味があるんだとは思っても、実物を見るまではな」

そこには吉岡重工製の黒い人型兵器である黒狼が立っていた。

この機体は、ヒカルがアキラと吉岡重工の揉め事を上手く纏めた成果だ。吉岡重工がアキラに貸し出した物を、アキラが更にシェリルに又貸しする形式でこの場に配備されている。

別格の武力としてシェリル達の後ろ盾になっているアキラだが、ハンターとして活動する以上、拠点に常駐する訳にはいかない。アキラがどれだけ強くとも、現地にいないのであればその抑止力には限度がある。

この機体はアキラがその問題を解決する為に、自分の代わりとしてシェリル達に貸し出した物、ということになっている。ヒカルはこれによってアキラと吉岡重工の和平を実現させた。

吉岡重工としてはアキラが黒狼の性能を保証したことになる。黒狼を自分の代わりとして傘下の組織に貸し出した以上、その機体には自分と同等の戦力があると説明する必要があるからだ。

黒狼の部隊ですら討伐を諦めた大型巨人を一人で倒したハンターの発言と考えれば、多少の矛盾を含む内容ではある。だがその矛盾点に関しては吉岡重工が自社にとって都合の良いように説明して広めれば良い。余計なことを言わないようにアキラとも取引しているので、説明内容の齟齬《そご》による問題は生じない。

建国主義者討伐戦でアキラが大活躍した所為で、自社製品に大きな悪評がつきかねない。その吉岡重工の懸念はこれで払拭された。

またアキラとしては、吉岡重工が自社製品の評判を下げない為にも、自分の代わりにシェリル達を必死に守るということになる。

この機体には大砲やミサイルポッドなどは搭載されていないが、両手の銃だけでもスラム街では過剰戦力であり、アキラがいない間の抑止力としては十分だ。加えて総合支援システムを貸し出されているエリオ達という戦力がある。これでシェリルファミリーは、アキラがいない時でもスラム街で最大の暴力を保持する徒党となった。都市の職員であっても武力行使を少しは躊躇《ためら》うほどに。

そしてヒカルにとっては、アキラにも吉岡重工にも有益な交渉を纏めたことで、両者に自身の有能さを示したことになる。加えて別件の布石も兼ねていた。

アキラ達が見上げる黒い機体は、それら多くの者の様々な事情により、そこにあった。

黒狼を見上げるアキラ達の後ろには、シェリルファミリーの幹部であるエリオ、アリシア、ナーシャ、ルシアの四人が立っていた。

徒党の構成員が大幅に増えたこともあり、グループの纏め役としての幹部は、エリオ達四人以外にもそれなりの人数が存在している。対外的には彼らも徒党の幹部ではある。

しかしボスであるシェリルの次に偉いという意味での、他と区別するのであれば上級幹部とでも呼ぶ地位にいる者は、エリオ達四人のままだ。

席は空いている。希望者がいれば座ることが出来る。またエリオ達も幹部失格の無能という訳ではないが、飛び抜けて高い能力で他者を押し退けてその地位に就いている訳でもない。エリオ達と同程度、或いは少し足りない程度の能力の持ち主であれば、新たな上級幹部になることが出来る。それは徒党の構成員であれば誰でも知っている。

そして上級幹部になれば徒党から得られる恩恵は劇的に向上する。広い個室も与えられる。豪勢な入浴も可能になる。強力な装備も貸し出してもらえる。

金だって手に入る。そこらのハンターが荒野で命を賭けても得られないほどの大金だ。その金で美味《うま》い物も食える。高い服も買える。スラム街の住民とは思えないほど贅沢《ぜいたく》な暮らしが出来るようになる。

だがそれでも希望者は出ない。徒党内の出世争いは、エリオ達の下までで止まっていた。

そのことにエリオが愚痴を零す。

「やっぱりさ、幹部が4人じゃ少ないよな。少なくとも武力要員の幹部があと2人は欲しいって」

アリシアも小さく溜め息を吐く。

「武力要員の幹部がエリオしかいないから、エリオはあの間引き作業に毎回強制参加だものね」

「ああ。せめて俺の他にもう一人いれば、そいつと交代で参加とかにも出来るんだけどな」

今のところ無事に生還しているとはいえ、アリシアも恋人のエリオが荒野という死地に何度も向かうのは嫌だった。しかも間引き作業にはアキラも参加していて、その場には通常いないはずの強力なモンスターまで出現したと聞けば、心配は募るばかりだ。事務方の幹部という自身の立場を利用して、状況の改善を試みてはいた。

「エリオ。幹部の報酬、５００万オーラムじゃ足りなかった？」

間引き作業参加の報酬として、エリオは徒党から500万オーラムを得ている。他の参加者は50万オーラムだ。戦闘面でエリオが他の子供達の10倍働いた訳ではないのは明らかであり、エリオ自身もそれを自覚している。500万オーラムは徒党の幹部としての明確な優遇だ。

しかしエリオは浮かない顔のままだ。

「その話をして、幹部にならないかって何人か誘ってはみたんだけどさ。どいつもこいつも、考えとくって言うだけだった」

「そう……」

「金に釣られなかったって意味じゃ、500万じゃ足りねえってことなんだろう。でもだからって、もっと増やせってボスに言う訳にもいかないしな」

「そうなのよねー」

アリシアも溜め息を吐く。アリシアは徒党の経理も担当しているだけあって、何となくそう言ったエリオ以上に、これ以上の増額が難しいことを理解していた。

シェリルファミリーは遺物販売店などで桁違いに儲《もう》けている。だがその金は徒党の金だ。そして徒党の金とは、ある意味でアキラの金だ。無駄遣いして良い金など1オーラムも無い。

加えてシェリルに事情を説明して幹部の報酬を増やすとしても、増えた報酬を真っ先に受け取るのはその幹部である自分達だ。非常に頼み難い。500万オーラムは、アリシアがその諸々のことを考えて算出したギリギリの額だった。

そこでエリオが何となくナーシャとルシアを見る。

「……それでもまあ、ナーシャ達がいなかったら俺とアリシアの二人だけだったって考えれば、まだましな方か」

そう言われたナーシャは思わず苦笑を返した。

「私達も好きで幹部になった訳じゃないんだけどね」

ナーシャ達は以前にルシアがアキラの財布を盗んだことで、アキラに殺されかけたことがあった。その件そのものはアキラに許されたが、シェリルファミリーはアキラの後ろ盾を大前提としている徒党ということもあって、ナーシャ達は徒党内で非常に冷遇され、敵視すらされていた時期があった。

その状況を改善する為に、ナーシャ達は徒党内の地位を求めて幹部になった。幹部の席の争奪戦どころか、押し付け合いの最中だったこともあり、ナーシャ達が幹部になったことへの反発は少なかった。

その後、無難に幹部の仕事を続けていることもあって、ナーシャ達の評価は大幅に変化している。アキラとそこまで揉めた経歴も、今では流石アキラと揉めただけはあって度胸があると、好意的に解釈されていた。

徒党の中にはナーシャ達が幹部として自分達の上に立つことが気に入らない者もいる。しかしその者達への周りの評価は、だったらお前が幹部になってアキラの相手をやれ、だった。徒党内でナーシャ達を軽んじる者は激減していた。

ナーシャの愚痴混じりの言葉に、ルシアも少し硬い笑顔を浮かべる。

「でもまあ、私達はエリオ達とは違って、誰か代わってとは言えないんだけど」

「そうそう。だからルシア。そこは仕方が無いと思って一緒に頑張りましょう」

ナーシャには世話焼きの面があり、構成員の纏め役としても上手くやっている。その一方でルシアには幹部としては微妙な部分も多い。冗談っぽく明るく笑うナーシャを見て、ルシアは自分の所為で親友に負担を掛けていると思い、自分を気に懸けてくれることを感謝しながらも、内心で溜め息を吐いた。

そこでシェリルと雑談していたアキラが急に振り返った。そして黒い人型兵器を指差しながらエリオ達四人に軽く尋ねる。

「なあ、この機体は俺の代わりみたいなものなんだけど、こいつと俺、どっちが強そうに見える？」

また答え難いことを。エリオ達は全員揃ってそう思った。更にシェリルから視線で返答を催促される。

相手の嘘を見破れるという噂《うわさ》のあるアキラに、下手なお世辞は逆効果だ。しかし正直に答えると機嫌を損ねる恐れがある。そう思ってエリオ達が返答を躊躇っている中、意を決して口を開いたのはルシアだった。

「……アキラさんの方が強いのは知ってますけど、見比べて二択なら、そっちの方が強そうに見えます。その、こんなに大きいし、やっぱり人型兵器って誰が見ても強そうだし……」

ルシアが緊張しながらアキラの反応を確認する。

「だよなー」

アキラはルシアの返事に満足したように笑って大きく頷いた。そして再びエリオ達に背を向けた。

ルシアが思わず安堵の息を吐く。するとエリオとアリシアに軽く肩を叩かれた。

「ルシア。よくやった」

「ありがとう。次もその調子でお願い」

ルシアが嫌そうな顔で、助けを求めるようにナーシャを見る。すると頭に手を置かれた。

「……ルシア。一緒に頑張りましょうね」

大切な親友の励ましに、ルシアも嫌だとは言えなかった。


アキラがシェリルと一緒に黒狼を見ながら思う。

（……やっぱり分かりやすい強さが要るな）

今の自分はこの黒い人型兵器より強い。装備込みの強さではあるが、戦っても勝てる。アキラはそう思っている。

しかし今の自分が、誰にでも黒狼より強そうに見えるかと言われれば、違うと答えることが出来た。

そもそも人が人型兵器と戦うなど、基本的に無謀なことなのだ。どちらの方が強そうに見えるかと聞かれれば、人型兵器の方と答えて当然だ。アキラもそう納得していた。

だが実際に戦い、倒して、自分の方が強いのだと示すのでは意味が無い。ユミナを殺し、カツヤ達を殺し、自分の方が強かった、では駄目なのだ。勝つ以前に戦わせない強さが、殺し合いを相手に回避させる強さが、誰にとっても分かりやすい強さが必要だった。

そしてそれに適するものをアキラはもう知ってい

た。ハンターランクだ。

（もっとだ。もっと上げないと……）

アキラは強さを求める。ある意味で、そこらのありふれたハンターのように。そしてかつてより更に歪みながら。

そのアキラを見てアルファが微笑む。どのような理由であれ、自分のサポートを前提とした力をアキラが望み、求め、肯定することは、アルファにとって非常に都合の良いことだった。

◆

黒狼の見物を終えたアキラは、シェリル達と一緒に拠点の休憩室でもあるフロアに移動すると、４人がけのテーブルにシェリルと二人で向かい合って座り、雑談を兼ねて徒党の話などを聞いていた。

「シェリル。そういえば、あの機体は誰が操縦するんだ？」

「いろいろ考えていますが、当面はエリオの予定です。エリオは徒党の武力要員の幹部ですから。流石に誰でも乗せて良い物ではありませんしね」

吉岡重工も機体の整備に関しては整備員を派遣してくれるが、操縦者までは貸してくれない。銃も弾も提供するが、狙って撃つのは自分でやってくれ。直接的な殺害の責任は負わない。その辺りの感覚はシェリルも理解できた。

一応、吉岡重工に仲介を依頼する形式で操縦者を斡旋してもらったり、イナベに頼んで都市の防衛隊の人員を派遣してもらったりする手段もあるにはある。しかしシェリルとしては、万一の場合に余所《よそ》の都合に左右されない為にも、まずは徒党の人員を操縦者にする方向で進めておきたかった。

「あとは、徒党の武力要員にシミュレーターで訓練させて、得意な者がいれば任せる感じですか。エリオ達は総合支援システムを使っていますから、システムに操縦の補助もお願いできないか、機領に頼んでいます」

常人が生身で黒狼に乗り込んで操縦すると、慣性などによる負荷で死にかねない。よって強化服の着用が基本になる。その点に関しても、エリオ達が機領から総合支援強化服を借りているのは都合が良かった。

「自動操縦でもある程度は戦えるそうです。でもド素人でもない限り、やっぱり誰かが乗って操縦した方が効果的で、自動操縦じゃカカシと変わらないとも言われています」

シェリルがそう言ってから軽く笑う。

「まあ、私達があの機体にやってほしいことはそのカカシで、強力な機体の性能を発揮しないといけないような事態になってもらっては困るんですけどね」

「それもそうだな」

襲ってきた敵を叩き潰す為ではなく、そもそも襲ってこないようにする為の人型兵器なのだ。同意見だとアキラも笑って返した。

エリオ達はシェリルの指示で、アキラ達の隣のテーブルに座っていた。シェリルのことなので格納庫で人型兵器を見終えたら、あとはアキラを自室に連れ込んで、自分達は仕事に戻らせるのだろう。そう考えていたので不思議に思ったのだが、何かあれば話を振る為だろうと考え直して、大して気にせずにそこにいた。

そのエリオ達の考えは、間違ってはいないのだが、本質は根本的に異なっていた。シェリルがエリオ達を近くにいさせているのは、今のシェリルにはアキラと二人きりでいるのが難しかったからだ。

自分がユミナの死の遠因に、アキラがユミナを殺さなければならなかった原因に、ほんのわずかではあるが、なってしまっている。アキラがそれを知ったらどうなるか。その恐怖がシェリルを萎縮させていた。

シェリルは歓談を続けながらアキラの様子を窺う。敵視や嫌悪の感情は全く感じられない。知らないからか。既に知っているが、気にしていないのか。知っても、問題は無さそうか。笑顔の下で、必死に思案する。

そして普通に笑っているアキラの様子から、シェリルはここで踏み込むことにした。姿勢を正し、真面目な顔でアキラに告げる。

「カツヤ達の件では、お力になれずに申し訳ありませんでした」

急にそのようなことを言われて不思議そうにするアキラに、シェリルが補足を入れるように続ける。

「ドランカム事務派閥とは、主にカツヤやミズハですが、私は付き合いがありました。アキラと敵対しないように強く頼んでおけば、防げたかもしれないと思いまして」

「ああ、そういうことか。気にしなくていい。あれはカツヤ達が建国主義者の連中に騙された所為だからな。しかも騙されたカツヤ達を単に責めるのも、ちょっとなってぐらいの状況で、まあ、あの場にいた全員がいろいろと運が悪かったんだ。少なくともシェリルの所為じゃないよ」

「……、そうですか。そう言って頂けると助かります」

シェリルは小さく安堵の息を吐くと、笑ってアキラに頭を下げた。

シェリルが口にしたカツヤ達という言葉の中には、ユミナも入っている。しかしアキラの前でユミナという具体的な名前を口に出すのは、今のシェリルには無理だった。カツヤ達とぼかして言うのが限界だった。

ユミナの件の詳細を、正しい内容を、その許しを、シェリルは口にはしていない。それでもアキラから自分の所為ではないと言われたことで、シェリルは随分気が楽になった。

だがそこでヴィオラが現れる。

「アキラ。この前は悪かったわね」

謝ってはいるが、いつもの質の悪い笑顔を浮かべているヴィオラに、アキラも相応の表情を返した。

「……ヒカルの身元を調べてもらうように頼んだのは俺だけど、何であんな騒ぎになったんだ？」

「それはイナベにとってアキラがそれだけ重要な人物だからよ。付け加えれば、深読みすれば、あれはある種の警告を兼ねていたのかも」

「警告？」

「そう。アキラを相手に詐欺を働こうとする者はああなるって、イナベが意図的に大袈裟にやって周知させたってこと」

「あー、そういう考えもあるのか」

納得したように軽く頷いたアキラの様子を、ヴィオラはいつもの笑顔で観察していた。そして勝手に席に着くと、アキラとシェリルを見てから、何でもないことのように言う。

「それにしても、ユミナの件は残念だったわね」

シェリルが一瞬硬直する。そして動揺を隠しながらヴィオラを見る。

自分が過剰に反応しただけで、この話に特に含むものは無いのか。自分がユミナの死の遠因になっていることを知っていると暗に教えられたのか。それをわざわざアキラの前で口にした以上、何らかの脅しなのか。或いは自分の反応から何かを探ろうとしているのか。シェリルはそれを見抜こうとした。


しかし分からない。幾らでも疑えるが、真偽は不明で、下手に確かめようとすれば藪蛇《やぶへび》になる。相手はそのような人物だ。悩んでも疑心暗鬼になるだけで、シェリルにはヴィオラの思惑など何も分からなかった。

何も分からないのはアキラも同じだ。だが反応は大きく異なっていた。少しの間ヴィオラをじっと見た後、黙って立ち上がり、ＬＥＯ複合銃をヴィオラに突き付けた。

「お前か？」

非常に短く、酷く具体性に欠けたその問い掛けは、問い掛けではあったが、もう断定に近いものだった。

流石にヴィオラも表情を硬くした。冷や汗を流しながら、いつもの調子で答えようとする。

「ちょっと、急にそんなこと言われても、何の話か分からな……」

アキラが真顔で銃口をヴィオラの額に押し当てる。それでヴィオラの話は遮られた。ヴィオラの顔に流れる冷や汗が増えていく。

「嘘を吐いたら殺す。答えないと殺す。関係無いことを言っても殺す。はい、か、いいえ、で答えろ。お前はユミナの件に、何か関わっていたのか？」

じっと自分を見るアキラから目を逸らさずに、ヴィオラがはっきりと答える。

「いいえ。私は無関係よ」

『……アルファ』

『嘘は言っていないわ』

アルファがそう言うのであればと、アキラはヴィオラの返事を信じた。

「……そうか。疑って悪かった。ユミナのことは、ちょっといろいろあり過ぎてな。謝る」

そう言って謝りながらも、アキラは銃を下ろさない。ヴィオラに銃口を押し当てたまま、告げる。

「次は誤解でも殺す」

誤解を生むようなことはするな。そう深く釘を刺して、アキラはようやく銃を下ろした。そして大きく息を吐く。

「シェリル」

「は、はいっ!?」

シェリルは慌て過ぎて少し妙な声で返事をしていた。

騒ぎを起こしたこと、自分を抑えられなかった自己嫌悪で、アキラが軽く項垂《うなだ》れる。

「……騒がして悪かった。俺は帰って頭を冷やす。じゃあな」

そう言い残してアキラは一人で立ち去った。

いつものシェリルであれば、アキラを拠点の外まで送るぐらいはしていた。しかし今は椅子から立ち上がることすら出来なかった。

ユミナの件に関わりがあると疑われただけで、ヴィオラは殺されるところだった。では遠因とはいえ関わりがある自分はどうなのか。湧き出した不安と恐怖に、シェリルは必死に耐えていた。

危うく殺されるところだったヴィオラだが、それでも殺されなかった時点で、事態はヴィオラの予想の範疇《はんちゅう》でもあった。

ヴィオラはシェリルがユミナの死の遠因になっていることを知っている。そしてアキラの前でユミナの死の話をするのは危険なことも理解している。

それを分かった上で、ユミナの件は残念だったなどと、下手をすれば自分もその件に関わっていると誤解されかねないことを言ったのは、ヴィオラが自身の性《さが》を抑え切れなかったからだ。

建国主義者討伐戦を終えてからのアキラの行動は、解釈によっては凡庸なものだ。

自分を襲ったドランカムに対しては、報復に出るどころか和平を結んでいる。更に今までは基本的に一人でハンター稼業をしていたが、今は自分をトップにした部隊を編制して依頼に当たっている。加えて都市からつけられた担当者の要望に、大人しく従っている様子まである。

それらはヴィオラには、状況に満足してしまったハンターのありふれた変化に見えた。

以前は成り上がりを夢見て過激な行動をしていたが、その夢を叶《かな》えたことで落ち着いて、以降は保身に回った者。良く言えば、身の程を弁《わきま》えた成功者。悪く言えば、成功と引き換えにかつての情熱を失った有能な凡百。

アキラは建国主義者討伐戦での成功により、そのようなつまらない者に成り下がってしまったのではないか。ヴィオラはそう疑っていた。

かつてのアキラは面白かった。シジマの拠点にその構成員の死体と一緒に乗り込んだり、徒党の抗争では人型兵器で殺し合っている場に乱入して、一人で両方に喧嘩《けんか》を売ったりもしていた。

都市の職員であろうと殺し、都市の幹部とも敵対し、敵対した幹部の側についたハンター達も殺して我を通す。その過程でどれほどの騒ぎになろうとも、気にせずに突き進む。それがアキラだった。

それが今では、都市の要望に従って自身のハンターチームを結成し、都市から斡旋された依頼に精を出しているように見える。成り上がったハンターの凡例のようなことをやっている。

アキラという火薬はもう湿気《しけ》てしまったのか。些細なことで引火して大爆発するような、かつてのアキラは失われてしまったのか。ヴィオラはそれを確かめる為に、アキラの前でユミナの死の件を口に出した。

そしてアキラの反応は、ある意味でヴィオラの期待に応えたものだった。アキラは今も疑念だけで殺す気で銃を突き付けてくる危険人物であり、わずかな刺激で爆発する危険物だった。それを確認できたことで、ヴィオラは内心で喜んでいた。高揚と歓喜の滲んだ緊張の中で、笑みを噛《か》み殺《ころ》していた。

また、ヴィオラにはこの場で殺されない自信もあった。

原理は不明だが、アキラには人の嘘を見抜く技術がある。そして自分がユミナの件に関わっているかもしれないと疑えば、その技術で必ず確認する。

自分はユミナの件とは本当に無関係だ。そして本当に無関係だと見抜けば、アキラの性格から考えて自分を撃つことはない。

ヴィオラはそこまで事前に読んでおり、その読み通りに撃たれなかった。

帰るアキラの背を見ながらヴィオラが思う。

二大徒党の抗争はアキラが関わったことで格別に面白くなった。都市の幹部の権力争いも、建国主義者討伐戦も、恐らくアキラという爆弾が関わっていなければ、もっと小規模なものになっていた。

自分はもうスラム街の抗争を派手にする程度では満足できなくなっている。この爆弾をどこにどのように配置すれば、自身の性を満たすほどの騒ぎを引き起こせるか。その為には何が必要か、何をしなければならないのか。

湧き上がる企《たくら》みへの思案を続けながら、ヴィオラは薄く笑っていた。

エリオ達は立ち去るアキラを緊張しながら見ていた。そのままアキラの姿がフロアから消えて、戻ってこないことを確認するかのように数秒の間を開けてから、揃って大きく安堵の息を吐く。

そこに他の子供達がやってくる。

「おい、何があったんだ？」

休憩室を兼ねたフロアは立入禁止ではない。アキラがいるので皆が自主的に使用を控えているだけであり、度胸がある者達は離れた場所からアキラ達の様子を窺っていた。エリオ達と同等の幹部の席を狙っている者達だ。

徒党の者達から恐れられているアキラだが、実はそこまで怖がる必要は無いのではないか。彼らはそう考えていた。

別に徒党の後ろ盾になる代わりに横暴を働いている訳ではない。下らない理由で構成員を暴行している訳でも、嫌がる女に手を出している訳でもない。

殺しに躊躇は無いが、アキラがシェリルファミリーの中で殺した者は、以前に出た裏切り者達だけだ。アキラに殴りかかったエリオも、アキラの財布を盗んだルシアも、結局は殺されずに幹部をやっている。

それならば幹部をやっても大丈夫なのではないか。アキラを怒らせないように少し注意するだけで済むのではないか。それだけで徒党の幹部としての金も権力も手に入るのではないか。

彼らはその思いを少しずつ強くしていき、そして遂《つい》に、今日様子を見て大丈夫そうであれば、幹部になろうと考えていた。

その悪く言えば緩んだ意識の彼らの前で、アキラはヴィオラに銃を向けた。脅しで向けたのではなく殺す気だったことは、離れた位置から見ていた彼らにもしっかり分かった。アキラからはそれだけの殺気が滲んでいた。

結局殺しはしなかった。だが、だから大丈夫、などとは彼らも欠片も思えなかった。フロアから出ていくアキラから思わず目を逸らしてじっと身を潜めると、アキラが完全に出ていってから、エリオ達に事情を聞きに行った。

彼らから事情を聞かれても、エリオ達も詳しい裏事情など知らない。隣のテーブルにいて分かることしか教えられなかった。つまり、アキラがほとんど言い掛かりでヴィオラに銃を向けて、しかもそれを相手の所為にして帰った、という説明しか出来なかった。

「……本当か？　その程度のことで殺されるところだったのか？」

驚き怯えて顔を引きつらせる仲間達に、エリオが一応アキラを擁護する。

「ま、まあ、ほら、ヴィオラには前科もあるし」

「……いや、だからって、普通あんな些細なことで疑って殺そうとするか？　ねえだろ」

アリシアも一応言ってみる。

「で、でもほら、ただの誤解だったみたいで、すぐに解けたし……」

「そもそもすぐに解ける程度の誤解で殺そうとするなよ。誤解されても仕方が無いってぐらいの話だったってのなら、まだ分かるけどさ」

エリオもアリシアも、もっともだ、と思った。そしてその考えが表に出ているエリオ達の態度は、彼らには、エリオ達は幹部なのでアキラを悪く言えないだけ、としか見えなかった。

ナーシャが小さく溜め息を吐く。

ナーシャは彼らが、悪く言えばアキラを軽く見て幹部になろうとしていることに、そしてその幹部である自分達も軽く見ていることに気付いていた。

その上でナーシャはそれはそれで構わないと思っている。アキラを不要に恐れないことは良いことであり、どのような理由であれ幹部が増えれば自分達の負担が減るからだ。

そして彼らからその甘い考えが消えたことを察し、彼らにはもう幹部になる気は無いと理解したことで、別の方向に利用することにした。

ナーシャが彼らに向けて笑う。

「まあ言いたいことは分かるわ。私達も大変なの。だから手伝ってくれると助かるんだけど」

「い、いや、それは……」

幹部になって一緒にアキラに接してくれ。一緒にいつ殺されるか分からない立場になってくれ。そう言われたも同然の彼らは、揃ってナーシャから目を逸らした。そして後退《あとずさ》りしてそそくさと去っていった。

エリオが苦笑いを浮かべる。

「……なめられるよりはまし、ってのは分かるんだけどな」

アリシアも、ナーシャも、ルシアも、似たような笑顔を浮かべている。大変なことはあったが、心労を共有した者達の仲が少し深まった。

第198話　立入許可の無いハンター

　アキラ達によるモンスターの間引き作業は順調に続いていた。初日の難易度に合わせて戦力を増強した上で、安全第一のクロサワが部隊を指揮することで、ミルカケワ地方の強力なモンスター達を、死者も重傷者も出さずに撃破していた。

　余力で遺物収集もしている。荒稼ぎに近い効率で高価な遺物を集めていた。

　アキラ達の間引きの担当範囲は、クガマヤマ都市のハンター達にとってはモンスターが強過ぎて割に合わず、ミルカケワ都市のハンター達にとっては遺物が安過ぎて割に合わず、どちらからも敬遠されている場所だ。

　つまりアキラ達が間引き作業を終えた場所は、クガマヤマ都市のハンター達にとって、高価な遺物がある上にモンスターの脅威もほとんど無い絶好の稼ぎ場所になる。間引き作業に参加できるような実力は無いが、間引き完了後の遺物収集ぐらいは可能な者達を部隊に加えることで、アキラ達は高価な遺物を大量に手に入れていた。

　追加の人員はシェリルファミリーの武力要員や、デイル、レビン、コルベなどのシェリル達と付き合いのあるハンター達、そしてドランカムの者達などだ。主力のアキラにエレナ達やシカラベ達を加えたチームの、その下につく形式を取っている。

　これはハンターランクが低い時には一人、或いは少人数で活動していたハンターが、ある程度ハンターランクが上がった頃に、都市などからハンターチームの結成や、チームの規模の拡大を勧められた時によくあることと似ている。

　ハンターという武力を、組織という秩序だった集団にして管理することは、都市にとって大きなメリットがある。勿論、ハンター達の組織化を促すことで、組織だった戦力と相対する恐れが増えるというデメリットもある。だがそれは大規模に無秩序に暴れる強力な戦力を制圧する苦労に比べれば、十分にメリットが上回る。

そのような理由もあり、一人で活動する高ランクハンターには、都市がチームの形成を促すのが常になっている。今回はそれを、ヒカルがアキラに対して行っているようなものでもあった。

成り上がったハンターの凡百な例にアキラも加わろうとしている、というヴィオラの勘違いも、その辺りの理由が強い。つまり都市側の視点では、ヒカルはアキラの対応をそれだけ上手くやっていたということでもあった。

ヒカルがその定期報告書を書きながら笑う。

「順調順調。流石私だわ」

自画自賛だと理解しながらも、自賛に足る成果だと自賛して、ヒカルは満足げに頷いた。

しかしその満足も続けば次第に慣れていく。アキラ達であれば、いや、アキラであれば、もっと高難度の地域の間引きを担当させても大丈夫なのではないか。アキラはオクパロスだってあんなにあっさり倒せたのだ。大丈夫だろう。自信と向上心に溢れたヒカルは、更なる成果を求めてそう考えた。

そしてまずはアキラにその旨を伝えてみた。アキラの返答は曖昧なものだった。

「俺は別に良いけど、実際にどうするかはクロサワに聞いてくれ。その辺の決定はクロサワに任せてる」

「そうなの？　でもアキラのチームなのだから、私はアキラが決めるべきだと思うわ」

「そうは言っても、今回は部隊で動いてるからな。部隊全体の安全を考えて適切に判断するのは、俺には無理だ。だから安全第一のクロサワに判断を頼んでるんだ。俺一人なら俺が決めて、ヤバい時は俺が一人で死ぬ思いをすれば良いだけだけどさ」

部隊にはエレナ達もいる。アキラは安全の判断基準に妥協する気は無かった。ヒカルもそれを察して、この場での説得を諦めた。

「そう。分かったわ。じゃあ私からクロサワさんに言ってみるわね」

「ああ。頼んだ。じゃあな」

次はクロサワに連絡する。クロサワの返答は明確なものだった。

「駄目だ。断る」

「しかしこれまでの戦果から判断すると、部隊の戦力は十分に高く、担当地域を変更する余力はあると思いますが」

「その余力は突発的な事態に対応する為の安全マージンだ。その余力を常に使用する難易度の場所では、突発的な事態が起こった場合に対処できなくなる。担当地域の大幅な変更は認められない。今でも担当範囲を少しずつ東側に移しているだろう。それが限度だ」

アキラとは異なり明確な拒否を示すクロサワに、ヒカルは内心で顔をしかめた。それでも話を続ける。

「ですが、最終的に決めるのはチームのリーダーであるアキラです。そのアキラは担当地域の変更について、それでも良いと言っていますが……」

「まあ確かに最終的な決定権を持つのはアキラだ。俺もそこに異存は無い」

「それなら……」

「だが担当地域を変更するなら俺は降りる。俺は戦力としてではなく、部隊の安全を担保する指揮役として雇われたんだ。それが不可能な状況で続ける気は無い。悪いな」

ヒカルが内心で焦り出す。クロサワが辞めた場合、アキラはそれだけ危険だと判断して、間引き依頼そのものから降りかねないからだ。

「まあ何だ、アキラは口では別に良いぐらいの軽い感じで言ってるが、内心では高難度の地域での間引きをやる気満々で、それをそれとなく止めてほしいからこんなことを言い出したのなら、俺がアキラを説得してやるぞ？　そういう話なら俺の仕事だからな」

ヒカルが顔を引きつらせる。ヒカルがやりたかったことはその逆だ。そしてクロサワもそれを分かった上で、これ以上ゴチャゴチャ言うようなら、それをアキラに話すと脅しを兼ねて言っており、ヒカルもその程度のことは理解できた。

「いえいえ、そこまでして頂く必要はありません。

アキラには私からクロサワさんが難色を示していたので無理だと伝えます」

「分かりました。では私はこれで。今後もよろしくお願いします」

ヒカルが引き下がったことで、クロサワは言葉遣いを直して通信を切った。

少し疲れた顔でヒカルが溜め息を吐く。そして笑って気を取り直した。

「まあ仕方無いわね。ハンター歴も長いし、アキラと違って一筋縄じゃいかないか」

交渉事が苦手なハンターは珍しくない。特に当初から武力面で優れていた者にはその傾向がある。強ければ大抵のことは押し通せるので、交渉能力を磨く機会が減るからだ。

不公平な契約を結ばせようとする詐欺師紛《まが》いの者達も、それに気付いた相手が暴力に訴える恐れを考慮して、言い訳できる程度の内容に抑えることが多く、騙されたとしても致命的な状況に陥ることは稀だ。交渉能力の低さは、そこまで問題にならない。

しかしそれも、いわゆる普通のハンターの範疇の話だ。荒野で命を賭けた成果が実って高ランクハンターになると、それまでに交渉能力をちゃんと磨いていたかどうかが試される。高ランクハンターの交渉相手は、都市や企業など武力での威圧が難しい者達だ。加えて担当者は交渉に秀でた者ばかり。拙い交渉能力では良いように扱われてしまう。

そしてアキラも、ある意味でその拙い交渉能力により、ヒカルの都合の良いように動かされている。アキラにも利益の多い状況だが、その利益はアキラが自身の交渉能力で摑んだものではない。その利益によりアキラの信用を得たいヒカルの都合であり、上手く動かされていることに違いは無い。

一方交渉能力をしっかり磨いているクロサワは、相手が都市であろうとも柔軟に対応する。安全の為に目の前の高い利益をあっさり捨てるクロサワの方針は、命を賭けて荒野に出ているハンター達から不満を買いやすい。その不満を殺し合いに発展させないように事前に入念に幾度も行われた交渉は、クロサワの交渉能力を十分に上げていた。

「人選間違ったかなー。アキラとクロサワさん、足して2で割ればちょうど良いと思ったのに」

　無理無茶無謀が大好きなキバヤシに気に入られるほどに無茶をするアキラと、逆に非常に安全に拘《こだわ》るクロサワ。その二人を合わせれば、ちょうど良い感じで部隊行動が取れるのではないか。安全を重視しながらも、アキラがチームリーダーである分、多少の危険は織り込み済みの活躍をしてくれるのではないか。ヒカルはそう考えていた。

　そしてアキラに関しては期待以上に上手くいった。一人でオクパロスを撃破するという大活躍も見せてくれた。

　だが部隊全体では期待外れとなった。確かに大きな成果は出している。しかしアキラが率いる部隊だと考えれば消極的にも思える内容だ。もっともそれは部隊がクロサワの指揮で動いている以上、当然の結果ではある。

　それでもヒカルは、アキラの部隊であればもっと活躍できると考えていた。そしてその原因を口に出す。

「アキラが部隊の安全をあんなに重視するなんてね。ちょっと予想外だったわ」

　あれだけの無茶をする者なのだ。ハンターとして幾度も死地を駆け、それを乗り越えて成り上がった所為で、危険に対しての感覚が麻痺《まひ》している。それならばその感覚を無意識に他者にも適応してしまい、部隊全体で無闇に突っ込む恐れがある。ヒカルはそう考えていた。

　しかし実際には、アキラは自分の無茶に部隊を付き合わせるどころか、逆に部隊に無茶をさせないように気を使っている。クロサワの安全第一の指揮を肯定し、自分は部隊の主力として前に立って、部隊全体を守っているようにも見える行動を取っていた。

　それだけ仲間思いなのだと好意的に評価も出来る。しかしヒカルには、悪く言えば部隊がアキラの足枷《あしかせ》になって、更なる成果をあげるのを邪魔しているように感じられた。

「高ランクハンターの前例に倣って、アキラに大規模なチームを作るように促したのは失敗だったかなー。今からでもアキラ単独で行動させた方が良い？　うーん」

現状でも順調に成果を稼いでいるのは事実。それを失敗とみなすのは欲張りか。しかし現状に満足してしまっては更なる成果は見込めない。何とかするべきか。ヒカルは今後の対応を悩んで唸っていた。

そこにキバヤシがやってくる。

「よう。どうだ？　アキラの担当の方は。順調か？」

「順調です。順調過ぎて物足りないぐらいですよ」

自分の状況を探りに来たと判断したヒカルは、すぐに取り繕って笑顔でそう答えた。

「そりゃ良かった。あいつは扱いが難しいやつだからな。大変なら手伝おうと思ってたんだが」

「御心配には及びません。私一人で大丈夫ですよ。あ、今更ですが、イナベ区画長の指示とはいえ、キバヤシさんの担当ハンターを横取りしたような形になってしまって、申し訳ありません」

イナベの指示でやっていることだ。たとえキバヤシであろうとも、この件に文句は言わせない。ヒカルは暗にそう言って、少し勝ち気に笑ってみせた。

悪く言えば、ヒカルは自身の上司でもあるキバヤシに対して、少し調子に乗った態度を取っている。それはちょっとした意趣返しだった。

この歳で広域経営部に配属された、将来有望な自他共に認める才女。それが自分だ。ヒカルにはその自負がある。その自負に見合う成果を出してきたとも思っている。

そしてその自分の実力を認めようとしないキバヤシに、ヒカルは不満を覚えていた。実力不足だと直接言われた訳ではない。だがそれは自分の扱いから明白だと考えていた。

キバヤシの権力の源は、自身が提供した賭けに勝って成り上がったハンター達との繋がりだ。その縁を繋いでおく為にも、それを元に利益を出す為にも、定期的な細かな遣り取りは欠かせない。

しかしキバヤシにも日々の仕事があり、加えて新たな挑戦者探しにも時間を費やしている。既に賭けに勝った者達へ多くの時間を割く余裕は無い。

そこでキバヤシは、自分が担当するハンター達の中で興味が薄れてきた者達の対応を、広域経営部の者に任せていた。

それを任せられた者は、当然ながら高ランクハンターとの伝を得る。その伝を上手く活用すれば大きな利益を得られる。加えてキバヤシの興味が薄れた者とは、つまりかつての無理無茶無謀を控えるようになった者なので、比較的扱いやすいところもある。多くの職員が次は自分に担当を回してほしいとキバヤシに頼んでいた。

ヒカルもその一人だ。自分にはそのような重要な仕事を任せられるだけの実力がある。だから当然私に任せるべきだと本気で思っていた。

しかしキバヤシはそのヒカルの要望を軽く流していた。取り付く島も無い態度だった。その所為でヒカルの不満は溜まるばかりだった。

そこでイナベからアキラの担当に任命される。上司のキバヤシを飛び越して、都市の幹部から直々にアキラの担当を任されたヒカルは有頂天になった。

やはり自分はそれだけ優秀なのだ。それを見抜けない、いや認められないキバヤシの方に問題があるのだ。そう考えて上機嫌になっていたヒカルは、キバヤシを前にしてその思いを抑え切れず、溜まっていた不満も相まって、少し勝ち気な笑顔を浮かべていた。

その一方でヒカルにその笑顔を向けられたキバヤシは、ヒカルのその内心を正確に読んだ上で、むしろ機嫌を良くしていた。

「なに、気にするな。俺も忙しくてな。ちょうど良かったんだよ。でもアキラは扱いの難しいやつだから心配してたんだが、そんなに順調なのか。凄いな。イナベから直々に指名されるだけはあるって訳か。流石だな」

「あ、ありがとう御座います……」

キバヤシの予想外の態度に、ヒカルは逆に戸惑った。そしてキバヤシの方はヒカルの態度を気にせず

に、自分が忙しい理由を軽い雑談のように話してい
た。

　現在ウダジマは、イナベがツバキハラ方面の担当者になってしまった所為で、イナベとの権力争いにおいて劣勢を強いられている。可能であればイナベの仕事を妨害して巻き返しを図りたいところだが、それは無理だ。ツバキハラ方面の仕事はヤナギサワの利権でもある。ヤナギサワの邪魔をすればウダジマなど一溜まりもない。

　よってウダジマは他の手段で巻き返さなければならないのだが、それにはツバキの管理区域から流れる遺物の利権を超えるほどの成果が必要となる。だが現在のクガマヤマ都市に、それだけの成果を生み出すものなど無い。本来ならばここで手詰まりだ。

　しかしウダジマは諦めずに賭けに出た。クズスハラ街遺跡の第２奥部の攻略に、全力で取り組み始めたのだ。

　経験則ではあるが、クズスハラ街遺跡は奥に行くほど高価な遺物が手に入る。第２奥部の攻略が進み、後方連絡線がその先にまで延びるようになれば、ツバキとの取引で手に入る物より高価な遺物が、大量に手に入る可能性はある。そうなればツバキの遺物を扱うイナベの利権は相対的に低下する。

　また後方連絡線の延長はヤナギサワが熱心に進めていることだ。それに協力することでヤナギサワからの見返りも期待できる。ヤナギサワの案件なので、イナベに邪魔される恐れも無い。

　加えて第２奥部の攻略が遺跡の奥部を刺激して何かが起これば、例えば第２奥部のモンスターが第１奥部に溢れるなどの事態が発生すれば、ツバキとの取引が中断する可能性もある。そうなればイナベの利権の力も格段に下がる。

　もっとも全ては賭けだ。そうなる保証など欠片も無い。それでも何もしないよりはましだ。じわじわと追い詰められるよりは遥《はる》かに可能性がある。そう考えてウダジマは手を尽くしていた。

　第２奥部の攻略を進める為には戦力が要る。第２

奥部は人型兵器の部隊が撤退を強いられるほどに高難度であり、クガマヤマ都市のハンター程度では話にならない。もっと東側で活動している強力なハンター達を呼び寄せる必要がある。

そして都合の良いことに今は大流通の時期だ。この機会を逃さずに東側の地域から強力なハンター達を呼び寄せようと、ウダジマは都市の幹部として精力的に活動していた。

キバヤシはイナベとウダジマの権力争いになど興味は無い。しかしヤナギサワが推し進める第2奥部攻略事業の一環として、繋がりのある高ランクハンター達に連絡を取ってクガマヤマ都市に来てもらえないか頼んだり、彼らの受け入れ態勢を整えたりと、忙しい日々を続けていた。

クガマヤマ都市は広い東部のちょうど中程辺りにある。比較的近場に多くの遺跡があり、その難易度も様々なおかげで、駆け出しからハンターランク40台の実力者まで、幅広い実力のハンター達が活動拠点としている都市だ。

ハンター達がここから活動場所を更に東の都市に移す目安がハンターランク50。この地域での稼ぎでは物足りなくなれば高ランクハンターの仲間入り。そういう意味でもハンター稼業でのちょっとした登竜門のような都市でもあり、成り上がりを目指す者達が各地から集まっていた。

もっともそのような多少意義のある都市も、既にその門を突破した者達にとっては自分達の実力に見合わない場所、東部に幾らでもある中堅統治企業の一つにすぎない。呼べば来てもらえる訳ではない。誘いに乗ってクガマヤマ都市に戻ったところで、その実力を発揮できる場所はクズスハラ街遺跡の奥部しかないからだ。

それでもキバヤシは何とか交渉していた。第2奥部の遺物収集場所としての価値は未知数だが、モンスター討伐の報酬だけで十分に稼げる。クガマヤマ都市はツバキとの取引で儲けているので、支払に心配は全く無い。東の地域で使用する戦車や人型兵器の運用も、整備場などの用意を進めているので問題無い。そう言って説得していた。そして説得の甲斐あって、幾つかのハンターチームの勧誘に成功した。

勧誘が済んでもキバヤシの仕事は続く。遠方からクガマヤマ都市まで実際に来てもらわなければならない。

遠方の都市からクガマヤマ都市への移動には、都市間輸送車両を使用するのが一番だ。だが料金は高い。特に東側の都市まで繋ぐ路線の料金は、その地域に棲息する冗談のように強いモンスターからの防衛費用も含んでいるので、非常に高い。大流通による支援を受けても十分に高い。

更にキバヤシの誘いに乗ったハンター達は、キバヤシから提供された無理無茶無謀を突破した実力者達だけはあって、そのほとんどがチームの主力になっている。そのチームの主力だけクガマヤマ都市に行くと、残された者達が戦力不足で大変なことになるので、大抵はチーム丸ごとで行くことになる。

当然ながら人が増えれば料金も増える。加えて戦車や人型兵器などの輸送費も掛かる。

その総額は、幾らこちらの都合で呼んでいるとはいえ、流石にクガマヤマ都市も全額負担は出来ないものとなる。キバヤシはこれも何とか調整しなければならない。そしてそれらの話を、愚痴を交えてヒカルに話していく。

「それでな？　俺は連中の主力に都市間輸送車両の護衛をやらせて、その報酬で残りのやつらの乗車賃を相殺する感じで何とか調整してるんだけど、まあそれでも文句は出るんだよ。その文句は宥《なだ》めても、車両側の都合で護衛要員に空きがなかったりしてな？　調整が大変なんだ」

「そ、そうですか。お疲れ様です」

ヒカルは戸惑いながらもキバヤシの話を聞いていた。機嫌の良さそうなキバヤシの態度は気になるが、話の内容自体は非常に勉強になるものだ。自分であればどうするかと考えながら、興味深く耳を傾けていた。

そのヒカルの様子を内心で確認しながら、それを悟らせずにキバヤシが続ける。

「ああ、本当に疲れた。車両の護衛要員をチーム単位で手配するんだが、調整がもう本当に大変なんだ。チームの最低戦力とかも確保しないといけないんだが、人数を増やせばその分の部屋の確保もしないといけないし……」

そして疲れた様子でそこまで言ったところで、キバヤシは我に返ったように話を切り上げた。

「おっと、随分長々と話してたな。邪魔して悪かった」

「いえ、とても参考になる話でした」

「アキラの担当、頑張ってくれ。ああ、俺に手伝えることがあったらいつでも言ってくれ。じゃあな」

キバヤシはそれだけ言ってヒカルの下を立ち去った。自分の背中を少し不思議そうな目で見るヒカルに、その内心を欠片も明かさずに笑っていた。

キバヤシとの話を終えて仕事に戻ったヒカルが、アキラの今後の対応を改めて考える。すると先程の話に刺激された、ある考えが浮かんだ。

「……ああ、そういう手もあるわね。行ける？」

浮かんだ案を精査する。その思い付きの実現性と有効性を検討する。そして勝ち気に笑った。

「これなら行けるわ。流石私。よし！　すぐやりましょう！」

思い付いた名案に、間違いなく自分で考えた計画に、ヒカルは上機嫌に取り組んでいく。

その名案に浮かれていたヒカルは、それを思い付くことが出来た情報の入力元がキバヤシであることを取るに足らないことだと思って、むしろキバヤシの不注意ぐらいに考えて、全く気にしなかった。

◆

自宅で入浴中のアキラにヒカルから連絡が入る。部屋に置いてある情報端末宛ての通信だが、アルファを介して普通に出る。

『アキラ。ちょっと相談っていうか頼みがあるんだけど……』

ヒカルの頼みはアキラに一人で都市間輸送車両の護衛に参加してほしいというものだった。

都市間輸送車両の護衛依頼を受けるハンターは、キバヤシが言っていた最低戦力などの都合もあり、基本的にチームで護衛に参加する。

しかし別にチームで受けなければならないと決まっている訳ではない。建国主義者討伐戦を一人で生き延びたアキラならば、車両の警備側もその実績を以てアキラ個人での参加を認めるかもしれない。ヒカルはそう考えて、まずはアキラに話を持ち掛けることにした。

その内容を聞いたアキラは、少し不思議そうな顔を浮かべた。

「別に嫌だとは言わないけどさ、部隊の方はどうするんだ？」

『アキラが抜けている間は休養ってことにして間引き作業を中断しても良いし、もう間引き依頼自体を切り上げても良いと思うわ』

「つまり、そろそろ間引き依頼が終わるから次は都市間輸送車両の護衛をやってくれってことじゃなくて、間引き依頼より護衛依頼の方を優先させるってことか。それ、俺が断ったら間引き依頼がそのまま続くって考えて良いのか？」

アキラも自分一人であれば、予定の急な変更など大して気にしない。だが今は部隊で予定を組んでいる。その中にはエレナ達もいる。予定を急に変えると迷惑を掛けると思い、ヒカルの頼みに消極的な態度を取っていた。

それを察したヒカルが話を取り繕う。

『間引き依頼もその内に終わるのは確かよ。だからそこまで気にする必要は無いと思うわ。それに作業場所をもっと低難度の場所に変更して継続するって手もあるわ。アキラ無しでどの程度戦えるのかを一度確かめておくのも悪くはないと思うし、指揮はクロサワさんがするのだから大丈夫よ』

「うーん。確かにそれなら大丈夫か？」

『そうでしょ？　それにアキラのことはイナベさん

からも頼まれてるし、都市間輸送車両の護衛はハンターランクを上げるのにも効果的だし、引き受けてほしいのよね』

ヒカルはイナベの指示でアキラの担当になった。よってイナベからアキラのことを頼まれているというのは嘘ではない。そして都市間輸送車両の護衛がハンターランクを上げやすいのも事実だ。しかしその二つの話に関連は無い。ヒカルがそれらしく話しているだけだ。

そしてアキラは、ハンターランクの件でイナベと協力関係にあることもあって、ヒカルが考えた都市間輸送車両の護衛依頼のことを、イナベの指示だと解釈した。

「分かった。やるよ」

『そうこなくっちゃ。じゃあその方向で進めておくわね』

ヒカルが上機嫌で話を続ける。上手くいった思いで軽く言う。

『ああ、また何か面倒な交渉事が増えたのなら言ってちょうだい。前みたいにバッチリ解決してあげるわ』

「流石にそんなにすぐには増えないって」

『本当に？　遠慮しなくて良いのよ？』

「大丈夫だよ。無理矢理何か考えても、風呂の改装をどうしようか悩んでるぐらいだ」

シェリルの拠点での高級な入浴体験を知ったことで、自宅の安い風呂では満足できなくなったアキラは、以前から浴室の改装を考えていた。建国主義者討伐戦の前とは違い、今なら十分な予算がある。賃貸の業者に連絡してその旨を伝えてみた。

すると業者からは浴室の改装ではなく引っ越しを勧められた。

浴室にそれだけの設備を追加するには、改装ではなく改築が必要。加えて現在の家はハンターランク30台向けの物件。ハンターランク50の高ランクハンターが住む家ではない。家の設備に不満を覚えたのであれば、今のあなたに相応しい住居への引っ越しを是非検討してほしい。

そう業者に説得されて、アキラは悩んでいた。

「いや、言いたいことは分かるんだけどさ、今の家でも風呂以外に不満は無いし、引っ越すのも面倒臭いし、どうしようかなって思っててさ」

『そういうこと。私は賃貸業者の人の意見に賛成ね。アキラは凄いハンターで、凄く稼いでるんだもの。当然、その稼ぎに相応しい家ってのがあるわ。浴室以外の設備も充実するし、良い機会じゃない？』

「うーん。でもなあ……」

気乗りしていないアキラの返事を聞いたヒカルが、前言をあっさり翻す。

『でもまあ一番大切なのはアキラの気持ちよ。稼いでるんだもの。アキラの好きにすれば良いと思うわ。業者との交渉が面倒なら私がやれば良いだけだしね』

「良いのか？」

『勿論よ。それに改築中は家が騒がしくなるけど、都市間輸送車両の護衛をすれば、その間は家を空けるのだからちょうど良いでしょう？　帰ってきたら浴室が豪華になってるってのも面白いと思うわ』

「おっ！　それは良いな。そうするか」

『分かったわ。じゃあそっちの手配も一緒にやっておくわね』

その後ヒカルとの話を終えたアキラは、何となく浴室を見渡してみた。代わり映えのしない浴室の光景が、改装後の期待の所為でいつもより安っぽく見えた。

「この浴室だって、以前の安宿の風呂に比べれば凄く豪華だってのに、俺も随分贅沢者になったな。改装後が楽しみだ」

そう言ってどこか満足げに笑ったアキラに、今日も一緒に入浴しているアルファが軽く言う。

『見た目だけで良いのなら、今すぐにでも変えられるわよ？』

アキラの視界に映る光景がアルファによって拡張された。賃貸業者から貰った資料にもあった豪勢な浴室の姿がアキラの前に広がる。

「便利だな。見た目だけの豪華さで良いなら、ぶっちゃけこれでも良い訳か。見た目だけじゃ、お湯までは変えられないけど」

アキラが浴槽の湯をすくう。拡張視界の豪華な浴室の光景の中でも、お湯の感触は変わらない。

そのアキラの様子を見て、アルファは意味有り気に微笑んだ。

『やっぱりアキラには感触が重要なのね』

「まあシェリルの拠点の風呂に入った時も、違いを感じたのは実際に入った後だったし……」

アキラはそこまで言って、アルファの言いたいことに気付いて話を止めた。

手を伸ばせば届く距離にいるのだが、視覚上の存在で触れられない裸体の美女は、精巧な義手のおかげで自分に一時的に触れることが出来た少年に向けて、からかうように微笑んでいた。

◆

アキラに都市間輸送車両の護衛依頼を引き受けることを了承させたヒカルは、早速その手筈《てはず》を整えようと車両側との交渉を開始した。

ヒカルの予想通り、最低戦力の問題は何の支障も無かった。しかしそこで別の指摘が入る。それはアキラが、クガマヤマ都市の防壁内へ入る許可を持っていない、という点だった。

都市間輸送車両の車内は、都市の防壁内と同等の治安維持態勢が敷かれている。その都合で、防壁内への立入許可を持たない者を護衛要員にすることは出来ない。

そして該当のハンターは、防壁内への立入許可を持っていない。そちらの斡旋で護衛に参加する以上、最低でも依頼の開始前までに、クガマヤマ都市から防壁内への立入許可を出しておいてほしい。

車両側からそう頼まれたヒカルは、期限までに許可を取っておくと答えて、そのまま契約を締結した。

あとはアキラの中位区画への立入申請を出すだけ。都市の幹部とも繋がりのある高ランクハンターに許可が出ないはずがない。簡単だ。そう思っていたヒカルだったが、そこで躓《つまず》く。立入の許可が下りないのだ。

初めヒカルは単にアキラの代理として申請を出した。しかし却下される。駄目な理由すら明かされない。

次は推薦人に自分の名前を追記して申請した。再び却下される。防衛上の理由により、という簡易な説明だけが付け加えられた。

ヒカルが焦り始める。また申請して、それが受理されたとしても、即座に許可が出る訳ではない。早くても翌日、遅ければ1週間は掛かるのだ。このままでは護衛依頼の開始に間に合わなくなる恐れが出てきた。

それは都市間輸送車両の防衛に穴を開けるということでもある。都市の防壁内と同等の治安維持態勢に穴を開けるのだ。この時点で自分の経歴に無視できない傷が付いてしまう。

それだけではない。アキラにも護衛依頼の準備を既に進めてもらっている。あれだけ豪語して、こちらの都合でアキラに予定を変更させて、それが駄目になったとなれば、折角稼いだアキラからの信頼にも傷が付く。

(私が推薦人になっても駄目ってどういうことなのよ……。私は広域経営部の職員なのよ？　その時点で普通は通るでしょ？　何とかしないと……。今から警備課に連絡して、アキラの立入許可が下りない事情を聞いて、許可を出すように掛け合って、調整して……、駄目！　間に合わないわ！)

広域経営部の職員が推薦人になっても許可が下りない時点で、かなり面倒な事情が裏にあることぐらいは、ヒカルも容易に察することが出来た。それを解決するのに必要な時間はどの程度だと考えると、概算でも護衛依頼開始の期限を越えていた。

ヒカルが顔をしかめて思案する。そして決断した。

「仕方無い。こういう強引な手段は使いたくなかったんだけど……」

更新期間が年単位である通常の立入許可は警備課の管轄だが、数日や数週間程度の仮の立入許可であれば、広域経営部の権限で出せる。ヒカルはそちらに切り替えた。

もっとも権限的に可能なだけだ。警備課の承認を通っていない人物を防壁内に入れる訳なので、基本的に使用は推奨されない。悪用すれば防壁内の治安維持に問題が出ることもあり、警備課から苦情が来る程度には好ましくない行為だ。場合によっては警備課が越権覚悟で止めにくる。

それでもヒカルはそれを強行した。この所為で警備課から多少睨《にら》まれようとも、都市間輸送車両の護衛依頼を台無しにするよりはましだ。そう考えて速やかに手続きを済ませた。

「これで良しと。……イナベ区画長の名前まで出したのは遣《や》り過《す》ぎだったかしら。でもこれなら警備課も流石に黙認ぐらいはするでしょう」

気は進まないが、幹部からの指示だったので仕方無かった。そういう印象を与える為に、そして大した理由でもないのに警備課が介入してくる万一の事態に備えて、ヒカルはイナベの名前を使ってアキラに中位区画への仮の立入許可を出した。

アキラに仮の立入許可を出したことは、警備課にも自動で伝わっている。ヒカルは日々の業務をしながらしばらく様子を窺っていた。

都市間輸送車両の護衛依頼の為であり、アキラを長期間防壁内に入れる訳ではない。そう記載したのだし大丈夫だろう。問題があれば警備課から連絡ぐらい来るはずだ。ヒカルはそう思っていた。そしてその日の業務を終えても連絡が来なかったことで、やはり大丈夫だったと思って気を楽にした。

ヒカルがアキラに仮の立入許可を出したことは、その際にイナベの名前を使ったことで、イナベにも伝わっていた。

そしてその連絡を受けたイナベは、しばらく思案した後に、事態への静観を決めた。

第199話　ヒカルの誤算

都市間輸送車両の護衛依頼の日が来た。準備を済ませたアキラが、クガマビル1階のロビーでヒカルを待っている。

アキラは今回の依頼の為に、改造済みのLEO複合銃を2挺追加で買っていた。その計4挺のLEO複合銃とAFレーザー砲は、ケースに格納された状態でアキラの足下に置かれている。

この後に中位区画に入る。防壁の内側でも強化服ぐらいは着用できるが、銃を装備したまま入ることは許されない。厳密にはアキラにはその許可が下りていない。

今日もロビーには多くのハンターがいる。しかしアキラは前のように注目されてはいない。クズスハラ街遺跡の第2奥部攻略の為に、クガマヤマ都市が他都市から強力なハンターチームを幾つも招来したことで、高ランクハンターの姿がそこまで珍しいものではなくなったからだ。

アキラは自分が注目されないことを、少し拍子抜けに思いながらも安堵していた。

『他の都市から高ランクハンターがもう結構来てるって話を聞いたけど、本当みたいだな』

そのアキラの側で、アルファはいつものように笑っている。

『そのようね。今は大流通の最中。アキラが護衛する都市間輸送車両を使って、遠方からも来ているようね』

そう言ってアルファが見た方向に、アキラも釣られて視線を向けた。そこには水着のような強化服の上に、どう考えても前を閉めることが不可能なデザインのジャケットを羽織ったハンターがいた。

『……あの尖《とが》った旧世界風の武装。相当東側から来たハンターみたいだな』

『ええ。もしかしたらあの装備も、旧世界風ではなく旧世界製なのかもしれないわね』

『旧世界製か。そんな凄い装備のやつなら実力の方も凄いんだろうな。そんなやつらがここに大勢来てるのか。俺なんか目立たなくなる訳だな』

建国主義者討伐戦で大活躍したアキラは、ある意味で一時的ではあるが、クガマヤマ都市のハンター達の頂点に立った。しかしそれも束の間《つかのま》。東側のハンター達の流入により、今ではクガマヤマ都市の中では強い方という程度になっていた。

自分などまだまだだ。そう思い、アキラは東部の広さを改めて感じていた。

時間通りにヒカルがやってくる。

「アキラ。お待たせ。こっちよ」

アキラはそのままヒカルに案内されて、防壁の内側へ続く通路を進んだ。その途中、ヒカルから先程のハンターのことを話題に出される。

「さっき凄い格好のハンターがいたけど、あれ、多分かなり東側で活動してた人よね」

「だろうな。ハッタリ目的であいう格好をするハンターもいるって話だけど、あれはハッタリじゃないみたいだし、性能も凄いんだろう」

冗談のように強力な旧世界製の装備には、その外見も冗談のようなデザインの物もある。それにより、その手の事前情報一切無しで見た場合、強力なモンスターが群れで棲息している危険な荒野に、拳銃と水着だけで突撃するように見えることもある。

そして旧世界製の装備には、そのような行いを安全に正気で可能にするだけの性能がある。現代製であっても高ランクハンター向けの品は、大抵は旧世界由来の技術を以て製造されており、同等の性能を持っている物が多い。

そこで外見だけ旧世界風の安い装備をハッタリ目的で使っている者もいる。人間相手のハッタリでしかないと軽んじる者もいるが、敵の強さを視覚情報から得るモンスターにも有効な場合は多く、その偽装効果は無視できないものがあった。

そして今のアキラであれば、ハッタリ用の装備なのか本物なのかぐらいは見破ることが出来た。

「ヒカル。ああいう高ランクハンターって、もうクガマヤマ都市に結構来てるのか?」

「ええ。これでクズスハラ街遺跡の攻略にも弾みがつくし良いことだわ。まあ、その所為であんな格好の人が増えてることは、ちょっと問題かもね」

ヒカルはそう答えてから、アキラに向けて少し冗談っぽく笑った。

「アキラももっと高性能な装備を買えるようになったら、ああいう格好をするようになるの？」

「いや、流石にあれはちょっと……。同じ性能で普通のデザインのやつを買うよ」

「じゃあ、凄く安くて同じ性能のやつがあったら？」

「…………性能次第だな」

「へー。流石はハンターね」

楽しげに笑うヒカルに、アキラは苦笑を返した。

水着だろうがメイド服だろうがバニースーツだろうが、それを着て戦えばモンスターを蹴散らせる、安全に死なずに戦えるのであれば、ハンターはそれを着る。ハンターとはそういうものだ。

外見と自分の命のどちらを取るか。その選択を誤る者は荒野では生きていけない。いわゆる旧世界風の、きわどいデザインの装備がハンター達に受け入れられているのも、そういう背景があるからだった。

軽い雑談をしながら進んでいる間に、アキラは下位区画と中位区画の境を突破した。下位区画側にいる警備員とは別物の武装をする者が守る通路を通り抜け、更に少し進んだ辺りで、ヒカルがアキラの前に出て得意げに笑う。

「アキラ。中位区画へようこそ」

アキラの前には防壁の内側の光景が広がっている。都市の内と外。治安も経済も秩序も隔絶した二つの世界。その二つの世界を分ける巨大な壁。かつて見上げて畏怖すら抱いたその壁の、いつかはその向こう側にと夢想した場所に、アキラは辿り着いた。


中位区画に入ったアキラ達が、ヒカルが手配した車で都市間輸送車両の乗降場へ向かう。運転席の無い自動運転車両の中で、アキラは中位区画の光景を眺めていた。

そしてそのアキラの向かいに座るヒカルは、どこか期待外れのような表情を浮かべていた。

クガマビルを通って中位区画に入った者が初めに見る光景は、壁の外とは比べものにならないほど洗練された街並みだ。それは念入りに計算された景色であり、ここが壁の外とは根本的に違う場所であることを強く誇示するものだった。

初めて中位区画に入った者の多くが、壁の外とは余りに違うその光景を前にして、驚き、感嘆し、たじろぎ、緊張を覚えていた。自分はこのような場所に足を踏み入れることが許される存在になったのだ。そのような自負すら覚える者もいた。

そしてヒカルはアキラにもそういう反応を期待していた。自分が住んでいる素晴らしい場所を自慢したかった。

しかしアキラの反応は期待外れのものだった。流石に全くの無反応だった訳ではない。しかしそれは少し珍しい場所に来たという程度の軽いもので、ヒカルの期待を満たすには全く足りていなかった。

ヒカルはそのことを不満に思いながらも笑顔で、しかし少しだけ内心を滲ませた顔でアキラに言う。

「ちょっと拍子抜けって感じね。中位区画の光景はアキラには期待外れだった？」

「ん？　いや、そんなことないぞ？　やっぱり壁の中は外とは違うなって感じはするし、こういう運転席の無い車も外じゃ見掛けたことは無かったしな」

「そう」

その程度の返事ではヒカルは満足できなかった。中位区画は下位区画と違って凄いのだ、と認めてほしい気持ちは消えず、何か無いかと考える。そして壁の内と外で大きく違う別のことを、軽い冗談でも言うように大袈裟に口に出す。

「壁の内側と外側の違いは景色だけじゃないわ。何と！　中位区画では！　路上で人が殺されると、犯人はたちまち捕まって、動機とかをしっかり調べられて、裁判に掛けられて、罪状に応じて刑務所に収監されるのよ！　凄いでしょう？」

「おおっ！　それは凄いな！　流石、壁の内側は違うな！」

随分大袈裟に驚いたアキラの態度に、ヒカルも少し驚く。しかし自分に合わせて大袈裟に反応している訳ではないことは簡単に見抜いた。期待通りの反応ではあるので、取り敢えず満足する。

（こんなことでこんなに驚くなんて……。やっぱり壁の外の治安って最悪なのね）

だからこそアキラはここまで驚いたのだろう。ヒカルはそう思い、自分がそれだけ安全な素晴らしい場所に住んでいることに改めて感謝した。

防壁内にある都市間輸送車両用の乗降場は、貨物船並みに巨大な車両に対応する為に、港のような構造になっている。周囲には積み荷を運ぶ大型車も見える。その車両のタイヤはアキラの身長を優に超えるほどに大きい。

そして乗降場に停車している都市間輸送車両は、その大型車を小型車と勘違いさせるほどに巨大だった。乗降場に到着したアキラが、その見る者の遠近感を狂わせる余りの大きさに驚きの声を上げる。

「デカっ……！　ここまで大きいのか」

再び驚くアキラの様子を見て、ヒカルが楽しげに笑う。

「それはまあ都市間輸送車両だからね。それにこのギガンテスⅢは、ツェゲルト都市まで行く超長距離移動用だから、その分大きいのよ」

「へー。まあこんなデカいのが荒野を走れば、そりゃモンスターも山ほど寄ってくるに決まってる。事前に間引きが必要になる訳だな」

「そういうこと。さあ、入りましょう」

乗降場からタラップを通ってギガンテスⅢに乗り込んだアキラ達は、そのままアキラが泊まる客室に向かった。

部屋はアキラ一人で使うには十分過ぎるほどに広い。浴室も備わっている。窓は無いが、壁には立体視対応の大型表示装置が設置されている。そこに外の光景を映し出すことで、車外の風景を楽しむことも出来る。

ギガンテスⅢは車内に都市の防壁内と同等の治安

維持態勢が敷かれているだけはあり、主要な客層も防壁内に住む富裕層を対象にしている。高級ホテルのスイートルーム並みとまではいかないが、贅沢に慣れた客に不満を抱かせない程度には豪勢だった。

その室内を少々落ち着かない様子で見渡しているアキラを、ヒカルは少し面白く思って笑っていた。

「それじゃあアキラ、私はこれで戻るわね。何かあったらすぐに連絡してちょうだい。クガマヤマ都市からになるけど、出来る限りサポートするわ。頑張ってね。大きな成果を期待してるわ」

「ああ。折角の機会を無駄にしないように頑張るよ」

アキラとヒカルが笑い合う。そしてヒカルは満足そうに機嫌良く部屋から出ていった。

室内を見て回っていたアキラが浴室を見付ける。

「おお、風呂も凄いな」

『アキラの家の浴室も、帰ったらこれに負けないぐらいになっているはずよ。期待しておきましょうか』

「そうだな。うーん。楽しみだ」

アルファの言葉で自宅の浴室のことを思い出して、アキラは機嫌良く笑った。

全ては順調に進んでいる。そう思って機嫌の良い顔で通路を進んでいたヒカルが、急に怪訝な表情を浮かべた。

(……キバヤシから通信? それも秘匿回線で? 何?)

訝しみながらもヒカルはそれに出た。音声を外部に出さない方式で話す。

『キバヤシさん。秘匿回線なんて使って、何があったんです?』

『いや、実はアキラの件で話があるんだ』

『アキラの件ですか? 順調ですよ。実はアキラに都市間輸送車両の護衛依頼を受けてもらって、今ちょうど護衛対象のギガンテスⅢまでアキラを送り届けたところです。ツェゲルト都市までの道程は大変ですが、それだけにアキラなら大きな成果を出してくれるでしょう』

お気に入りのハンターの担当を自分に奪われたこ

とで、何らかの探りを入れにきたのだろう。そう思ったヒカルは、キバヤシに付け入る隙は無いとでも言うように、機嫌良くそう答えた。

しかしそこで予想外の反応を返される。

『そうか……。ちょっと遅かったか……』

そのどこか重苦しく深刻そうなキバヤシの声を聞いて、ヒカルも流石に笑顔を消した。戸惑いながら聞き返す。

『あの、どういう意味ですか？』

『俺も責任を感じてるんだ。お前は自信過剰なところがあるからな。ちょっとそそのかせば、アキラを都市間輸送車両の警備に参加させるような、面白いことをしてくれるんじゃないかと思っただけなんだ。ここまでの状況にさせる気は無かったんだ』

アキラに今回の護衛依頼を受けてもらう。それは自分が思い付いたことだが、実際にはそうするようにキバヤシに促されたものだった。あの時にキバヤシが自分に都市間輸送車両の護衛の話をしたのは、その為だった。

それに気付いたヒカルは、まずはしてやられたと思った。だがすぐに考え直す。アキラが今回の護衛依頼を受けると、自分に何か不利益があるのか。ヒカルは考えてみたが、何も思い付かなかった。

それでも嫌な予感は膨らんでいく。

『あの、何が言いたいんですか？』

『今から話す』

秘匿回線でキバヤシから資料が送られてくる。そこにはアキラの情報が、キバヤシの推測を含めて記載されていた。そしてその内容を見たヒカルは、まず吹き出した。

推測累計殺人数、２００人から１０００人。クガマヤマ都市諜報部《ちょうほう》による調査。ヒカルの感覚では悪鬼羅刹《あっきらせつ》と呼んで差し支え無いその数字に、ヒカルが顔を引きつらせる。

（……何、この、数。……えっ？　１０００人？　どういうこと？）

推測値の最小と最大に８００人もの開きがあるのは、都市の諜報部でさえ正確な数を掴めないということだ。そしてアキラという人物であれば、最大推測値に届く恐れがあるという意味でもある。ヒカルもそれぐらいは理解できる。

そしてアキラとの会話を思い出す。中位区画では人が殺されると犯人はちゃんと捕まる。そのことにアキラがあれだけ驚いていたのは、壁の外でアキラがそれだけ殺していたから。そう思い、ヒカルは思わず震えた。しかし何とか落ち着きを保つ。

（……落ち着きなさい。これは単に壁の外の治安がそれだけ終わってるってだけよ。冷静に考えれば驚くことじゃないわ）

アキラはスラム街の出身で、今もスラム街の徒党と繋がりのあるハンターだ。殺しなど幾らでもある治安最悪の場所で、殺されない強者として過ごしていればそれぐらいにはなるだろう。それに所詮は壁の外での殺しだ。深く気にすることではない。

ヒカルは自身にそう強く言い聞かせて落ち着こうとした。そして吹き出す。

殺害数の内3名は総合捜査局の職員。資料にはそう記載されていた。

（ちょっと待って！　アキラ、都市の職員も殺してるの!?）

諜報部の記載事項としては、アキラが総合捜査局の職員を3人殺したことまでしか書かれていない。そこにキバヤシの調査による追記として、その3人はウダジマの指示でシェリルファミリーのボスであるシェリルの殺害を試みたが、その場に居合わせたアキラによって殺されたと書かれていた。

ヒカルの顔色が悪くなる。アキラが幾ら大勢殺したとはいえ、流石に都市の職員を手に掛けることはないだろう。そう無意識に考えていたことが崩れ去ったからだ。

（キバヤシが言った面白いことって、こんな危険人物を都市間輸送車両に乗せるってこと!?　それを私にやらせようとしたの!?　自分でするんじゃなくて!?）

ヒカルが怒りを露わにする。実際にそれをやってしまっただけに、その怒気は強かった。

しかしそこではっとする。ここまでの状況にさせる気は無かった。キバヤシはそう言った。つまり状況は更に悪いことになる。それに気付いたヒカルは怒りを忘れて、資料の続きを恐る恐る読んで、更に吹き出した。

アキラがイナベと組んでウダジマの殺害を計画していると書かれていた。

(どういうことなのよー!?)

これに関しては明確な証拠がある訳ではなく、あくまでもキバヤシの予想にすぎないと記されている。ただしその根拠はしっかり記載されていた。

アキラは敵に容赦が無い。スラム街では敵対した徒党の人間を皆殺しにしている。二大徒党の抗争でも人型兵器同士が争う中で、その両方に一人で襲い掛かっている。自分が後ろ盾になっている徒党を襲った者は、総合捜査局の職員であろうとも殺している。

そのアキラが、建国主義者討伐戦で自分を襲ったドランカムに対しては、手を出さずに和平まで成立させている。それはなぜか。殺す優先順位がもっと高い者がいるからだ。ではそれは誰か。ドランカムにアキラの襲撃を指示したウダジマだ。では現状でアキラがウダジマを殺す最適な方法は何か。イナベと組んでハンターランクを上げることだ。

都市幹部の大派閥の長からの圧力と、高ランクハンターからの圧力。その両方を以てウダジマを失脚させて、防壁の外に追い出す。そして殺す。それが最適だとアキラは判断したのだ。自分はそう結論付けたと、キバヤシは資料に記載していた。

『ヒカルは知らないだろうが、アキラはハンターランク調整依頼であっても、それが強制であれば嫌がるぐらいにハンターランクに興味が無かったんだ。そのアキラが最近は熱心にハンターランクを上げている。きっと何か裏がある。俺はずっとそう思って調べてたんだよ』

都市が弾薬費を負担する依頼は、その分だけ報酬が減る代わりに、ハンターランクは上がりやすくなる。アキラは間引き依頼でも今回のギガンテスⅢの護衛依頼でも都市に弾薬費を負担させている。辻褄は合っている。ヒカルはそう思い、軽く震え始めていた。

そしてヒカルは、ここで大きく吹き出した。ギガンテスⅢの乗員名簿に、ウダジマの名前があると書かれていたのだ。

『ウダジマはツェゲルト都市のハンターを勧誘するつもりなんだろう。都市の幹部が直に足を運ぶんだ。高い効果が期待できる』

東部では荒野をうろつくモンスターの所為で、他都市への移動は非常に大変だ。つまりそれだけの手間を掛けて実際に会いに行くことは、大きな誠意とみなされる。勧誘の成功率もそれだけ高くなる。

『だがそれが裏目に出た。アキラと同じ車両に乗り込むなんてな。アキラが偶然ウダジマと会ったらどうなるか。分かるだろ？』

それぐらい、ヒカルも容易に想像できた。

『まあそうは言っても、都市幹部の暗殺なんて普通は無理だ。ウダジマにも護衛はいるし、道中は安全な部屋の中だろう。殺す機会なんて無い』

それもそうだ。そう思ってヒカルは少し安堵した。

『だがアキラだからな。あいつは何でか知らないが、デカい騒ぎに巻き込まれやすいんだ。つまり、どさくさに紛れてってやつの、どさくさの機会には恵まれてる。安心は出来ない』

わずかな安堵を消し飛ばされたヒカルの顔が、更に大きな焦りで歪んだ。

『……話はこれで終わりだ。こんな状況になった責任を感じた分の情報は提供したぞ。あとはお前次第だ。俺が言うのも何だが……、頑張れよ』

キバヤシとの通信はそれで切れた。

ヒカルはそのまましばらくその場で立ち尽くしていた。だが我に返ると、来た道を必死の形相で全力で走っていく。そしてアキラの部屋まで戻ると、ちょうどアキラが部屋の外に出ようとしているところだった。

全力疾走の所為で息も絶え絶えのヒカルに、アキラが不思議そうな顔を見せる。

「ヒカル？　帰るんじゃなかったのか？」

「ア……、アキラ……、どこに行く……、つもりなの……？」

「ちょっと食堂とかを見に行こうと思って……」

「そ、そう……。と、取り敢えず、部屋に戻ってもらえない？」

ヒカルは渾身《こんしん》の力でアキラを押したが、強化服を着ている相手を生身の身体能力で押したところで、本来ならば1ミリも動かせない。しかしヒカルの気迫に押されたアキラが後退したことで、ヒカルはアキラを室内に戻すことに成功した。

アキラが不思議そうにヒカルに尋ねる。

「それで、どうしたんだ？　そろそろギガンテスⅢの出発時刻だぞ？　もう外に出ておかないと……」

「あー、それなんだけど……、私も一緒に行くことにしたわ」

「えっ？」

「ほら、やっぱり近くでサポートした方が効果的でしょう？　遠距離だと、いろいろ、ね？」


「そうか。まあ良いけど」

「そういう訳で私もこの部屋を使わせてもらうから。あとこっちの事情で悪いんだけど、出来るだけ部屋から出ないでもらえない？　いろいろ事情があるのよ。ごめんなさい」

アキラはヒカルのぎこちない笑顔を少し不思議に思ったものの、深く気にすることは無かった。

「分かった」

「ありがとう。助かるわ」

ヒカルが思わず安堵の息を吐く。その所為で流石にアキラから怪訝な目を向けられたが、その程度のことを気にする余裕はヒカルには無かった。

（この護衛依頼は、私がアキラを制御して絶対に無事に終わらせる！）

アキラが騒ぎを起こせば自分の進退が消し飛ぶ。ウダジマを殺す真似などすれば、その責任を取らされて進退どころか命まで消し飛びかねない。だから絶対に何とかする。

（私なら出来る！　やってやる！　やってやるわ！）

その思いで、ヒカルは覚悟を決めた。

ギガンテスⅢの車内に出発の連絡が響く。そして巨大な都市間輸送車両がゆっくりと動き出す。

クガマヤマ都市の防壁の一部が開く。ギガンテスⅢはそこを通って荒野に出ると、目的地を目指して速度を上げていく。

出発前から波乱を感じさせる、アキラとヒカルのギガンテスⅢ護衛依頼が始まった。

第200話　東側の領域

アキラ達を乗せた都市間輸送車両であるギガンテスⅢが、大量の砂塵《さじん》を巻き上げながら荒野を進む。地面に散らばる障害物を吹き飛ばし、踏み潰し、粉砕し、物ともせずに突き進む。

数メートルはある瓦礫《がれき》も、巨大なモンスターの残骸も、ギガンテスⅢの冗談のような大きさに比べれば小石に等しい。車体の足下に大量に散らばっていようとも、その進行を妨げることは出来ない。

車体の力場装甲《フォースフィールドアーマー》は非常に強力で、生半可な砲撃など軽く弾き返す。屋根に搭載されている特大の砲は、空を飛ぶ巨大なモンスターすら撃ち落とす。最大乗員数は小規模な街を超え、その人数を抱えられる各種設備も整っている。

移動要塞と言い換えても十分通用する超大型荒野仕様車両。それが都市間輸送車両であり、アキラ達が乗るギガンテスⅢだ。

その護衛依頼を受けたアキラは、今は車内の部屋で警備の時間が来るのを待っていた。

何となくヒカルを見る。ヒカルは誰もいない空間に向けて愛想良く微笑みながら、声を出さずに口を動かしていた。

一見すると虚空と会話する怪しい人物だ。しかし今のアキラには、ヒカルが拡張現実機能を使って誰かと話していることぐらい分かる。それでも見慣れていないと奇妙な光景に感じられた。

『なあアルファ。俺もアルファと話している時はこんな感じなのか？』

『私と二人きりの時はね。普段は普通に隠せているから安心しなさい。まあ、初めの頃は変な目で見られたことも多かったけれどね』

『……目立ってたのか』

楽しげに笑うアルファの横で、アキラは苦笑を我慢した。

そこで車両の警備側から通信要求が届いた。それを受け入れると、アキラの拡張視界にヒカルの姿が映る。少し驚いて部屋の方のヒカルを見ると、部屋と拡張視界の両方のヒカルから楽しげな笑顔を向けられた。

『ちゃんと繋がったわね。アキラ。今回の依頼が終わるまで私がアキラのオペレーターになるわ。警備側との交渉とかも、全部私がやるから任せておいて』

部屋のヒカルからは声は聞こえない。しかし通信経由ではしっかり聞こえる。アキラはその不思議な感覚を面白く思いながら、自分も通信経由で答える。

『分かった。ちなみに、ヒカルの方はどういう風に見えてるんだ？』

『こっちはアキラの声だけよ。映像も送ってくれれば見えるようになるわ』

『えーと、どうすれば良いんだ？』

『情報収集機器のシステムに、着用者の映像を生成する機能とか入ってない？　私も似たような感じでやってるんだけど』

『アルファ。出来るか？』

『やっておくわ』

『見えるようになったわ。あ、ついでに情報収集機器の連係もしてくれない？　その方がアキラのオペレーターをやりやすくなるから』

『そっちもやっておくわ』

ヒカルの情報端末とアキラの情報収集機器が連係された。ヒカルが嬉しそうに笑う。

「ありがと。助かるわ」

これでアキラの行動を正確に把握できるようになった。それだけアキラを制御しやすくなったはずだ。ヒカルはそう考えていた。

実際には、その連係で得られるデータはアルファによって検閲、改竄《かいざん》されたものだ。ヒカルがアキラの行動を本当の意味で正確に把握することは出来ない。先程のアキラとアルファの会話も、ヒカルには聞こえていなかった。

「それじゃあ、早速オペレーターの仕事をしましょうか。連絡します。アキラ。そろそろ時間よ。準備して」

「了解だ」

武装したアキラを部屋から出さなければならない。杞憂であってほしいが、ウダジマと偶然会ってしまうかもしれない。その不安はあるが、ヒカルは虚勢であってもしっかり笑った。アキラは普通に笑って返した。

アキラが準備を終える。計4挺のLEO複合銃の内2挺は腰に、もう2挺は両足に装着している。背中にはAFレーザー砲が未展開状態で取り付けられている。加えて、拡張弾倉やエネルギーパックなどを詰め込んだバックパックを補助アームに持たせている。特大の火力を持つ高ランクハンターの姿がそこにある。

ヒカルはそのアキラの姿を見ても、頼もしいとは思えなかった。取扱注意の危険物。或いはわずかな衝撃も与えてはいけない爆発物。ヒカルにはその火力が上がったようにしか思えなかった。

「よし。じゃあ、行ってくる」

「え、ええ。頑張ってね」

アキラが部屋から出ていく。それを一度は見送ったヒカルだったが、半ば衝動的に駆け出してアキラに追い付いた。

「わ、私もギリギリまで一緒に行くわ！　オペレーターだからね！」

「そ、そうか」

オペレーターの仕事とはそういうものだっただろうか。アキラはそう疑問に思ったものの、ヒカルの気迫に押されて尋ねることはしなかった。

そのままアキラは、この危険物から目を離すのが怖くて堪《たま》らないヒカルと一緒に、車両の屋上へ向かう。屋上に繋がる出入口まで、そこからアキラが屋上に出る本当にギリギリまで、ヒカルはまるで遺跡の中を進んでいるかのように、アキラの隣で周囲を警戒しながら気を張り詰めていた。

都市間輸送車両は基本的に直方体に近い形状をしている。これは単純な形状ほど力場装甲《フォースフィールドアーマー》の効率を上げやすい為だ。

その都合でギガンテスⅢの屋根も、搭載している巨大な砲を除けば何もない真っ平らな状態だ。風を遮る物がほとんど無く、ビル並みの高さがあり、車両の速度もあって、屋根の上は常に強風が吹き荒れている。常人であれば立っていられないどころか、吹き飛ばされて宙を舞う。

だがアキラには問題無い。強化服の力で普通に立っている。配置された他のハンター達も同様だ。その程度のことは、この都市間輸送車両の護衛依頼を受ける為の最低条件ですらない。

車両を襲うモンスターをここで迎撃するのがアキラの仕事だ。しかし今のところは暇だった。

基本的な索敵は、ギガンテスⅢの警備側が車載の非常に強力な索敵機器で実施している。敵襲があれば連絡が来る。アキラがやる必要は無い。

また、事前に移動経路上のモンスターの間引きを済ませているので、敵襲そのものがほとんど無い。

たまに遠距離のモンスターから銃撃や砲撃を受けるが、それもわずかな人数で対応できる程度だ。まれに車両の壁に取り付こうとするものもいるが、大抵は失敗して轢《ひ》き殺《ころ》される。ごくまれな成功例もハンターに撃たれて落下し、同様に轢死《れきし》する。

広い屋根にはハンターがまばらにしか配置されていない。それでも十分過ぎるほどに対応できる余裕がある。アキラは屋根の端で荒野を眺めながら暇を持て余していた。

『……暇だな』

アルファが笑って言う。

『道程全体から考えれば、まだクガマヤマ都市から大して離れていないからね。こんなものでしょう』

『モンスターの間引きを頑張った甲斐はあった訳か。……まあ護衛をやってるんだし、暇なのは良いことなんだろうけど』

『それなら勉強でもして暇を潰す？』

『それも良いけど、ヒカルからサボってるって怒られないかな。向こうは情報収集機器の連係で、こっちの様子が分かるんだろ？』

『向こうに送るデータは私が調整しているから大丈夫よ。ヒカルには、真面目に黙って立っているアキラの姿を見ていてもらいましょう』

そう言って楽しげに笑うアルファを見て、アキラも軽く笑った。アルファのサポートによる、自分の仕事振りの偽装には違いないが、それはある意味でアキラが昔からずっとやっていたことだった。

『まあ、俺はアルファのサポート込みの実力でここにいるんだ。今更か。頼んだ』

アキラの拡張視界に各種教材が表示される。アルファの服も教師風のものに変わり、手にも指示棒が現れた。

それを見て、アキラが以前の光景を思い出す。

『……アルファ。服は脱ぐなよ？』

『着ていく方が良い？』

『脱ぐな』

『仕方無いわね。分かったわ』

ギガンテスⅢの屋根の上でアルファの授業が始まる。その後アキラは夜勤組との交代時間まで、ずっと授業を受けていた。

車内に戻ると、出入口の所でヒカルが待っていた。


「アキラ。お疲れ様」

屋上に行く時と比べて、随分落ち着いた様子のヒカルと一緒に、アキラは部屋に戻った。

◆

アキラを屋上まで送り、部屋に戻ってしばらくした後、十分時間が経ったこともあって、ヒカルは大分落ち着きを取り戻していた。

冷静になった頭でキバヤシの話を再度精査する。すると慌てていた時には浮かばなかったことが、いろいろ浮かんでくる。

キバヤシの話は事実と推測で構成されていた。事実は事実として認めざるを得ない。短い時間だが自分でも調べた。だが推測は推測にすぎない。事実である保証は無い。

都市間輸送車両の護衛の話をして自分の思考を誘導したように、この話も何らかの誘導ではないか。その為にそれらしい推測をしただけではないか。ヒカルはそう考え始めていた。

(アキラが私の想定より危険な人物だったってことは認めざるを得ないわ。でもウダジマさんの暗殺まで考えてるなんてのは流石に違うんじゃない？　百歩譲って考えていたとしても、この状況じゃ無理でしょう。考え過ぎよ)

キバヤシの推測では、アキラはウダジマを失脚させてから殺そうとしている。つまり流石に都市幹部の殺害には二の足を踏んでいる。

イナベという後ろ盾がいても、流石に都市幹部の殺害は揉み消せない。総合捜査局の職員の殺害とは訳が違う。つまりアキラもクガマヤマ都市そのものを敵には回せない。だからこそまずはウダジマを失脚させて、都市の幹部という地位を消そうとしている。

そしてそもそもアキラは、ウダジマがこの車両に乗っていることすら知らない可能性が高い。

それらを総合的に判断すると、キバヤシの話には無理がある。ヒカルはそう結論付けた。


「私としたことが心配のし過ぎだったわね。まあ念の為、用心ぐらいはしておきますか」

ヒカルが情報端末を操作する。そしてアキラのハンターオフィスの個人ページ、その依頼履歴の部分に、ギガンテスⅢ護衛依頼の詳細を追記した。要はアキラがこの車両に乗っていることを付け加えた。

「これで良し」

キバヤシの推測が正しいのなら、ウダジマもアキラの動向ぐらい監視しているはずだ。これで向こうも、同じ車両にアキラが乗っていることぐらい分かる。アキラと出会わないように注意するだろう。

これで問題は無くなった。あとはアキラが他のハンターと揉めたりしないように、自分が気を配れば良いだけだ。そう考えて、ヒカルは安堵の息を吐いた。

その後は日々の業務を続ける。急にアキラに同行することにしたので、その予定変更などの調整もしなければならなかった。それは多少手間ではあったが、ヒカルは手早く済ませて時間通りにアキラを迎えに行った。

部屋に戻ったアキラ達は、ルームサービスで食事を頼んで二人で夕食をとった。富裕層向けの料理の美味しさに驚くアキラを見て、ヒカルは面白そうに笑っていた。

「アキラ。今日は簡単だったみたいだけど、これからが本番よ？　明日からは本格的に東側の領域に入るからね」

「分かった。頑張るよ」

「期待してるわ」

食事を終えた後は、アキラ、ヒカルの順に風呂に入って、そのまま就寝する。ギガンテスⅢ護衛依頼の1日目は、ヒカルには多少の波乱があったものの、無難に終わった。

◆

ギガンテスⅢ護衛依頼の2日目。アキラが再び車両の屋根で警備をしている。

夜間もずっと走り続けていた車両は、すでに東側の領域に入っていた。統企連の支配地域である東部の東端、未踏領域との境である最前線まではまだ遠い。それでもクガマヤマ都市辺りとは根本的に異なる場所だ。車両の屋根から風景を眺めているアキラは、それを一目瞭然で感じていた。

「……アルファ。向こうの空にデカい島が浮いてるんだけどさ、あれ、本物か？」

『ええ。本物よ。少なくとも私がアキラの視界に表示している訳ではないわ』

「じゃあ島の下側から延びてる高層ビルっぽい建物も本物か……。あんなものが本当にあそこにあるのか……」

アキラがチラッとアルファを見る。

アルファの姿は、自分の拡張視界にそう映し出されているだけのもの。アキラもそれは理解している。しかしどれだけ目を凝らしても本当にそこにいるようにしか見えない。その一方で、遠くの空の目を疑う光景、宙に浮かぶ島と建造物は、確かにそこに存在している。

本当に見た。それが実在の証拠に全くならない現実に、アキラは思わず難しい顔を浮かべた。

「自分の目が信じられなくなりそうだ」

『アキラ。世の中、見えるものだけが真実ではないわ』

「それ、絶対意味が違うだろう」

そこにヒカルから通信が来る。アキラの拡張視界にヒカルの姿が表示され、アキラの視界の中に、見えてはいるがそこにはいない者が増えた。

『アキラ。敵襲よ。車列の前方から巨虫類《ジャイアントバグズ》の群れが接近中。大物は車両の砲と先頭車両の部隊が片付けるけど、小物がアキラの所まで来ると思うわ。大まかな迎撃位置は警備側から常時指定されるから、それに従ってちょうだい』

『了解だ』

クガマヤマ都市を出た時は一台だけだったギガンテスIIIは、夜の間に他の都市間輸送車両と合流して、今は車列を組んで移動していた。

モンスターの群れの中を突破する以上、先頭車両が一番危険であり、後ろの車両ほど安全になる。しかし最後尾は追ってくるモンスターを迎撃する役目があるので、最も安全な位置は最後尾から2両目となる。

強力なモンスターを数多く倒すほどハンター達の報酬は増える。よって報酬と危険度は比例する。そしてその場所の危険度と、そこに配置されるハンターの実力も比例する。

つまり最後尾から2両目に配置された者達は、護衛依頼に参加したハンター達の中で、実力的に最下層の者達となる。

アキラの配置位置はその後ろから2両目である2号車だ。その意味を分かった上で、ヒカルが少し挑発的に言う。

『アキラ。そこに配置されたの、不満？』

『文句を言う気は無いな。ハンターランク50なんて、ここだと駆け出しみたいなものなんだろ？』

『まあね。ただアキラがそこに配置されたのは、駆け出し扱いされてるからって理由だけではなくて、アキラが一人のチームだからって理由もあるわ』

ハンターの配置はチーム単位で行われている。よってチームの戦力が配置の判断基準となる。駆け出し1名だけのチームが2号車に配置されたのは当然のことだった。

『でも私はアキラなら、もっと高難度の場所でも十分戦えると思ってるわ。だからアキラ、思いっ切り活躍して、それを警備側に示してちょうだい。配置は流動的に行われるから、アキラが活躍さえすれば、すぐにもっと稼げる場所に配置換えされるわ』

ヒカルがアキラに都市間輸送車両の護衛依頼を受けてもらった一番の理由はここにあった。この仕組みであれば、アキラの実力が許す限りの成果を稼ぐことが可能だ。

また、間引き依頼のような遠征ならば、帰還のことを考えて大幅な安全マージンを取る必要があるが、都市間輸送車両の護衛依頼ならば、万一の場合はすぐに車内に避難できる。

更にアキラ達の中でこの依頼を受けられる実力の持ち主はアキラ一人だ。アキラの行動を制限する足手纏いは参加できない。

ヒカルはそれを実現させる為に、桁違いに強力なモンスターが棲息する東側の領域、その東のツェゲルト都市まで行くギガンテスⅢの護衛依頼をわざわざ選んでいた。

これならば安全に効率的に最大の成果を得られる。あとはアキラが大活躍するだけだ。ヒカルがその思いで意気を上げる。

『アキラ。無理をしろと言わないわ。でも俺の実力はこんなものじゃないって少しでも思っているのなら、それだけの活躍を見せてちょうだい』

少し挑発的な口調のヒカルに、アキラも同じような声で言い返す。

『弾切れ前提ってぐらいに、好き放題に戦って良いってことだな？　そんなこと言った所為で、弾薬費で大赤字になっても知らないぞ？』

『ええ。弾切れになるぐらい活躍したのなら望むところよ』

『よーし。言質取ったぞ。期待して待ってろ』

『期待してるわ』

ヒカルは笑顔でそう言って、アキラの拡張視界から姿を消した。

アキラがアルファに向けて笑う。

『アルファ。そういう訳だ。思いっ切りやろう』

『そうね。採算度外視で良いって言ってくれたのだもの。期待に応えてあげましょうか』

アルファも楽しげに笑って返した。

車列の前方から迫る巨大な虫の群れは、既にアキラの肉眼でも見える位置まで近付いていていた。

群れの位置は、警備側から送られている俯瞰《ふかん》視点での広域マップでも確認できる。そこに表示されている敵との距離を示す数値を見て、アキラは怪訝な顔をしながら遠方の巨大な昆虫達と、マップ上の位置を見比べた。

「あれ？　まだ結構遠い？」

アキラが遠くのモンスターを注視したことで、情報収集機器が対象を拡大表示する。遠距離の対象の姿がよく見えるようになったが、アキラには小さな虫を拡大表示しただけにしか見えなかった。

『大き過ぎて距離感が摑めないだけよ。空を飛んでいて周囲に比較する物が無いからね。大きさが分かりやすいように、見慣れた比較対象を追加しましょうか』

拡大表示して見ているモンスターのすぐ側に、アルファの姿が追加で表示される。その見慣れた姿と見比べることで敵の大きさを理解したアキラは、思わず顔を引きつらせた。

巨大な虫の、その全長と比較して小さな頭部に付いている小さな目。その目の大きさが既にアルファの身長を超えている。

形状こそ指先に乗る小型の昆虫と似ているが、その体長はまるで島のように巨大だ。それらが群れで飛んでいた。

「デカ過ぎるだろう……。何なんだあれは」

『巨虫類《ジャイアントバグズ》、それも巣級《ネスト》と呼ばれるモンスターよ。名前の由来は、まあ見ての通りね』

「流石にあれと戦うのは無理があるって……」

『大丈夫よ。ヒカルもアキラが戦うのは小物の方だって言っていたでしょう？　始まるわ』

車両の屋根に搭載されている特大の砲が動き出し、車列前方のモンスターの群れへ照準を合わせる。

都市間輸送車両という膨大な質量を疾走させるには、当然ながら相応のエネルギーが必要になる。その桁違いのエネルギーが、標的を撃破する為に砲に充填されていく。充填中に砲から漏れ出す大迫力の光が、見る者にその威力を物語っている。

そして全車両の全ての砲が、光線と呼ぶには太過ぎるエネルギーの奔流を、大気を震わせながら一斉に撃ち放った。

空を焦がす一撃が、巨大な昆虫型モンスター達を貫く。荒れ狂う光で目標の強靭《きょうじん》な甲殻に大穴を空け、内部を蒸発、焼却、融解させる。宙に浮かぶ島のような巨体に見合う生命力の持ち主を、その威力で殺し切った。

巣級《ネスト》の巨虫類《ジャイアントバグズ》達が車列の攻撃により次々に落下していく。余りにも巨大な所為で、アキラには非常にゆっくりと落ちているように見えた。

しかしモンスター側もそれで終わりではない。落下中の巨大な虫から、そこを巣とする他の昆虫達が数え切れないほど大量に出現した。しかも飛びながら成長するように巨大化し、最大で体長80メートルほどの個体が群れとなって、車列へ高速で襲い掛かる。

その群れに対し、先頭車両である10号車のハンター達が応戦する。都市間輸送車両の屋根の広さを活用して配置された戦車や人型兵器が、各自の武装で銃撃し、砲撃する。無数の昆虫が瞬く間に粉微塵《みじん》に粉砕されていく。

そこに東側の領域で活動する高ランクハンター達が、そのハンターランクに見合う武装で迎撃に加わる。以前クガマヤマ都市近辺に出現した賞金首程度どれも片手間で殺せる火力を以て、巨虫類《ジャイアントバグズ》を次々に撃破していく。

しかし巨虫類《ジャイアントバグズ》達もただ撃ち落とされる的ではない。空気に触れると硬化する体液を高速で連続して射出する。それはまるで拡張弾倉を用いた連射のようにハンター達に襲い掛かる。それだけではなく生体機能で生成したミサイルのようなものを発射し、更にはレーザー砲のようなものまで撃ち放つ。

車列の先頭付近で繰り広げられる、高ランクハンター達とモンスター達の激戦。それはここが東側の領域だと知らしめるのに相応しいものだった。

その激戦を見て、アキラは半ば唖然としていた。

「凄えな……。あれが東側のハンターの力か。流石というか何というか、もう住む世界が違うって感じだな」

『実際に別世界だと思った方が良いわ。東側の地域は、他の地域より格段に高度な技術の影響を受けているからね。その影響下で生まれた生態系は異常そのものよ。そのような場所でハンター稼業をしている以上、あの程度の力は驚くほどのものではないわ』

「なるほどな。俺も随分強くなったつもりだったけど、あいつらに比べればザコ同然か」

もう自分はとても強くなった。その無自覚の思い上がりを指摘されたような気がして、アキラは自嘲気味に苦笑した。

そのアキラを見てアルファが笑って告げる。

『アキラも近い内に、あれぐらいにはなってもらうからね？』

「近い内にって……、随分簡単に言ってくれるな」

『ええ。簡単よ。確かに向こうのハンター達はアキラより大分強いわ。でもその程度の差なんて、私と初めて会った時のアキラと、今のアキラとの差に比べれば、大したものではないでしょう？』

それを聞いたアキラは虚を衝かれたような顔をし

た。そして言われてみればその通りだと納得する。

スラム街の路地裏の子供が、何の力も無かった者が、この短期間で都市間輸送車両の護衛依頼に参加できるほどになったのだ。10号車のハンター達は確かに強い。しかしここから10号車までの距離など、スラム街の路地裏からここまでの道程に比べれば十分に短い。アキラも、そう思うことが出来た。

「……そうだな。じゃあ、近い内にあそこまで行けるように頑張るか！」

アキラはそう言って、両手にLEO複合銃を握り、構えた。

『その意気よ。やりましょう！』

アキラ達の車両の周囲にも巨虫類《ジャイアントバグズ》の群れが到達する。大きさは乗用車程度。先頭車両のハンター達から小物だと後回しにされ、後続の車両の者達からも優先撃破対象から省かれた弱い個体にすぎない。

それでもクガマヤマ都市のハンター達にとっては一匹でも死を覚悟するほどに強い。しかも数が多い。

アキラの情報収集機器が生成した周辺マップは、既に小型巨虫類《ジャイアントバグズ》の反応で溢れていた。

しかしアキラは欠片も慌てていない。周囲の虫達へ両手の銃を撃ち放つ。弾切れになるまで連射を止めない勢いで、膨大な量のC弾《チャージバレット》を標的に撃ち込んだ。

十分なエネルギーを供給されたことで威力を飛躍的に増したC弾《チャージバレット》が、標的の外骨格を貫き内部を破壊する。即死した虫達が荒野や車両の屋根に次々に落下した。

虫達もアキラを襲う。宙を飛んで銃撃し、砲撃し、突撃してくる。アキラはそれを避けて、躱して、蹴飛ばして、更に更に撃ち続ける。

アキラのギガンテスⅢ護衛依頼が、本格的に始まった。

◆

ヒカルはアキラの戦闘の様子を、情報収集機器の連係機能を使って主観視点で見ていた。しかし余りの光景にすぐに顔色を悪くする。

「あ、駄目。無理。酔う」

そして表示を俯瞰視点のものに切り替えた。

アキラは車列先頭付近の常軌を逸した戦闘を見て、自身の思い上がりすら感じていた。しかし常人のヒカルにとってはそのアキラの戦い振りも、同じく常軌を逸したものだった。

強化服の力と体感時間操作を用いたアキラの高速戦闘。そのアキラの視界をヒカルが見ても、映っているものが余りに速く、そして酷く目まぐるしく変化し続ける所為で、ヒカルには何が何だか分からない。何も知らされずに同じものを見せられれば、何らかの戦闘の映像であると認識することすら出来ないかもしれない。ヒカルがそう思うほどに、アキラの戦闘は速過ぎた。

それでも俯瞰視点の周辺マップに切り替えれば、ヒカルでもアキラの動きを目で追える。しかしそれでも速い。都市間輸送車両の広い屋根の上を俊敏に動き続けている。

屋根の上に隠れる場所は無い。止まれば巨虫類《ジャイアントバグズ》の銃撃のような攻撃を真面《まとも》に浴びることになる。アキラは高速かつ不規則な移動を続けて、敵の銃撃から逃れている。更に両手の銃を絶え間なく撃ち続けて、周囲の敵を次々に撃破していた。

既にアキラの周辺には、巨虫類《ジャイアントバグズ》の死骸が大量に散らばっている。その上に追加で倒した死骸が積み重なって山となっていく。そしてその山もアキラが倒した敵の一部にすぎない。屋根の上ではなく荒野に落ちていった虫も大量にいるからだ。

ヒカルがそのアキラの戦い振りに改めて驚く。ヒカルもアキラの強さは知っていたつもりだった。だからこそアキラに都市間輸送車両の護衛依頼を受けさせたのだ。

だがここまで強いとは思わなかった。今までのヒカルが考えていたアキラの強さは、間引き依頼の指揮を執っていたクロサワの、部隊全体を俯瞰して評価する視点を、更に部分的に見て解釈したものにすぎなかった。つまりアキラの実力を正確に把握していた訳ではなかったのだ。

「……ここまで強いなんて。キバヤシに気に入られる訳ね」

正確には、キバヤシはアキラが強いから気に入っている訳ではない。キバヤシはアキラの実力ではなく、無理無茶無謀の体現のようなアキラの言動を気に入っているのだ。

それでも今のアキラの戦い振りは、それをキバヤシが見ていれば爆笑させるだけの内容ではあり、ヒカルの意見もそこまで間違ってはいなかった。

そしてヒカルは、そのアキラの強さを本心で称賛しながらも、険しい表情を浮かべていた。

「こんなのを制御しなくちゃいけないのか……。キバヤシが力を持つ訳だわ」

冗談のように強力なモンスターと戦う高ランクハンターの武力は、それらのモンスターと同様に、或いはそれ以上に、冗談のように強力だ。そのような者がその武力で暴れ出せば、被害は甚大なものになる。

そのハンター達の制御も都市の職員の重要な仕事だ。下手に力で押さえ付けようとして、反発されて被害を増やしてしまっては意味が無い。硬軟織り交ぜた柔軟な交渉で対処する必要がある。その力を都市の利益にする為に。

その点において、キバヤシはクガマヤマ都市にとって十分な成功例だ。少なくとも本人の悪評を相殺して有り余るほどの利益を都市にもたらしている。その所為でいろいろと黙認されてしまうほどに。

ヒカルもそのような成功例に成り上がることを目指している者達の一人だ。だがアキラの実力を目の当たりにして、少し挫けそうになっていた。

何しろヒカルは、これだけ強い上に都市職員殺害の前科がある者を、防壁内と同等の治安維持が行われている都市間輸送車両に乗せてしまったのだ。アキラが騒ぎを起こせば、その責任はヒカルにも重く伸し掛かる。

「……キバヤシのやつ、その責任回避の為に私をそそのかしたんじゃないでしょうね？」

ウダジマの件は考え過ぎとして片付けたものの、それでアキラが安全な存在になった訳ではない。ちょっとした衝撃で爆発しかねない危険物を、少なくともこの護衛依頼が終わるまでは安定させ続けなければならない。そう考えて、ヒカルは重い溜め息を吐いた。

「挫けそう……。……いや、やるの！　私なら出来る！　こんなところで挫けて堪るもんですか！」

口に出た弱気を、ヒカルは首を横に強く振って吹き飛ばした。

自分の計画、アキラに都市間輸送車両の護衛依頼を受けてもらい、大いに成果をあげてもらうという、アキラの実力であればローリスクハイリターンの案件は、そのアキラ自身の危険性により、キバヤシ好みのハイリスクハイリターンな賭け事に変貌してしまった。

そしてその賭け事はもう始まってしまっている。それならば勝つまでだ。ローリスクからハイリスクに変わってしまったが、ハイリターンなことは変わっていない。自分は広域経営部所属とはいえ、所詮は末端の職員にすぎない。勝てば、その地位も大きく上がる。

「やってやるわ！」

その思いで自身を鼓舞して、ヒカルは力強く笑った。

第201話　巨虫類《ジャイアントバグズ》

巨虫類《ジャイアントバグズ》の死骸が大量に転がる屋根の上で、アキラがその屍《しかばね》を更に積み上げる。都市間輸送車両の屋根の上を高速で駆け回り、両手の銃を絶え間無く撃ち放つ。

前を見ながら左右を撃つ。横を見ながら上を撃つ。全て命中する。偶然ではない。体感時間操作による緩やかな時の流れの中で、しっかり狙って当てている。

既にアキラは肉眼による目視だけで敵を狙うようなことはしていない。自身の両目、銃の照準器、情報収集機器、それら全てで敵を狙い定めていた。今のアキラであれば敵が真後ろにいても、それどころか目を閉じていても、しっかり狙って撃つことが出来る。

加えてアルファのサポートを受けているアキラの銃撃は、銃を両手に持って別々の方向に向けて連射しているのにもかかわらず、全ての弾が驚異的な精度で敵の弱点を衝いている。

そして撃ち出されるC弾《チャージバレット》の威力も、アルファによって適切に調整されている。エネルギーを無駄に消費せず、それでいて標的を確実に殺せる威力を以て、巨虫類《ジャイアントバグズ》達に効率的な死を振りまいている。

蹂躙《じゅうりん》。そう呼んで差し支えない状況を、アキラは宙を飛ぶ乗用車並みに巨大な虫の群れに対して、たった一人で作り出していた。

もっともアキラ自身は、その優勢ほど余裕がある訳ではない。この優勢はアルファのサポートによるもの。自分の力ではない。それを理解しつつも、自分の力だけで同じことが出来るようになる為に、その研鑽《けんさん》を兼ねて必死に戦っていた。

『……それにしても、多いな！　もう随分倒したはずだぞ？　それなのに周りの虫の数、減るどころか増えてないか!?』

アルファがあっさりと答える。

『実際に増えているわ。5割増しといったところね』

『やっぱりか！』

ＬＥＯ複合銃から空になった弾倉とエネルギーパックが排出される。もっともどちらも複数装着しているので継続して銃撃が可能だ。そのまま撃ち続けて、無数の巨虫類《ジャイアントバグズ》を撃破する。

それでもそのままでは長くは保たない。アキラを襲う敵の群れは今も増え続けている。銃撃を止めれば敵の圧力に押し潰されてしまう。

しかしアキラは全く慌てない。一部が機械化されたバックパックを遠隔で操作する。すると内容物の射出装置を備えたバックパックから、新しい弾倉とエネルギーパックが空中に射出された。

そして空中のそれらに向けて、銃を叩き付けるように振るって再装填を済ませる。両手が塞がっていても、このようにすれば素早い弾倉交換が可能だ。

アキラも余裕があれば普通に手で交換する。しかし今はこの曲芸が必要なほどに忙しかった。

拡張視界に表示されている周辺マップを介して、車両の警備側から再び移動の指示が出る。アキラは指示通りに車両の前方へ移動した。そこで今まで車両の前の方を担当していたハンターチームと、互いに大きく距離を取ってすれ違う。

周辺マップには他のハンターの位置も表示されている。彼らは車両の比較的後側、アキラから大分離れた位置に再配置されていた。

『……この辺にいるハンター、俺だけになってる。道理で忙しくなる訳だ』

『ハンターの配置はチーム単位の戦力評価で行われているらしいから、その所為でしょうね』

『良く捉えれば、俺の戦果がちゃんと評価されてるってことか』

実際にアキラの戦力は、同じ2号車に配置されている他のハンター達の、チームの戦力を一人で超えている。警備側もそれを確認して、アキラを車両の前側に他のチームから離して再配置していた。

『でも確かに多いわ。この配置なら誤射の心配も無いし、一気に数を減らしましょう。アキラ。ＡＦレーザー砲を使うわよ』

『分かった』

背中のAFレーザー砲が展開しながら前に出る。アキラは両手の銃を補助アームに持たせて、完全に展開したAFレーザー砲を摑み、構えると、巨虫類《ジャイアントバグズ》の群れを薙《な》ぎ払《はら》った。以前にオクパロスを倒した時とは異なり、放出角を最大まで広げて撃ち放たれた派手な閃光《せんこう》が、巨虫類《ジャイアントバグズ》達のいる宙を焼き焦がす。

しかし虫達は一匹も死んでいない。範囲を広げた分、威力は大幅に下がっている。巨大な虫の外骨格を焦がし、その内部も多少は焼いたが、標的の生命力を灰にするには威力が足りていなかった。

もっともそれは意図的なものだ。一見健在に見える虫達が次々に落下し、或いは車両から引き離されて、アキラの周囲から消えていく。ここは高速で移動している都市間輸送車両の上だ。飛行能力に支障が出る程度の負傷を与えさえすれば、敵の無力化には十分だった。

周辺マップの反応を見ても、アキラの周りにいる巨虫類《ジャイアントバグズ》はその数を大きく減らしていた。その威力にアキラが笑う。

『良い威力だ。……これ、一発幾らだったっけ？』

『500万オーラムよ』

『……元の値段？』

『値引き後の値段よ』

『高っ！』

アキラの周囲の巨虫類《ジャイアントバグズ》が大幅に減ったとはいえ、それは一時的なものだ。減った数は2号車全体の一部にすぎず、車列全体から考えれば誤差にすぎない。すぐに追加がやってくる。

AFレーザー砲は連射できない。LEO複合銃に持ち替えて応戦する。

『アキラ。次を撃てるようになったら、またすぐに撃つわよ』

『了解だ。それにしても、この調子だと弾薬費がとんでもないことになりそうだな』

『大丈夫よ。支払うのは私達ではないわ。ヒカルも弾切れ前提で良いって言ってくれたしね』

そう言ってアルファは意味深に笑った。アキラもその意図を察して笑う。

　弾切れになっても良いということは、この冗談のように高いＡＦレーザー砲の弾も、使い切って良いということだ。言質は取ってある。遠慮する必要は無かった。

『それもそうだな。これが弾薬費依頼元負担の力だ、とでもまた言っておくか！』

　両手の銃それぞれが、その驚異的な連射速度と高価な拡張弾倉の大容量を活《い》かして弾幕を放つ。その豪勢な撃ち方で、寄ってくる虫達を近付かれる前に撃破する。

　だが虫達も臆さずにアキラに接近し、攻撃する。

　生体発射機構から体液を硬化させた物を銃弾のように撃ち出す。その威力は鋼すら容易に貫くほどに高い。粘着力のある液体も射出する。当たれば相手の動きを封じる。足場に付着したものを踏んでも同じだ。鉄すら溶かす溶解液も撒き散らす。力場《フォースフィールド》装甲《アーマー》で防御が可能だが、長期間付着すれば、都市間輸送車両の装甲でさえ損傷させる。

　加えてそれらの攻撃の援護を受けて、或いは自らもその攻撃を喰らいながら、虫の統率で自身の損壊を気にせずに突撃する。並の砲撃すら弾く体で体当たりしたり、車どころか戦車すら噛《か》み砕《くだ》く強靭な歯で食い殺そうとしたりする。

　虫達のその苛烈な攻撃には、都市間輸送車両が高ランクハンターを護衛に雇わなければならないだけの、確かな理由があった。

　そしてアキラはその高ランクハンターだ。巨虫類《ジャイアントバグズ》の猛攻を躱し、防ぎ、反撃して撃破する。

　強化服の機能で空中を蹴って移動し、三次元の動きで敵の銃撃を回避する。屋根に付着している粘着性の液体も、そこを通る時にはそのわずか上に力場《フォースフィールド》装甲《アーマー》の足場を生成して、直接踏まないようにする。

　躱しようが無いほど広範囲に振りまかれる溶解液は、首から下は強化服の力場装甲《フォースフィールドアーマー》で、頭は力場障壁《フォースフィールドシールド》で防いだ上で、体を大きく振って溶解液を振り払う。

　突撃してきた虫達は蹴り飛ばす。装甲車並みに固い外骨格を粉砕する蹴りで勢い良く吹き飛ばし、ついでに他の虫に激突させる。その最中でも銃撃は止めない。無数の虫の群れに対して、その数を大きく超える膨大な銃弾を放って、撃ち落とし、穴だらけにして、粉砕する。

そしてそれでも数を減らさない虫達に、再度ＡＦレーザー砲を使用する。閃光が虫達を呑み込み、黒焦げにする。残弾に余力はある。何度でも繰り返す。

当然ながらそれだけ多くの巨虫類《ジャイアントバグズ》を倒していれば、アキラの周囲はすぐに虫の死骸で埋まる。それを纏めて蹴り飛ばし、死骸の山ごと荒野に落として、アキラは戦い続けた。

◆

アキラの余りの戦い振りに、ヒカルは喜ぶどころか軽く震えていた。そこにアキラから通信が入る。

『ヒカル。ちょっと良いか？』

「なっ、何？」

『部屋にいるんだろ？　予備のバックパックを持ってきてくれ』

「…………えっ!?　私が!?　ちょっと、私は屋根になんか出られないわよ!?」

あの地獄のような場所まで予備の弾薬類を持ってきてくれと言われたヒカルは、思わず声を大きくしていた。

『いや、流石に屋根まで来いとは言わないって。出入口の所に置いてくれれば良いよ』

「そ、そう……。分かったわ」

『頼んだ』

アキラとの通信が切れた後で、ヒカルが大きな溜め息を吐く。

行きたくない。あんな場所には近付きたくもない。そう思いながらも、やるしかないことは分かっていた。

アキラに取りに来てもらう訳にはいかない。その間、車両の防衛に穴が開く。自分が屋根に近付きたくないから、などという理由でアキラを撤退させる訳にもいかない。弾切れなら撤退しても問題無いが、残弾はあるのだ。警備側に頼む訳にもいかない。チーム内の消耗品の運搬作業など、チーム内でやることだからだ。

ヒカルは非戦闘員としてだが、アキラのチームの一員に登録されている。そもそもそれを口実にしてギガンテスⅢに少々強引に乗り込んでいる。そうでなければ不正乗車だ。その為にもチームの一員として仕事をしなければならない。

「嫌だなー」

ヒカルは本当に嫌そうな顔をしながら、自分でたっぷり用意した弾薬類が詰まったバックパックを運ぶ準備を始めた。


屋根との出入口は広めの二重扉になっている。車両内部側の扉は壁に、屋根側の扉は天井に付いている。どちらも非常に頑丈だ。

そしてその頑丈さは気圧差による突風などを防ぐ為ではなく、モンスターを車内に入れない為のものだ。その意味を本当の意味で理解したヒカルは、戦々恐々としながら出入口の中に入った。

中央にバックパックを置いたヒカルが、何となく上を見る。扉一枚隔てた向こう側は地獄だ。その思いで軽く震えたヒカルは、すぐに車内に戻って扉を閉めた。

「アキラ。持ってきたわよ」

『分かった。ありがとう』

ヒカルが天井側の扉を遠隔で開ける。

『もう良いぞ。閉めてくれ。交換したバックパックは持ち帰っておいてくれ。助かった』

ヒカルが天井側の扉を遠隔で閉める。車両側でも内部は確認しており、そこにモンスターがいる場合は閉められないようになっている。安全は担保された。ヒカルは安堵の息を吐いて車内側の扉を開けた。そして小さな声を漏らす。

「……ひっ」

天井側の扉を開けたのは、ほんのわずかな時間だけだ。それにもかかわらず、出入口の中には明確な戦闘の跡が残っていた。具体的には巨虫類《ジャイアントバグズ》の足の一部が転がっていて、床に得体の知れない液体の水溜《みずた》まりが出来ている。アキラが置いていったバックパックは、その近くにあった。

ヒカルは出入口の中を慎重に進み、変な液体などで汚れていないことを確認してからバックパックを拾った。そしてビクビクしながら車内の方に進んでいく。

そこでヒカルの足下から音がした。ほんのわずかだが、巨虫類《ジャイアントバグズ》の溶解液を踏んだ所為だった。ヒカルの顔が恐怖で歪む。

「今ジューって音がしたー！」

ヒカルは泣きそうになりながら車内に急いで駆け込んだ。

◆

弾薬類の補充を済ませたアキラが、気合いを入れ直す。

『よーし。これでまだまだ戦えるな』

アルファもいつものように笑う。

『ええ。この調子で行きましょう』

しかし折角入れ直した気合いは少々無駄になった。襲ってくる巨虫類《ジャイアントバグズ》が急に激減したのだ。

『……？　何か急に襲ってこなくなったな。どうなってんだ？』

周辺マップを確認してもアキラの周囲に巨虫類《ジャイアントバグズ》の反応は無い。しかし範囲を広げると、まだまだ大量の巨虫類《ジャイアントバグズ》がいることが分かる。つまり周囲の虫達は、アキラを襲うことだけをやめていた。

『どうやら巨虫類《ジャイアントバグズ》のフェロモンの濃度が上がり過ぎたようね』

回復薬を大量に服用しながら不思議そうにしているアキラに、アルファが状況を説明する。

巨虫類《ジャイアントバグズ》の死骸からは同種を呼び寄せるフェロモンが放出されている。これにより倒せば倒すほど増援が来る。しかもフェロモンの濃度が上がるほどに強力な個体を呼び寄せる。

しかし濃度がある閾値《しきいち》を超えると、弱い個体は逆に近付かなくなる。フェロモンの濃度から敵の強さを認識し、増援に行っても無駄死にするだけだと判断するのだ。

この性質により、アキラは2号車を襲っていた巨虫類《ジャイアントバグズ》達の大半を一人で相手にする羽目になっていた。そしてそれでも勝ったことで、アキラの周囲のフェロモンの濃度が閾値を超えたのだ。

『そういうことか。でもそういうのって、風で散ったりしないのか？』

『勿論、風でまき散らされればフェロモンの濃度は低下するわ。でも発生源付近が一番高濃度になることに違いは無いでしょう？』

アキラが周囲を見渡す。巨虫類《ジャイアントバグズ》の死骸がそこら中に散らばっている。屋根の上の強風で流されても、これだけ発生源があれば、周辺の濃度は他の場所より高くなる。

『確かにな。じゃあ取り敢えず死骸を荒野に蹴飛ばすか』

アキラがそう思って行動に移そうとした時、周辺マップを介して警備側から移動の指示が出る。その移動先は3号車の屋根だった。

アルファが機嫌良く笑う。

『アキラ。先頭車両に1台分近付いたわね。行きましょう』

『ああ』

10号車まではまだまだ遠い。そこにいるハンター達との実力差も、まだまだ大きな隔たりがある。

しかしアキラは、明確に、着実に、そこに近付いていた。

3号車が2号車と一時的に連結する為に車間距離を縮めていく。十分に接近するのを待たずに、アキラは車両の先頭から跳躍し、3号車の屋根に飛び移った。

アキラに3号車の移動指示が出たことは、ヒカルにも伝わっていた。

車内の者が他の車両へ移動することは、警備上の問題などにより基本的に禁止されている。これで自分がアキラの近くまでバックパックを運ぶことは出来なくなった。ヒカルがそう思って安堵していると、車両の警備側から通知が届く。他の車両への移動許可が出たことを知らせるものだった。

　ヒカルは肩を落として溜め息を吐いた。


　アキラと交代するかたちで3号車から2号車に配置が変更されたハンターチームが、連絡通路を通って車両を移動し、2号車の屋根に出た。

「……何だ？　敵、いねーじゃねーか」

「変だな。俺達をこっちに回すほどヤバい状況だったんじゃないか？」

「いや、これだけの死骸の量だ。多分ここを担当していたデカいチームが撤退したんだろう。或いは相打ちしたか？」

「撤退にしろ相打ちにしろこれだけ倒したんだ。2号車のやつらにしては大したもんだ。健闘は称えてやろうぜ」

　大人数のチームではなく一人。撤退でも相打ちでもなく勝利。その上で3号車に配置換え。そのような者がいたなどとは思いも寄らずに、ハンター達は仕事を開始した。

◆

　戦場を3号車の屋根に移したアキラの戦いが続く。敵は巨虫類《ジャイアントバグズ》の群れだ。それは変わらない。ただし2号車では乗用車程度の体長だった虫達が、3号車ではバスぐらいの大きさになっていた。

　モンスターは大きいものほど強い。その基本通りに強力な虫達を相手に、アキラが両手のLEO複合銃を撃ち放つ。連続して放たれたC弾《チャージバレット》が巨虫類《ジャイアントバグズ》の強固な外骨格を貫き、内部を食い破って即死させた。

　しかしアキラは顔を険しくする。

『やっぱり硬いな！』

　相手をする巨虫類《ジャイアントバグズ》は強力になったが、アキラでも倒せる。しかし一匹倒すのに必要な弾の数は大幅に増えていた。

『アキラ。またAFレーザー砲を使うわよ』

『了解！』

敵の攻撃を掻《か》い潜《くぐ》りながらAFレーザー砲に持ち替える。そして敵の群れを勢い良く薙ぎ払った。

今回は放出角を絞り、閃光ではなく光線を射出した。多くの虫達がまるで巨大な光刃を振るわれたように両断され、焼き焦がされた断面を晒して死んでいく。

一部の虫は切断部分が甘かった所為で生きていた。しかしすぐにLEO複合銃に持ち替えて止めを刺す。負傷の所為で生体力場《フォースフィールド》装甲《アーマー》の強度が低下していた巨大な虫は、装甲を穴だらけにされるどころか粉々にされて即死した。

そこに複数の虫達が被弾前提で突撃してくる。3体迎撃し、4回の体当たりを躱したが、その次は避けられなかった。

しかしアキラはその敵の攻撃を喰らいはしない。逆に渾身の力で正面から蹴り付けた。

現在のアキラの強化服は、並の人型兵器など軽く超える力を出せる。その身体能力から生み出された蹴りの威力は、高速で移動する巨大な質量に押し勝った。

蹴りの衝撃で巨大な虫が飛んでいく。戦車の装甲並みに頑丈な外骨格が砕け散っている。それでも死んでいないのは、モンスターの異常なまでの生命力によるものだ。

だがその生命力も追加の銃撃に耐えられるほど高くはなかった。先程の一撃で既に弱っていたこともあり、無数のC弾《チャージバレット》を浴びた虫は木っ端微塵に吹き飛んだ。

しかしその虫も、所詮は群れの一匹にすぎない。巨虫類《ジャイアントバグズ》の猛攻は止まらない。アキラは一息《ひといき》吐《つ》く暇も無く戦い続ける。

『倒せてはいるけど、キツいな！』

『あら、そんなにキツいのなら、そろそろ切り上げる？』

少し険しい顔を浮かべていたアキラだったが、そうからかうように言ってきたアルファを見て、敢えて余裕そうに笑った。

『冗談言うな。これからだよ！』

キツいのは本当だ。だがアルファはいつものように笑っている。それならばこの程度、苦戦の内にも入らない。そう自身を叱咤して、アキラが気合いを入れ直す。

そしてアルファも、それに応えるように笑った。

『その意気よ。張り切っていきましょう』

『ああ！』

意気を上げて敵を屠《ほふ》る。死骸の山という戦果を積み上げる。それが更なる敵を呼び、キツい戦いを更にキツくする。

それでもアキラは前進する。極度の負荷に全身が悲鳴を上げている。その体を強靱な意志で恫喝《どうかつ》し、回復薬で宥めて、山ほどの敵を鏖殺《おうさつ》しながら前に進む。

3号車では最も低難度の車両後端から始まったアキラの戦いは、既に車両の中央付近を越えて前部に近付きつつあった。


ヒカルは予備のバックパックと一緒に3号車の食堂で待機していた。そしてアキラから再び弾薬類の補給を頼まれると、嫌だ嫌だと思いながら予備のバックパックを運んでいく。

元々の予定ではアキラ一人であり、補給の為には車内の自室に一度戻る必要があった。それを考えればヒカルは同行者として十分な仕事をしている。

しかし本来であれば、ヒカルもそれぐらいは考えて、アキラに戦闘要員ではなくとも同行者を一人ぐらいは付けておくべきだった。そうしておけば、このような怖い思いをさせられることはなかった。

足手纏いを連れていかせない為に、都市間輸送車両の護衛依頼はアキラ一人にやらせる。そう考えたことが、裏目に出てしまっていた。

ヒカルが溜め息を吐く。

「私としたことが、詰めが甘かったわね……」

そして屋根との出入口の、車内側の扉を開けた。

ヒカルの顔が強張《こわば》る。中には巨虫類《ジャイアントバグズ》の眼球と牙が転がっていた。眼球はヒカルの頭より大きく、牙はヒカルの腕より太く長い。

この場も後で掃除されるが、それは戦闘が終わった後だ。それまではモンスターの一部が転がっていようとも、無害であれば放置される。

こういうものを見るのは、バックパックの交換を済ませて天井側の扉を閉めた後。無意識にそう考えていた分だけ、ヒカルの驚きは強かった。

胸に手を当てて息を整える。そして敢えて強めの声を出す。

「……あー！　もー！」

ヒカルは意気を無理矢理上げて、バックパックを出入口の中央へ運んだ。

◆

弾薬類の補充を済ませたアキラが、更に戦い続ける。

巨虫類《ジャイアントバグズ》達は強敵だが、アキラにも潤沢な弾薬がある。アキラはその残弾の力を以て、巨大な虫の群れを相手に、優勢とは言えないまでも、決して劣勢ではない状況を維持していた。

ヒカルが今回の護衛依頼の為に用意した弾薬、つまりクガマヤマ都市とツェゲルト都市の往復分の弾薬を、この戦いで使い切る勢いで撃ち続ける。その無制限に近い残弾の力で、自身の戦線を押し上げる。

死骸の山を築き、その山を粉砕して道を広げる。進み、再び山を築き、それを消し飛ばして、更に前進する。その繰り返しにより、アキラは遂に3号車の先頭に到達した。2号車の時は乗用車程度だった巨虫類《ジャイアントバグズ》の体長も、今では2階建ての大型バスぐらいまで大きくなっている。

流石に今回はここまでだろう。4号車への移動の指示は多分無い。アキラはそう考えていた。

車列はアキラが戦い続けている間に、撃墜されて地上に落ちた無数の巣級《ネスト》の巨虫類《ジャイアントバグズ》達を、車列の並びを逆にしながら、大きく迂回《うかい》して追い越していた。

そして敵の群れの中を突き進むのではなく、群れを引き剝がすように荒野を進んでいく。

敵の増援の発生源は巣《ネスト》級の巨虫類《ジャイアントバグズ》達だ。そこから離れれば敵の増援の規模も下がっていく。アキラの周りの虫達の数も減り続けていた。

『大分減ってきたな。あとは残ってるやつらを倒せば終わりか？』

『そのようね。でも数が減ったからといって油断しては駄目よ？』

『ああ。分かってる』

数が減ろうとも格上の敵には違いない。それをアルファのサポートと大量の弾薬に頼って倒しているだけだ。油断など出来ない。

そして油断さえしなければ勝敗も覆らない。程無《ほどな》くして、アキラは残りの巨虫類《ジャイアントバグズ》を倒し終えた。

するとそれを待っていたかのようにヒカルから通信が入る。

『アキラ。一息吐けるようになったみたいだけど、どんな感じ？』

「どんな感じって言われてもな。ヒカルが言うように、一息吐けるようになった感じだ」

『結構疲れた？　怪我《けが》はしてない？　そろそろ限界みたいな感じ？』

何かを探るような口調のヒカルを、アキラが少し不思議に思う。

「疲労と怪我は回復薬で補える程度だ。限界は残弾次第だな。まだ残ってるよな？」

『え、ええ。予備のバックパックはまだ一つあるわ』

「……それで、何が聞きたいんだ？」

その問いに、ヒカルが少し間を開けてから答える。

『あー、実は警備側から4号車への支援要請が来てるの。それで、断るにしてもアキラがもう限界だって理由があった方が、角が立たないと思ってね』

「そういうことか。その辺は適当に言ってくれて構わないけど、断る前提なのか？」

軽い気持ちでそう言ったアキラの返事を聞いたヒカルから、驚きの声が返ってくる。

『……えっ？　受けたいの？　4号車から支援要請が来てるってことは、そこのハンターチームが支援を要請するほど苦戦してるってことよ？　つまり、下手をすれば、５号車並みに強いモンスターに襲われてるってことなのよ？　流石に無理じゃない？　アキラ、自信あるの？』

　そう言われるとアキラも考える。しかし敢えて自分では決断しない。

『アルファ。いけそうか？』

　自分は自力でこの場にいるのではない。アルファのサポートに頼ってここにいる。それならば、自信があるかどうかを、更に進むのかどうかを決めるのは自分ではない。アキラはそれを分かっていた。

　アルファが少し挑発的な態度で答える。

『アキラ次第ね』

『分かった』

　アキラがヒカルへ答える。

「危ない時には車内に逃げ込めるぐらいの自信はある。だから支援に行っても良いぞ？　まだ弾切れにもなってないしな」

　自分次第で何とかなるのであれば、何とかする。アキラはそう決めていた。それでも、自信があると自信満々に答えるのは、ちょっとどうかと思った。それでヒカルへの返事は、その分を少し付け足したものになっていた。

「まあ行くなって言うなら行かない。その辺の判断はヒカルに任せる。オペレーターなんだろ？」

　そう言われるとヒカルも迷う。

　ヒカルもアキラを死地に送りたいとは思っていない。イナベからアキラの担当を任されている以上、アキラが死んだらその責任を負うことになるからだ。

　それでも５号車並みに強いモンスターに勝てるのであれば行ってほしいとも思う。それだけの成果をむざむざ捨てるのは流石に惜しい。

　そのリスクとリターンでヒカルが迷う。そして決断した。

『分かったわ。それなら行ってちょうだい』

　既に自分はハイリスクを負っている。それならば出来る限りのリターンを。その思いで、ヒカルは賭けに乗った。

『でも無理だと思ったら意地を張らずにすぐに逃げること。それが条件よ』

「分かってるって。俺だって死にたくない。ヤバいと思ったら逃げるよ。それじゃあ予備のバックパックを持ってきてくれ。万全の状態にしておきたいからな」

『分かったわ。すぐに持っていくわね』

ヒカルとの通信はそれで一度切れた。アキラは屋根の出入口に行ってヒカルを待つ。ヒカルはすぐにやってきた。

「お待たせ。忘れないで。これが最後よ」

ヒカルはそう言って予備のバックパックをアキラに渡した。

「全く、まさか本当に全部使うなんてね。これでも余裕を持って用意したつもりだったのよ?」

「弾切れ前提で戦っても良いって言っただろ？　そんなことを言っちゃった所為で、弾薬費で赤字になりそうなのか？」

「何言ってるの。それでも黒字にするところが、私の腕の見せ所よ」

そう言って、アキラとヒカルは調子良く笑い合った。そしてヒカルが態度を改めて言う。

「アキラ。気を付けてね。あと頑張って」

「ああ。期待して待っててくれ」

アキラはそう言い残して屋根に戻った。

そのアキラを見送ったヒカルが、笑って言う。

「……ええ。期待させてね」

そしてヒカルも車内に戻っていった。

◆

支援要請を受け入れたアキラは、3号車が4号車に近付くのを屋根の前端で待っていた。既に準備は済ませている。あとは十分近付いたら飛び移るだけだ。

近付いてくる車両の屋根の上を情報収集機器の望遠機能で見ると、4号車を襲っている巨虫類《ジャイアントバグズ》の姿が確認できる。その数はたった6匹。だがアキラが顔を歪めるだけの脅威がそこにあった。

「……デカっ！」

4号車を襲っているのは、体長が40メートルを超えている巨大な虫達だった。

第202話　高ランクハンター達

4号車が支援を要請するような事態に陥ったのは、この車両を護衛していたハンター達の実力不足によるものではない。むしろその逆、ハンター達の実力が高過ぎたことが起因だった。

4号車の警備は、10号車の警備にも参加している大規模なハンターチームが丸ごと請け負っていた。そしてハンターランク40台から50台の下位チームに警備を担当させていた。

下位チームの者達とはいっても弱い訳ではない。チームから強力な装備を支給されている上に、4号車の警備に参加できるだけはある実力を持っている。大量の巨虫類《ジャイアントバグズ》を撃破して、十分過ぎる成果を出していた。

しかしその過剰な成果が今回の事態の引き金になった。短期間に大量に倒した巨虫類《ジャイアントバグズ》の死骸から放出された高濃度のフェロモンが、風向きなどの影響もあって、格上の巨虫類《ジャイアントバグズ》を呼び寄せてしまったのだ。

ハンターランク40台にしては高い実力がある者達も、その格上の巨虫類《ジャイアントバグズ》達を相手にするのは流石に無理だった。車内への撤退を強いられる。

その分だけチーム全体の戦力が下がった状態で、残ったハンターランク50台の者達は必死に戦い、戦線を維持していた。しかし不利な状況には違いなく、少しずつ押されていく。そして遂に警備側から支援要請を出されてしまう事態にまで、状況が悪化してしまった。

高濃度のフェロモンを発生させるという点では、アキラも2号車で似たような真似をしていた。

しかし当初アキラの戦力は低く見積もられていたこともあって、2号車にはアキラを除いても十分な戦力が存在していた。加えてアキラと交代で3号車のハンター達も来たことで、仮に高濃度のフェロモンにより3号車の巨虫類《ジャイアントバグズ》達が誘引されたとしても、大きな問題は発生しない。そもそもそうならないように車間距離の調整なども行っている。

その点も含めて、４号車の事態はハンター側の失態と呼ぶには非難が過ぎる、運の悪い出来事だった。

４号車の警備をしている下位チームの纏め役である二人の男は、巨大な虫達を相手にしながら険しい表情を浮かべていた。ハンターランクはどちらも60。紛れもない高ランクハンターだ。

仲間から連絡が入る。

『悪い！　しくじった！　俺はもう下がる！』

「ああ！　無理すんな！　出入口の防衛に回れ！　それも無理なら車内に戻ってろ！」

『すまねえ！　離脱する！』

片方の男が大きな溜め息を吐く。

「これで前衛は俺達二人だけか！　やってられねえな！」

もう片方の男が軽く笑う。

「お前、ハンターランク50程度の連中のサポート役なんて、つまらねえ、やってられねえって言ってたじゃねえか。それがこれだけ暴れられる状況になったんだ。願ったり叶ったりだろ？」

「そりゃ言葉の綾《あや》ってもんだよ！」

二人がそうやって話している間にも、巨虫類《ジャイアントバグズ》達による苛烈な攻撃は続いている。

巨大な虫が生体発射機構から硬化する体液を撃ち出す。小型の巨虫類《ジャイアントバグズ》も行っていた攻撃だが、撃ち出される弾の大きさは銃弾から砲弾に変わっている。威力も段違いに上がっている。

加えて外骨格の一部を開き、そこから生体ミサイルを撃ち出してくる。流石に砲撃並みの速さとはいかないが、標的をしっかり追尾して的確に仕留めに掛かる。

これだけでも並のハンターチームなど一瞬で消し飛ばす火力だ。だがこの火力は１匹分。そして今現在４号車を襲っている格上の虫達は６匹。しかも虫の統率で怯みも怯えもせずに襲ってくる。荒れ狂う攻撃の嵐が、４号車の屋根の上に地獄のような景色を作り出していた。

二人はその地獄の中で、愚痴を交えた雑談が出来るほどの実力者だ。彼らがいなければ戦線はとっくに崩壊している。

チームは退路となる出入口を設置式の簡易防壁で覆って防衛する後衛と、その外に出て戦う前衛に分かれている。前衛の活躍は目覚ましく、当初は15匹もいた巨大な虫達を6匹にまで減らすことに成功していた。そして二人はその成果に大きく貢献した。

しかしそこまでの力の持ち主達でも、この状況を覆すことは出来ない。敵の猛攻を受けて前衛の他の仲間は少しずつ離脱していき、遂にこの二人だけになる。戦況はそれほどに悪かった。

「真面目な話、そんなにキツいなら撤退するか？　前衛がここまで減ったんだ。撤退の理由にはなるだろう」

彼らのチームが車内に撤退しても、都市間輸送車両は非常に強力な力場装甲《フォースフィールドアーマー》で守られている。車両がすぐに破壊される訳ではない。

勿論、防衛する者がいなくなるので被害は出る。装甲に穴が開くような大破には至らなくとも、修理が必要な破損箇所は飛躍的に増える。そしてモンスターを長期間放置すれば、流石にいずれは車体を破壊される。その被害を防ぐ為にハンター達は雇われている。

それを踏まえた上で、現状で撤退しても致命的な問題にはならない。そう判断しての提案だった。

それを聞いた男は、わずかに迷ったが、提案を受け入れなかった。

「……いや、もう手遅れでも時間切れまでは足掻《あが》いておきたい。ああ、お前がキツいってのなら撤退しても良いぞ？」

「何言ってんだ。お前を気遣ってやったんだよ」

二人は調子良く笑って戦闘を続行する。目的の完遂を勝利と呼ぶのであれば、自分達は既に負けている。しかし惨敗ではなく惜敗ぐらいには抑えておきたい。その多少意地の入った考えで、二人は各自の武器を虫達に向けた。

その時、虫の一匹が遠距離からレーザー砲を喰らった。着弾地点の外骨格が弾け飛び、中身の肉が大きく露出する。しかし致命傷には至らない。

　二人が思わず銃撃元を見る。そこには4号車の屋根の端側でAFレーザー砲を構えているアキラの姿があった。

「支援に来たハンターか。……ちょっと待て、あっちの方から来たってことは、3号車のハンターか？　おいおい、自信過剰にしろ自殺志願者にしろ程があるだろう」

「いや、距離による威力減衰がキツいこの場で、あそこから撃ってこの威力だ。なかなか良い物使ってる。諸事情で向こうに配置されてたか、1号車で俺達みたいなサポート役をやってたやつが、急遽《きゅうきょ》こっちに回されたんじゃないか？」

「ああ、そういうことか」

　被弾した巨虫類《ジャイアントバグズ》がアキラに向けて大量の生体ミサイルを発射する。更に優先攻撃対象を二人からアキラに変えてその場から離脱した。

「まあ何にしろ、囮ぐらいはやってくれるだろう」

「そうだな。……支援のハンターに助けられたこと、指摘されると思うか？」

「何言ってんだ。その程度のことを怒られる心配は、この体たらくの時点でするだけ無駄だよ」

「……そりゃそうだ！」

　二人は苦笑を浮かべて、次に力強く笑った。そして一匹減った虫達へ、今までと変わらずに全力で向かっていった。

◆

　変則的にではあるが遂に2号車から4号車までに到達したアキラが、撃ち終えたAFレーザー砲を構えたまま険しい表情を浮かべる。

『……直撃してもあの程度なのか』

　放出角を大きく広げた面での攻撃でも、乗用車程度の巨虫類《ジャイアントバグズ》は焼き焦がせた。放出角を絞った上で高速で横に振るった線での攻撃でも、バスぐらいの個体であれば斬るように撃破できた。

　今回はその面でも線でもない、最大威力の点での攻撃だ。オクパロスを倒した時のようにその巨体を貫けるだろう。百歩譲って貫通は無理でも、撃破自体は出来るだろう。5号車のモンスター並みに強いかもしれないとはいっても、流石にこの一撃に耐えるほどではないはずだ。そう思っていただけに、アキラの驚きは大きかった。

『アルファ。想像以上に強いぞ。どうする？』

ヒカルには随分威勢の良いことを言ってしまったが、AFレーザー砲を使っても倒せない以上、この場での撤退も仕方が無い。アキラは半分そう思っていた。

しかしアルファはあっさり答える。

『流石に遠過ぎたようね。でも今ので減衰の程度は把握できたわ。アキラ。距離を詰めるわよ』

『……それで何とかなるのか？』

『ええ。巨虫類《ジャイアントバグズ》の分泌物の所為でかなり強力な減衰効果が発生しているけれど、広範囲に薄く広がっているから、十分近付けば無視できる程度に抑えられるわ』

色無しの霧は様々な情報の伝達を阻害して通信や索敵に多大な支障を出すほかに、銃撃の射程や威力などにも悪影響を与える。そして巨虫類《ジャイアントバグズ》は似たような効果を持つ分泌物を放出できる。その所為でAFレーザー砲の威力が激減したのだ。アルファはそう簡単に説明した。

それを聞いて一度納得したアキラが、ふと思う。

『でもあの馬鹿デカい巨虫類《ジャイアントバグズ》は車両のレーザー砲で倒してただろ？　遠くからだと威力が下がるんじゃないか？』

『ええ。だから都市間輸送車両でもないと搭載できない特大の砲が必要になるのよ』

それでアキラも納得した。

尚、車載の砲は威力に特化した所為で出力の下限が非常に高く、車両周辺のモンスターを倒すのに使うことは出来ない。使用すれば車両ごと吹き飛ばす恐れがある。

そして、それならば小型の砲を大量に設置すれば良いのではないか、という案は、状況への柔軟性や費用対効果の面で見送られている。ハンターという武力は、制御さえ可能であれば非常に使い勝手の良い戦力として、東部で今日も活用されていた。

『アキラ。向こうも動いたわ。行くわよ』

『了解』

ＡＦレーザー砲からＬＥＯ複合銃に持ち替えたアキラが、自分に向かってくる巨虫類《ジャイアントバグズ》へ向けて走り出す。そして両手の銃を、迫り来る生体ミサイルの群れに向けて連射した。

被弾したミサイルが次々に爆発し、大気を掻き乱して荒れ狂う。減衰して尚、周囲に伝わる衝撃がその威力を物語っている。

アキラはそれらを全て迎撃しなければならない。砲撃に比べれば低速だが、それだけに誘導性は高い。偶然外れることは期待できない。

加えて一部のミサイルは屋根に着弾ではなく着地し、足を生やして屋根の上を疾走、そこら中に転がっている巨虫類《ジャイアントバグズ》の死骸の陰に身を隠しながら、機敏な動きで近付いてくる。

更にミサイルの頑丈さは、２号車で戦った虫達を超えていた。多少被弾させたぐらいでは軌道を歪める程度の効果しか無く、しかもその高い誘導性で軌道を修正して向かってくる。両手の銃を空にも前にも向けて絶え間なく撃ち続けなければならない。

そしてそのミサイルを銃撃するアキラの隙を衝くように、巨虫類《ジャイアントバグズ》からは狙い澄ました砲撃が繰り返される。喰らう訳にはいかない。必死に避ける。宙を穿つ巨大な弾が、アキラの近くの死骸も貫き、粉砕する。

撃ち続け、避け続け、走り続ける。相手が圧倒的に有利な距離を詰めなければならない。その距離など、強化服の身体能力で走ればあっという間に着く程度の、短いものでしかない。しかしその短いはずの距離が、長く、遠い。

余りに苛烈な敵の攻撃に対処する為の、極度の体感時間操作が、その緩やかに時が流れる世界の中で、アキラの動きを鈍重なものにさせていた。

『１匹でこれか！　じゃあ５匹もいる向こうはどう

なってんだ!?』

『大変な様子だけれども、頑張って何とかしているようね』

『頑張れば何とかなるものなのか!?　この攻撃が5匹分だぞ!?』

『それだけの実力があれば可能よ。実際に何とかなっているわ。それに……』

『それに？』

『10号車の戦いに比べれば、まだまだ楽な方でしょう？』

『……そうだな！』

近い内にあの場所に到達するのであれば、今ここで、この程度の場所で足踏みする訳にはいかない。アキラはその思いで自身を叱咤し、気合いを入れ直した。そして鈍い動きしか見せない体にその意志を無理矢理注《つ》ぎ込み、加速する。

『その意気よ』

無限の研鑽に耐えうる肉体を持っていても、その研鑽の苦痛と苦難に耐え切れずに妥協してしまえば、妥協した強さしか得られない。強くなる為には、それに見合う意志が必要だ。その意志の強さを示したアキラを見て、アルファは満足そうに微笑んだ。

撃ち続ける。空からも前からも圧殺するかのように迫り来る生体ミサイルの群れを、両手の銃を撃って撃って撃破する。膨大な量の銃弾による、弾幕の津波を以て捩じ伏せる。

避け続ける。そこら中に転がっている死骸を余波だけで粉砕する威力の砲撃を、その弾道をアルファのサポートの力も借りて完全に見切り、回避する。連続して放たれる砲弾が宙を穿ち、死骸を穿つが、アキラには当たらない。

走り続ける。強化服の驚異的な身体能力で脚を振るう。都市間輸送車両の強固な屋根を踏み抜くかのような勢いで加速する。跳躍し、空中に生み出した力場装甲《フォースフィールドアーマー》の足場を蹴り付けて、宙も駆けて前進する。背後から吹き荒れる暴風、その風向きを体感では逆方向にさせるほどの速さで突き進む。

その速さを遅く感じるほどに時が緩やかに進む世

界の中で、アキラは激戦を繰り広げる。そして巨大な虫までの長く短い道程を、遂に踏破した。

『アキラ！　やるわよ！』

『ああ！』

生体ミサイルの群れを撃ち落とし、砲撃の死角に入り込んで、アキラが巨虫類《ジャイアントバグズ》に肉薄する。アルファのサポートにより、背中のＡＦレーザー砲が未展開の状態で砲撃のエネルギー充填を始めるという、安全基準から外れた動作を開始する。準備は整った。

そしてアキラは、両手からＬＥＯ複合銃を手放せる一瞬の隙を衝いて、絶妙なタイミングで展開されたＡＦレーザー砲に持ち替え、構えた。

「ぶっ飛べ！」

ＡＦレーザー砲の砲口からエネルギーの奔流が、遠距離からの最大威力ではなく、近距離からの最大威力の形状で放出される。それは巨大な光の柱となって、全長40メートルを超える巨虫類《ジャイアントバグズ》を貫いた。

虫の巨体にアキラの背丈を軽く超える大穴が開く。消失を免れた部分も穴の外側は焼き焦げて脆《もろ》くなり、吹き荒れる暴風に耐え切れずに崩れていく。そして大きく損壊した体が崩壊しながら落下した。

ハンターランク60の者達ですら苦戦する格上の巨虫類《ジャイアントバグズ》。その一匹を、アキラは撃破した。

車両の屋根に落下した巨大な死骸の陰に身を隠して、アキラが息を吐く。

「……よし。何とか勝てたか」

『お疲れ様。ゆっくり休みましょう』

アルファはそう言って、アキラの健闘を笑って称えた。それを聞いて、アキラが不思議そうな顔を浮かべる。

「……まだ終わってないだろ？」

自己評価では大健闘とはいえ、所詮は群れの一匹を倒しただけだ。巨虫類《ジャイアントバグズ》との戦闘自体が終わった訳ではない。そう不思議に思ったアキラに、アルファが告げる。

『ええ。でもすぐに終わるわ』

そう言ってアルファは他の巨虫類《ジャイアントバグズ》達の方を指差した。アキラもそちらを見る。

次の瞬間、4号車の残りの巨虫類達《ジャイアントバグズ》を、複数の痛烈なレーザーが残らず貫いた。

◆

アキラが巨虫類《ジャイアントバグズ》を1匹引き付けてくれたおかげで、6対2が5対2になったハンター達は、その後の尽力もあって状況を4対2にまで改善させた。

しかしそこまでだった。

「時間切れか……」

まだ健在の虫達の前で、二人のハンターが戦意を失ったように動きを止めて溜め息を吐く。

巨虫類達《ジャイアントバグズ》はその機を逃さずに、二人に襲い掛かろうとする。しかし手遅れだった。高出力のレーザーに貫かれ、全て一撃で即死した。

そのレーザーを撃ったのは二人の上司であるメルシアというハンターだ。今まで車列先頭で戦っていた武力を以て、アキラや二人があれほど苦労していた巨虫類《ジャイアントバグズ》を、余りに容易く撃破していた。そして空中での砲撃を終えると、二人の所に下りてくる。それを見て、二人は反射的に姿勢を正した。

上位チームの手を煩わせる前に片を付けたいという二人の望みは、それは無理だと分かっていたが、結局メルシアの到着という時間切れで幕を閉じた。

メルシアが二人へ微笑んで尋ねる。

「被害状況は？」

「重症者多数。当分入院です。依頼期間内の戦線復帰は無理でしょう」

「死者は？」

「現時点では出ておりません。車内に避難させた者の容態が悪化したという報告も受けておりません」

緊張した面持ちの二人の前で、メルシアが小さく溜め息を吐く。それで二人の緊張の度合いが更に上がったが、メルシアは態度を緩めた。

「ま、死人が出てないならギリギリ及第点としておきましょうか。それにしても、警備側から支援を出される前に、こっちに要請を出せなかったの？」

「すみません。判断ミスです。そちらに支援を要請するのはまだ早いと思っていたのですが、警備側は俺達の認識以上に苦戦していると判断したようで、先に支援を派遣されてしまいました」

「そう。次はその辺も考慮して早めに対応しなさい。余所から支援のハンターを出されるなんて、チームの評判にも関わるからね」

「はっ！」

「それじゃあ、ここは任せたわ」

メルシアがそう言って去っていく。ギリギリ及第点という進退の首が繋がる評価をメルシアから得たことで、二人は安堵の息を吐いた。

1匹でもあれほど苦労して倒した巨虫類《ジャイアントバグズ》達が、一瞬で全て撃破された。そのことにアキラが驚きを露わにする。

「凄え……。4匹全部一瞬か……」

『10号車での仕事を終えたハンター達が、他の車両の支援を始めたわ。これで終わりよ』

今はまだ7号車から9号車の巨虫類《ジャイアントバグズ》を駆除している途中だが、10号車のハンター達であればさほど時間は掛からない。そしてメルシアは同じハンターチームの支援を優先して、一人で一足先に4号車に向かっていた。

「あれをやったのは10号車のハンターだったのか。俺は一匹倒すだけでもあんなに苦労したってのに、やっぱり強いな。装備も凄いし、あれ、幾らぐらいするんだろう」

『少なくとも端金では買えない額でしょうね』

それぐらいは言われなくても分かる。一度はそう思ったアキラだったが、すぐに端金の意味に気が付いた。企業通貨では100億あっても端金。以前アルファからそう言われたことがあったのだ。

つまりあれだけの装備を買う為には、最低でも100億オーラムを超える金か、相応のコロンでの支払が必要になる。アキラはそれを理解した。

「俺の装備なんか端金で買える物でしかない訳か。苦労する訳だな」

あれほどの装備を手に入れる為には、どれほどの金が必要なのか。非常に強力な装備の購入にはハンターランクによる制限もある。どれだけ上げなければならないのか。どちらも足りていない自分に、アキラは軽く溜め息を吐いた。

そのアキラに、アルファが笑ってあっさり言う。

『同じぐらいの装備をアキラも買えば良いだけよ。近い内にね』

そう言われて、アキラも意識を切り替えた。無駄に落ち込むのをやめて笑う。

「そうだな。頑張って何とかするか」

『ええ。何とかしましょう』

今までも何とかしてきた。これからも何とかする。何の根拠もない楽観論だが、無意味に落ち込むよりはずっと良い。アキラはそう思って笑った。

そのアキラの下にメルシアがやってくる。

「あなたが支援のハンターね？　不甲斐無い身内の所為で手間を掛けさせたわね。悪かったわ。私はメルシア。あなたは？」

「俺は……」

アキラは普通に答えようとした。しかしそこでヒカルが慌てた様子で口を挟んでくる。

『アキラ！　黙ってて！　口を閉じてて！　お願い！　下手なことを言わないで！』

『ヒカル？』

『お願い！　黙ってて！　交渉なら私がやるから何も話さないで！』

随分と必死なヒカルの態度に、アキラは軽く困惑した。メルシアもそのアキラの様子に気付く。

「どうしたの？」

「あー、悪いんだけど、俺のオペレーターから私語厳禁の苦情が山ほど来てるんだ。だから黙ってる」

メルシアが面白そうに微笑む。

「訳有りなの？」

「…………」

はい、か、いいえ、であれば、多分自分は前者だ。アキラはそう思って黙った。そしてそれはアキラの表情からメルシアにも伝わった。

「そう。それならこれを聞いてるそっちのオペレーターも含めて、必要なことだけ言っておくわね。あとは私達で対処するから大丈夫よ。助かったわ。ゆっくり休んで。じゃあね」

これ以上の支援は不要。アキラにもヒカルにもそう伝えて、メルシアはその場から飛び去った。

アキラの拡張視界の中で、ヒカルがあからさまに安堵の息を吐く。

「ヒカル。何だったんだ？」

『簡単に説明すると、彼女は凄く強力なハンターチームの人で、しかもそこの凄く偉い人なの』

メルシアはドラゴンリバーという名の大規模なハンターチームの副隊長だ。武力に特化した隊長の代わりにチームを実質的に運営していた。ハンターランクは75。そこらの都市ぐらい個人で脅せる実力を持っている。

それを知っているヒカルとは異なり、そのようなことなど知らないアキラが軽く言う。

「それで？」

『……アキラがそういう人と話すと、私がとても慌てるの』

「そ、そうか」

とても偉い人に失礼な真似をしないでくれ。不興を買うようなことは絶対に言わないでくれ。言ってはいけないことが分からないのなら、黙っていてくれ。アキラが何か仕出かしたら、私の責任になるんだ。

ヒカルがそう言いたいことぐらいは、流石にアキラにも分かった。しかしそれを理解する為に一度聞き返す必要があった時点で、ヒカルの懸念はもっともだった。

ヒカルが一度深呼吸して落ち着きを取り戻し、アキラに笑顔を向ける。

『アキラ。お疲れ様。素晴らしい活躍だったわ。ちゃんと期待に応えてくれたのね』

「まあ、期待して待っててくれって言ったからな」

『他のことも期待して良い？　騒ぎを起こさないとか、騒ぎを起こさないとか、騒ぎを起こさないとかだけど』

アキラが思わず苦笑する。

「別に俺も好きで騒ぎを起こしている訳じゃないんだけどな。ヒカルは俺のオペレーターなんだろ？　何とかしてくれ」

『分かったわ。任せて』

「期待するぞ？」

『ええ。期待してちょうだい』

軽い感じで言ったアキラに、ヒカルも同じように軽く返した。しかしヒカルの方は、これでアキラを制御しやすくなったと思って、上機嫌に笑っていた。

そしてアルファも、そのヒカルを見て笑っていた。

その後しばらくして、車列を襲う巨虫類《ジャイアントバグズ》の群れは、ハンター達の尽力により全滅した。

◆

車両の浴室でアキラが今日の疲れを取っている。お湯の成分まで贅沢な入浴が、激戦で心身共に疲労したアキラを癒やしていく。アキラは少しだらしない声まで漏らして至福の一時を堪能していた。

「効くなー。あー、もう駄目だ。もう安い風呂には戻れないぞ」

いつも以上に湯に魂を溶かしているアキラを見て、一緒に湯船に浸《つ》かっているアルファが微笑む。

『今回の依頼の間に、家の浴室を改装するようにしておいて良かったわね』

「ああ。これに慣れた後に、帰っても安い風呂のままだったら、シェリルの所に毎日入りに行ってたかもしれないな。危なかった」

生活の水準への慣れは、上げるのは簡単でも下げるのは大変だ。スラム街の路地裏で過ごしていた所為で、狭い風呂に入れるだけでも非常に喜んでいたかつてのアキラは、その頃に比べれば贅沢過ぎる暮らしに慣れ切ってしまったことで、跡形も無く消えて無くなっていた。

休養としての、癒やしとしての、そして娯楽としての入浴を終えたアキラは機嫌良く部屋に戻った。そして備え付けの寝巻きを兼ねた部屋着で、半分日課になっている柔軟体操を始める。

Tシャツとトランクスに近い姿で入念に体をほぐす。様々な体勢を取って身体の可動域を少しずつ広げていく。

そして片足立ちになり、もう片方の脚を天井に向けて、両足をほぼ一直線に伸ばしてバランスを取っていると、部屋にいるヒカルに声を掛けられる。

「随分体が柔らかいのね」

「ああ、大したもんだろ？　俺も昔は凄く体が硬かったんだけど、ようやくここまで柔らかくなったんだ」

「へー、凄いのね」

その言葉に気を良くしたアキラは、少し得意げな顔で自分の体の柔らかさを見せ付けるようなポーズを取った。

「おー、凄い凄い」

「だろ？」

どことなく自慢気なアキラの姿は、ヒカルには大分子供っぽく見えた。大量の巨虫類《ジャイアントバグズ》を相手に、あれほどの成果を出した高ランクハンターの姿にはとても見えない。

だがヒカルは、その高ランクハンターと、目の前の子供の、どちらの姿が本当のアキラなのか、などとは思わない。どちらも間違いなく本当のアキラだ。重要なのはそのどちらの姿を重視するかだ。ヒカルはそう思っており、今のところは前者の姿を重視していた。

そして前者のアキラの解析に移る。

「アキラ。一緒にこれを見てもらっても良い？」

ヒカルはそう言って壁の大型表示装置を指差した。そこに映されたのは、車両の屋根で巨虫類《ジャイアントバグズ》達と激戦を繰り広げたアキラの、主観視点の映像だった。

アキラがヒカルと一緒に自身の戦いを映像で振り返る。その映像はヒカルが普通に見ても、そしてアキラ自身でさえ体感時間の操作を行っていない今の状態では、速過ぎて何が何だか分からない。そこでスロー再生で流している。

　それでもヒカルには常軌を逸した内容ばかりだった。

「アキラ。これ、どう見ても視界の外にいる敵を撃ってるし、後ろからの攻撃を避けてるわよね？　どうやってるの？」

「情報収集機器で敵の位置とかを摑んでるんだ」

「それは私も分かるんだけど、その索敵の結果とかをどうやって知ってるの？　アキラの視界には出てないわよね？」

　索敵の結果が視界の中に表示されているのであればヒカルも理解できる。しかしアキラの視界にそれらしいものは無かった。

「それは何というか、何となくというか、気配を感じてというか……」

　既にそれを感覚的に行っているアキラは、具体的にどうやっているのかと改めて聞かれると、自分でも上手く説明できずにそれっぽいことしか言えなかった。しかしヒカルの方はそれで納得する。

「ああ、アキラは拡張感覚も使えるのね。まあアキラぐらい強ければ当然か……」

「あ、うん。そうそう。そんな感じ」

　それぐらい当然知っている、という態度を取りながら、アキラがアルファに助けを求める。

『アルファ。拡張感覚って何だ？』

『五感以外の感覚、人工的な第六感のことよ』

　第六感という言葉は、東部ではオカルト的なものではなく、人為的に追加した人工感覚器などによる拡張感覚の俗称として使われている。

　元々は情報収集機器を自身の感覚器として使用した義体者などがよく言っていた言葉だった。だが技術の発展により生身の者でも同様のことが出来るようになると、その手の技術の俗称として広がっていった。

　拡張感覚の恩恵は多岐に亘《わた》る。見える光の領域を紫外や赤外にまで広げれば闇の中も見通せる。視野を３６０度に広げれば、振り向かずに真後ろが見える。

　そして五感の強化だけには留まらない。離れた熱源やその温度を認識する熱覚。物の動きを認識する動覚。空間の立体構造を認識する空間覚。磁場の強さや方向などを知覚する磁覚。そのような、五感とは根本的に異なる感覚、第六感を手に入れることが出来る。

もっともそれらの拡張感覚は、人工感覚器を追加すればすぐに得られるものではない。本来人間には備わっていない感覚器の情報を基に、脳の機能に新たな知覚処理を構成するのだ。取得の難易度は、腕や脚を増やすのとは訳が違う高さになる。最悪の場合、脳が未知の感覚を扱い切れずに正気を失いかねない。

そこでその危険性を出来る限り下げる為に、拡張感覚の基本的な訓練は、新たな感覚に少しずつ慣らしていく方法を採る。

そして、何となく、という表現は、追加した拡張感覚にまだ慣れていない所為で、新たに手に入れた感覚の言語化が上手くできなかったり、その拡張感覚を持っていない者へ自身の感覚を説明したりする際に、よく使われる言葉だった。

その説明を聞いて、アキラはヒカルの反応に納得した。

『ああ、それでヒカルは俺が拡張感覚を使ってるって勘違いしたのか』

『勘違いではないわ』

『えっ？』

アルファがヒカルの前に立つ。そして自分を、正確には自分の姿で隠れたヒカルを指差した。

『アキラ。ここにヒカルがいるって分かるでしょう？』

アルファの意図が分からずに怪訝な顔をしたアキラだったが、その顔が驚きに染まった。

『…………分かる。えっ？』

「アキラ。どうしたの？」

「いや、何でもない」

一度アキラを見たヒカルが、視線を壁の表示装置に戻す。そのヒカルの動きも拡張視界の中のアルファの姿で隠れている。つまり意識している視界の中では絶対に見えない。しかしアキラにはヒカルの姿がしっかり認識できていた。

『アルファ。どういうことだ？』

『アキラは拡張感覚を既に使っているのよ。無意識にね。視覚だけでも3つ認識しているわ。目視と、情報収集機器によるものと、私のサポートによるもの。その3つね』

アキラはそれらが統合されたものを自身の視覚として認識している。しかし同時にそれらを個別に認識もしている。だからこそ統合された視覚の中では隠れていたヒカルの姿を、見ずとも分かることが出来たのだ。

『そして視覚だけではないわ。私はアキラの情報収集機器の情報を、アキラを介して取得しているの。その過程でアキラ自身もその情報を得ている。索敵情報とか、情報を解析した結果ではなく、情報そのものをね。その情報を基にした拡張感覚の訓練を、アキラはずっと続けていたのよ』

建国主義者討伐戦で、アルファのサポートを失ったアキラがあそこまで戦えた理由の一つも、その無自覚の拡張感覚によるものだ。

アルファとの接続が切れたとしても、アキラが旧領域接続者であることに変わりはない。アキラはその力で情報収集機器から情報を取得し、そしてその情報を基にした拡張感覚により、意識上の現実の解像度の底上げを無意識に行っていた。

勿論、それだけで死なずに済んだ訳ではない。それはアキラが死力を尽くして得た勝機の、ほんの一部分にすぎない。それでも情報収集機器を手に入れてからずっと続けていたその研鑽が無ければ、アキラは死んでいた。

『無意識に行っていたことを下手に教えて意識してやるようにしたら、逆に上手くいかなくなることもあるの。だから今までは黙っていたわ。でもここまで扱えるようになったのなら、もう大丈夫でしょう』

『なるほどな。俺は知らない間にそんなことが出来るようになってたのか。ヒカルが驚く訳だ』

アキラはそう思って納得した。

だが実際にはその程度のことなど、ヒカルが驚いた理由の1割にも満たない。拡張感覚で解決する程度の話であれば、それが出来れば他の者もアキラと同じように戦えるのであれば、ヒカルも驚かない。

普通の者は動かない的を落ち着いて狙って撃っても、当てることさえ難しい。アキラはそれを、高速戦闘の最中に、複数の動く的に対して、敵の攻撃を躱しながら、一度失敗すれば死にかねない状況で、精密射撃に極めて近い精度の銃撃を、連射で成功させている。

そのことに、ヒカルは驚いているのだ。

強くなった代償に一般人との感覚の齟齬を広げながら、アキラはそのままヒカルと一緒に今日の戦闘を振り返っていた。

ヒカルが浴槽に身を浸して一日の疲れを癒やしている。広域経営部所属というそれなりに高給取りの身分のヒカルにとっても、この入浴体験は満足できるものだった。それでも今日の出来事を思い返して、疲れ気味の溜め息を吐いた。

「……濃い一日だったわ。キバヤシはあんなハンターを何人も、下手をすれば何十人も管理してるのか。そりゃ権限も強くなる訳ね」

そして敢えて勝ち気に笑う。

「まあ私だってアキラをここまで制御してるんだもの。手腕だけならキバヤシに負けてなんかないわ。この調子ならイナベさんも私の力を認めてくれるはず。やってやるわ」

このハイリスクハイリターンの案件も、アキラをきっちり制御さえ出来れば問題無い。自分なら出来る。ヒカルは改めてそう思い、自身を鼓舞して意気を高めた。

贅沢な入浴で英気を養ったヒカルが部屋に戻ると、アキラは既に眠っていた。何となくその寝顔を見る。

「こうして見るとアキラも普通よねー。お休み。アキラ」

ヒカルも自分のベッドに横になる。心地《ここち》好《よ》い眠気に身を任せて目を閉じて、すぐに眠りに就いた。

アキラとヒカルを乗せたギガンテスⅢは、二人が眠っている間も東へ東へ進んでいく。目的地であるツェゲルト都市まであとわずかだ。

第203話　ツェゲルト都市

　翌日の早朝、昨日早く寝たこともあって夜が明ける前に目を覚ましたアキラは、折角だから日の出を見ようと思い立ち、ギガンテスⅢの屋根に上がっていた。

　強風が吹き荒れている上に、闇夜の屋根の上という危険な場所だ。普通に考えれば、たかが日の出の観賞の為に行く所ではない。しかしそこで激戦を繰り広げたアキラにとっては、敵がいなければ平地とさほど変わりは無い。問題無く日の出を楽しめる。

　だがヒカルにとっては大問題だ。

「アキラ！　離さないでよ!?　絶対に離さないでよ!?」

「分かってるって」

　アキラはヒカルをしっかり抱き締めている。ヒカルもアキラにしっかり抱き付いている。その光景はまるで恋人同士の抱擁にも見える。

　しかし少々呆れ気味のアキラの表情と、この場の恐怖で強張っているヒカルの顔が、二人がそのような関係ではないことを明確に示していた。

「そんなに怖いのなら、やっぱり戻った方が良いんじゃないか？」

「良いでしょう!?　私も見てみたかったの！」

　そもそもアキラは一人で行くつもりだった。しかしその準備をしているところでヒカルが目を覚まし、自分も行くと言い出したのだ。

「日の出なんて、部屋のディスプレイで見ればいいとか言ってたのに」

「そんなのじゃ味気ないって言ったのはアキラでしょう!?　そんなに違うって言うのなら、私も直接見て確かめてやろうってことよ！」

　ヒカルの口調が少々荒いのは恐怖を紛らわす為だ。それぐらいはアキラも分かった。

「分かった分かった。分かったから落ち着いてくれ。ちゃんと摑んでるから大丈夫だって」

　ヒカルを落ち着かせる為に、アキラはヒカルを抱き締める力を少しだけ強めた。それでヒカルも口を閉じた。

「……お、そろそろだぞ」

空と大地の境目に、アキラが機嫌の良い顔で視線を向ける。ヒカルもこの場にいる口実に合わせる為に、一応そちらを見た。

ヒカルは何も日の出が見たくてアキラに同行している訳ではない。一緒にいるのはアキラから目を離さない為だ。

モンスターはいないとはいえ、屋根には警備のハンターがそれなりにいる。不要な接触を避けさせる為にも、そうやって揉め事の発生を防ぐ為にも、ヒカルはアキラを側で見張っておきたかった。

その為に、吹き飛ばされそうな風が吹いている屋根に、一緒に上がるような怖い思いまでしていた。恥じらう余裕も無い状態で、アキラに必死に抱き付いていた。

今は車両の周囲にもモンスターはいない。それを確認してから屋根に出たとはいえ、怖いものは怖い。日の出を見てアキラが満足したら、すぐに部屋に戻らせよう。ヒカルはそう思いながら、夜明け前の地平を見ていた。

そして空が白み、日が昇る。地平の先から広がる光が、遠景の廃墟《はいきょ》の隙間から闇夜を裂いていき、更には夜そのものを掻き消していく。荒野に太陽が姿を現すその光景は、その光で露わにされるものが過去の栄光の残骸であろうとも、旧世界の頃と変わらずに人の心を揺さぶり惹《ひ》き付けるものがあった。

わざわざ屋根に上がった甲斐があった。そう思いながら日の出を見ていたアキラが、ヒカルの様子に気付く。ヒカルはこの場にいる恐怖も忘れて、日の出の光景に見入っていた。アキラはそれを少し意外に思いながらも、ヒカルを抱き締めたまま、その感動に水を差さないように黙っていた。

やがて太陽が地平から離れ、ありふれた早朝の風景に変わる。日の出の感動はここまでだ。

良いものを見た。そう思って余韻に浸っていたヒカルが、少し得意げな顔で自分を見ているアキラに気付く。するとヒカルは途端に気恥ずかしくなった。少し赤い顔で、ごまかすように口を開く。

「ま、まあ、悪くはなかったわ。確かに部屋で映像の日の出を見るよりは良かったわね」

「だろ？」

「……じゃあ、見るものは見たんだし、戻るわよ！　アキラ、ほら、行くわよ！」

「はいはい、分かったって」

　ヒカルからこの場を怖がっている様子は感じられなくなった。しかし夜は明けたとはいえ強風は吹き荒れたままだ。アキラはヒカルをしっかり抱き締めたまま、一緒に車内に戻っていった。

　ヒカルは勢いで場の雰囲気を流そうとした。屋根の上にいる恐怖は、アキラがしっかり支えてくれたおかげで慣れて薄れた。日の出の感動も落ち着いた。そのヒカルに残ったのは、同世代の異性に抱き締められている気恥ずかしさだ。

　流石にヒカルも、その気恥ずかしさまではすぐには薄れず、部屋に戻ってもしばらく赤い顔のままだった。

◆

　アキラが再び車両の屋根で警備をしている。昨日の内に弾薬のほとんどを消費したが、中身を使い切る前にバックパックを交換したこともあって、残りを集めればまだ警備に参加できた。

　屋根の端から荒野を眺めていると敵の反応が現れる。歪に太く短い巨大な砲を胴体にして、そこから手足を生やしたバッタのような、機械系にも生物系にも見えるモンスターだ。

　そのバッタ型の大砲が、３メートルは超える砲口から巨大な弾を撃ち出す。勢い良く放たれた砲弾は、ギガンテスⅢの壁に着弾して大爆発を起こした。しかし強力な力場装甲《フォースフィールドアーマー》に守られている車体は、その程度ではびくともしなかった。

　すると今度はその巨体から生やした足を使って跳躍し、車両の屋根に飛び移ろうとする。だがそこでアキラから銃撃を浴び、空中で粉々になって飛び散った。

アキラが少し怪訝に思う。

「うーん。この程度なら昨日戦った虫の方が強いな」

モンスターは東に行くほど強くなる。車両は自分が眠っている間にも止まらずに東へ進んでいた。昨日の時点であの強さなら、今日はどれほど強いのか。そう思って警戒していたアキラは、予想外の敵の弱さに少し戸惑っていた。

アルファが普通に答える。

『この辺りはもう都市の近郊だから、都市の脅威になるモンスターは駆除されているのでしょうね』

「そういうことか……」

それを聞いたアキラは納得するのと同時に、自分が先程倒したモンスターの強さに驚いた。

アキラはハンターになる前に、スラム街を襲ったモンスターを拳銃で何とか倒したことがあった。それは都市から脅威とみなされなかったことで、都市周辺での棲息が許されていた小物だった。

その小物扱いされるモンスターの強さが、ここではここまで強い。そしてあれで小物であれば、大物と、駆除対象と、脅威とみなされるモンスターの強さはどれほどか。アキラはそう思い、たかが小物を倒しただけで拍子抜けしてしまった自身の慢心に気付いて気を引き締めた。

「……随分東に来たもんだ。それでもまだ最前線じゃないいんだろ？　世界は広いな」

『そうね。小物を倒した程度で油断しないようにしましょう』

「……そうだな」

意味深に笑ったアルファに、アキラは苦笑を返した。

しばらくして、ヒカルから通信が入る。

『アキラ。警備は終了よ。早めに戻ってきて。車両がツエゲルト都市に入る前に車内に戻らないと、本当に面倒な事になるからお願いね』

「分かった。すぐ戻る」

アキラが屋根の出入口に向かいながら車両の前方

を見る。その遠景にはギガンテスⅢの目的地である、巨大なドームで覆われた都市の姿があった。

◆

ツエゲルト都市は都市全体が巨大なドームで覆われている。ドームの地上部はクガマヤマ都市でも採用している防壁の構造で、その上に細い骨組みと透明な正多面体の板を組み合わせた半球状の屋根が付いている。クガマヤマ都市の下位区画のような防壁の外の部分は無い。全てがドームの内側にある都市だ。

巨大な防壁の一部が開き、都市間輸送車両の車列を受け入れる。アキラ達が乗るギガンテスⅢも内部に入り、巨人用の施設のような巨大な乗降場で停車した。

車両の部屋でヒカルがアキラに笑顔を向ける。

「ツェゲルト都市に到着。これで今回の護衛依頼も半分終わったわね。アキラ。まずはここまでお疲れ様」

「どう致しまして。これで半分か。まあこの調子なら何とかなるかな？　残弾次第だけど」

「安心して。ちゃんと補充しておくわ。アキラには帰りにも活躍してもらわないといけないからね」

往復分の弾薬を、アキラは行きだけで使い切った。帰路でアキラを車両のお客様にしないように、そして何よりも今度は自分が補給役をしなくて済むように、ヒカルはしっかり準備するつもりだった。

「出発は明日の夜よ。それまでは自由時間なんだけど、悪いけどアキラは部屋にいてちょうだい。実は今のアキラをツェゲルト都市に入れるのは、ちょっと問題があるのよ。車内にいる分には大丈夫なんだけどね」

基本的に防壁内への立入許可は、どこかの都市で取っておけば、交流が全く無い都市や敵対している都市でもない限り、他の都市でも通用する。

しかしアキラがクガマヤマ都市で取った許可は仮のもの。その仮の許可を、クガマヤマ都市側がツェゲルト都市でも通用すると勝手に判断したとなれば、流石に越権が過ぎるとして都市間の諍《いさか》いに発展しかねない。

そういう誤解を防ぐ為にも、悪いとは思うが、車外に出るのは我慢してくれ。ヒカルはそう言ってアキラを説得した。

アキラが難しい顔をする。

「うーん……。そうなのか……。……何とかなったりしない？」

「絶対無理とは言わないけれど、ちょっと観光したいってぐらいの考えなら諦めてほしいわ」

実際にはアキラがツェゲルト都市に入るのは、ヒカルが言うほど難しいことではない。

クガマヤマ都市の防壁内への立入は、下位区画という壁の外の街がある分、立入許可が下りない場合はそこで寝泊まりすれば良いという考えから、他の都市より厳しい傾向がある。

その一方、ツェゲルト都市には壁の外の街が無い。都市を訪れたハンターに、防壁内に入るのは認めない、強力なモンスターが徘徊《はいかい》する壁の外で野宿でもしてろ、と言う訳にもいかず、よほど悪質な人物でもなければ、簡単な手続きで入ることが出来た。

ヒカルもそれぐらいは知っている。しかしアキラに車内に留まってもらう為に敢えて黙っていた。事前に手続きもしなかった。

元々は観光に出た所為で乗車に遅れるような事態を防ぐ為だった。だが今は、アキラに他者との接触を控えさせて揉め事を起こさせない為だ。その為にも、ヒカルは観光程度の理由でアキラを車外に出す気は全く無かった。

しかしアキラは観光の為に車外に出たい訳ではなかった。

「いや、観光じゃなくてバイクを買いたいんだ」

「バイク？」

「ああ。これだけ東の都市なら格段に高性能なやつがあると思ってな」

強化服などの装備の購入は機領などとの契約に縛られているが、車やバイクなどは対象外になっている。そしてバイクは建国主義者討伐戦で失ったままだ。

ここまで東の都市にまた来られる機会は恐らく当分無い。武力増強の為にも今後の為にもこの機会を逃さずに、これほど東で活躍する強力なハンターが使っている高性能なバイクを、ここで手に入れておきたい。

ヒカルのおかげで強化服等を実質無料で手に入れられたので予算はある。この都市のハンター向けの品ともなれば非常に高額だろうが、それでもバイクの1台ぐらいは買えるだろう。アキラはそう説明した。

「あー、そういうことかー」

そう言われるとヒカルも悩む。ただの観光なら難癖を付けてでも止めるが、アキラの装備調達の邪魔をしたとなれば大問題だ。イナベからも怒られる。

「あ、そうだ。俺は外に出られなくても、ヒカルは大丈夫だろ? 俺の担当なんだし、代わりに買ってきてくれないか?」

ヒカルが更に迷う。現実的な代案であり、断る口実は見当たらない。しかし自分がアキラの代わりに車外に出れば、その間はアキラの側から離れることになる。

ヒカルは出来る限りアキラから目を離したくなかった。昨日アキラの所にメルシアが来た時も、結構危なかったと思っているのだ。ウダジマの件も完全に杞憂と決まった訳ではない。戦闘中のような、自分が側にいるのは無理な状況ではない限り、アキラを側で直接監視しておきたかった。

「……いえ、そういうことならアキラも私と一緒に行った方が良いわね。簡単な試乗とかもした方が良いと思うし。アキラがツェゲルト都市に入れるように、今から調整してみるわ」

「お？　そうか？　悪いな。助かる。ありがとな」

「良いのよ。私はアキラの担当だからね。それぐらいはするわ」

喜ぶアキラに、ヒカルは笑って返した。

その後、ヒカルがツェゲルト都市との調整を済ませる。ついでに販売店にも予約を取り、明日一緒に店に向かうことになった。

翌日、アキラは早速バイクを買いにヒカルと一緒に車外に出た。そしてツェゲルト都市の中を対面式の座席の自動運転車で進んでいく。

その途中、アキラは車外の光景を見て感嘆の声を上げていた。

「おー、凄いなー」

一方ヒカルは不満げな様子を見せている。

「そう？　この程度の街並みなら、アキラもクガマヤマ都市で見たでしょう？」

「そうか？　でもほら、クガマヤマ都市じゃ、あんなの飛んでなかったぞ？」

ドームの内側には羽も無く空を飛ぶ自動車が行き交っている。見えない道路の上を進んでいるのではなく飛行している。以前ミハゾノ街遺跡で見た飛行コンテナのような、自動操縦の輸送機も飛んでいた。

「それにほら、空も見えるデカいドームがあるし、あれ、凄く強力な力場装甲《フォースフィールドアーマー》で守られてるんだろう？　やっぱりあんなデカい虫が空を飛んでるような所だと、こういうのが要るんだろうなー」

都市をすっぽり覆う巨大なドームの天井は、その内部に立ち並ぶ高層ビルの屋上から見上げても、まだまだ距離があるほど高い。それだけ広々とした空間のおかげでドーム内部に閉塞感は全く無い。

未来都市。旧世界の都市。防壁の内側。車は空を飛んでるし、ビルもカッコいいし、デカいドームとかも多分ある。きっとそんな感じ。スラム街の路地裏で過ごしていた頃の、まだまだ拙い知識しか無かったアキラが、何となく想像した凄い都市の光景。その空想にも似たツェゲルト都市内部の光景に、アキラは少し興奮気味だった。

そしてヒカルはますます不機嫌になった。それでもクガマヤマ都市の職員として、アキラの担当として、それを表に出す訳にはいかないと考えて、頑張って平静を装う。しかし内心をわずかに滲ませてしまい、笑顔を少し硬くしていた。

そしてそれにアキラが気付く。

『……アルファ。ヒカルが不機嫌そうなんだけど、俺、何か変なこと言ったかな？』

『ツェゲルト都市の街並みを見た今のアキラの反応を、クガマヤマ都市の中位区画を見た時にもしてほしかったのでしょうね』

『ああ、そういうことか。……いや、そんなこと言われても』

『取り敢えず観光が目的ではないのだし、外を見てはしゃぐのは、それぐらいにしておいたら？』

『そ、そうだな』

車の窓に顔を押し当てる勢いで外を見ていたアキラが姿勢を正す。すると向かいに座っているヒカルと目が合った。

「……えーっと、確かに思い返せば、クガマヤマ都市の中位区画も、ここに負けないぐらいだったと思うぞ？」

「ありがとう。嬉しいわ」

考えるまでもなくおべっかだ。ヒカルはそう思いながらも、アキラが自分の機嫌を取ろうとしたと思えば悪くないと考えて、一応、頑張って、愛想良く微笑んだ。

そのヒカルの笑顔に、アキラは黙って、外の景色を楽しむ為ではなく、視線をゆっくりと外に向けた。

◆

店に到着したアキラ達を店員が出迎える。バイクを買いに来たことは予約の時点で伝えてある。そのまま店内のバイクの展示場所まで案内される。

ハンター向けの車両を取り扱っているこの店は、大型の屋内展示場のような構造をしている。そして展示されている商品は車やバイクだけではない。戦車や人型兵器まで一緒に並んでいた。

それはツェゲルト都市付近で活動するハンター達にとって、それらが同列に並ぶことを意味する。拳銃を持つ感覚で戦車に乗るほどではないが、その感覚に大分近付いているのは確かだった。

そのような場所のバイクなら性能の方も凄いのだろう。アキラはそう思って期待していた。そしてアキラに勧めるバイクが並べられた場所に到着する。

「アキラ様の御予算は30億から40億オーラムほどとお聞きしました。こちらの商品が、その御予算の中で当店がお勧めする品となります。では、順に説明させて頂きます。まずはこちらの品ですが……」

店員の説明を興味深そうに聞いているアキラの隣で、ヒカルが自分達の前に並ぶ8台のバイクを見ながら思う。

(バイク1台に最低でも30億オーラムか……。改めて考えるととんでもないわね。これが高ランクハンターか……)

富豪の生活でもしなければ生涯遊んで暮らせる金。金の為に生きるのをやめられる金。30億オーラムは普通の者にとってそれほどの大金だ。

同時に、高ランクハンターにとっては一度の装備調達で消える金でしかない。大金には違いない。しかしその価値はまるで違う。

就職して、或いは起業して、同等の金を手に入れられるほどの成功を収めるのに、どれだけの運と才が必要か。命を賭けていることを度外視すれば、ハンターとしての成り上がりを目指した方が、それだけの金を得られる確率は高いのではないか。ヒカルは何となくそう思った。

(道理で毎年あれだけ死んでるってのに、ハンターになる人が減らない訳ね)

そうしてそう思いながらも、ヒカルは別のことも知っている。ハンター稼業という金鉱脈で最も稼いでいる者は、そこでモンスター討伐や遺物収集をしているハンター達ではない。そのハンター達にその為の道具を売っている者達だ。例えば、目の前の者のように。

一般人の生涯年収を軽く超える値段のバイクを、それだけ稼いだハンターに売り付ける。そうやって、企業は今日も稼いでいた。

アキラは店員から8台分の説明を聞き終えた。

「如何《いかが》でしょう？　どれもお勧めの品です」

「……あの、ちょっと変なことを聞くかもしれないんですけど」

「はい。御質問等が御座いましたら遠慮無くお聞き下さい」

「……これ全部、バイク、なんですよね？」

「はい。バイクで御座います」

「バイク型の小型飛行機ではなくて、ですか？」

勧められた8台のバイクの内、4台はタイヤが付いていなかった。店員もアキラの質問の意味を理解する。

「厳密には飛行バイクで御座いますが、当店ではそれらも含めてバイクとして扱っております。また2輪設計の品であっても、この価格帯のものになりますと、大抵は飛行機能が付属しており、むしろ走行より飛行を主機能とする車種が大半です。その点におきましても、タイヤの有り無しを敢えて重視する必要は無いかと」

「あー、そういうことですか」

アキラは納得したものの、軽く唸った。

『アルファ。どう思う？』

『説明内容に問題は無いと思うわ』

『そ、そうか』

『勧められたバイク、アキラはどれも気に入らないの？』

『いや、そこまでは言わないけどさ、バイクを買いに来たのにバイク型の小型飛行機を勧められると、ちょっとモヤモヤするっていうか……』

タイヤが付いている車種も、アキラには地上も走れる小型飛行機の類いの感じが強かった。簡易な翼まで付いているものもあった。

『それでも買わないという選択肢は無いと思うわ。高性能なバイクを買える折角の機会であることに違いは無いし、飛行機能で三次元の挙動が可能になることも戦闘には有用よ』

地上を走るだけならタイヤの方がエネルギー効率は良い。しかしそこが問題になるほど長距離移動をするのであれば、車を使った方が良い。バイクを買うのが主目的である以上、その辺りの問題は無視して良い。アルファはそう補足した。

『そうか。じゃあこの中から選ぶか。うーん』

微妙に気は進まないが仕方が無い。アキラはそういう考えで、並んだバイクに目を向けた。

アキラ達の念話の内容など店員には分からない。しかし店員もハンター相手の客商売は長い。アキラが気乗りしない理由ぐらいはすぐに察した。今までにも何度も行った解決方法を採る。

「一応、飛行ではなく走行に特化した製品も御座いますよ？　それでいて立体的な移動も可能です。一度お試ししますか？」

「え、そんなのあるんですか？」

「はい。ですが、かなりのキワモノになります。ですのでお勧めはしないのですが、そこまでしてタイヤでの走行に拘った製品というものを、一度体験してみるのも宜《よろ》しいかと」

「あー、じゃあお願いします」

「畏《かしこ》まりました。すぐに御用意致します」

店員は丁寧に頭を下げて、早速準備に入った。

店舗の屋内試乗場は人型兵器の試乗も可能なほどに広々としている。それでも30億オーラム以上するバイクの性能を十分に確かめるのには狭過ぎるのだが、軽く試乗する分には問題無い。

そこに案内されたアキラは、運転感覚の違いを体験する為に、まずはタイヤの無い飛行バイクを先に試すことになった。

バイクに乗って起動させると、車体がわずかに宙に浮く。しかし揺れは無く、不安定な感じは全くしない。銃撃時の強固な足場として使える接地感があった。

そのままバイクを上昇させる。2輪のタイヤでは不可能な垂直移動に、アキラが面白そうな声を零す。その後は屋内試乗場の中を前後左右上下に飛んでいく。この価格帯の飛行バイクともなれば運転補助機能も非常に優秀であり、生まれて初めて飛行バイクに乗ったアキラでも、何の問題も無く運転できた。

10分ほどの試乗を終えたアキラが、店員とヒカルの下に戻ってくる。

「如何でしたか？　飛行バイクとしては無難な作りの製品ですが、無難な選択とは際立った失敗とも無縁ということでもあります。尖った部分も無く、全方面で及第点の性能を持つ点においても、個人的には奇抜な機能を売りにする商品より優れていると思います。運転もしやすいですしね」

「そうですね。確かに楽に運転できました。ただまあ、やっぱりバイクを運転した感じはしませんでしたので、その辺は慣れが必要かなって思いました」

「それはまあ飛行バイクですから。いわゆるのバイクを運転する感覚とは随分違うでしょう。それでは今度はこちらをお試しください」

店員はそう言って、白い大型のバイクをアキラに手で示した。

「シルフィードＡ３。両輪から力場装甲《フォースフィールドアーマー》の足場を生成することで、空中を飛行ではなく走行が可能な製品です。御説明した通りかなりのキワモノですが、こちらは飛行バイクではなく、間違いなくバイクで御座います」

それはアキラが見ても確かにバイクだった。白い車体に取り付けられた大きなタイヤが、地上の走行も可能な小型飛行機の補助機能としてのタイヤとは異なり、これはタイヤで移動する機械なのだと分かりやすく誇示していた。

シルフィードＡ３に試乗したアキラは、まずは普通に床を走ってみた。問題は無い。大型バイクにもかかわらず機敏で精密な動きを見せている。しかしその程度のことは以前のバイクでも出来ていたことだ。驚くには値しない。

そして次は空中での走行に入る。それはアキラを驚かせるのに、正確には慌てさせるのに十分なものだった。

「うおっ!?」

バイクのタイヤが力場装甲《フォースフィールドアーマー》で空中に続く坂の足場を生成する。そしてその上を走って車体を上げ、そのまま空中を走り続ける。

自身が走る足場を自ら生成し、地面という平面をタイヤで走る機能を、強引に空中にも適用させたその動きは、確かに飛行ではなく走行だった。

垂直の壁をバイクで走った経験のあるアキラだが、それも角度が違うだけで平面の走りでしかない。それが立体に変わり、しかも運転の感覚は平面を走るバイクのままで、その上で生成する足場の調整で挙動を変更する運転は、初めから空を飛ぶ前提の飛行バイクの運転とは全く異なるものだった。

それでも何とか転倒は回避して一度床に戻る。そして軽く息を吐く。

「……なるほど。キワモノって言われる訳だ」

これなら飛行バイクの方が良い。アキラがそう思って試乗をやめようとした時、アルファが軽く言う。

『アキラ。運転代わるわ』

『ん？　ああ』

『まずは垂直に上がるわよ』

それを聞いたアキラは、以前にビルの側面をバイクで上った時のように、見えない壁を垂直に上る動きを想像した。

しかしバイクは車体を水平にしたまま真上に上昇していく。両輪のそれぞれで螺旋《らせん》の坂を上るようにして、車体を回転させながら垂直に上がった。

「うおっ……!?」

『大きく回転するわ。アキラ。落ちないでね』

もう回転してるだろう。そう思ったアキラだが、今度はバイクが前輪を軸に縦回転する。タイヤの全周で力場装甲《フォースフィールドアーマー》の足場を生成したことで前輪をその場に固定したのだ。そして20回転ほどした後に、今度は後輪を軸にして回転し始めた。

予想外の動きにアキラが慌てている間に、バイクが更に動きを変える。次は透明な球体の内側を走るように、縦に横に回り続ける。

『アルファ!?　何やってんだ!?』

『何って、バイクの試乗よ』

『これがか!?』

アキラが文句を言っている間に、バイクは透明な球体の外側を走っていた。そして球の上で止まると、そのまま真下に落下する。足場としていた力場《フォースフィールド》装甲《アーマー》をアルファが消したのだ。

しかしそのまま床に激突とはならず、その前に減速して着地する。バイクの制御システムがタイヤから弱い力場装甲《フォースフィールドアーマー》を生成させて、その摩擦で落下速度を下げていた。

アキラが大きく息を吐く。

『……アルファ。何だか知らないけど、これで満足か？』

『ええ、満足したわ。アキラ。これを買いましょう』

『…………えー』

アキラは思わず嫌そうな顔をしたが、アルファから拒否権は無いとでもいうように微笑まれたことで、小さく溜め息を吐いて諦めた。

そこに店員がやってくる。店員は先程のアキラの運転を不思議には思わなかった。シルフィードＡ３の非常に難しい空中走行機能を扱い切れず、その上でバイクの姿勢制御が変に働いた所為で、無茶苦茶な運転になってしまっただけだろうと考えていた。

「如何でしたか？　お試し頂いたように空中での走行に癖のある製品で、尖った部分の性能は高いのですが、やはりお勧めは出来ません。地上の走行だけでは割高ですし、私としては飛行バイクをお勧め致します」

これを試して飛行バイクに乗り換えなかったやつはいない。この不人気なバイクはその為に返品せずに取ってある。今回も役に立った。店員はそう思い、内心でほくそ笑んでいた。

しかしそこでアキラに告げられる。

「いえ、これを買います」

「…………えっ!?」

店員は思わず接客を忘れた反応を返してしまっていた。ヒカルも一緒に驚いている。

アキラも気持ちは分かると思いながら、ごまかすように笑って押し切る。

「俺、こういうキワモノが大好きなんですよ」

紛れも無い嘘だ。しかしアルファのことを言う訳にもいかないアキラは、そう言って押し切るしかなかった。

「さ、左様で御座いますか。で、では、オプション品等《など》の説明に移らせて頂きます。まずは……」

店員は気を取り直して接客を続ける。どのようなキワモノであれ、試した上で客が買うと言っている以上、売らないという選択肢は無かった。

◆

アキラ達はバイクを買い終えてギガンテスⅢへの帰路に就いていた。バイクのオプション品の取り付けなどもあり、時刻は既に夕暮れになっている。バイクはアキラ達が乗る車の後ろを、自動運転でついてきていた。

ヒカルが無人で走るそのバイクを見て軽く言う。

「アキラって、ああいうキワモノが好きだったの?」

「……まあ、うん」

違うのだが、否定する訳にもいかないアキラは、それだけ答えた。

「そう。それなら今後のアキラの装備調達は、そういうのを考慮した方が良い?」

「いや、それはやめてくれ」

「そう?」

「ああ。気にしなくて良い。ああいうキワモノは好きだけど、ああじゃないキワモノは好きじゃないんだ」

「……ふーん。分かったわ。私にはよく分からないけど、アキラなりの拘りがあるのね」

「そうそう。そんな感じだ」

そのような拘りなどアキラ自身も知らない。知っているのはアルファだ。

『アルファ。本当にあれで大丈夫なんだろうな?』

アルファが自信たっぷりに笑う。

『大丈夫よ。今までだって大丈夫だったでしょう?』

『……まあ、そうだな』

アルファがそう言っている。いつものように。今までのように。アキラはそれを根拠にして、取り敢えず納得することにした。

アキラにバイクを売った店員が、アキラのことを思い返す。

アキラがバイクに付けたオプション品のほとんどは、店員も不思議に思わないものだった。

銃器等の装備も出来る拡張アームや、物資を積む為の固定具の取り付け。より大容量で、銃や強化服などへのエネルギー供給も可能な、大型エネルギータンクへの交換。車載の大型汎用拡張弾倉の追加。その辺りは多くのハンターがすることだ。

しかしバイクには1点だけ、店員がこのバイクを選ぶ客ならばと、半分冗談で勧めた武装が追加されていた。

「キワモノのバイクに、キワモノの武装か。あれは本人も相当のキワモノだな」

東部には対モンスター用の銃が幾らでもある中で、敢えてブレードや格闘でモンスターに挑む者がいる。そのようなキワモノ達の中には、それでも死なずに済むほどに、実力の方も飛び抜けている者がいる。

無難な選択から背を向けるそのようなキワモノ達は、それだけ尖っている。刺さることもある。折れることもある。更に尖らせることもある。

あの少年はどれだけ尖っているのだろうか。店員は何となくそう思った。

第204話　坂下重工

　クズスハラ街遺跡のツバキハラ方面は、クガマヤマ都市の防衛隊による念入りな封鎖が行われている。高性能な索敵機器をそこら中に設置し、大規模な部隊を常に展開する厳戒態勢は、封鎖の外に対してのもの、この立入禁止区域に侵入しようとするハンターなどに対してのものだ。

　後方連絡線の周辺であれば、まだ注意、警告、拘束で済む。しかしその先に入り込めば、無警告での即時処理となる。

　まず殺す。侵入者の身元の調査などは、死体の原型などが、それが可能な程度に残っていた場合に行えば良い。そのような侵入の阻止を第一にした極めて厳重な警備態勢が敷かれている。

　そしてこの処理は、クガマヤマ都市が第2奥部攻略の為に東の遠方から呼び寄せた高ランクハンター達に対しても実施される。


　廃ビルに偽装した防壁の中にある旧世界の都市、長年隠匿されていたツバキの管理区域の存在は、建国主義者討伐戦により、多くの者達に知れ渡ることになった。

　旧世界の都市だ。そこにある旧世界の英知の価値は計り知れない。クガマヤマ都市から立入禁止区域に指定されているが、都市を個人で脅せる高ランクハンター達にとって、その抑止効果は余りにも弱い。

　金、地位、名声、利権、好奇心。いずれも大いに満たせる旧世界の領域だ。東部のたかが中堅統治企業程度、敵に回しても行く価値がある。

　そのような高ランクハンター達を止めるには、当然ながら彼らを殺せるほどの武力が必要になる。その都市防衛並みの武力を用意する為に、クガマヤマ都市は最前線向けの人型兵器を新たに購入するなどして、防衛隊の戦力増強に勤《いそ》しんでいた。

　無論、莫大な費用が掛かる。それは都市の本来の防衛予算など軽々と超えるほどであり、通常であればそのまま都市が破綻するほどだ。

しかしその費用面の問題は、クガマヤマ都市とツバキの取引、厳密にはヤナギサワとツバキの取引のおかげで完全に解決できる。

掛かった費用はそのままツバキハラ方面の警備代金としてツバキにオーラムで請求され、ツバキはその支払の為にオーラムで遺物を都市に売り、それで得たオーラムで警備代金を支払うからだ。

そして都市はツバキから高価な遺物を大量に手に入れる為に、警備費用を可能な限り上げようと躍起になっている。それはそのまま警備の質を向上させ、封鎖の強度を飛躍的に上げていた。

その結果として防衛隊の戦力は増強し、都市の経済は著しく潤っている。そしてその要であるヤナギサワの力も一段と強固に強大になっていた。

後方連絡線のS09出入口は、そのヤナギサワが、入るな、と言っている立入禁止区域に続く場所だ。厳重に封鎖されている。

そこに一台の大型装甲兵員輸送車がやってきた。当然ながら警備の者達に止められる。

しかし一度車を停めた警備員達は、その後に入ってきた連絡を受けて驚きの表情を浮かべると、慌てた様子で出入口の封鎖を解除して車を通した。それはその車の乗員達が、ヤナギサワを超える権力の持ち主であることを示していた。

去っていく車を警備の一人が目で追う。その車の外壁には、統企連を構成する五大企業の一社である、坂下重工の社標が記されていた。


封鎖を越えた車両が第1奥部の中を進んでいく。車内には武装した坂下重工の部隊と、強化服を着用しているヤナギサワ、そして一人だけ背広を着ているマツバラという男がいた。

そのマツバラがヤナギサワに尋ねる。

「ここはもう彼女の管理区域なのだな？」

「ん？　そうだよ？　俺が彼女からこの辺の警備を請け負ってるんだ」

ツバキの管理区域は建国主義者討伐戦の件で、廃ビルの防壁を越えて大きく広がった。今ではツバキハラ方面の広い範囲がツバキの管理区域だ。

「では今のところは安全と考えて良いのかな?」

「いやいや、まさかそんな、凄く危ないって」

ヤナギサワは笑ってあっさりそう答えた。その不真面目にも思える態度に、マツバラがわずかに顔を険しくする。

「それは君がか? それとも我々か?」

「勿論、両方だよ」

「そうか」

そこでマツバラの護衛として同行している部隊の者が告げる。

「マツバラさん。進行方向に大型モンスターです。体長は50メートルほど。恐らく敵性です。どうします?」

マツバラが視線でヤナギサワに確認を取り、ヤナギサワが軽く頷いたのを見て、指示を出す。

「撃破しろ」

「了解」

車両の壁が外側に開いて足場になり、部隊員の一人がそこから車外に出る。そしてそこらのビルより巨大なモンスターを銃撃した。

この大型モンスターはティオルの端末だった巨人達の成れの果てだ。ティオルの死により暴走し、人の形を維持するという枷《かせ》も無くなった状態で変異を繰り返したことで、既に人の形状など欠片も残っていない完全な異形と化している。

そして敵とみなした全てのものを、他のモンスターも含めて捕食し、取り込み、材料にして、体長50メートルを超えるほどに巨大化していた。

基本的にモンスターは大きなものほど強い。そういう意味では、この個体は都市間輸送車両でアキラを襲った巨虫類《ジャイアントバグズ》より強いことになる。このような個体がクズスハラ街遺跡の第1奥部にいること自体がおかしい。そう思ってしまうほどに、場違いなほどに強力なモンスターだ。

しかしそれほどまでに強力なモンスターですら、坂下重工の部隊にとっては取るに足らない相手でしかない。五大企業の力を見せ付けるような威力の銃撃で、あっという間に粉微塵にした。

　ヤナギサワがそれを見て調子良く笑う。

「凄いね！　流石！」

　マツバラはヤナギサワの世辞を聞き流した。そして一応確認する。

「倒した後で言うのも何だが、倒して良かったのかね？　あれは彼女がこの辺りの警備の為に放った個体ではないのか？」

「大丈夫。あの個体は彼女が例の建国主義者討伐戦で、撒《ま》き餌《え》代わりに使ったやつなんだ。彼女にとってはもう用済みで、自分で片付けるのも面倒だから放置してる。俺も何体か倒したけど、文句は言われなかったよ」

　この辺りはツバキの管理区域ではあるが、ツバキにこの辺を真面に管理する意志は無い。廃ビルの防壁内にある自身の都市と、他の地域との緩衝地帯であればそれで良いと考えている。

　真面に管理するつもりであれば、このような荒れ果てた状態のままにすることはない。速やかに再建を進めている。景観を損ねる異形のモンスターを徘徊させたままにすることもない。排除して真面な警備機械を配置している。

　そしてここがツバキにとってそういう重要度の低い場所だからこそ、ツバキは自身の管理区域の中にクガマヤマ都市の防衛隊が展開することを許している。多分。ヤナギサワはそう軽く説明した。

「そうか」

　マツバラは軽くそう答えながらも、内心でヤナギサワに対する警戒を上げていた。

（統治系の管理人格を相手に、その辺りの事情を摑むほどの交流に成功したのか……。なるほど、大した手腕だ）

　ツバキとの取引を成立させるだけはある。マツバラはそう思い、ヤナギサワの実力を認めつつも危険視した。

「私達はこれからその彼女と交渉する訳だが……、注意事項などがあれば聞いておきたい」

「注意事項？　うーん。無い！」

「……無いってことはないだろう」

「いやー、だってさー、ツバキと直に会うなんて凄く危ないから絶対にやめた方が良いってちゃんと忠告したのに、それを無視して会いに行こうとしてる時点で、注意事項は？　って言われてもねー」

「すまないがこちらにも事情があってね。注意事項が無いのであれば、交渉のコツでも聞かせてもらいたい。君は直接会うことすらそれだけ危険な彼女と上手く交渉したのだろう？　どのようにしたのだ？」

軽く話を振る感じで探りを入れてきたマツバラに向けて、ヤナギサワが非常に楽しげに笑う。

「聞きたい？　良いよ！　彼女と交渉した時は、まずは対滅弾頭をぶっ放したんだ。次に距離を詰めて格闘戦に……」

「……十分だ。参考にならないことは理解した」

軽く呆れたような顔をしたマツバラに、ヤナギサワは自慢話を切り上げさせられて残念だとでもいう表情を浮かべてから、調子の良い顔に戻した。

「まあ俺も、今回の件は、ツバキに、一応、頑張って頼んだんだ。だから生きて彼女と会わせることは出来ると思う。多分。でもその先は無理だ。生きて帰れるかどうかは、ツバキの機嫌と、そっちの交渉能力次第だね」

「それはどうも」

マツバラはどこか呆れた様子でそう答えながらも、相手が統治系の管理人格である以上、交渉にはその時点で並外れた手腕が必要なことぐらいは理解していた。通常は会うだけでも困難で、この封鎖内への侵入を試みた者達のように、無警告で殺されるだけだからだ。

「まあ死にたくないって気持ちはよく分かる。気が変わったってことにして、今から帰るってのもありだと思うよ？　大丈夫！　そりゃ確かにドタキャンなんてしたらツバキも怒るだろうけどさ、その辺は急な腹痛とか発熱とかいろいろ言って、俺が良い感じにちゃんとごまかしておくって」

「気持ちだけ受け取っておこう」

「そう？　遠慮しなくて良いのに」

再びモンスターと遭遇する。今度は体長60メートルほどの個体だ。その個体も問題無く撃破して、車両は先に進んでいった。

ツバキがクガマヤマ都市に提供している遺物は基本的に廃棄品だ。以前アキラがツバキハラビル内の倉庫で見た大量の遺物を、小出しにしているだけにすぎない。

そしてツバキはクガマヤマ都市の者を、アキラのようにビル内の倉庫に入れる気は無い。そしてクガマヤマ都市まで運ぶつもりも無い。

そこで遺物の受け渡しは、ツバキの都市を囲む廃ビルに偽装した防壁に、新たに造られた倉庫で行われている。その作業に人は介在しない。自律機械が遺物をツバキハラビルの倉庫からそこまで運び、クガマヤマ都市の自動操縦の運搬機がそこからクズスハラ街遺跡の前線基地まで運んでいく。

この無人の領域がツバキとの交渉の場所だ。この無人の場所が、来訪者が無事に帰還して再び無人に戻るのか、それ以外の理由で無人に戻るのかは、この後の交渉に懸かっていた。

坂下重工の交渉人としてこの場に来たマツバラも、護衛として同行した部隊の者達も、緊張した様子を見せている。軽薄な笑顔を浮かべているヤナギサワでさえ、若干の緊張を隠し切れていない。

部隊の隊長がマツバラに告げる。

「予定の時刻まで、あと5分です。……マツバラさん。こういうことを言うのも何ですが、我々の出番を不要とする慎重な交渉をお願いします」

「分かっている。最善を尽くそう」

部隊の者達はマツバラを囲むように展開して周囲を警戒している。各人が装備している非常に高性能な情報収集機器に、自分達以外の反応は無い。

「……あと1分。周囲に反応無し。マツバラさん。対象が予定時刻に現れなかった場合、異常事態と判断します。その場合の行動指針を事前に指示願います」

マツバラがヤナギサワに視線を向ける。ヤナギサワは、ツバキが来なかったとしても、分からない、俺の所為じゃない、という意味を込めて首を軽く横に振った。その意図を理解して、マツバラが判断する。

「……予定時刻を過ぎても状況に変化が無い場合は、1時間は待つ。仮に意図的に遅れたのだとしても、その程度の非礼はこちらが許容するべきだろう」

「了解です」

時間が過ぎていく。状況に変化は無い。

「……予定時刻まで、残り30秒です。……あと10秒。9、8、7……」

残り10秒を切ってもツバキは姿を現さない。隊員達は、もうツバキは来ない、少なくとも時間通りには現れないと考えていた。しかしその予想は覆される。

「……4、3、2、1、0。……!?」

予定時刻と一瞬の狂いも無く、ツバキが姿を現した。しかも隊員達の円の内側、マツバラの前にだ。

余りの事態に隊員が驚愕《きょうがく》する。

(……馬鹿な!? なぜそこに!? ……まさか、既にそこにいて、迷彩機能で隠れていたのか!? そんな馬鹿な!? この距離だぞ!? 幾ら何でも隠れ切れる訳が……)

部隊に支給されている情報収集機器の精度は飛び抜けている。音でも光でも熱でも振動でも敵を探知し、気流のわずかな乱れすら感知して、隠れた相手の存在を看破する。その自分達の情報収集機器の性能を理解しているだけに、部隊の者達の驚愕は強かった。

それでもツバキに反射的に銃を向けるような真似は誰もしない。その時点で戦闘開始であり、ツバキとの交渉が破綻すると分かっているからだ。緊張しながら状況を見守る。

ツバキが愛想の無い表情で静かに問う。

「交渉役はどなたで?」

「私です。マツバラといいます。坂下重工の者です。まずはツバキ様がこちらとの交渉の席に着いてくれたことに感謝を……」

マツバラは緊張しながらも、職務を全うしようと笑顔で交渉に入ろうとした。

だがツバキは、それを無視して告げる。

「では、他は不要ですね」

それを聞いた途端、ヤナギサワはその場から全力で離脱した。強化服の出力を限界まで上げて、必死の形相で、ほぼ反射的にその場から逃げていた。

次の瞬間、坂下重工の部隊の者達が木っ端微塵になる。強靱な装備も柔らかな肉体も、その攻撃の前では大きな違いは無かった。生身の者は血肉を、義体者とサイボーグは部品を周囲にまき散らして、全員即死した。

交渉役のマツバラは無傷だ。ツバキが指一つ動かさずに作り出した凄惨な光景を目の当たりにしながらも、マツバラは震えも怯えも見せていない。しかしその頬には冷や汗が流れている。そしてわずかに怒りの滲んだ鋭い視線をツバキに向けた。

「彼らは私の護衛なのですが……」

その怒りと文句もツバキは無視した。

「交渉内容を。端的に願います」

それが今すぐに出来なければ、お前も不要だ。その意図を、マツバラはツバキの短い言葉から正確に受け取った。交渉を続ける為に話に入る。

「……では端的に。当社は貴方《あなた》との再契約を望んでおります。まずは以前の契約内容の履行不備についてですが……」

部隊の者達を殺された感情を抑えて、マツバラは冷静に話を続ける。その間、ツバキは一言も話さず、表情も変えていなかった。

「……前回の交渉から50年近く経ち、状況も変化しました。契約内容の遵守も互いに困難になっていると認識しております。現状に即した契約を改めて結ぶことは、互いにとって有益であると考えております。如何でしょう?」

マツバラがツバキの反応を窺う。返ってきた反応は、単なる拒否を超えていた。

「それで話は終わりですね。では、貴方も不要です」

「待てっ!?」

マツバラの首から下が、部隊員達と同じように木っ端微塵に吹き飛ぶ。残った生首が真下に落ちて床に転がった。

その首に冷たい視線を送るツバキの前に、ヤナギサワが戻ってくる。そしてその場の惨状に大袈裟な態度を取った。

「いやいやいや、もうちょっと、こう、手心ってものがあっても良いんじゃない？」

ツバキが冷たい視線を向ける先を、生首からヤナギサワに移す。そして告げる。

「警告しておきます。私の機嫌を損ねる者をこれ以上連れてくると、その捌《は》け口《ぐち》が貴方にも向かいますよ？」

相手の命に価値を見出していない視線を受けて、ヤナギサワは敢えて軽く戯《おど》けて見せた。

「いやー、ごめんね？　俺にも立場ってものがあってさ。いや、これでも、やめた方が良いってちゃんと止めたんだよ？」

「知りませんね。それは貴方の都合です」

「はいはい。気を付けます」

「猛省と再発防止の尽力をお勧めします。それでは」

そう言い残してツバキは姿を消した。床に広がる血の池に、その上を何かが通ったような波紋が伝わる。しかしその者の足に血が付着することはなく、血の足跡がその先に続くこともなかった。

ツバキは去った。そう判断したヤナギサワが大きく息を吐く。そして敢えて戯《おど》けていたのをやめて、真面目な顔を浮かべた。

（……全く、これだから統治系は……）

ヤナギサワがマツバラの頭部を拾って立ち去っていく。ツバキのような存在と交渉し、取引を成立させることは、どれほどの偉業なのか。それを分かりやすく示す光景を残して、この場は再び無人の領域に戻った。

◆

クガマヤマ都市を壁の内と外の二つに分ける巨大

な防壁、その内側は更に二つの領域に分かれている。中位区画と上位区画だ。

防壁内で暮らす裕福な者達といっても、中位区画の者達は所詮は一般人だ。単に防壁内に住んでいるという意味での、裕福な者達にすぎない。

しかし上位区画の者達は違う。そこに住む者は都市内での本当の意味での富裕層であり、都市に君臨する権力者達だ。

下位区画の者がいつかは壁の内側にと望むように、中位区画の者がいつかはそこにと望む都市内の最上位の場所。上位区画とはそういう領域だった。

しかし現在、クガマヤマ都市の上位区画には、そのような権力者達ですら容易には立ち入れない、更に上の領域が生まれていた。

都市の上位区画には特別貸出区域と呼ばれる場所がある。他都市の重要な機関などを受け入れる都合で一種の治外法権が適用され、クガマヤマ都市の指揮下に無い軍の駐在まで許可される場所だ。そして今、その全域は、坂下重工に貸し出されていた。

ヤナギサワでさえ無断で立ち入れば殺されても文句は言えない五大企業の領域。その中でも特に厳重な警備体制が敷かれている一室に、坂下重工の重役であるスガドメという男が滞在している。

マツバラにツバキとの交渉を指示したのはスガドメだ。スガドメはその結果の報告を待っていた。

そのスガドメの部屋に、ヤナギサワが報告を届けに現れる。

ヤナギサワは円柱状のケースを持っていた。そしてスガドメが座る少し大きな机の前まで来ると、ケースを机の上に置いた。

「詳細な報告書を後で提出する予定でしたが、報告を本人から直接聞きたいとのことでしたので、お伺い致しました。お時間は宜しいですか?」

「入ってから聞くことではないだろう。始めたまえ」

「では」

ヤナギサワがケースを開く。中にはマツバラの頭部が入っていた。目は閉じていて、動かない。

スガドメが机を指で軽く叩く。するとマツバラの目が開いた。そしてスガドメを視認して、疲れた顔で溜め息を吐く。

マツバラは生身ではあったが、頭部に義体者並みの生命維持機能を追加していた。そのおかげで首から下を吹き飛ばされただけでは致命傷にはならず、ヤナギサワが持ち帰って車で応急処置をしたこともあって生き延びていた。

それでも重傷には違いない。まだ治療の済んでいない自分に報告を急かす上司へ、軽く文句を言う。

「……早く報告が欲しいのは分かりますが、まだ生首状態の私を連れてこさせるほど急ぎます？」

その当然の文句に、スガドメが簡潔に答える。

「急ぐ」

「……左様で」

マツバラがもう一度溜め息を吐く。そしてそれで意識を切り替えると、真面目な顔で報告を始めた。

「……という訳でして、交渉の糸口を摑む以前の状態です。残念ながら再契約は著しく困難かと」

「護衛をつけたのは悪手だったか？」

「いいえ、彼女は彼らを殺害することで、この件での自身の姿勢を示したのだと思われます。私を生還させたのも意図的なものでしょう。そして私に護衛がつけられていなかった場合、彼女は私を殺してそれを示していたでしょう。彼らは私を生還させるという護衛の任を十分に果たしました」

「そうか。その功績には十分に報いるとしよう」

戦闘要員である以上、状況によっては死ぬのも仕事の内。その意味でスガドメは自社の者達の損耗を許容する。

しかしその者達の命を無駄に消費する意志は欠片も無い。彼らの死は有意義なものだった。それを自社の繁栄で証明する。スガドメは坂下重工の重役として改めてそう自身に誓い、彼らへの黙禱《もくとう》の代わりとした。

そして視線をヤナギサワに移す。

「しかし、聞けば聞くほどよく彼女との取引を成立させたものだ。やはり今からでも当社で働かないか？　相応の席は用意するぞ？」

東部に名立たる五大企業からの、しかも役職付きの待遇での誘いだ。普通の者であれば狂喜乱舞して話を受ける。しかしヤナギサワは愛想の良い笑顔で首を横に振った。

「過分な評価、感謝致します。しかしお気持ちだけ頂きます」

「多津森《たつもり》か月定《つきさだ》、或いは千葉《せんば》辺りからスカウトでも来ているのかね？」

「いえいえ、そのようなことは」

スガドメがヤナギサワをじっと見て、その内心を探る。だがヤナギサワは笑顔でそれをいなした。

「……まあ、無理強いすることではない。気が変わったらいつでも言うと良い」

「ありがとう御座います」

ヤナギサワは丁寧に深々と頭を下げた。

ヤナギサワの退出後、マツバラが難しい表情でスガドメに尋ねる。

「宜しいのですか？　私も彼が当社に招くほど有能な人物であることは否定致しません。ですが、あの男、危険ですよ？」

あれほどの実力を持ちながら、クガマヤマ都市という東部のたかが中堅統治企業に固執している時点で、何かしらの裏があることは確実。それ以外にもいろいろ裏がある人物であることは調査済み。経歴にも改竄の跡がある。

そのような人物を坂下重工の内部に入れるのは、マツバラには危険に思えた。

スガドメが平然と答える。

「有能で安全な人物になど、会ったことが無い。旧世界の英知と同じだ。その危険性を理解した上で、適切に運用するしかないのだよ。発展の為にはそれが必要だ。それが出来なければ滅ぶだけだ」

「滅ぶ、ですか？」

「そうだ」

スガドメの表情に真剣味が増し、目にも鋭さが生まれる。東部を支配する統企連、その主要な構成要素である五大企業の一社である坂下重工、その重役として東部を担う者の意志がそこにはあった。

「発展を止めてはならない。進歩を躊躇してはならない。その抗《あらが》いを止めてしまえば、我々は過去となる。旧世界に敗北し、朽ち果てた文明の残骸と成り果てて、その一部となる」

旧世界の歴史は、かつての栄華の残骸を掻き集《あつ》めて再興した文明と、その滅びの繰り返しだ。その再構築の繰り返しを経て現在の東部がある。

だがその再構築はこれで最後だ。我々は滅ばない。

その意志を込めて、スガドメが言う。

「勝たねばならんのだ。過去に滅ぼされない為に。何としても」

その宣言を終えて、スガドメは雰囲気を緩めた。

「その為には多少の危険は許容する。それだけの話だ」

自身の上に立つ者が、仕えるに足る存在であることを改めて理解して、マツバラはスガドメへの敬意を強くし、生首の状態ではあるが、その表情だけで姿勢を正した。


「失礼致しました。不要な進言でした」

「なに、構わんよ。部下が頷くだけの無能では困る。何かあればいつでも言えば良い」

「では、早速一つ」

「何だ？」

「報告も済みましたので、私の治療を続ける手配を早急にお願いしたいのですが」

「おっと」

スガドメはすぐにその手配を進めた。


マツバラも退出、正確には再度ケースに収納されて運ばれていった後、スガドメの下に連絡が入る。内容は、ツェゲルト都市を出発するギガンテスⅢの運行予定に、大幅な遅延が生じるというものだった。

「それにより当社の輸送計画にも遅れが生じます。如何致しましょう。車両側は1週間ほどの延期を希望しております。急がせる必要が無いのであればそれで問題無いかと」

遅延の理由は、巨虫類《ジャイアントバグズ》の襲撃により護衛のハンター達に多数の離脱者が出た所為だ。現状の戦力での出発は危険。移動経路の見直しや、追加戦力調達などの為の時間が欲しい。そのような真っ当な理由での要望なので、車両側の者達も、その要望を聞いた坂下重工の者も、延期の承認は普通に通ると思っていた。

　しかしスガドメは即答しなかった。

「……少し待て。今考える」

　スガドメの拡張視界に多数の資料や報告書が表示される。スガドメはそれらを見て、思案し、決断した。

「駄目だ。予定通り出発させろ」

「……その、それは流石に難しいかと。不十分な戦力で出発させるのは現場の反発が厳しいものになりますし、安全な輸送にも支障が……」

「追加の戦力は当社の責任で用意しろ。車両の運行側が首を縦に振る5倍の戦力を想定して調達しろ。超えても良い。現地で調達可能なハンターでは足りない場合は、近隣の当社の軍に要請を出せ」

　予想外の指示を聞いて驚く相手に、スガドメが続ける。

「採算は考慮しなくて良い。移動経路を変更した所為で到着が遅れるのも構わない。出発日時は厳守させろ」

「……りょ、了解しました。……あの、なぜそこまでして予定通りの出発に拘るのですか？」

「運行側から同様の質問をされた場合には、当社の管理下での大流通だからだと答えろ。十分な戦力を確保した上での出発だと内外に知らしめろ。時間が無いのだろう。すぐにやれ」

「はっ！　直ちに！」

　指示を済ませたスガドメが、拡張視界内の報告書に改めて視線を向ける。そこにはギガンテスⅢの行きの移動経路と、巨虫類《ジャイアントバグズ》に襲撃された場所、更に帰りの移動経路候補が複数記載されていた。

（……巣級《ネスト》の巨虫類《ジャイアントバグズ》の影響で、帰りはAルートは使用できない。これが偶然ではない場合、次はこちらを通ると仮定する訳だが……）

その前提で考えるには確率が低過ぎる。しかし杞憂で片付けるには高過ぎる。そう思い、スガドメは難しい表情を浮かべていた。

◆

ギガンテスⅢを含む都市間輸送車両がツェゲルト都市に到着した後、車列全体の司令室を兼ねた会議室では、各車両の責任者に加えて大流通の関係者も参加した会議が続いていた。会議の内容はこの後の運行をどうするかだ。

「各車両の、車体そのものの被害は？」

「力場装甲《フォースフィールドアーマー》のおかげで軽微だ。もっとも消費エネルギー量は凄いことになったが。遭難時並みの使用量だったぞ？」

都市間輸送車両は何らかの事態により荒野で停車せざるを得ない状況になっても、その場で1ヵ月ぐらいは救援を待てるだけのエネルギーを確保している。つまり通常の運行であればエネルギーの残量など気にする必要は無い。かさんだエネルギー代に後で頭を抱えるだけで済む。

しかし今回に限っては、エネルギーの残量を気にしなければならなかった。それほどの激戦だった。

「そうか。そちらは問題無いな。ではハンター達の方は？」

「厳しいですね。全チームの4割が脱落しました。残りのチームも戦力の減少を報告してきています」

ハンターチームの4割が戦線離脱といっても、敵の強さが手に負えない場合には車内に逃げ込めることもあって、死者はそれほど出ていない。

しかし重症者はチームとしての継戦が困難になるほど数多く出てしまっていた。サイボーグも多いとはいえ、生首の状態で生き延びても、首から下を交換すればすぐに戦えるようになる者ばかりではないのだ。

「そうか……。まあ、あれほどの群れに襲われたのだ。不甲斐無いとは言えんだろう。そもそもあんな場所に巣《ネスト》級の巨虫類《ジャイアントバグズ》が群れで出現するなど、本来有り得ないはず。どうなっている。そういう兆候を調査するのも間引き依頼の仕事ではないのか？」

「その手の報告は無かった。何らかの理由で見逃したにしろ、この場で推測しても仕方無かろう。今は不運だったとするしかない。それよりも我々は今後を考えなければならない。どうする？」

「どうすると言われても……、護衛の戦力が足りない以上、出発は延期するしかないだろう」

「そうだな。みっともないのは確かだが、不十分な戦力で荒野に出るなど有り得んよ」

「そうですね。ではどれほど延期するか決めて、上に報告しましょう」

そしてこの会議の場で出発は1週間延期することに決まった。厳密にはこの場の者達にそれを決める権限は無い。決めるのは大流通の管理側だ。そこに要望を出して承認してもらう必要がある。

それでもこの状況である以上、誰もが通ると思っていた。最悪でも出発までの猶予が1日削られる程度であり、延期自体は認められると考えていた。

しかしスガドメの指示により出発延期は却下された。それが伝えられた会議室に怒号が響く。

「坂下重工に出発日時の厳守を要請されただと!? ふざけるな！　そんなこと認められるか！」

「現状の戦力でまたあの規模の巨虫類《ジャイアントバグズ》に襲われたらどうする！　次は負けるぞ！」

「乗員に自殺紛いの強行を強いることなど出来ん！　十分な戦力が調うまで出発は絶対に却下だ！」

各車両の責任者達は車両の安全に責任を負っている。その責任感で、たとえ相手が坂下重工であろうとも絶対に引かないという気迫を見せていた。

大流通側の人間が慌てて他の者を宥める。

「落ち着いてください。戦力については坂下重工が責任を持って用意すると言っています。その上での要請です」

「何だと？」

渡された資料を各人が確認する。確かにそうなっていた。しかも追加戦力の規模は、1週間延期して十分に用意するはずだった戦力を大幅に超えていた。

車両の責任者達が困惑を顔に出す。

「……確かにこれなら戦力に問題は無い。だがなぜここまで支援する？　正直に言って、ちょっと信じられん規模だが……」

「坂下重工の管理下で実施する大流通だからだと聞いております。まあ大流通の円滑な実施には、坂下重工の力を他の五大企業へ示す意味もあります。予想外の事態に対処できないのはギリギリ許容できても、予想内の事態に対処できないというのは、坂下重工としては問題なのでしょうね」

「坂下重工の体面を保つ為か」

出発後に予想外の事態が起こった所為で到着が遅れるのは構わない。予想外の事態への対処は常に困難だからだ。しかし予定通り出発すら出来ないのは問題だ。予想内の事態にも対処できないほどに、坂下重工の力が脆弱《ぜいじゃく》だということになる。

坂下重工は自身の経済圏の統治も真面に出来ない。それは支配地域のモンスターに対処できていないことからも明らかだ。他の五大企業からそう判断されない為にも、大流通の遅延は認められない。それが坂下重工の判断なのだろう。

坂下重工は五大企業の一つだ。それだけの力を持つ以上、横暴でもあり、傲慢でもある。だが他者にそれを許容させるだけの力と器を誇示しなければ、逆に潰されるだけでもある。

大流通の円滑な実施が坂下重工の統治体制を支える。延《ひ》いては統企連体制の維持に繋がる。それを考えれば、その程度の費用は出すのだろう。

会議の出席者達はそう考えて、坂下重工の決定に自分なりに納得した。

「……それで、どうする？」

「どうすると言われても……、車体の損傷が軽微で十分な戦力もある以上、予定通り出発するしかないだろう。勿論、出発前に戦力が調っていることが条件だが」

「そうだな。ではその前提で移動経路の選定を始めるか。まず、Aルートは使えない。巣級《ネスト》の巨虫類《ジャイアントバグズ》の死骸があれだけ転がったんだ。もうあの辺一帯には巨虫類《ジャイアントバグズ》の大規模な巣が出来ているだろう」

「ではBルートも駄目だ。巣の影響がどこまで広がっているかは未知数だが、Bルートはちょっと近過ぎる」

「するとCルートかDルートだが、都市間輸送車両の車列が通るには、Cルートは少々狭いか？」

「だがDルートは逆に広過ぎる。あの広さでは空中からだけではなく、地上からも大量のモンスターを引き付けることになるぞ？　それにCルートもDルートも予備の経路で、モンスターの間引きは不十分だったはず……」

都市間輸送車両の安全性を高める為に、会議はその後も延々と続けられた。

第205話　シロウ

アキラ達はバイクを買ってギガンテスⅢの乗降場まで戻ってきた。既に日は落ちている。乗降場では深夜の出発に間に合わせる為に、積み荷等の運搬が今も続けられていた。

都市間輸送車両の巨大な格納庫に、人型兵器が列を作って乗り込んでいく。重装強化服の着用者など、通常の出入口では入れない者達もここから車内に入っていく。

バイクを買ったアキラ達もここからだ。バイクを部屋に持ち込む訳にはいかない。格納庫の中にあるヒカルが手配した駐車場所に停める。

「よし。それじゃあアキラ、部屋に戻りましょう」

「ああ、先に戻っててくれ。俺はバイクの調整をしてから戻る」

「……じゃあ私も残るわ」

アキラから目を離したくないヒカルは、笑顔でそう告げた。アキラが不思議そうな顔をする。

「いや、良いぞ？　残らなくても」

「良いのよ。私はアキラの担当だからね」

「……、そうか」

アキラがわずかに笑う。そしてバイクの調整を進めた。

アルファがバイクの制御装置の掌握を進めている間に、アキラはバイクの使用感を確かめる。

バイクを強化服の延長上の存在として扱い、拡張アームを動かしたり、車体を1ミリだけ動かしたりして、前のバイクとの違いを感覚的に捉える。

バイクの索敵機器と強化服の情報収集機器を連係させて、その両方で世界を知覚する。両方の機器で取得した情報を旧領域接続者の力で脳に送り、意識上の世界の解像度向上に役立てる。

バイクの力場障壁《フォースフィールドシールド》発生装置を起動させて、以前のバイクには無かった機能を、情報端末などを介さずに自分の意志だけで直接使えるように、自身を慣れさせていく。

このバイクの購入に掛かった費用は、オプション品等も含めて約38億オーラム。自身の新たな武装、新たな力を十全に使《つか》い熟《こな》せるようになる為に、アキラは真面目にバイクの訓練を続けていた。

　もっともヒカルの目には大したことをしているようには見えない。バイクや拡張アームが微妙に動いたり、弱い力場障壁《フォースフィールドシールド》が展開されたり消えたりしているだけだ。見ていて面白いものでもない。早く終わってほしい。ヒカルはそう思いながら何となく辺りを見た。

　ちょうどその時、格納庫の出入口から重武装の集団が入ってくる。重装強化服の者も含めて、統一性を感じられるデザインの装備をしており、ハンターチームというよりは、軍の特殊部隊のような雰囲気を発している。

　その者達の中に二人だけ普通の服装をしている者がいた。背広の男と、フードの少年だ。少年は周囲を楽しげな顔で見渡している。

　ヒカルは少し場違いにも見えるその二人を軽く見ていたが、すぐに興味を無くして視線をアキラに戻した。

　暇そうにしているヒカルと、バイクの訓練を続けているアキラ。その側を少年達が通り過ぎていく。

　すれ違うわずかな時間、少年はアキラ達を見ていた。

　出来る限り自然な感じでアキラ達に視線を向けたフードの少年、シロウに、その側にいる背広の男、ハーマーズが声を掛ける。

「シロウ。どうした？」

「ん？　いや、何でもない」

「何でもないなら人をじっと見るんじゃない。揉め事の種を増やすな」

　チラッと見ただけの視線まで正確に把握されていた。その事実にシロウは内心で気を引き締めながら、笑いながら調子良く答える。

「はいはい。気を付けます。クガマヤマ都市の制服を着てるやつがいたから、ちょっと気になっただけだよ。しばらく厄介になる所だろ？」

「お前がクガマヤマ都市に行くことは、向こうには伝えられていない。こちらの顔を知っている様子も無かった。無関係だろう。確認はこっちでしておく。何でも良いからキョロキョロするな」

「そう言うなよ。久々の外出で、しかも他都市への遠征なんだぜ？　観光気分ぐらい味わわせてくれても良いじゃねえか」

「職務上、外出制限を受けるのは当然だ。観光気分を味わいたいなら、ＶＲ観光でもやって好きなだけ味わえ」

　東部には旧世界時代にその高度な技術で生み出された観光名所が数多く存在する。空を飛ぶ島の上に建てられた荘厳な建築物なども人気が高い。

　しかしそのような場所に実際に観光に行ける者など、東部の富裕層の中でもほんの一握りでしかない。そこまでの場所ではなくとも、防壁の外にはモンスターが徘徊しており、近隣の都市に行くことすら大変な東部では、観光とは巨額の費用が掛かる娯楽だ。

　その娯楽を仮想現実とはいえ比較的安価で楽しめるＶＲ観光は、強固で巨大な防壁内の生活に閉塞感を覚える者達に、高い人気を博していた。

　しかしシロウは、分かっていないとでも言いたげに、あからさまに首を横に振る。

「駄目駄目。あんなのは俺らにとっちゃ絵葉書の風景と変わらねえよ。情報量が違う。情報量が。いや、絵葉書を馬鹿にしてる訳じゃないんだぜ？　紙の手触りとか風情があって良いよな。要はあれだ、ＶＲ観光なんて、所詮は粗い画像データのような、無味乾燥なものでしかないってことだ」

「その辺は機器の感度を上げて対応すれば良いだろう」

「感度を上げたって限度はあるし、それでも俺らには足りねえって話だよ。義体者が感覚器をＶＲ特化のやつに総取っ替えするぐらいすれば違うんだろうけど、それでも機器の限界があるからな」

「そうか？　最近の機器はローエンドの製品でも結構高性能だと聞いているが……」

「いやいや、リアルとは雲泥の差だよ。まあ、俺らにとっては、だけどさ」

シロウが得意げに話を続けていく。

「それにそこまで対応するのは危ないって。あれ、五感の乗っ取りと同じじゃねえか。あ、もしかして、エロに釣られて対応機器を入れようとか考えてるやつとかいるの？　お勧めしないぜー。真っ当な業者でも事故があるし、裏のとこに繋いだら一瞬で昏倒、そのままあの世行きってことも有り得るからな。十分な安全とリアル並みの高感覚を両立したいってのなら、拡張感覚で五感をもう一セット取得して、そっちの予備の五感で楽しむような気合いの入った変人にでもならないと……」

どこまでも話を続けそうなシロウの様子に、ハーマーズが面倒そうな顔を浮かべる。

「あー、もう黙ってろ」

「へーい」

シロウは調子良く笑って口を閉じた。

これでヒカル達のことを有耶無耶《うやむや》に出来た。そう思って、内心でも笑っていた。

◆

予想外の規模の巨虫類《ジャイアントバグズ》に襲われた所為で戦力不足に陥り、追加戦力の用意の為に出発を延期するはずだった都市間輸送車両の車列は、坂下重工から戦力を提供されたことで、ツェゲルト都市を予定通りの日時に出発した。

その一台として荒野を進むギガンテスⅢの屋根の上には、重武装の人型兵器が4機も配置されている。ツェゲルト都市のハンター達も使用する機体だ。アキラがクガマヤマ都市で見た人型兵器とは訳が違う性能を持っている。

また日の出を見ようと屋根に上がったアキラは、その機体を見上げて軽い感嘆の声を上げた。

「おー、強そう」

アキラに抱き付き、抱き締められたまま、ヒカルも軽く同意する。

「そりゃツェゲルト都市で売られてる機体だからね。八島重鉄の白兎や吉岡重工の黒狼とは、価格も性能も段違いよ」

「だよな。……で、ヒカル。別に無理して付き合わなくても良いんだぞ？」

2度目であり、前回よりは慣れたとはいえ、ヒカルも屋根に上がるのはまだまだ怖い。無理をしているのがアキラにもはっきり分かった。

ヒカルがわずかに顔を赤くして声を荒らげる。

「良いの！　私も日の出を見たかったの！」

「わ、分かったよ」

ヒカルがアキラについてきたのは、前回と同じくアキラから目を離さない為だ。それでも前回よりはその理由の比率は下がっていた。

尚、アキラは一応ヒカルに、風除《かぜよ》けの為にバイクの力場障壁《フォースフィールドシールド》を使うことを提案していた。しかしどうやってバイクで屋根まで上がるのかと聞かれて、ギガンテスⅢの側面をバイクで駆け上がると答えたことで却下された。そういうこともあり、アキラ達は今回も傍目《はため》からは恋人同士のように抱き締め合っていた。

やがて日が昇る。わざわざ屋根に上がる価値がある光景を、太陽が地平線から離れるまで、ヒカルはゆっくり楽しんだ。2度目の慣れで余裕が出た分、しばらくそのまま余韻に浸りたいぐらいだった。

しかしそれを邪魔する者が現れる。シロウだ。

「よう。そっちも日の出を見に来たのか？」

シロウはハーマーズと一緒に屋根に上がっていた。どちらも普通の服を着ているように見える。だが強風が吹き荒れる屋根の上を平然と歩いていることから、ただの服を装った強化服を着ているか、同等の身体能力の持ち主だと分かる。

そのような者達がわざわざ近付いてきたことに、ヒカルがシロウ達を警戒する。同時に、やはりついてきておいて良かった、と思い、相手に聞こえないようにアキラに指示を出す。

『アキラ。私が対応するからアキラは黙っていて。何か聞かれても、仕事中の私語は厳禁だと指示されている、とだけ答えて』

『分かった』

ヒカルはそうアキラに釘を刺してから、軽い警戒を敢えて出した怪訝な表情をシロウに向けた。

「……そうですけど、何か御用ですか？」

「いや、俺も日の出を見に来たんだよ。やっぱり直接見ないと駄目だよな。こいつ、部屋の窓から見れば良いじゃねえかとか言うんだぜ？　分かってないよな？　そもそもあれは窓じゃねえよ。窓っぽいディスプレイだ。そこに映ってる日の出なんて見ても情報量が足りねえよ。情報量が。だよな？」

シロウはハーマーズに文句を言いつつ、ヒカルに同意を求めた。

ヒカルはシロウの話を微妙に意味が分からないと思いながらも、アキラのように映像では味気無いと言っているのだと解釈した。軽く笑って同意を示す。

「ええ。そうですね。やっぱり本物を見ないと味気ないですよね」

「そうそう。わざわざ屋根に上がって見る価値はあるって。あんたもそう思うだろう？」

シロウはそう言ってアキラにも同意を求めた。

アキラも同意見なのだが、返事はヒカルの指示に従う。

「すまないが、仕事中の私語は厳禁だと指示されている」

「仕事中？　デート中じゃなくて？　そんな抱き締め合ってる状態で？」

もっともだ、とアキラは思いながらも、私語厳禁の指示通りに無言を返した。

もっともだ、とヒカルも思ったが、上手い返事が思い付かず、また少し意識してしまい、わずかに顔を赤くして黙った。

そしてハーマーズがげんなりした顔で割り込む。

「シロウ。日の出は見終わったんだ。もう帰るぞ。仕事中だろうがデート中だろうが邪魔するな。ほら、行くぞ」

「えー、もうちょっとぐらい……」

「自力で歩ける内に帰れ」

これ以上駄々を捏《こ》ねると、お前の両足を潰して引き摺っていく。そう脅しに入ったハーマーズに、シロウはあっさり降参した。

「はいはい。分かったよ。じゃあな」

シロウは最後まで調子の良い雰囲気を出しながら、ハーマーズと一緒に去っていった。

アキラが少し怪訝な顔を浮かべる。

「何だったんだ、あいつ」

「そうね。日の出を見る為にアキラみたいに屋根まで上がる、気合いの入った観光客……とか？」

「観光客か……。うーん」

余り納得できなかったアキラが、そういう時に取り敢えず聞いてみる相手に、取り敢えず聞いてみる。

『アルファ。どう思う？』

『気にしない方が良いわ』

『そうか。分かった』

別にそこまで気になった訳でもないアキラは、アルファからそう言われたこともあって、それ以上気にしないことにした。

そのアキラに、ヒカルが少し紅《あか》い顔で催促する。

「アキラ……、その……、私もそろそろ帰りたいんだけど……」

デート中だと言われて意識してしまったが、屋根の上にいる限り、アキラに抱き締められたままだ。平常心を保つ為にも、急いで戻る必要があった。

「ん？　ああ、帰るか」

アキラ達が車内に戻る。欠片も意識していないアキラは、ヒカルが風で飛ばされないように、わずかに頰を紅く染めたヒカルを、最後までしっかり抱き締めていた。

◆

自身の軟禁場所でもある豪勢で頑丈な部屋に戻ったシロウは、食事をとりながらアキラ達のことを考えていた。

（……どっちだ？　両方？　いや、俺の勘違いで、実はどっちも違う？）

そこらの高級レストランなど軽く超える美味しさの料理を食べて機嫌良く笑っているが、舌は既にその美味しさに慣れ切っている。その味に惑わされず、浮かべている笑顔は演技だと自身に示すように、冷静に思考する。

(……格納庫の反応は俺の勘違いだった？　旧領域対応の情報端末でも持っていて、それを誤認した？　いや、俺がそんなミスをするはずが……、でも違うのなら、勘違いじゃないのなら、聞こえていたはずだ……。それなら少しぐらい反応があっても良いはず……)

シロウの拡張視界に、都市間輸送車両の乗員名簿が表示される。アキラとヒカルの名前も載っている。

(クガマヤマ都市の職員と、現地のハンターか。車両の護衛依頼を受けているな)

同じ車両に乗っているのは偶然か。違うのか。考えるが答えは出ない。

(クガマヤマ都市が何らかの方法で俺の情報を摑んで、密かに接触しようとしてきたのなら、逆に利用できると思ったんだけどな。いや、実は俺の顔を知らないだけとか……、それならあの無反応はねえか)

そうだったら、或いは、それならば。シロウはありとあらゆる可能性を必死に探っていた。

(やっと外出できたんだ。このチャンスは逃せねえ。何とかしねえと……)

シロウは自分が恵まれた立場にいると知っている。極上の料理も、豪勢な部屋も、強力な護衛も、坂下重工の恩恵も、普通の者では命を賭けても手が届かない貴重なものだと理解している。

だがその全てを捨ててでも、シロウにはやらなければならないことがあった。

シロウがチラッとハーマーズを見る。自分の護衛を任されるほどに強く、それだけに厄介な監視役を、何とかして出し抜かなくてはならない。しかし良い案は全く浮かばない。

久々の外出に浮かれているだけだと思われている間に、観光気分でフラフラしているだけだと油断している間に、何かが起こってくれれば。シロウは思わずそう願っていた。

その自身の内心が滲んだ微妙な表情の変化を、シロウがハーマーズに気付かれる。

「シロウ。どうした？」

「ん？　何でもない」

「……そうか。まあ大人しくしてろ」

「はいはい。分かってるよ」

シロウは軽い調子でそう答えた。そう調子良く笑って、内心を隠し切った。

◆

警備の時間になったアキラは、今日は車両の屋上側の出入口ではなく、バイクを停めた格納庫の方に来ていた。準備を済ませたバイクに乗ってヒカルに指示を出す。

「よし。ヒカル。開けてくれ」

一緒に来ているヒカルの操作で、格納庫の外壁が開いていく。


「アキラ。一応聞いておくわ。……本当に大丈夫なのよね？」

移動中の都市間輸送車両から2輪のバイクで外に飛び出す。普通に考えれば自殺行為だ。アキラのバイクは空中を走行可能な品だと知っていても、ヒカルは少し心配だった。

そしてそうやって不安そうな顔で念押しされると、アキラも少し心配になってきた。一応確認を取る。

『……アルファ。大丈夫だよな？』

『大丈夫よ。安心しなさい』

それでアキラは不安を払拭した。ヒカルに笑って答える。

「大丈夫だ。行ってくる」

そして欠片も不安を感じさせないアキラの笑顔を見て、ヒカルも安心する。

「そう。それじゃあアキラ、頑張って」

ヒカルに見送られながら、アキラがバイクで走り出す。格納庫の中を加速し、そのまま車外に飛び出した。

普通のバイクであれば、落下して荒野の地面に激突する。だがこのバイクには空中走行機能がある。

　両輪が空中に力場装甲《フォースフィールドアーマー》の見えない路面を生成する。高速回転するタイヤがその道を踏み締めて加速する。更に地上で鋭角で曲がるように、空中で車体を大きく傾ける。タイヤと力場装甲《フォースフィールドアーマー》の接触面から放たれる衝撃変換光が、空中にブレーキ痕のような光の線を残した。

　その光の線が描き出す存在しない面の上で、アキラがタイヤを横滑りさせながら、バイクの進行方向をギガンテスⅢの壁面の方向に変更する。更に前輪を上げて、バイクの車体の軸をギガンテスⅢの壁面に合わせると、前方向に進みながら車両の側面に着地した。

　そのまま車両の壁を駆け上がる。そしてその壁の端である屋根の前まで来ると、後輪を上げながら減速し、屋根の縁にバイクの前輪だけ引っ掛けて停止しているような体勢になる。

　その後は前輪だけでゆっくり前に進み、後輪が屋根の上に入ったところで後輪を下ろして、車両の屋根に着地した。

　ヒカルはその一連の動きを、連携しているアキラの情報収集機器を介して、アキラと同じ視点で見ていた。自分の感覚では、最初から最後まで頭がおかしいとしか思えないその動きを目の当たりにして、日の出を見た時にバイクを使う案を却下して良かったと、心底思った。


　アキラの警備時間が何事も無く過ぎていく。

　車列を襲うモンスター自体はそれなりに出現している。しかし坂下重工から手厚い支援を受けたことで、車列２両目のギガンテスⅢにまで強力な人型兵器が配備されている状況では、何の脅威にもならなかった。

　アキラもバイクの上で暇そうにしている。バイクの拡張アームに取り付けたＬＥＯ複合銃で、暇潰しにするには数が足りない的を、しっかり狙って撃破する。バイクの大型エネルギータンクから十分なエネルギーを供給されたC弾《チャージバレット》は、注ぎ込むエネルギーの調整を厳密に行うアルファのサポートもあって、更に威力を増していた。

　暇潰しにはならないが、アルファの授業を受けるほど暇でもない。また巨虫類《ジャイアントバグズ》の群れに襲われる恐れもあるので、訓練に精を出す訳にもいかない。回復薬があるとはいっても、疲労した状態で戦う訳にはいかないからだ。

　結局アキラは大した仕事もせずに警備時間を終えた。ヒカルに連絡して格納庫の扉を開けてもらい、バイクで車両の側面を下りて車内に戻る。そして格納庫で待っていたヒカルと一緒に部屋に戻った。


　アキラがヒカルと一緒に夕食をとりながら雑談をしていると、行きの時に襲われた巨虫類《ジャイアントバグズ》の群れの話になった。

「……えっ？　あの群れって、普通はあんな場所にはいないのか？」

「ええ。その所為で随分な被害が出てしまったみたいよ。かなりの数のハンターが病院送りになったらしいわ。だから今回は、また襲われても大丈夫なように、戦力を大幅に上げて出発したんでしょうね」

「そうだったんだ……」

　そう言って、アキラは少し難しい顔を浮かべた。

「アキラ。どうしたの？」

「いや、俺は何かそういう予想外の事態に遭遇することが多い気がしてさ。何ていうか、またか、みたいな感じなんだよ」

「……そういえばオクパロスを倒した時もそうだったわね。普通はあんな場所にはいないのに」

「だろ？　……やっぱり俺、運が悪いのかな」

　微妙に項垂れているアキラを見て、ヒカルはアキラを元気付ける言葉を探した。

「まあその辺はあれよ。運が悪いっていうより、アキラが強いんじゃない？」

「どういう意味だ？」

「こういう言い方も何だけど、ハンターって凄く稼げるけど、よく死ぬでしょ？　それが分かっててもハンターやるぐらい稼げるんだけど、それが分かってても たくさん死んじゃう」

間違ってはいない。生還を度外視すればハンター稼業は非常に稼げる生業だ。だからこそ多くの貧困層が、そこから抜け出す手段としてハンターでの成り上がりを目指す。

「でも死んだハンターも別に死にたい訳じゃない。死なないように自分なりにちゃんと気を付けてるはず。でも死んじゃう。つまり本人にとっては予想外の事態で死んでるってこと」

これも間違いではない。命賭けが基本のハンター稼業とはいえ、確実に死ぬと分かり切っていることは誰もが避ける。つまり予想通りの事態で予想通りに死ぬ者は稀だ。

死にたくはない。でも非常に稼げるし、今までは何とかなっている。もうちょっと続けても大丈夫だろう。多くのハンターがそう思ってハンターを続けている。10年後は分からないが、明日は生きてる。大した根拠も無くそう信じて、今までも死んでないから、という惰性にも似た判断基準のまま、予想外の事態に遭遇する日まで。

「それでその予想外の事態ってのは、普通のハンターは1度しか経験しないのよ。その1度目で死ぬんだから当然よね。だから死んだ本人の統計的には、予想外の事態はごくまれにしか起こらない」

この辺りは多少無理がある。ヒカルもそれを分かって言っている。

「でもアキラは違う。強いからちゃんと生き延びる。生き延びるから次があって、次の予想外の事態に遭遇する。そういう経験は印象が強いから記憶にも残る。その所為で予想外の事態にしょっちゅう遭遇してるような感覚になってるから、運が悪いって感じてるんじゃない?」

この話が統計的に正しいかどうかなど重要ではない。所詮は気休めの話だ。そう考えた方が気が楽になる。その程度の考えでヒカルは話していた。

そしてその気休めはアキラに効果があった。アキラが軽く笑う。

「……そうだな。そう考えとくか。仮に俺が不運だったとしても、俺はその不運より強いってことだからな」

アルファと出会ってから、予想外の事態の連続だった。その所為で何度も死にかけた。それを不運とするならば、自分はその不運に何度も勝っている。これからも勝つ。負ける気は無い。アキラは改めてそう心に決めた。

「そうそう。それで良いんじゃない？」

機嫌を直したアキラを見て、ヒカルも機嫌良く笑う。また巨虫類《ジャイアントバグズ》の群れに襲われても、これならしっかり成果を稼いでくれそうだ。そう思って微笑んでいた。

翌日になる。アキラは今日も車両の屋根の上でバイクに乗って警備をしていた。今のところ昨日と同じような暇な時間が続いている。

何となく空を見上げる。そこには灰色の分厚い雲が、大空に蓋をするように浮かんでいた。

◆

荒野を進む車列の上に太陽は見えない。厚い雲がどこまでも広がっている。

東部の雨は色無しの霧の成分を含んでおり、降り出すと索敵等が著しく阻害される。その源である雲も同様だ。

天気予報は曇り。降水確率は低い。

地上の索敵に支障は無い。モンスターの群れが地平の先にいても、車両の強力な索敵機器で逸早《いちはや》く探知できる。

また、巨虫類《ジャイアントバグズ》のような空を飛ぶモンスターが雲の中にいても、相手も雲の中から地上の様子は分からないので、車両が見付かることはない。

運行に支障は無いとして、車列は予定通り荒野を進んでいた。

分厚い雲の上、快晴であれば車列から確実に探知される距離と高度の空を、100機を超える人型兵器が飛行していた。白を基調としたそれらの機体の大きさは20メートルほど。どの機体も重武装だ。

基本的にモンスターは大きなものほど強い。そして大きいほど強力なものはモンスターに限らない。東部の色無しの霧という事象や、旧世界由来の驚異的な技術は、大きい、ということのデメリットを大幅に低下させていた。

都市間輸送車両がここまで巨大な理由も、その方が様々な点で効率的だからだ。少なくとも超長距離の大規模輸送においては、普通のトレーラーを数百台、或いは数千台使用して輸送するよりも、その用途に特化した巨大な車両を使用した方が良い。そう判断されているからこそ、都市間輸送車両はここまで大きくなっている。

そして人型兵器にも同様の傾向が適応される。普通は大型機でも10メートル程度。その基準の中で20メートルの機体というのは、単純に全長が2倍であることを大きく超えた意味があった。

その白い人型兵器の部隊の前に、体長100メートルを超える巨大なモンスターが出現する。モンスターは東に行くほど、そして高く上がるほど強くなる。この場は既にそのような巨大で強力なモンスターが普通に出現する領域だった。

だがそのモンスターも一瞬で撃破される。巣《ネスト》級の巨虫類《ジャイアントバグズ》の群れも撃破可能なその部隊にとって、その程度のモンスターなど何の障害にもならない。レーザー砲の一斉射撃を喰らって全身を穴だらけにされた巨体が、灰色の雲海に落ちていく。

それほどまでに強力な白い機体には、程度の差はあれど交戦の痕があった。全ての装備を四肢ごと失い、胴体部の推進装置での飛行しか出来ない機体もある。

そしてその一機を、極太の光線が貫いた。非常に強力な力場装甲《フォースフィールドアーマー》を紙切れのように貫かれ、体積を3割ほど消失させた機体が、残った部位もバラバラにさせながら雲海に呑まれて消えていく。

更に別の大型機に、円盤状の黒い攻撃端末機が直撃する。その直径は大型機の半分ほどもあり、円盤外周部には高速回転する巨大な刃が付いていた。その刃で機体の装甲を斬り裂き続け、接触部から派手な火花を飛び散らせる。

そしてその勢いのまま目標に深く入り込んでいき、そのまま大型機を両断した。両断された機体が左右に分かれて雲の中に落下する。更に円盤はその一機だけではなかった。白い機体達へ次々に襲い掛かる。

味方機に取り付いた無数の黒い円盤を、他の機体がその味方機ごと攻撃して撃破していく。敵の撃破と引き換えに、更に数機の機体が撃墜されて落下した。

そこで部隊に動きが出る。あとは雲の中を移動すれば良い。その判断で、白い機体達が一斉に高速で降下していく。

そしてそれらを襲っていた存在、光線と黒い攻撃端末機の射出元も、敵を追って雲海へ下りていった。

第206話　永遠の緊急事態

　ギガンテスⅢの屋根の上で警備を続けるアキラに、ヒカルから通信が入った。

『アキラ。車両周辺で空からの落下物を確認したわ。一応気を付けて』

「了解。……曇ってて見えないけど、何か上に浮いてんのかな。危ないな……」

　アキラが軽く空を見上げる。しかし分厚い雲に遮られて何も見えない。それでもヒカルからの注意が簡単なものだったので、何か落ちてくるとしてもそこまで危険だとは思っていなかった。

『アルファ。何か見えるか？』

『……見えるわ』

『やっぱり何か浮かんでるのか。行きの時に見た島みたいなやつか？』

『アキラ。警戒して』

　アルファから真面目な口調で警戒を促されたアキラが、驚きながらも意識を臨戦に切り替える。巣《ネスト》級の巨虫類《ジャイアントバグズ》が出現した時でも笑っていたアルファが、今は笑っていない。それだけの脅威が迫っていることを、アキラは一瞬で正しく理解した。

「ヒカル！　状況は？」

『えっ？　落下物を確認したから気を付けてって、それだけよ。そんなに慌てなくても……、ちょっと待って！　上方向に反応多数！　来るわ！』

　都市間輸送車両の索敵装置がどれほど高性能なのかは、ヒカルも都市の職員としてよく知っている。アキラはその車両側の索敵よりも早く反応の存在を察知していた。ヒカルはそのことに驚きながらも、恐らく敵である反応を注視する。

　そしてその反応の一つが雲を突き破って落ちてくる。それは白い大型の人型兵器だった。

『識別コードの送信無し！　アキラ！　敵とみなして構わないわ！』

「分かった！」

　白い機体がアキラ達の車両から２００メートルほ

ど離れた地面に、激突するように着地する。落下速度を出来る限り抑える為に、半壊状態の推進装置を全力で動かしていたこともあり、着地と同時に周囲の瓦礫などが派手に吹き飛ばされる。

機体は落下の衝撃による大破は免れたものの、即時の行動までは出来なかった。そして既にアキラも、他のハンター達も、車両側の人型兵器も、その白い機体に照準を合わせている。あとはアキラ達による一斉射撃で破壊されるだけ。そういう状態だった。

しかしアキラ達よりも早く、別のものが白い機体を襲う。それは雲を突き破って現れた無数の黒い円盤だった。高速回転しながら標的に一直線に次々に飛び掛かる。そしてその巨体をあっという間にバラバラに斬り裂いた。

目標を破壊した黒の円盤がすぐに次の攻撃目標に、まだ破壊されていない白い大型機に向かう。車列の周囲には新手の機体が次々に降下していた。そしてそれらは車列の周囲を飛び回りながら、黒い攻撃機と戦い始めた。

アキラが険しい表情で対処を迷う。

「ヒカル。どうする？　撃って良いのか？　撃つならどっちだ？　白い方か？　黒い方か？　それとも両方か？」

『え、えーっと……』

その問いに、ヒカルは即答できなかった。

都市間輸送車両の護衛を請け負っているハンター達には、敵の認定や交戦開始の判断に一定の裁量が認められている。そして相手は車列の周囲に突如出現した未確認機で、こちらに識別コードも送っていない。仮に相手が坂下重工の部隊であろうとも、攻撃しても問題は全く無い。

しかし白い機体達はこちらを攻撃していない。また黒い攻撃機の狙いも白い機体だけで、車列を襲ってはいない。

その状態で下手に攻撃すると、自分達にも襲い掛かってくるのではないか。白い方と黒い方だけの戦闘から、自分達も加えた三《み》つ巴《どもえ》の戦いになってしまうのではないか。ハンター達はそう考えて攻撃を躊躇していた。

車両の警備側から、良いから撃てと指示されればすぐに撃つ。向こうが自分達への攻撃の気配を見せれば即座に撃つ。しかし今はどちらもない。銃を構えて、照準も合わせたが、発砲だけは止めていた。

車列の司令官もハンター達と同様に攻撃の指示を迷っていた。

白い方も黒い方も撃破する。車列の安全の為にはそれが一番良い。既にそう決めている。

だがどちらも非常に強力なことは一見で分かる。しかし今はその両者が潰し合っている。それならばこちらからの攻撃はもう少し遅らせるべきか。十分に潰し合うまで待つべきか。どちらも消耗した後ならば、楽に安全に撃退できる。そうするべきか。

その一見合理的な考えで、司令官は判断を遅らせていた。それが罠《わな》だと気付いたのは、手遅れになった後だった。

事態が動く。車列を巨大な影が覆った。


曇りとはいえ昼間の明るさだったアキラの周囲が、急に日陰のように薄暗くなる。怪訝に思ったアキラが上を見上げると、そこには屋外にもかかわらず天井があった。

「……は？」

天井には開口部があり、そこから黒い円盤状の攻撃機が次々に射出されている。それを見てアキラも天井の正体に気付いた。否定して欲しそうに呟く。

「……まさか、あれ、モンスターなのか？」

『ええ。上空領域のモンスターが降りてきたのよ』

否定してほしかったことをアルファにあっさり肯定されて、アキラは顔を険しく、そして嫌そうに歪めた。加えて追い打ちを掛けられる。

『アキラ。気合いを入れなさい。追い払うわよ』

自分の拡張視界にしかいないアルファを見る時には、不審者にならないように気を付けているアキラだったが、今は無理だった。驚きの余り思いっ切りアルファを見てしまっている。

『いやいやいやいや、あれは流石に気合いでどうこう出来る相手じゃないだろう』

空を覆い、その影が車列を包み込むほどに大きい相手だ。これを撃退するなど絶対無理だ。そう思い、アキラは首を強く横に何度も振っていた。

今のアキラはかなりの不審者になっている。だが他のハンターも今はそれどころでは無い。仮に誰かがアキラの様子を怪訝に思っても、頭上のモンスターの所為で気が動転していると思われるだけだ。そのおかげでアキラは不審者とみなされることを免れていた。

アルファがアキラを落ち着かせるように微笑む。

『大丈夫よ。倒すのはあっちの方ではないわ』

アルファの笑顔を見て、アキラも落ち着きを取り戻す。そこに警備側からの指示が飛ぶ。

「全部隊に告ぐ！　周辺に出現した人型兵器を、全力を以て全て破壊しろ！　最低でも車列から引き剥がせ！　上空領域のモンスターが地上まで降りてきた要因を速やかに排除しろ！」

『そういうことよ。アキラ。始めるわよ』

『分かった！』

アキラが意識を切り替える。上空領域のモンスターの出現による動揺を完全に消し去り、戦闘に集中する。両手に持つ2挺の銃、バイクの拡張アームに取り付けたもう2挺の銃、計4挺のＬＥＯ複合銃を標的の白い機体に向けて、一斉に撃ち放った。

他のハンター達も即座に攻撃を開始する。膨大な量の銃弾、砲弾、ミサイル、レーザーが、車列から周囲の白い機体達へ放たれる。

同時に白い機体達の方も、ここからは車列を攻撃する。今までは上空領域のモンスターをここまで誘う為に、そしてそれを車列側に気付かせない為に、敢えて車列を攻撃しなかっただけだ。上空からの攻撃に車列を巻き込む為に、車両との距離を詰めようとする。

黒い円盤もその白い機体を追って車両に向かう。攻撃機の標的はあくまでも白い機体であり、車両でもハンター達でもない。しかし巻き添えにしないなどという考えは持たない。

そしてそれはハンター達も同じだ。狙うのは白い機体だが、その近くに黒い攻撃機がいる以上、巻き添えにしない攻撃など出来ない。

戦闘自体は既に、白い機体達がこの場に来る前から始まっていた。そして車列の防衛側と襲撃側、加えて上空領域のモンスターによる三つ巴の戦いが、今、明確に始まった。

◆

飛行して車両に向けて突撃してくる白い機体に、アキラの銃撃が直撃する。しかし着弾点から衝撃変換光が飛び散るだけで、機体の装甲は凹みもしない。

『……硬いな!?　4挺分《ちょうぶん》だぞ!?』

LEO複合銃の威力はアキラもよく知っている。その4挺掛かりの銃撃。しかも新たなバイクの力で更に威力を増した状態での連射。加えてアルファのサポートによる一点集中の精密射撃。それでも撃破どころか機体の接近を止めることすら出来ないことに、アキラは驚愕していた。

アルファが軽く説明する。

『上空領域のモンスターをここまで誘導してきた機体と考えれば当然でしょう。避けるわよ』

機体が手に持つレーザー砲をアキラに向ける。放たれた指向性エネルギーが、宙を焦《こ》がしながら一直線に突き進む。

それをアキラはバイクの急発進で回避する。タイヤと足場の接触面を力場装甲《フォースフィールドアーマー》で保護、強化、結合させることでタイヤの空転を抑止し、その上で高出力のジェネレーターで両輪を回転させることで、飛行バイクでは困難な驚異的な初速を出していた。濃密なエネルギーの光がアキラの横を貫いていく。

強化服を着用していなければ慣性だけで圧殺されそうな加速の中、そしてその加速に追い付ける体感時間操作の中で、アキラは敵のレーザーを回避しながら銃撃を続ける。

止まった的をしっかりした足場の上で、時間を掛けて慎重に狙う精密射撃。それと同等の精度を、アキラの両手とバイクの拡張アームの分を合わせた計4挺の銃は、アルファのサポートによる高度な照準補正を受けて、この状況で実現させている。それは銃撃の威力を飛躍的に上げていた。

それでも根本的な性能差は覆らない。アキラ以外からも攻撃されて流石に破損しながらも、白い機体はギガンテスⅢに到着し、その屋根に着地する。

そして車両側の機体と撃ち合いになる。巨大な銃弾とレーザーがすれ違い、共に着弾する。白い機体の破損が酷くなり、車両側の人型兵器も浅くない損傷を受けた。そのまま都市間輸送車両の広い屋根の上で高速移動しながら交戦する。

力場装甲《フォースフィールドアーマー》技術の発展により銃撃の威力は相対的に低下した。被弾は絶対に避けなければならないものではなくなり、回避よりも防御が重要な領域が増える。その結果として生じた人型兵器同士の撃ち合いが、車両の屋根の上に高火力の弾やミサイルやレーザーをまき散らしている。

もっとも防御も重要とはいえ、それを喰らっても負傷で済むのは、同じ領域で戦う人型兵器だけだ。アキラが喰らえば即死する。絶対に被弾する訳にはいかない。必死に弾幕を掻い潜る。そしてとにかく撃ち続ける。

拡張弾倉による物量の弾幕を一点に集中した連射。その威力に耐え続ける敵の装甲に、アキラが顔を険しくする。

『……本当に硬いな！　アルファ！　一応効いてるんだよな!?』

『勿論よ。そろそろよ』

そのアルファの言葉通り、アキラが同一箇所にひたすら撃ち続けた効果が遂に出た。

絶え間ない被弾で生じた装甲の歪みは、白い機体の力場装甲《フォースフィールドアーマー》の効果を少しずつ低下させていた。そして遂に限界が来る。被弾箇所の装甲が大きく破損し、その影響で巨体が動きを乱す。

ようやく目に見える破損を与えられたことに、アキラが手応えを感じた。しかしその顔は険しいままだ。これだけ撃ってこの程度の破損では、倒すのにどれだけ掛かるのか。思わずそう考えてしまい、むしろ焦りを覚えていた。

だがアルファは逆に笑う。

『よし。倒したわ』

『アルファ。何言って……』

アキラがそう怪訝に思った次の瞬間、黒い円盤がアキラの側を駆け抜ける。そして動きを鈍らせた白い機体に、この機を待っていたとばかりに襲い掛かる。激突するように体当たりし、そのまま自身を相手に押し付けながら高速回転して、外周部の刃で機体を両断した。

黒い攻撃機は破壊した白い残骸をその場に残し、すぐに次の攻撃目標に向けて一直線に飛んでいく。その移動経路にいた車両側の人型兵器が腕を落とされ、不運なハンターが全身を木っ端微塵にされていた。

『アキラ。残り92機よ』

『あ、ああ』

喰らえば自分も同じようになっていた。アキラはそう思って顔を硬くしたが、すぐに気を取り直して戦闘に集中する。

そこでバイクが再び急加速した。一瞬遅れて高出力のレーザーがアキラの側を駆け抜けていく。反射的にその射出元の方向を見ると、車両の屋根の端に着地した別の白い機体がレーザー砲を構えていた。

『次はあれね。急ぎましょう』

『了解!』

バイクの加速力で広い屋根の上を突き進む。白い機体から直線的に、そして横薙《な》ぎにも放たれるレーザーを、空中走行による3次元の動きで躱して距離を詰めていく。

その最中、両手の銃を相手に向けようとしたアキラが、それをアルファに止められた。

『アキラ。次はブレードを使うわ』

『えっ？　あれを？』

『ええ』

『……分かった』

アキラが右手の銃を仕舞い、バイクの車体に取り付けられている武装、刃の無いブレードの柄を握って引き抜く。両手で持てる長い柄の下側からは太いエネルギーケーブルが延びており、その先がバイクと繋がっていた。

次はその柄の上側を、バイクの拡張アームに取り付けている箱状の装置の接続部に差し込む。そしてそれを引き抜くと、引き抜かれた柄には液体金属の刃が出来ていた。

箱状の装置は液体金属の保管庫であり、刃の生成機だ。その刃は薄く、強靭で、驚異的な切断力を持っており、対力場装甲《アンチフォースフィールドアーマー》効果まで備わっている。切れ味だけなら旧世界製のブレードに匹敵する性能だ。

しかしその対価として、生成した刃の維持に大量のエネルギーを消費する。その所為で近接武器にもかかわらず、使用には車両等に搭載される大型大容量のエネルギータンクが必須となる。しかも有線接続等を用いて、エネルギーを常時大量に安定して供給できる状態を維持する必要がある。

つまりこの武装の性能を十全に活かす為には、クルマやバイクに乗りながら、エネルギーケーブルが繋がったままのブレードを振り回さなければならない。

使用条件が厳しいとはいえ、性能自体は非常に高い。しかし銃の使用が一般的な東部で、敢えてブレードを使って近接戦闘を挑むキワモノ達の中でも、その条件を満たせる非常に尖った者はごくわずかだ。

それでも、そこまで成り上がることが可能な高ランクハンター達であれば、これを使い熟せる特異な才能の持ち主もそこそこいるのではないか。そう考えて開発され、売りに出された商品だったのだが、売れ行きは非常に悪かった。流石にキワモノ過ぎたのだ。

どれだけ高性能でも売れなければ安売りされる。数億オーラムでも大特価で、それでも見向きもされずに更に値を下げられた商品。アキラでさえ、アルファに勧められなければ買わなかった品。

つまり、発売当初の値段ではアキラにはとても買えない超高級品。それをアキラは、今、右手に持っていた。

身の丈を軽く超える長さのブレードを横に構えて、アキラがバイクで突撃する。バイクはアルファの運転で、空中走行の利点を活かした３次元の走りを見せている。

その飛行バイクとは異なる軌道、奇抜な挙動での素早い動きに、白い機体は翻弄されていた。アキラを必死に狙うが、当たらない。強力なレーザーはアキラの横を通り過ぎ、空を、車両の屋根を、射線上にいた不運な者を焼き焦がすだけだった。

そして間合いを詰め終えたアキラが白い機体の側を駆け抜ける。同時に右手のブレードを勢い良く振るった。

青白く発光する刃が機体の足首を通過する。ブレードは振り終えたのと同時に、その威力に刀身自身が耐え切れずに割れ砕け、固定化が解除されて液状になり、更に蒸発したように消え失せて、完全に消滅した。

銀色の刃は初めから一回限りの消耗品として生成されていた。その前提で、振るわれた瞬間に切断力を限界まで高めるように、アルファによって厳密に制御されていた。

非常に尖った超高級品の利点だけを絞り出した極限の一振り。その切れ味は凄まじく、ＬＥＯ複合銃４挺分の銃撃に耐えた白い機体の装甲を、その一撃だけで凌駕《りょうが》した。両足を両断された機体が、足首の下だけ残して宙に浮く。

しかし大破には程遠い。機体は大きく体勢を崩しながらも、飛行機能を使用して体勢を立て直そうとする。

そこでアルファが指示を出す。

『アキラ。次はＡＦレーザー砲を使うわ』

アルファの操作で既にエネルギー充填を済ませていたＡＦレーザー砲が、アキラの背中から組み立てられながら前に出る。アキラは慌ててそれに持ち替えると、白い機体の胴体部に照準を合わせた。

『ぶっ飛べ！』

ＡＦレーザー砲から撃ち放たれたエネルギーの奔流が機体に直撃する。しかし機体は強固な力場《フォースフィールド》装甲《アーマー》に守られており、浮かんでいる所為で押されてはいるものの、ほぼ無傷だった。

『嘘だろ!?　この距離から撃ってるんだぞ!?』

敵の余りの硬さに驚くアキラに、アルファが軽く説明する。

『破壊よりも相手を押し出すことを優先して撃っているからでもあるけれど、それ以前にエネルギー系の防御を重視した機体なのでしょうね』

『そういうことか！』

初めに撃破した機体に、ＡＦレーザー砲ではなくＬＥＯ複合銃を使っていたのはその為だった。アキラはそう思って納得しつつ、怪訝にも思う。

『でも車両から押し出してもまた向かってくるだけじゃないか？　そりゃ車列から引き剝がせとは言われてるけどさ』

ＡＦレーザー砲では相手を押すことしか出来ない。ＬＥＯ複合銃では山ほど撃っても破損させるのが限界。ブレードは効果があったが接近して斬らなければならない。だが接近しなければ倒せない相手を、わざわざ引き剝がしている。アキラにはこの行動の意図が分からなかった。

その問いにアルファが真面目な顔で答える。

『私達が止めを刺す必要は無いのよ。車両から引き離せば安全に処理されるわ』

『ああ、そういうことか』

それでアキラもようやく気付く。重要なのは白い機体を倒すことではない。それを追ってきた上空領域のモンスターの攻撃に、自分達が巻き込まれないことだ。

『あいつらを車両から引き離しさえすれば、あとは勝手に倒されるってことだな』

『そういうことよ。間に合ったわ』

ＡＦレーザー砲による光の放出が止まる。威力よりも放出時間の持続を優先して、相手の動きを封じつつ車両から出来るだけ遠い位置まで押し出していた。

間に合った、というアルファの言葉から、アキラはこれであの機体もすぐに倒されると考えた。それは間違ってはいなかった。しかし黒い円盤に刻まれて倒されるというアキラの予想とは異なっていた。

次の瞬間、極太の光線が白い機体を真上から呑み込んだ。余りの高エネルギーに機体が一瞬で消滅する。エネルギー系の防御を重視した機体にもかかわらず、欠片すら残さずに消え失せた。

そしてその光が地上に届いた途端、その高エネルギーによる大爆発が引き起こされる。余りの威力に周囲の大気が極度に圧縮され、対滅弾頭使用時のような、超高密度の色無しの霧による衝撃の減衰が発生した。

着弾点の周囲が、世界の一部が球形に抉《えぐ》り取られたように消滅する。そしてその球の外側には、威力の減衰により暴風へと変わった衝撃の残骸が荒れ狂う。それは暴風へと変わって尚、都市間輸送車両を激しく揺らすほどの威力だった。

その余りの光景に半ば唖然としていたアキラが、我に返ったように上を見る。そこには空を覆う天井の下に浮かぶ、球形の浮遊砲台の姿があった。

『……あれが撃ったのか？』

『ええ。本当に間に合って良かったわ』

間に合わなければ、先程の攻撃が自分達の車両に直撃していた。それを理解してアキラが顔を青ざめさせる。

その直後、別の都市間輸送車両に同様の光が振り注ぐ。直撃を受けた機体は消失し、都市の防壁並みに強固な力場装甲《フォースフィールドアーマー》で守られていた車両が大破する。一帯に広がる衝撃変換光が、その威力を地平の先まで伝えていた。

『あっちは間に合わなかったようね』

『……アルファ。敵の機体って、あと何機残ってるんだ？』

『78機よ』

『まだそんなに残ってるのか!?』

『だから、急ぎましょうって言ったでしょう？』

『あれ、そういう意味かよ！』

急ぎましょう。たったそれだけの言葉に込められた意味を理解して、アキラは思わず声を荒らげた。

そのアキラにアルファが真面目な顔で指示を出す。

『急ぐわよ。次も間に合う保証は無いわ』

アキラが半分自棄《やけ》になって叫ぶ。

『分かったよ！　次はどいつだ!?』

『あれよ』

『了解！』

次も間に合わせる為に、アキラは全力でバイクを走らせた。

◆

車列の司令室では、状況報告と指示が怒号のように飛び交っていた。

「4号車大破！　自走不能状態です！」

「5号車の貨物用のアームで車両を牽引《けんいん》！　乗員の避難を急がせろ！　避難完了後、状況によっては4号車は捨てる！」

「5号車も上空領域のモンスターの砲台に狙われています！　喰らえば装甲が保ちません！」

「全車両の力場装甲《フォースフィールドアーマー》の出力を最大まで引き上げろ！　それによる速度の低下と装甲維持時間の減少は忘れて良い！　車両の速度では連中を引き剝がせない！　装甲も今保たないと意味が無い！　車両の残存エネルギーは、今を切り抜けることに注ぎ込め！」

「16号砲台大破！　18号と29号も損傷増加！」

「全ての砲台は照準システムに影響が出た時点で使用を中止しろ！　絶対に上に撃つな！　上のデカブツに敵だと認識されれば終わりだ！」

各員が険しい表情で状況に対応する中、更に緊迫した声が響く。

「2号車のシステムに異常発生！　A3格納庫の外壁が開きます！　止められません！　開閉システムに侵入されています！」

「なんだと!?」

上空領域のモンスターは白い機体を砲撃の標的にしている。その機体が車両の周囲や屋根にいるだけならばハンター達の尽力で追い払える。だが開いた外壁から車内に入られればどうしようもない。一緒に吹き飛ばされることになる。

司令室の緊張が一気に高まった。

アキラから出来る限り目を離したくないヒカルは、アキラが格納庫から出発した後も、戻ってきたアキラをその場で迎える為に残っていた。

しかしアキラを介して車外の状況を知ると、流石に部屋に戻った方が良いのではないかとも思い始めた。それでもまだ、どうしようかと悩む程度だった。

そこで車両が大きく揺れた。上空領域のモンスターによる砲撃の余波だ。それでヒカルも諦めた。

「あー、無理！　戻りましょう！」

ヒカルがそう思って踵《きびす》を返そうとした時、格納庫にシロウとハーマーズが入ってくる。そしてヒカルに気付いたシロウが、少し面白そうな顔を浮かべた。

「あれ？　先客だ。また会ったな。こんな所で何やってんの？」

ヒカルが若干の警戒を顔に出す。

「それはこちらの台詞《せりふ》です。ここは関係者以外立入禁止の場所ですよ？」

「おっと。ハーマーズ、許可取った？」

「取ってる訳無いだろう……」

ハーマーズは呆れた顔で溜め息を吐いた。

ヒカルが車両の警備にシロウ達のことを通報しようとする。しかし出来ない。その機能が停止させられていた。

「ど、どういうこと？」

慌てるヒカルに、シロウが笑顔で一歩近付く。

「まあまあ落ち着いて。別に俺達は怪しいやつじゃないから、そんな急いで通報なんてしなくても……、いや、無理だな。無茶苦茶怪しいな」

ヒカルが反射的にシロウから距離を取る。通報の処理は自身の拡張視界の中の操作で行った。つまりシロウにそれを知る術は無かったはずだった。

それにもかかわらず、シロウはヒカルが自分達を通報しようとしたことを知っていた。加えてそれが出来なかったことまで理解していた。

　そしてヒカルは気付いた。通報システムを無効化したのは、目の前の人物だということに。

　ヒカルが強い警戒を露わにする。

「あなた達……、何なの？」

　ハーマーズが溜め息を吐く。そして情報端末を操作して自分の身元の情報をヒカルに送った。

「我々は坂下重工の者だ。社用でここにいる。私は坂下重工警備部のハーマーズだ」

　ヒカルの下に送られてきた身元情報は、目の前の者達が確かに坂下重工の人間であることを示していた。ヒカルが慌てて姿勢を正す。

「し、失礼致しました！　私はクガマヤマ都市広域経営部のヒカルと申します！」

「俺は……」

「黙ってろ」

　ハーマーズがシロウの話を遮って、シロウを軽く指差す。

「こいつのことは気にしなくて良い。正確には、何も知らない方が良い。余計な詮索もお勧めしない。良いかな？」

「は、はい」

「ありがとう。では、君はもう帰った方が良い。ここは危ない。ああ、我々がここに無断で立ち入った件については、こちらで車両の警備側と話を付けておく。君は何もしなくて良い。良いかな？」

「は、はい。それでは、これで失礼します」

　ヒカルはシロウ達に深々と頭を下げると、早足でその場から離れた。

　五大企業である坂下重工の人間。それだけでも失礼があってはならない者達。加えて、恐らくシロウは護衛をつけられるほどの重要人物であり、ハーマーズはその護衛だ。そのことをヒカルは見抜いていた。

　上昇志向の強いヒカルだが、そこまでの上位者と平然と話せる度胸までは流石に持ち合わせていない。逃げるように格納庫から立ち去った。

　そのヒカルを楽しげな顔で見送ったシロウが、視線を前に戻す。

「さてと、それじゃあ、やるか」

「シロウ。本当にやる気か？　緊急事態とはいえ、略奪手前の所業なんだがな」

気が進まない様子をありありと見せているハーマーズに、シロウが軽い調子で答える。

「仕方無いだろう？　緊急事態なんだから」

「それを理由に全てを許してしまえば、秩序が根底から崩壊する。緊急事態だからこそ、そういうことをしない秩序が必要なんだ」

「永遠の緊急事態が続いてる東部で、そんなことを言われてもねー」

シロウの揚げ足取りに、ハーマーズは顔を少し不機嫌そうに歪めた。

東部を支えるハンター稼業は、旧世界側の視点から見れば極めて悪質な略奪行為だ。モンスターと呼ばれる警備機械を破壊し、遺跡と呼ばれる店舗や倉庫などから、遺物と呼ばれる商品や物品を持ち去っていく。それも集団で何度も飽きずに執拗にだ。

東部ではそのような非道が、旧世界側に対して大っぴらに行われている。それを統企連が問題無いと認めているからだ。

問題無いとする根拠は大きく二つある。一つは、既に旧世界は滅んだ、という判断によるもの。そしてもう一つは、今は緊急事態であるという認定によるものだ。だから構わない。だから仕方無い。ハンター稼業はその二つを根拠にして、東部では、現代側では、倫理的に成り立っている。

もっともその判断と認定は、結局は統企連が勝手に決めたことだ。その所為で、旧世界側である統治系管理人格からの統企連に対する心象は、基本的に最悪だ。彼らとの交渉が非常に高難度な原因にもなっていた。

そして坂下重工は統企連を構成する五大企業の一社だ。つまりシロウとハーマーズはその永遠の緊急事態を勝手に決めた側であり、それを根拠に旧世界側に略奪行為を働いている側だ。そのような者達が緊急事態での倫理を問うのは、お前が言うな、という部分も確かにあった。

「こんな時に体制批判か？」

少し目付きを鋭くしたハーマーズに、シロウが軽い調子で言う。

「いやいや、俺だってモンスターだらけの東部で生き抜く為には、それぐらい必要だと思うよ？　仕方無いって。で、それに比べれば、これぐらい良いじゃんかって話だよ。そりゃ損害は出るさ。でもその程度のことは、後で坂下が補償すれば良いだけだろう？」

「それはまあ……、そうだが」

上手い反論を思い付けなかったハーマーズに、シロウが更に続ける。

「だろ？　あ、一応言っておくけど、俺だってこんな真似をするのは気が進まないんだ。でも死にたくないしさ。今からあんたが外に出て、連中を蹴散らしてくれるって言うのなら、やめる。このままだとヤバそうだから援軍を出しておこうってだけの話だからな。どうする？」

それでハーマーズは諦めた。自身がシロウの護衛を中断して支援に行けば、外の事態は確かに解決するかもしれないが、それは出来ないからだ。

「……分かった。やれ」

「オッケー。許可は取ったぞー？」

シロウは責任をハーマーズに押し付けるように笑ってそう言うと、自分の力を存分に発揮した。

この格納庫には多数の人型兵器が積み込まれている。これらの機体は車両の護衛用ではなく、クガマヤマ都市に輸送中の商品だ。都市がツバキとの取引で得た金で購入した、最前線向けの機体だった。

当然ながら敵襲を受けたからといって誰かが勝手に使って良い物ではない。そもそも使えないようにセキュリティーが掛けられている。最前線向けの機体なので、そのセキュリティーも非常に高い。使用には厳重な認証処理が必要だ。

だがそれが破られる。機体が一斉に起動する。更には開閉に車両側の操作が必要な格納庫の外壁まで開き始める。そして機体達は一緒に輸送されていた各自の武装を装備すると、開いた外壁から次々に飛び出していった。

外部からの侵入で格納庫の外壁を開けられ、更に積み荷の人型兵器が勝手に出撃するという事態に、司令室が騒然となる。

敵の機体が積み荷として既に車内に密かに運び込まれていたのかもしれない。その最悪の想定をして顔を険しく歪める司令官に、ハーマーズから通信が入る。

「坂下重工警備部所属のハーマーズだ。格納庫の異状はこちらで対応する。御理解を」

「……機体は味方。そう考えて良いのだな？」

「そうだ。非常事態とはいえ積み荷を勝手に動かした責任は坂下重工が取る。機体の指揮権もそちらに渡そう」

「……、そういうことならば、この非常時だ。協力を感謝する」

ハーマーズとの通信が切れる。シロウ達の所業は車両の警備条項に山ほど触れているが、司令官は柔軟に対処すると決めた。坂下重工の所為にすれば大抵のことは通るからだ。

司令室との通信を切ったハーマーズがシロウを見る。既にシロウは仕事を済ませていた。人型兵器だけでなく多脚機や飛行工作機械など、この格納庫にあって戦力になりそうな物は、シロウに残らず乗っ取られて出撃を終えていた。

その手際を見て、ハーマーズがシロウの腕前を改めて理解する。

（……都市間輸送車両のシステムも、最前線向けの人型兵器の認証機能も、こいつにとっては無いも同然か。多少自画自賛が入ってるが、上から俺を護衛につけられるだけはあるってことだな……）

シロウは坂下重工所属の旧領域接続者だ。坂下重工から高度な専門の訓練を受けており、各種工作を含んだ情報処理に極めて長《た》けていた。

東部の各種情報処理システムの安全性は、その基幹部分に旧世界由来の技術を多用していることもあって非常に高い。旧世界の通信網である旧領域を介した暗号通信や各種認証は、現代の技術では突破不可能な強固なセキュリティーとして、東部で広く活用されている。

しかしその高い安全性も旧領域接続者に対しては著しく落ちる。そもそもその安全性は、現代の人間は旧領域に自在に接続できないことを前提にしている。つまり現代のセキュリティーには、それが可能な者には大きな穴がある状態だった。その穴を完全に塞ぐ為には旧世界並みの技術が必要で、現代の技術はまだその域に達していない。

その旧領域接続者であるシロウは、旧領域への接続能力も、工作員としての技術も飛び抜けて高く、坂下重工の情報処理戦で多大な成果を上げていた。

本来ならば坂下重工も、その貴重な戦力であるシロウを安全な自社施設から一歩も外に出したくない。シロウはそれだけの重要人物であり、今回の外出は坂下重工の重役の指示による特例として実施されていた。

そしてハーマーズは、その重要人物の護衛だった。まだ閉まり切っていない格納庫の外壁の向こうから、白い機体が高速で近付いてくる。それを見たハーマーズは面倒そうに溜め息を吐いた。

「あ、ヤバっ……」

シロウがそう呟いた次の瞬間、シロウの視界からハーマーズが消えた。そしてちょうど車内に突入しようとしていた白い機体に、一瞬でそこまで移動したハーマーズの蹴りが叩き込まれる。機体はその一撃で大破し、派手に半壊しながら吹き飛ばされて、そのまま荒野に消えていった。

その機体を何でもないような目で見ながら、ハーマーズが新手を警戒しつつ催促する。

「シロウ。早く閉めろ」

「やってるやってる。もうちょっと」

外壁が閉まった後、ハーマーズは歩いてシロウの所に戻った。そして追加の指示を出す。

「あと、念の為、今の記録は消しておけ」

「へーい。消したぞ」

「よし。じゃあ戻るぞ」

外の状況はシロウも車両の索敵機器等を介して知っている。白い機体の強さも分かっている。それにもかかわらず、その機体がハーマーズに一撃で倒されたことにシロウが全く驚いていないのは、それが当然の結果だと知っているからだった。

超人。ハーマーズはそう呼ばれる存在だ。着ている背広は強化服ではなく、頑丈な防護服だ。そしてその頑丈さは敵の攻撃を防ぐ為ではなく、ハーマーズの身体能力に耐える為のものだった。

ハーマーズは自身の身体能力だけで、アキラが一機倒すのにあれだけ苦労した人型兵器を、いとも容易く撃破していた。

あんたが外に出て、連中を蹴散らしてくれるって言うのなら、やめる。シロウが言っていたその言葉は、冗談ではなかった。

もっとも、それはないとシロウも分かって言っていた。そのような真似をすれば、その間、自分の護衛が疎《おろそ》かになる。加えてハーマーズが超人であることが明確に露見するからだ。

ハーマーズがシロウに先程の戦闘記録を消させたのは、自分が超人であることを隠す為だ。普通の人間を装って護衛対象の側にいることが出来る。それも超人の強みだった。

「……ああそうだ。シロウ。もう一つ頼む」

「何？」

指示内容を聞いたシロウが、少しだけ険しい顔をする。

「えー、そんなことするの？　そういう無関係なやつを巻き込むような真似は良くないんじゃない？　緊急事態だからこそ、そういうことをしない秩序が必要なんだって俺に言ってた癖に」

「その点に関する許可は、お前が俺に出させたんだろうが」

「おっと。そうだっけ？」

「あと、彼女を巻き込むことに関しては、お前が気にすることじゃない。巻き込むとか巻き込まないとかの話は、お前がここにいる時点で誤差だ」

そう言われるとシロウも反論できなかった。

「……はいはい。分かりました。でも何かあったら補填ぐらいしてやれよ？」

「当然だ」

ハーマーズは平然とそう答えた。補填。それで済む。それで済むと、こちらが決める。そういう意図でのその言葉は、五大企業の一つである坂下重工の傲慢さを示すものだ。そしてその傲慢さを世界に許容させる坂下重工の力の証明でもあった。

シロウとハーマーズは、どちらもその坂下重工の人間だ。しかしその立ち位置は異なっている。

（この備えが役に立てば良いんだけど……）

既に閉まっている外壁の方を見ながら、シロウはそのようなことを思っていた。

◆

都市間輸送車両の車列を主戦場にした大混戦が続く。アキラはその戦場で、バイクを空中で縦横無尽に走らせながら白い機体を攻撃していた。

機体の片足を４挺のＬＥＯ複合銃で銃撃する。一点に集中したＣ弾《チャージバレット》の衝撃が、車両の屋根にいる機体の足をもぎ取った。更に腕を銃撃する。片腕が、握っていたレーザー砲ごと落下した。

先に倒した非常に頑丈な機体に比べて、明らかに防御力に難のある白い機体を見て、アキラが笑う。

『お？　こいつは脆いな！』

片腕と片足を失った機体が体勢を崩す。アキラはその機体に止めを刺そうとしたが、機体はその前に黒い円盤に殺到されてバラバラになった。

『アキラ。次はあれよ』

『了解！』

次の標的は円盤状の攻撃機との戦闘で既にレーザー砲を失っていた。それでも車両の屋根の上で巨大なレーザーブレードを振り回し、自身を執拗に狙う黒い攻撃機を弾いている。

その機体に向けてアキラが突撃する。刀身の無い柄を掴み、液体金属の刃を生成して、4メートルはあるブレードを構えて加速する。

白い機体はアキラの接近に気付いているが、黒い円盤の相手で手一杯だった。そのままアキラの接近を許してしまう。

そしてアキラは機体の横の空中をバイクで駆け抜けるのと同時に、両手でブレードを振り下ろした。青白く輝く刃が機体の腕を切り落とす。

機体の腕を両断できたことに、そして斬った後でも液体金属のブレードがまだ残っていることに、アキラが意外そうな表情を浮かべる。

『お？　こっちも結構脆い？』

『アキラ。もう一撃入れるわよ』

『分かった！』

鋭角で反転したバイクが、片腕の白い機体の下へ再び向かっていく。機体はアキラに腕を落とされた所為で黒い円盤を弾けずに、胴体に直撃を喰らっていた。高速回転する刃が機体の胴体を少しずつ斬り開いていく。

そして前からは黒い円盤に、後ろからはアキラに斬られて、白い機体はその胴体を切断された。アキラの刀身が今度こそ砕けて消える。

白い機体は倒されはしたが、それでも円盤の攻撃にしばらく耐えていた。そのことをアキラが不思議に思う。

『……やっぱりそこまで脆い訳じゃなかった？』

『その辺りは機体の残存エネルギーによるものでしょうね』

十分なエネルギーが残っていれば、機体の全ての力場装甲《フォースフィールドアーマー》の出力を限界まで上げることが出来る。しかし残存エネルギーが低下した状態では、守る部位の取捨選択をしなければならない。

アキラが機体の腕を落とした時は、白い機体は腕よりも胴体部を、そしてアキラよりも黒い円盤の攻撃に対する防御を優先した。そのおかげでアキラは機体の腕を比較的容易に切断できた。アルファはそう簡単に説明した。

もっともそれは大まかな話であり、細かな部分は幾らでもある。急速な出力変更により力場装甲《フォースフィールドアーマー》に一瞬だけ発生したわずかな斑《むら》、本来は連続している力場装甲《フォースフィールドアーマー》表面強度の隙間である、幅、約０ミリの線である弱点に、寸分の狂いも無く銀色の刃を差し込んだことなど、ブレードを振るった部分だけでも細かく話せば切りが無い高等技術の塊だ。

　加えてその弱点が生じる一瞬を正確に見切ることや、その前提条件である情報収集機器を用いた敵の高度な解析など、同等の高等技術を幾らでも必要とする。機体の腕を落とした斬撃は、そのいずれが欠けても成立しない、超絶の一撃だった。

　今は戦闘中。その詳細をアキラに長々と説明する暇は無い。アルファはもっと重要なことを話す。

『あと、今まで倒した格下を基準に考えて、油断しては駄目よ？』

『格下？』

『正確には、もう残存エネルギーが枯渇しかけていて、車両の屋根に着地しないと真面に戦えないほど性能が低下している機体ね』

『……そんなに違うのか？』

『ええ』

　アルファはそう言って格下ではない機体、まだ十分にエネルギーが残っている機体を指差した。

　白い機体が別の車両の外壁近くの空中で、高速戦闘を繰り広げている。数十の黒い円盤に追われながらも、その攻撃を機敏な動きで回避して、攻撃機を車両に激突させている。更にシロウが出した増援の人型兵器、最前線向けの機体と激しく撃ち合っていた。しかも優勢だった。

　自分が戦った機体とは次元の異なる動きを見せる白い機体を見て、アキラが顔を嫌そうに険しくする。

『あんなに違うのか……』

『ええ。まあ格下というより手負いと表現した方が適切かしら。本来はあれぐらい戦える機体なのだけれど、上空領域のモンスターとの戦闘でそれだけ消耗したのでしょうね』

　その念話の最中も次の標的へ向けて移動する。そして宙を駆け、銃を撃ち、ブレードを振るって、既に上空領域のモンスターとの戦闘で半死の状態の機体に止めを刺していく。

『アルファ。あと何機だ？』

『52機よ』

『多い！　いや、結構減ったけど！　それでも多いぞ！』

『アキラ。愚痴を言っても敵は減らないわ。頑張りなさい』

アルファは笑ってそう言った。

戦闘開始前、真面目なものだったその顔が、それだけ危険な状況だと知らせる表情が、今は笑顔になっている。そう思い、そのアルファの笑顔を見て、アキラも笑って気合いを入れ直す。

『分かったよ！』

仮にアルファが笑っていなかったとしてもアルファのサポートは健在だ。それが失われた状態での戦いに比べれば十分に恵まれている。たとえ空が塞がれていても。

その状態で敵の強さに臆してしまうなど、またアルファに甘えてしまっている。頼るのは良い。自分はまだまだアルファに頼らなければならないほど弱いのだから。だが甘えるのは駄目だ。頼って強くなることは出来ても、甘えて強くなることは出来ないからだ。

もっと強くなる。甘えずに、頼って。その思いを新たにして、空を駆け、銃を構えて、アキラは次の標的へ、意気を上げて突撃した。

第207話　四つ巴

車列の警備側と白い機体の部隊による激しい戦いが続く。アキラもアルファのサポートを受けて全力を出している。自力で止めを刺した機体など一つも無いが、それでも何機も大破に追い込んでいた。

そのアキラの戦い振りに多くのハンターが驚いている。もっともそれはアキラの強さに純粋に驚いているのではなく、あそこまで戦える者がなぜ2号車に配置されていたのか、という怪訝な意味での驚きではあった。しかし同時に、アキラが車両の警備側の想定を大きく超えた成果を出している証拠でもあった。

そしてそのアキラもまた、他のハンター達の戦い振りに度胆《どぎも》を抜かれていた。

戦闘服の飛行機能で宙を舞い、背中に装着した複数のレーザー砲で白い機体と撃ち合っている者がいる。数機の白い機体を一機で相手にして優勢を取っている人型兵器がいる。身の丈を超えるどころではない巨大なブレードで、白い機体を両断している者がいる。

しかも彼らが戦っている白い機体は、アキラが戦ったようなエネルギー切れ間近の弱い機体ではない。まだ十分なエネルギーを残している強力な機体であることは、高速戦闘を続けるその動きからも一目瞭然だった。

『……10号車のハンターは、やっぱりとんでもないな』

車列の先頭に強力なハンターを配置する意味は既に無い。10号車のハンター達は車列の全域に散らばって白い機体と交戦していた。そのおかげで都市間輸送車両が次々に破壊されるような事態は防げている。

だがそれでも完全に防げる訳ではない。空を塞ぐ天井の砲台からの光線を喰らい、既に2両も大破していた。そして再び車両の屋根に光線が降り注ぐ。エネルギーの奔流に呑み込まれた白い機体が一瞬で消失し、その余波の閃光が車両の姿も呑み込んだ。

『クソッ！　またか！　……ん？』

また車両を一台失ってしまった。このままではまずい。そう思って焦るアキラだったが、その閃光が晴れた後には、自身の健在振りを見せ付ける車両の姿があった。

『おっ！　凄い！　耐えてる！』

アルファが補足を入れる。

『車両のエネルギーを力場装甲《フォースフィールドアーマー》に注ぎ込んで、防御力を飛躍的に上げたようね。デメリットもあるけれど、あれを防ぐ為には仕方が無いわ』

『デメリット？　何だ？』

『力場装甲《フォースフィールドアーマー》には出力を上げることで、情報遮断体の性質を持つようになる種類のものもあるの。車内との通信に影響が出ているわ。ヒカルとの通信が切れているでしょう？』

『あ、本当だ。でもまあそれぐらいなら……』

『あと、当然だけれど、エネルギーを力場装甲《フォースフィールドアーマー》に振り分けた分、車両の速度が落ちているわ』

移動に必要なエネルギーまで力場装甲《フォースフィールドアーマー》に注ぎ込んでいる車両は、既に慣性だけで進んでいるような状態だった。その速度は今も低下し続けている。

『それも大したことじゃ……』

『その所為で、今の車両の速度では振り切れないモンスターが、一帯から集結しているのよ』

アルファはそう言って荒野の先を指差した。地平の先から大規模な砂煙が上がっている。しかもそれは周りを見渡しても途切れていなかった。そして砂煙の発生源は、巨大なモンスターの群れだった。

モンスターは大きいほど強くなる傾向がある。だが速くなる訳ではない。敵の攻撃を躱せない鈍重さを、驚異的な耐久力で相殺しているものが大半だ。

そして強いが遅いモンスターなど、わざわざ相手をする必要は無い。引き離してしまえば良い。大量のモンスターを引き付けると分かった上で、都市間輸送車両が荒野を高速で走っているのは、速く走れば走るほど、足の遅いモンスターの相手をしなくて済むからだ。

その遅いが強いモンスターの群れが、力場《フォースフィールド》装甲《アーマー》にエネルギーを回した所為で速度を落とした車列に、遠目で見ればゆっくりと、しかしそれでも乗用車以上の速さで迫ってきていた。

『このクソ忙しい時に……』

思わず悪態を吐いたアキラの視線の先で、多脚を生やした列車砲にも似た姿の巨大な昆虫が、その特大の砲を使用する。冗談のような大きさの砲弾が生体爆薬で撃ち出され、車両の側面に着弾した。

上空領域のモンスターの砲撃に耐える車両は、その程度ではびくともしない。しかしその防御の為に、余計なエネルギーを消費させられた。

更に別の列車砲型の昆虫が、その砲口を大きく上げる。狙いは空を塞ぐ天井だ。モンスターは対人類で共闘している訳ではない。敵とみなすものは全て攻撃する。自分達の領域を強力なレーザー砲で吹き飛ばす巨大な飛行物体は、地上のモンスター達にとって十分に敵性だった。

砲弾が天井に直撃する。しかし派手な爆炎と爆煙が晴れた後に現れたのは、無傷の壁だった。上空領域のモンスターにその程度の攻撃は通じない。

それでも流れ弾等ではなく、自身を明確に狙った攻撃を受けたことで、上空領域のモンスターは地上のモンスターの群れを敵と認識した。浮遊砲台からの光が地上を薙ぎ払い、天井の開口部から出現した黒い円盤の群れが地上の群れに襲い掛かる。

既に車列側、襲撃側、空のモンスターの三つ巴だった戦場に、地上のモンスターの群れまで加わった四つ巴の戦闘が始まった。

全勢力の砲撃が飛び交い、その砲火が荒れ狂う。アキラがその地獄のような光景を見て、ふと思う。

『……あれ？　アルファ。これ、俺達には都合が良いんじゃないか？』

白い機体も地上からの流れ弾を喰らっている。浮遊砲台が地上の群れも狙うようになったことで、車列周辺にいる白い機体が狙われる確率が下がっている。それはアキラには好都合に思えた。

しかしアルファは首を横に振る。

『アキラ。逆よ』

『何で？』

『今までは白い機体を全て倒せば、それで上空領域のモンスターが帰還する可能性があったわ。でも今は地上のモンスターも標的にしている。それらも倒し切らないと帰還しないはずよ』

『うーん。それでも、あのレーザー砲に車両が巻き込まれる確率は減ったんじゃないか？』

『今はね』

アルファはそう言って、再び地上の群れを指差した。その指が指し示す先には、こちらに向けて突撃してくる、体長１００メートルほどの虫達の群れの姿があった。

『遠距離から攻撃してくるモンスターだけならアキラの言う通りなのだけれど、そうではないものも多いのよ。当然、あれらも上空領域のモンスターの標的になっているわ。車両を巻き添えにする的は、むしろ増えたのよ』

都市間輸送車両の通常の速度よりは十分に遅く、しかしその大きさから考えれば十分に速いモンスターの群れは、その巨体で車両に体当たりをしようとしている。近付かせてしまえば、浮遊砲台からの砲撃に車両も巻き込まれる。

しかもそのモンスターは、遅いが強いのだ。接近される前に倒すのは、それだけ大変だ。

『このクソ忙しい時に……！』

好都合ではない。状況は悪化した。それを正しく理解したアキラは、顔を険しくしてもう一度吐き捨てた。

地上のモンスターの大規模な群れが加わったことで、その規模を大きく上げた大混戦が続く。

浮遊砲台からの掃射が地上の群れを薙ぎ払う。数百体の大型モンスターが一瞬で塵《ちり》と化し、更に爆風で吹き飛ばされていく。

加えて無数の黒い攻撃機が群れを切り刻む。その巨体をバラバラにされたモンスターが、無残な姿で荒野に大量に散らばっていく。

それでも地上の群れは壊滅などしない。新手が遠方から続々と、地を埋め尽くす規模でやってくる。これは事前の間引きが不十分な移動経路を進んでいる所為だ。

車列は巣級《ネスト》の巨虫類《ジャイアントバグズ》の死骸が予定の道を塞いでしまったことで、移動経路を急遽変更した。勿論、その経路に大量のモンスターがいることは分かっていたが、坂下重工の支援を受けて増強された戦力であれば問題無いはずだった。そして実際に地上のモンスターだけならば全く問題無かった。

車列の警備側に落ち度は無い。少なくとも、白い機体の部隊が上空領域のモンスターを連れて襲撃してくる事態を、事前に想定して運行予定を立てろというのは、流石に無理があった。

その想定外の事態、アキラにはよく起こる予想外の事態の中で、アキラは今までのように全力を尽くしていた。

地上のモンスターに向けてＡＦレーザー砲を撃ち放つ。白い機体には効果が薄いが周辺のモンスターには十分通じる。高エネルギーの光線を喰らった巨大な虫に大きな風穴が開いた。

小型の、それでも乗用車ぐらいの大きさはある虫達には、ＬＥＯ複合銃を連射する。嵐のような弾丸を浴びた虫達が、広範囲に亘って粉々になっていく。

アキラはわずかな時間で山ほどのモンスターを撃破した。それでも群れ全体から考えれば微々たる数でしかない。しかし意味のある数だ。アルファの計算により、群れが車列に接近する時間を出来る限り遅らせるように倒している。

運悪く見逃した一匹が車両に肉薄し、その一匹を頭上の浮遊砲台が狙った所為で、巻き添えを食らう恐れは十分にある。その確率を可能な限り減らすように、アルファは無駄の無い攻撃をアキラに指示している。そしてアキラはその指示に必死に応えていた。

撃っても撃っても敵は減らない。しかし撃たなければ増えていく。敵の増援は止まらない。戦線を維持する為に、アキラは山ほどの銃弾を絶え間なく撃ち続けている。行きで巨虫類《ジャイアントバグズ》と戦った時に撃った弾数など、既に軽く超えている。

それでもアキラが弾切れにならない理由には、ヒカルの個人的な思惑があった。

ヒカルは巨虫類《ジャイアントバグズ》との戦いでアキラのバックパックを運ばされて、とても怖い思いをした。同じ思いはもうしたくない。そう考えたヒカルはツェゲルト都市で弾薬類の再調達をした時に、自分が弾薬の補給を手伝わなくて済むように、とにかく大容量の品を購入していたのだ。

ヒカルが行きの時に用意した物も大容量の品ではあった。しかし所詮はクガマヤマ都市で手に入る物だ。大容量とはいっても、東部の中央付近で活動するハンター達の基準での大容量となる。ツェゲルト都市で活動するハンター達が考える大容量には、容量の桁が足りていない。

一応クガマヤマ都市にも、東側から呼び寄せたハンター達向けに、同様の品があるにはあった。しかしそれらはそのハンター達の為に用意した物なので、アキラにまでは回ってこない。

そしてそれ以前に、それらの品は価格も桁違いだ。弾薬費を依頼元が負担する契約である以上、ヒカルも都市の職員として、流石にそこまで高価な品をアキラに支給する訳にはいかなかった。

だが今回は思いっ切り私情を絡めてその高級品を購入した。巨虫類《ジャイアントバグズ》をあれほど倒したアキラに更なる成果を求めるのであれば、これぐらいは必要経費だ。ヒカルは自分なら上をそう納得させられると自分にも言い訳して、当初の予算を超えた高級品を買い集めていた。

そしてある意味でそのヒカルの目論見《もくろみ》通りに、アキラはヒカルが用意した高額大容量の拡張弾倉のおかげで、この状況で多大な成果を出していた。

普通の拡張弾倉であれば、アキラの残弾は既に尽きている。補給も容易ではない。補給の為には車両の出入口を開ける必要があるが、車両の外壁を部分的にでも開けてしまえば、その周辺の力場装甲《フォースフィールドアーマー》の強度が低下するからだ。車両の警備側も、開閉を実施するタイミングを慎重に判断する必要がある。

つまりヒカルは意図的ではないにしろ、まるでこの状況を予期していたかのように、現状で最適な品を用意していた。

両手の銃を撃ちながら、アキラがそのことを少しだけ不思議に思う。

『……なあアルファ。行きの時もヒカルが用意した弾薬をちょうど使い切った感じだったたし、今もいちいち補給に戻らずに済む桁違いの総弾数の拡張弾倉をヒカルは用意していたし、もしかして、ヒカルはこの状況を読んでいたってことはないかな？』

そのわずかな懸念を、アルファが軽く否定する。

『偶然でしょう。仮にヒカルがこの状況を事前に知っていたのであれば、ヒカルはそもそも車両に乗らなかったと思うわ』

『……それもそうだな。俺だって乗りたくない』

『まあヒカルに何らかの読みがあったのであれば、それはアキラならこれぐらいの事態に遭遇しても不思議は無いという類いの推測でしょうね。アキラも言っていたでしょう？　俺はこういう予想外の事態に遭遇することが多いんだって。合っていたわね？』

そう言ってからかうように笑ったアルファに、アキラは半分自棄になって笑って返した。

『……そうだな！　それなら、俺はこの不運より強いんだって、しっかり証明しないとな！』

『その意気よ』

バイクで宙を高速で駆けながら、アキラが両手の銃を連射する。驚異的、では済まされない異様なまでの装弾数の拡張弾倉を用いて、不可解なまでの数の銃弾を放つ。視界の先に広がる地上の群れ、目の前の不運を撃ち倒し、自分はその不運より強いのだと示す為に。

不運という今までにも何度も遭った強敵に、アキラは今日も意気を上げて挑んでいた。

激戦が続く。新たな車両の喪失も無く、大破した車両からの人員と物資の避難も無事に終わったことを考慮すれば、車列側は十分に優勢を維持している。

そしてその優勢が今後も継続されることは、白い機体の部隊の側から見ても明らかだった。部隊の全滅は時間の問題で、普通に考えればこの襲撃は既に失敗していた。撤退しても不思議は全く無かった。

しかし、白い機体は撤退の気配など全く見せずに、愚直に戦い続けていた。


途方も無い数の弾丸を撃ち出したアキラが、空になった銃の弾倉を交換する。弾薬の補充は不要だが、流石に弾倉の交換は必要だ。車両の屋根を走りながら手早く済ませて銃口を敵に向け直す。

『アルファ！　状況は？』

『白い機体は残り23機。地上のモンスターは変わらずといったところね』

『あと23機か……。もう少しだな』

白い機体の部隊を撃破すれば、上空領域のモンスターの狙いは、強いが遅い地上のモンスターだけになる。そうなれば車列は地上の群れをハンター達に押し止めてもらいながら、速度を上げて引き剝がせば良いだけだ。勝利は確実に近付いている。そう考えて、アキラは気を引き締めた。

その時、地上の群れを薙ぎ払っていた光線が急に輝きを増した。上空領域のモンスターの浮遊砲台が、レーザーの出力を上げたのだ。一帯を光が呑み込み、わずかに遅れて大爆発が起こる。

エネルギーが集中する点の攻撃ではなく、分散する線での攻撃だ。威力が上がっても超高密度の色無しの霧による事象が発生するほどではない。それでも生じる爆風の規模は膨れ上がった。

着弾点から遠かったおかげで気化も炭化も免れたモンスターが吹き飛ばされていく。マンションぐらいはある巨体であろうとも軽々と宙を舞う。

『アルファ！　何があった!?』

『地上の群れがなかなか減らないから、上空領域のモンスターが攻撃の規模を上げたようね』

『クソッ！』

もう少しで勝てる。そう思った途端に起こった事態の変化に、アキラは顔を険しくさせた。

次の瞬間、アルファの運転でバイクが急加速する。

驚くアキラだが、その理由を聞く必要はなかった。爆風で宙を舞った羽の無い巨大な甲虫が、アキラの方に吹き飛ばされて向かってきていた。体長は150メートルほど。迎撃には無理がある大きさだった。

その膨大な質量の体当たりを、アキラはバイクで全力で駆けて回避する。アキラの横を通り過ぎた巨大な虫は、そのまま車両の屋根に落下した。

飛んできたモンスターはその一匹だけではなかった。車両やその周辺に大量に飛んできて落下する。激突の衝撃で多くの個体が死んだが、生きている個体も多かった。周囲のハンター達が慌てて撃破に動いている。

そしてアキラの所に飛んできた個体も生きていた。レーザーの直撃は免れたとはいえ余波を喰らい、車両の屋根に叩き付けられたのだ。負傷は浅くない。動きも酷く鈍らせている。それでも生きていた。

アルファの顔から笑顔が消える。

『アキラ！　すぐにあの個体に止めを刺すわよ！　あれが次のレーザー砲の標的になったら、車両ごと吹き飛ばされるわ！』

『了解！』

アルファの表情から事態の深刻さを理解して、アキラが顔を更に険しく歪ませる。進行方向を勢い良く反転させるバイクの上で、バイクの拡張アームと合わせて両手の銃を連射した。

拡張部品の追加により以前の物と比べて格段に強度を増したLEO複合銃に、その銃が崩壊しかねないほどのエネルギーを投入して、限界まで威力を上げたC弾《チャージバレット》を撃ち放つ。アキラ自身が喰らえば一発で死ぬ弾丸を、拡張弾倉を使い切る勢いで撃ち込み続ける。その威力は凄まじく、本来格上のモンスターの外骨格を砕き、貫き、破壊するほどだった。

しかしその程度の損傷など、150メートルを超える巨体から考えれば大した負傷ではない。少なくとも即死には程遠い。撃ち続ければいつかは倒せるが、今はその悠長な時間を許容するような猶予は無かった。

自分の攻撃が大して効いていないことに、アキラが顔をしかめる。その時、天井の開口部から黒い攻撃機が追加で大量に出現した。上空領域のモンスターが攻撃の規模を上げたのは、レーザー砲だけではなかったのだ。そして回転する黒い円盤の一部は、アキラ達の方にも向かってきていた。

自分の攻撃では駄目だが、あれが刻めば大丈夫だろう。アキラがそう思って表情を緩ませる。だがその途端、こちらに向かってきていた黒い攻撃機が、白い機体のレーザーに撃ち抜かれた。

アキラが驚いている間に、更に数機が撃ち落とされる。そして他の黒い円盤が標的を巨大な虫型モンスターから白い機体に変えていく。それで白い機体がそのまま破壊されるのであればアキラも構わない。だが白い機体は円盤の攻撃を機敏な動きで躱し続けていた。

『……クソッ！　アルファ！　どうする？』

『仕方無いわね。アキラ。かなり無茶をするけれど、構わない？』

『他に手が無いならな』

アルファが軽い冗談のように言う。

『一応、アキラだけこの場から逃げ出すという手もあるわよ？　空を走れるバイクもあることだしね』

アキラもアルファの態度に合わせて、軽い感じで答える。

『うーん、それは駄目だな』

そしてアキラとアルファは意を決したように笑い合うと、顔を前に向けた。

『行くわよ！』

『ああ！』

バイクが加速し、更に空中を走行する。そして巨大な昆虫の背に乗り、バイクを反転させてAFレーザー砲を構えると、放出角を最大まで広げて白い機体の方へ撃ち放った。

そのAFレーザー砲はバイクのエネルギータンクとエネルギーケーブルで繋がれていた。エネルギーパックでは不可能な大量のエネルギーが、ツェゲルト都市で買った弾丸に供給され、閃光となって放出される。その光は白い機体と、その周囲の黒い円盤達を一瞬で呑み込んだ。

　しかし白い機体は無傷だ。もともとエネルギー系の防御を重視した機体であり、加えて一点集中の攻撃でもない。範囲を広げた所為で威力の分散した攻撃など通じる訳が無い。そしてその程度の攻撃では黒い攻撃機にも通じない。一機も倒せていない。

　だが十分な意味はあった。閃光を浴びた黒い攻撃機が、標的を白い機体からアキラに変更する。

　黒い円盤の巨虫類《ジャイアントバグズ》への攻撃を、自分を狙わせて抑止していた白い機体は、その動きを見て急いでレーザー砲を黒い機体に向けた。そして再度攻撃して黒い機体の標的を再び自分に戻そうとする。

　しかし次の瞬間、レーザー砲の砲口にアキラから無数の銃弾を喰らった。レーザーを撃ち出す直前、その為に砲口の力場装甲《フォースフィールドアーマー》を解除する一瞬を狙った精密射撃、その連射だった。

　アルファのサポートによる照準補正を受けて、バイクの拡張アームの銃でその精密射撃を実施したアキラが、手に持つ銃をＡＦレーザー砲からＬＥＯ複合銃に戻しながら、少し険しい表情を浮かべる。

『……アルファ。撃った後に聞くのも何だけどさ、あの黒い円盤、撃っても大丈夫だったのか？』

『大丈夫よ。あれは所詮使い捨ての攻撃端末。幾ら倒してもアキラが上空領域のモンスターの砲撃対象になることは無いわ』

『……、そうか。分かった』

　アルファがそう言うのであればそうなのだろう。アキラは自分にそう言い聞かせて、自分が浮遊砲台の標的になる不安を消し去った。

　アキラは既に極度の体感時間操作を実施している。時が非常に緩やかに流れるその世界で、アキラは無数の黒い攻撃機が高速回転しながら自分に迫ってきている光景を見ていた。

　その威力はもう知っている。真面に喰らえば斬られるどころか粉微塵になる。それでもアキラは意気を上げて笑った。

『さあアキラ。ここからよ。覚悟を決めなさい』

『ああ。覚悟は俺の担当だからな！』

この状況を前にして、この更なる不運を乗り越える為に、打ち倒す為に、アキラは覚悟を決めた。

その瞬間、アキラに映る世界の姿が別世界のように鮮明に変わる。アキラの意識上の世界の解像度が、急激に向上したのだ。

黒い円盤の外周に付いている、高速回転している無数の刃のそれぞれが目で追える。鋭利な刃の先端まで視認できる。そして視界の端が白く染まることもない。余りに精細になったことでまるで輝いているかのように見える世界は、狭まるどころかむしろ広がっていた。

アルファのサポートを受けての現実の解像度操作は、アキラがそれを自力でも多少は可能になったという土台を得たことで、その解像度を更に向上させていた。

また解像度向上の要因はそれだけではない。アキラはクズスハラ街遺跡での戦いで、ツバキからカプセル状の物を渡されて服用していた。

それは旧世界製の治療薬であり、そのおかげでアキラは死にかけの体から、ある程度戦える状態にまで回復した。そしてその治療効果が一番強く働いたのは、アキラの脳だった。

アキラは旧領域接続者だ。だがその通信能力は旧世界の健常者に比べれば大幅に劣るものでしかない。旧世界製の治療薬はその著しく低い通信能力を旧世界の基準で負傷とみなし、治療した。完治はしていない。しかしそれでもアキラの通信能力は大幅に改善していた。

それにより増強された分の通信帯域は、アキラがツバキの誘いを断らなければ、アキラとツバキを繋ぐ秘匿回線の構築に大きく役立っていた。しかしアキラが断ったことで、その増強分は単純にアキラの基礎通信能力の強化に使われた。

そのおかげで今のアキラは、以前にイイダ商業区画遺跡で旧世界製の自動人形と交戦した際には、たった十数秒使用しただけで5日間も昏倒《こんとう》する羽目になった過負荷の現実解像度操作にも、耐えることが出来るようになっていた。

　超人の身体能力を得ても、それを動かす意識が常人のままでは、その動きも常人の域のままだ。だがアキラは強化服で身体能力を上げただけでなく、体感時間の操作に加えて、現実の解像度の操作まで可能になったことで、身体面でも意識面でも超人の域に迫っていた。

　そのアキラに黒い円盤が高速で迫る。アキラはその軌道を完全に見切ると、何も無い真横を思いっ切り蹴り付けた。

　強化服の接地機能の応用で空中に生成した足場を蹴り付けて、その反動で自身をバイクごと真横に移動させ、黒い円盤を回避する。アキラの横を通り過ぎた円盤は、その先にいた巨大な虫の外骨格に激突し、深くめり込んでその装甲を斬り裂いた。

　だが黒い攻撃機はその一機で終わりではない。次々にアキラに襲い掛かる。アキラはそれらの攻撃を、巨大な甲虫の上をバイクで駆け回りながら、機敏で精密で曲芸的な動きで回避する。その度に巨大な高速回転する刃が甲虫の装甲を斬り裂いていく。

　前方から迫る縦回転の円盤と、わずかに横に移動してすれ違う。その後に続く横回転の円盤を、タイヤの力場装甲《フォースフィールドアーマー》が生成した見えない坂を上って回避する。

　更に続く前後左右上下からの攻撃を、両輪を個別に操作して生み出す二重螺線の動きで避け続ける。ツェゲルト都市の屋内試乗場で見せていた曲芸を数段高度にした巧みな動きで、次々に襲い掛かる黒い円盤を躱し続ける。

　加えてアキラはその円盤をすれ違い様に蹴り付ける。アキラの強化服ではどれだけ蹴っても破壊など到底不可能だが、それでもその軌道を変えることぐらいは可能だ。

　軌道を曲げられた円盤は、その先の巨大な甲虫に激突し、その強固な装甲にめり込んだ。甲虫は既に無数の円盤に全身を刻まれている。アキラがその傷だらけの虫の姿を見て言う。

『アルファ。もうこのモンスター、動いてない感じだけど、倒したかな？』

『いいえ、倒せていないわ。身を固めて防御態勢を取っているから動きは無いけれど、まだ生きているわ』

『……頑丈だな！』

遅いが強いモンスターの途方も無い生命力に、アキラは思わず顔をしかめた。そして両手の銃を撃ち放つ。バイクの銃も、同じ標的の同一箇所に狙いを定めて連射する。標的は白い機体のレーザー砲の砲口であり、前回と同じく発砲の為に砲口の力場《フォースフィールド》装甲《アーマー》を解除した瞬間を狙った銃撃だった。

白い機体の武装ということもあり、そのレーザー砲は非常に頑丈だ。だが弱点を2度も正確に狙われれば、流石に破損では済まない。使用不可能なほどに破壊される。

白い機体が使い物にならなくなったレーザー砲を投げ捨てる。そして代わりにレーザーブレードを抜くと、自身を狙う数多くの黒い円盤を引き連れて、アキラに向けて突撃した。


黒い円盤の攻撃を、甲虫の表面を走行して躱しながら、アキラが顔を険しくする。

『……突っ込んでくるのか。アルファ。どうする？』

アキラとしては、自分が巨大な虫に止めを刺している間に、他のハンターに倒されてほしかった。少なくとも相手の方から自分と距離を取ると思っていた。レーザー砲が無いからといって、大量の黒い円盤を引き付けている自分の方に、向かってくるとは思わなかった。

『アキラ。こっちもブレードを使うわ。斬り合うわよ』

『あれとか!?　……了解だ！』

それは流石に無理がある。一度はそう思ったアキラだが、アルファがそう言うのであれば、それが最善なのだろうと思い直した。両手の銃を仕舞い、太いエネルギーケーブルが付いた柄に持ち替える。そしてその柄をブレードの生成機に差し込んだ。

すると生成機の差し込み口が左右に広がり、その隙間から強い光が漏れる。今まで無かった挙動に驚きながらも、アキラは柄を引き抜いた。

同時に生成機が刀身を生成しながら後方に勢い良く飛んでいく。巨大な見えない鞘《さや》から剣を抜いたように、液体金属の刃が空中に長く生成されていく。

そして刀身の生成を終えた生成機が、ワイヤーのようなものに引っ張られてバイクに戻ってきた時、アキラの手には刃渡り10メートルはある巨大なブレードが握られていた。

『あれと斬り合うのなら、これぐらいのものは無いとね。残りの液体金属を全部使ったわ。さあアキラ。ここからよ』

『ああ！』

バイクに乗りながら、アキラがその巨大な銀色の刃を構える。そのアキラに、白い機体がアキラのブレードより長い光刃を構えて迫る。

先に振るわれたのは光刃だった。いわゆるレーザーブレード、高密度のエネルギーを力場で固めて形成した輝く剣が、宙を焦がしながらアキラに迫る。

全長20メートルの体軀で振るっているのにもかかわらず、その攻撃の一連の動きを終えるまでの時間が、人の体軀で同様に振るった時より短い高速の振り下ろし。その絶技を、アキラはアルファの運転による絶妙な動きで回避した。レーザーブレードが甲虫の外骨格を斬り裂き、突き破り、その下の肉を焼き焦がす。

わずかに遅れてアキラがブレードを振るう。青白い光を放つ銀色の巨大な刃を、強化服の出力を全開にして、加えてバイクの加速まで乗せて、白い機体の胴に渾身の力で叩き付ける。

しかし弾かれる。１００機を超える白い機体の部隊は既に残り18機まで減っているが、基本的に残存エネルギーが少ない弱い機体から倒されている。つまりまだ残っている機体はエネルギー残量の多い格上の機体だ。アキラの一撃では機体の力場装甲《フォースフィールドアーマー》を突破できなかった。

渾身の一撃を防がれた反動がアキラを襲う。弾かれて落としそうになったブレードを、アキラは軋《きし》む両手で必死に摑む。

『アキラ！　絶対に落としては駄目よ！』

『分かってる！』

　厳密には軋んでいるのは強化服だ。生身の方は軋むどころではない状態になっている。弾け飛んで原形を失いそうな肉と骨を、強化服のインナーの外圧で押さえ込んで無理矢理形状を維持している。それほどまでに負傷した肉体を、事前に、そして戦闘中にも大量に服用した回復薬が即座に治療することで、戦闘可能な状態を継続させていた。

　ブレードの方も折れてはいないが一部が欠けており、刀身全体にひびが入っている。しかしこちらは液体金属の刃だ。バイクから供給されるエネルギーを使って融解と再生成を実施し、欠けた分の体積を失ったこと以外は完全な状態をすぐに取り戻した。

　振るった方も、喰らった方も、今の一撃で体勢を大きく崩した。そこに黒い円盤が殺到する。ここで体格の差が大きく現れる。

　アキラはそれらを何とか躱し切った。大型のバイクに乗っているとはいえ、その機動性は非常に大きく、加えてアルファのサポートもある。そして白い機体に比べれば非常に小さい。交差する円盤の隙間をその小ささで掻い潜り、更にブレードで何機か弾いて回避する。

　しかし白い機体は黒い攻撃機を躱せなかった。崩れた体勢では機敏な動きも出来ず、更にその巨体の所為で、円盤の軌道を掻い潜れる隙間がそもそも存在しない。直撃を喰らい、そのまま高速回転する刃で表面装甲を斬られ続ける。

　だがその程度で破壊などされない。それで壊れるのであれば、アキラの一撃で既に両断されている。白い機体は強靱な力場装甲《フォースフィールドアーマー》で黒い円盤の攻撃に耐えていた。それだけでなく、崩れた体勢を無理矢理立て直すと、アキラに向けてレーザーブレードを再び振るった。

　アキラもそれに合わせてブレードを振るう。巨大なブレード同士が激突し、刀身を形成する力場《フォースフィールド》装甲《アーマー》から衝撃変換光が火花のように飛び散った。

　そしてそのまま斬り合いになる。縦に振るい、横に振るい、黒い円盤の攻撃を躱しながら、喰らいながら、全長150メートルはある特大の虫の背の上をバイクと人型兵器で機敏に高速に駆け続け、甲虫の外骨格も黒い円盤も巻き添えにして、巨大なブレードを振り回す。

斬り付ける度にアキラのブレードはわずかだが破損している。その度に微量だが体積を失い、その状態で融解と再生成を実施して、ほんの少しだけ短くなっていく。その繰り返しで、初めは10メートルはあった刀身は、既に7メートルほどになっていた。

それだけ斬り付けても白い機体は倒せない。それどころか、黒い円盤に装甲を刻まれながら鋭い一撃を放ってくる。

アキラはそれを何とか防ぐ。回避が無理ならブレードで滑らせて直撃だけは避ける。余裕は一切無い。白い機体に纏《まと》わり付く黒い円盤が相手の動きを乱していなければ、アキラは既に斬られていた。

(強い……！　これ、間に合うか……？)

制限時間が無ければアキラももう少し楽に戦える。黒い円盤の標的は地上のモンスターと白い機体だ。アキラは白い機体に黒い円盤を押し付けるように逃げ回りながら戦えば良い。

しかしアキラは勝負を急がなければならない。浮遊砲台が足下の甲虫と白い機体を狙う前に倒さなくては、一緒に吹き飛ばされるからだ。

そしてアキラを更に焦らせる事態が起こる。車両から離れた場所に落下した巨大なモンスターを、浮遊砲台が狙ったのだ。

降り注ぐ光線が一帯を吹き飛ばす。その爆発の暴風がアキラ達にも襲い掛かる。そして周囲の円盤を吹き飛ばした。

邪魔な円盤が一時的に消えたことで、白い機体の動きが変わる。その巨体からは想像し難い更に鋭さを増した一撃を放とうとする。

『……クソッ！』

次の光線は自分達の所に落ちるかもしれない。ただでさえ強い白い機体が身軽になって襲ってくる。その両方にアキラは悪態を吐いた。

そこで更なる事態が起こる。今まで気絶していた巨大な甲虫が目を覚まし、勢い良く身を起こしてアキラ達を背から振り落としたのだ。

車両の屋根に激突した衝撃で気絶していた甲虫は、意識の無いまま本能で防御態勢を取っていた。だが目を覚ました途端、傷口から体液を流しながらも、その驚異的な生命力で敵に襲い掛かる。鉤爪《かぎ》を生やした巨大な多関節の前足を高く掲げると、アキラと白い機体に向けて素早く振るった。

強いが遅いモンスターとはいっても、それは移動が遅いという意味だ。目の前の敵を前足で薙ぐ動きであれば十分に速い。巨大な質量が高速で大気を薙ぎ、暴風を生み出しながらアキラと白い機体に迫る。

だがアキラと白い機体は機敏な動きで共にそれを回避した。アキラがバイクで宙を駆けながら顔を険しくする。

『あのモンスター、死にかけじゃなかったのか!?』

『死にかけよ。でも死んでいなければあれぐらいは動ける。それだけよ』

『……これが東側のモンスターって訳か！　何て強さだ！』

そこに一度吹き飛ばされた黒い円盤が戻ってきた。そしてアキラにも白い機体にも巨大な甲虫にも襲い掛かる。

車列側、襲撃側、上空領域のモンスターに、地上のモンスター。その四つ巴は既に始まっていたが、ここでもアキラ、白い機体、黒い円盤に、巨大な甲虫の、四つ巴が始まった。

四つ巴の乱戦が続く。荒れ狂う混戦の中、アキラは右手のＡＦレーザー砲、左手のブレード、バイクとその拡張アームのＬＥＯ複合銃を駆使して生き延びていた。

周囲には破壊された黒い円盤が散らばっており、甲虫の巨大な前足も転がっている。しかし黒い円盤も甲虫の前足もまだ残っている。十分な脅威だ。

『アルファ。状況は？』

『白い機体はあと11機よ。地上のモンスターも減ってきてはいるわ』

『それなら他のハンターの支援を期待できそうか？』

『残念だけれど、それは難しいわ』

『理由は？』

『他の場所はもっと酷い状況だからよ』

『そうか……』

実際にアキラが戦っている相手は、残存する白い人型兵器の中では最も弱い機体だった。地上のモンスターも屋根の1体だけで追加は到着していない。だからこそアキラ一人で何とかなっていた。

アキラも自分が比較的ましな状況であることは理解した。しかし幸運だとは思えない。顔を険しく歪める。

『……でもこのままじゃまずいぞ？　そろそろ次のレーザー砲の攻撃が来るんじゃないか？』

浮遊砲台は地上のモンスターの群れをある程度優先して狙っているが、白い機体も狙っている。地上の群れが減少すれば、優先順位がまた変更されても不思議は無い。そして残存している白い機体の数が減っている以上、自分が戦っている機体が狙われる確率は増えていた。

『そうね。仕方が無いわ。アキラ。少し賭けになるけれど構わない？』

そう言って少し挑発的な笑顔を向けてきたアルファに、アキラも同じように笑って返す。

『いつものことだろ？　やってくれ』

運悪く、賭けに負ければ死ぬことになる。だがアキラにはその不運に打ち勝とうとする意志がある。そしてアルファがそのようなことを言う以上、賭けに出ない方が期待値は低いこともアキラには分かっていた。それならば躊躇う必要は無かった。

『分かったわ。それじゃあ、行くわよ！』

宙を駆けるバイクが急加速する。向かう先は白い機体だ。アキラはそうやって白い機体に高速で近付き、すれ違い様に何度も斬り付けていた。その程度では驚かない。しかし今回はその顔が驚きに染まる。

『アルファ!?』

バイクは機体とすれ違う移動経路ではなく、直撃の道を進んでいた。

『アキラ！　防ぎなさい！』

『わ、分かった！』

　今までとは異なる挙動で向かってくるアキラに、白い機体がレーザーブレードを振り下ろす。それをアキラは自身のブレードで何とか防いだ。

　次の瞬間、バイクが白い機体に激突する。車体の力場装甲《フォースフィールドアーマー》の出力を限界まで上げた状態での、高速での体当たりだ。並のモンスターなど吹き飛ばされるどころか千切れ飛ぶ。しかし白い機体の装甲は凹みもしない。逆にバイクの車体が少し歪んだ。

　もっともアルファの目的は体当たりではない。機体と激突した後もバイクの後輪は回転を止めない。空中走行機能で力場装甲《フォースフィールドアーマー》の足場を生成し、それを強固に踏み締めて、車体を前方に進ませる。そして30億オーラム以上もする高額高性能なバイクの出力を以て、白い機体との質量差を捩じ伏せた。

　全長20メートルはある巨体が、たった一台のバイクに押し負けて、空中で後方に押し出されていく。

宙を自在に飛行する人型兵器は、基本的に前方への移動で最高速を出す構造になっている。次に左右であり、後方への移動が最も遅い。遠方の敵を強襲する為には、その方が都合が良いからだ。

　だが今はその移動速度の差の所為で、バイクを引き剥がすことが出来なかった。前に進むバイクと後ろに進む白い機体では、バイクの方が速いからだ。胴体部にいるバイクを力尽くで引き剥がそうと、白い機体が光刃と拳を振るう。

『アキラ！　防いで！　機体への攻撃は忘れて良いわ！』

『了解！』

　その巨大な光刃と拳に、アキラは長さが半分になった銀色の刃とAFレーザー砲で抗う。

　相手のブレードに自身のブレードを合わせて、逸らし、滑らせ、弾いて防ぐ。迫りくる拳には、放出角を調整したエネルギーの奔流を浴びせる。その程度では白い機体の力場装甲《フォースフィールドアーマー》には欠片の傷も付かないが、それでも押すことは出来る。

そうやって敵の攻撃を何とか防いで、アキラは白い機体を押し続ける状態を維持していた。

『アルファ！　それで、こいつを押してどうするんだ？』

『このまま押して、纏めて片付けるわ』

『どうやって？』

『あれに喰わせるの』

アルファが前方を指差す。白い機体の背後をアキラの拡張視界に透過表示したその先には、巨大な甲虫の姿があった。

白い機体の方もそれに気付く。必死になってバイクを引き剝がそうとする。しかし攻撃はアキラに防がれる。もがくように機体を大きく動かして何とかしようとしても、アルファの巧みな運転で機体を押されて阻止された。その間にも甲虫との距離はどんどん縮まっていく。

『ここが正念場よ！　頑張りなさい！』

『分かってる！』

そしてアキラ達が甲虫の前足の間合いに入った。


多関節の足が大きくしなり、勢いをつけてアキラ達に迫ろうとする。

しかしその前にバイクの拡張アームの2挺の銃が、最大威力でその足を狙う。膨大な数のC弾《チャージバレット》が、黒い円盤に刻まれて脆くなっていた箇所に着弾し、その足をへし折った。

それならばと、甲虫は頭部を変形させるほどに大きく口を開けた。そしてアキラ達を噛み殺そうと突進する。アキラの方もその大口に白い機体を喰わせようと、機体からの攻撃を防ぎながら全力で距離を詰めていた。

次の瞬間、標的を間合いに収めた甲虫がアキラ達を噛み締《し》めた。その巨体の質量が上下からアキラ達を圧殺しようとする。

もっとも厳密には、それを喰らったのは白い機体だけだ。体格の差のおかげでアキラは潰されずに済んでいる。

そして白い機体の方も、頭を潰され両足をへし折られても倒されてはいない。その状態でブレードを振り回して抗い、甲虫の口内を斬り裂いていた。

アキラがそれを避けながら外を見る。

(成功した……！　脱出……！)

モンスターと白い機体を潰し合わせる作戦は成功した。あとは甲虫が白い機体を噛み潰す前に、硬い機体の所為で大口を閉じ切れない間に、口内から急いで脱出するだけだ。

そう考えて、思わず笑ったアキラの表情が固まる。閉じかけた口の中から見た外の光景は、無数の黒い円盤で埋まっていた。黒い円盤は、アキラと、白い機体と、地上のモンスターを標的にしている。その全てが集まっているこの場所に、黒い円盤が殺到するのは当然のことだった。

黒い円盤が甲虫の口内に次々に高速で入り込む。それをまずは白い機体が真面に喰らった。甲虫に噛まれて残存エネルギーの大半を失い、更に動きを封じられた状態では、ここまで驚異的な性能を見せていた機体でも流石に耐え切れなかった。全身を切断され、更に甲虫に噛み潰されて大破した。

白い機体が壊れたことで、甲虫の口が完全に閉まる。しかし黒い円盤は既に甲虫の中に数多く入っていた。鋭利な刃を高速回転させて、巨大な虫を内側から斬り刻む。更に後続が口を破壊して体内に侵入する。冗談のような生命力を持つ巨大なモンスターも、ここまでされては流石に耐えられなかった。その命を終えて崩れ落ちる。

アキラ達を襲っていた黒い円盤が甲虫の中に残らず入ったことで、辺りが落ち着きを取り戻す。周囲に動くものは何も無かった。

その静まり返ったような世界が突如動き出す。甲虫の背中から青白い光刃が飛び出し、その背を斬り裂いたのだ。そしてその発光する液体金属の刃が砕けて消えた後、背の裂け目から焦った顔のアキラがバイクで飛び出してくる。

『アルファ！　今！　アルファとの通信がちょっとだけ切れてたぞ!?』

『ええ。少し賭けになるって言ったでしょう？　通信が切れていた時間が少しだけで助かったわ』

『あれ、そういう意味かよ！』

甲虫から飛び出したアキラが、車両の屋根に着地する。出てきたのはアキラだけだ。黒い円盤は出てこない。

甲虫の体内に入った黒い円盤も無傷では済まなかった。強固な白い機体を斬るのには大量のエネルギーを必要とする。甲虫の体内も硬く、溶解液なども浴びていた。その上でアキラから攻撃されれば流石に耐え切れず、全て破壊されていた。尚アキラはその溶解液をバイクの力場障壁《フォースフィールドシールド》で防いでいた。

纏めて片付ける。そのアルファの言葉通りに、白い機体も、黒い円盤も、巨大なモンスターも、全て纏めて倒された。

アキラが大きく息を吐く。

「何とかなったか……、ん？　何だ？　動いてる？」

足下の揺れを感じたアキラが少し驚く。停車していた車両が再び動き出していた。

『白い機体を全て倒し終えたようね』

アキラが軽く頭上を見上げる。空を塞ぐ天井からは黒い円盤が追加で出現していたが、それらは車両の周囲ではなく、離れた場所にいる地上のモンスターの群れに向けて飛んでいた。

「やっとか……」

白い機体の部隊を撃破すれば、あとは車両の速度を上げて地上の群れを引き剝がせば良い。そのアキラの考え通りに、車列はこの場からの離脱を進めていた。

『アキラ。まだ終わっていないわ。完全に引き剝がすまでは、車列に近付くモンスターを食い止めないと駄目よ』

『分かった……。もう少しだな』

アキラが屋根の端まで移動する。そして両手のＬＥＯ複合銃で遠方のモンスターを連射した。バイクの方のＬＥＯ複合銃でも撃とうとしたのだが、そちらからは弾が出なかった。

『……あれ？　弾切れか？』

『いいえ。残念だけれど壊れたわ』

『えー……』

両手のLEO複合銃はエネルギーパックで動いていたが、バイクの方は拡張アームを介してバイクのエネルギータンクで動いていた。

C弾《チャージバレット》は投入するエネルギーが高いほど強力になるが、発砲時の負荷も高くなる。アルファがギリギリの調整をしていたとはいえ、これ程の戦いではどうしても威力が必要であり、甲虫の体内で黒い円盤を撃破した時に、遂に負荷の限界が来ていた。

『高かったのに……。……まあギリギリ保ったってことにしておくか』

『ええ。この程度の損失で勝てたのならば安いものよ。そう考えましょう。実際に勝ったのだからね』

『そうだな。俺の勝ちだ』

これほどの敵に、これほどの不運に勝ったのだ。アキラはそう考えて、機嫌良く笑った。

車列が速度を上げて地上の群れを引き離していく。空を塞ぐ天井の下から脱出し、そのまま荒野を進んでいく。地上の群れも上空領域のモンスターに襲われながら車列を追うことは出来ない。やがてその姿は地平の先に消えていった。

『よーし、終わった。疲れた。もう車内に戻っても良いだろう。ヒカルに連絡して外壁を開けてもらって……、あ、通信切れてるんだった。面倒臭いな。待たなきゃ駄目か？』

車両の速度を上げた分、外壁の力場装甲《フォースフィールドアーマー》は弱まっている。しかしつい先程まで余りに多いエネルギーを供給していたこともあり、情報遮断体の性質が完全に消えるまでには時間を必要としていた。

『私がヒカルとの通信を回復してみるわ。車両の外壁は情報遮断体の性質を持ったままだけれど、あれだけの攻撃を受けたからね。どこかに穴が開いているかも。そこから通信が繋がるかもしれないわ』

『そうか。頼んだ』

その穴を探してアキラが車両の屋根の上をバイクでうろうろする。するとアルファの予想通り、人が入れるぐらいの亀裂が見付かった。裂け目からは車内の通路が見える。

『微弱な通信だけれど、簡単な会話程度なら何とかなりそうね』

『外壁を開けてもらうように頼むだけなんだ。声だけ繋がれば十分だよ。繋げてくれ』

ヒカルとの通信が繋がる。

『……アキラ。そっちの状況は？』

『ああ、ついさっき一段落ついたところだ』

『そう。それじゃあ悪いんだけど、今すぐこっちに来てくれない？　実は今、ちょっと厳しい状況なの』

必死に叫んでいる訳ではない。しかしその落ち着いた声は、ヒカルが危機的な状況にあることを、アキラに詳しい説明無しに理解させた。

車外の状況はアキラを含めた多くのハンター達の尽力によって解決した。しかし車内の状況は全く解決していなかった。

第208話　襲撃者

格納庫でシロウ達と出会い、逃げ出すようにその場を離れたヒカルが部屋に戻ろうとしていると、車両の運行側から通知が入る。

内容は2点。一つは、車外で非常に激しい戦闘が発生しているので、念の為に安全な部屋に移ってほしいということ。もう一つは、車両の防御を高める為に力場装甲《フォースフィールドアーマー》の出力を上げるので、通信障害が発生する恐れが高いという知らせだった。

ヒカルも外の状況はアキラの情報収集機器を介して知っている。不思議には思わずに了解の意を返信した。すると移動先の部屋を指定され、その28号室の使用権限も渡される。

ヒカルが思わず立ち止まる。その部屋はウダジマの部屋だった。

（……ちょっと待って!?　同じクガマヤマ都市の人間なんだからってことなんでしょうけど、それはまずい……、ん？）

慌てたヒカルだったが、28号室の使用権限を得たことで、その部屋の利用者も分かるようになっていた。現在の利用者として登録されているのはヒカル一人。つまり28号室は空室だった。

ヒカルが安堵の息を吐く。

「ああ、そういうこと。そりゃアキラがいるのに乗ってる訳無いわよね」

行きの時はともかく、今は帰りなのだ。この車両にアキラが乗っていることはウダジマ側にも確実に伝わっている。それでウダジマは乗るのをやめたが、乗車のキャンセルは間に合わなかったのだろう。28号室は空室のままになった。

もっとも空室でも金が支払われている以上、車両側も普通は他の者に使わせるような真似はしない。しかし今は非常時で、加えてウダジマもヒカルもクガマヤマ都市の職員だ。車両側も安全の為に一時的に使わせるぐらいは構わないと考えたのだろう。

ヒカルはそう判断して、そのまま28号室に向かった。

　都市の幹部が予約を取っていた部屋だということもあり、28号室はヒカル達が使っていた部屋より豪勢で頑丈な造りになっていた。

　室内には緊急避難室を兼ねた狭い金庫室まで備わっている。非常に重要なものを輸送する際に、それを取り扱えるだけの地位の者が直接運ぶことは珍しくない。その為の設備だ。

　部屋に入ったヒカルは、室内を見渡してウダジマがいないことを改めて確認した。軽く息を吐いてソファーに腰を下ろす。

「あとは待つしかないか……。アキラ、無事だと良いんだけど」

　アキラとの通信は既に切れている。通信障害が発生するほどに、車両の力場装甲《フォースフィールドアーマー》の出力が上がった所為だ。ヒカルはそれがどれだけの異常事態なのか理解していた。

　通信が切れるまで連携していたアキラの情報収集機器のデータを、ヒカルが部屋の表示装置に映す。


空を塞ぎ、その影が車列を覆う巨大なモンスターの姿が表示された。

「……これ、上空領域のモンスターよね？　何で地上付近まで下りてきてるのよ……。予想外の事態にも程があるでしょう。勘弁してちょうだい……」

　頭を抱えて溜め息を吐くヒカルの脳裏には、その予想外の事態にしょっちゅう遭遇するという、不運なハンターの姿が浮かんでいた。

　ヒカルが苦笑いを浮かべる。

「アキラ。アキラはその不運より強いんでしょう？　今回もちゃんと勝ってちょうだいね」

　ヒカルも別にこの状況がアキラの所為だと言う気は無い。だが、もしそうであるならば、責任は取ってもらいたかった。ヒカルも死にたくはないのだ。

◆

　車外の激しい戦闘が終わるのを、ヒカルは部屋でじっと待っていた。外との通信も切れているので、アキラのサポートも出来ない。今のヒカルに出来ることは何も無い。ある意味で暇な状態なのだが、娯楽映像でも見て暇潰しをする気分にはとてもなれない。ただひたすら待ち続ける。

そこで部屋全体が大きく揺れた。上空領域のモンスターのレーザーが車両の近くに落ちた余波だ。ヒカルが焦った顔を見せる。

「ちょっと!?　勘弁してちょうだい!　大丈夫なのよね!?」

そこで部屋のインターフォンが鳴った。こんな時に何なんだと思いながら、ヒカルがドアの前まで行く。するとドア表面の表示装置に自動で通路側の様子が表示された。

まるでガラスに変わったかのように見えるドアの向こう側には一人の男が立っていた。その者は車両の職員の服を着ており、銃などで武装もしていない。警備員ではなく接客用の一般乗務員に見える。

そのエルデという男が、非常に険しい顔でヒカルに避難を促す。

「緊急事態です!　上空領域のモンスターの攻撃により、この車両は自走不能状態に陥りました!　力場装甲《フォースフィールドアーマー》もいつまで保つか分かりません!　直ちに避難してください!　他の車両への連絡路まで御案内致します!」

「嘘!?」

ヒカルがドアを開けようと慌てて開閉パネルに手を伸ばす。だが触れる直前でその手を止めた。

(……上空領域のモンスター?)

車列が上空領域のモンスターに襲われていることはヒカルも知っている。しかしそれを知ったのは、アキラの情報収集機器との連係によるものだ。車両の警備側からは伝えられていない。ヒカルはまずそこに違和感を覚えた。

そして車両が自走不能状態に陥ったことを直接伝えられたことにも疑念を抱く。それだけの非常事態であれば、避難の前に連絡ぐらいあっても不思議は無いからだ。

もっともそれらに対する辻褄の合う推測ぐらいは、

ヒカルもすぐに思い付く。だがその上で自身の勘が、開けるなと言っていた。

エルデの顔を改めて見る。避難を急かす険しいその表情には、交渉事に秀でた者でなければ見抜けないほどの、ほんのわずかな演技の色が浮かんでいた。

ヒカルが決断し、開閉パネルに手で触れる。ドアを開く為ではない。更に強固に閉じる為だ。表示機能の付いた通常のドアの通路側に、分厚い金属の扉が追加で被せられていく。

だがその直前、その動きを察知したエルデがドアに痛烈な蹴りを放った。

通常のドアとはいえ都市間輸送車両の設備であり、加えて都市の幹部が使用する上位の部屋のものだ。並の砲撃程度では傷一つ付かない強度を持っている。

そのドアが、たった一度の蹴りで大きく歪んで大破した。加えてその蹴りは、吹き飛ばされたドアがヒカルに直撃して殺してしまうのを防ぐ為に、加減して放たれたものだった。

エルデは通常のドアが大破したことで、追加の扉の動作に支障が出ることを期待した。だが分厚い扉はしっかりと閉まり、室内と通路を強固に遮断した。

正しい判断をした自身を称賛しながら、ヒカルがその場にへたり込む。

「……な、何？　何なの？」

半ば呆然としているヒカルに、車両の警備側から通知が届く。それはヒカル宛ではなく、2号車の車内にいる全ハンターに送られたものだった。

車内に襲撃犯あり。28号室の要人を狙う襲撃犯の部隊を直ちに排除せよ。拘束不要。要人の安全が最優先。殲滅せよ。

「……どういうことよ⁉」

理由は不明だが、自分が狙われている。それだけは分かる。それ以外は分からない。その訳が分からない状況に、ヒカルは思わず叫んでいた。

完全に閉じられた扉の前で、演技をやめたエルデが険しい表情で舌打ちする。

「……下手な演技など、するだけ無駄だったな」

ヒカルから見えない位置に控えていた部下達の一人がエルデの側に行く。

「うっかり開けてくれる可能性はあったのです。無駄ではないでしょう。車両側に動きがあります。車内のハンターのみならず、３号室の周囲に展開していた坂下の部隊まで、全てこちらに向かっております」

「あっちの連中も全てか？　ではやはりこちらが本命……、いや、囮に釣られた恐れも……、待てよ？　重要度が異なるだけで、両方とも、という可能性も……」

エルデはわずかに迷ったが、すぐに決断した。

「よし、この場は俺とトルパとサーザルトの三人だけで良い。他の者は周囲を制圧。そのまま坂下の連中を引き付けろ。撃破後はこちらに戻らずそのまま３号室を襲撃。当初の計画で進めろ。行け」

「はっ！」

重武装の者達が即座に動き出す。エルデと同じく銃を持っていない二人、トルパとサーザルトは指示通りその場に残っている。

トルパがエルデに尋ねる。

「エルデ隊長。我々も手伝いますか？」

「いや、俺だけで良い。俺がドアの破壊に集中できるように周囲の警戒を頼む」

「了解しました」

サーザルトがトランクを床に置き、それを開く。すると中にあった装置から無色透明の気体が大量に噴出した。そして気体が周囲に充満したところで、二人はエルデの護衛をするように通路の左右に配置に付いた。

その二人の間でエルデが構えを取る。そして大きく息を吸うと、目の前の扉を渾身の力で殴り付けた。力場装甲《フォースフィールドアーマー》など使わなくとも、それ以上の強度を誇る特殊合金の扉が、その一撃で軋みを上げる。更に連撃を喰らい、徐々に歪んでいく。

その猛攻に、扉よりも早くエルデの服が耐え切れずに弾け飛ぶ。エルデが装っていた乗務員の服は、強化服でも防護服でもないただの服だ。分厚い金属の扉を歪ませるほどの力に耐えられる訳が無かった。

千切れた服の下から現れたのは薄手のインナーだ。両手は生身。手袋の類いは乗務員の服と一緒に千切れ飛んだ。エルデは素手で扉を殴りつけている。

それはそのインナーが薄手の強化服ではなく、薄手の防護服であることを示していた。つまりエルデは自身の身体能力だけで分厚い扉を破壊しようとしていた。

超人。エルデはそう呼ばれる存在だった。

超人の連撃が続く。生身で戦車を殴り飛ばせる拳が、蹴りが、繰り返される。

扉が破壊されるのは、時間の問題だった。


3号室でハーマーズがシロウに怪訝な目を向ける。

「シロウ。何の真似だ？」

シロウは調子良く笑っている。

「良いじゃねえか。坂下の部隊も彼女を助けに向かった方がそれっぽいだろ？」

「それはそうだが……」

ハーマーズもシロウの言い分は分かる。しかしそれでもシロウの護衛が減ったことに違いは無い。シロウの護衛の責任者として、ハーマーズは不満げな表情を浮かべた。

そのハーマーズの様子を見て、シロウが少しからかうように挑発的に笑う。

「何だよ。護衛なんて俺一人で十分だとか言ってたくせに、口だけだったのか？　おお怖え。それじゃあ俺の身が危ねえな。すぐに部隊を呼び戻さないと。……呼び戻した方が良い？」

呼び戻せと言えば、自身の実力を坂下重工にわずかであろうとも疑わせることになる。ハーマーズは溜め息を吐いてシロウの行為を黙認した。


エルデの部下達は乗務員や一般客、他のハンターに成り済まして、既に車両のあちこちに配置に付いていた。その者達も手持ちの装置から無色透明の気体を大量に継続的に噴出させていく。

気体が車内全体に広がるまで、大して時間は掛からなかった。

◆

車外で四つ巴の戦いが終盤を迎える中、２号車の車内ではエルデの部隊と車両側の部隊の激戦が繰り広げられていた。

指示通りに28号室に向かったハンター達は劣勢を強いられる。そもそも2号車のハンター達は、車列全体の中では実力の劣る者が多い。加えてアキラを含む2号車の実力者達は車外で戦っている。つまり車内にいるハンターは、外の戦いにはついていけない者達ばかりだった。

その一方で、エルデの部隊は都市間輸送車両を襲撃するだけはある実力者が揃っている。ハンター達に勝ち目など無く、車両の制御室の方へ後退を繰り返していた。

しかしエルデの部隊も優勢ではない。ハンター達の代わりに前に出た坂下重工の部隊と激突し、交戦する。

坂下重工の部隊はシロウの護衛として派遣されていただけはあり、その強さはそこらの高ランクハンターなど軽く超えている。重装強化服が都市間輸送車両の通路の広さを活かして前進する。強靭な体軀で味方の盾になりながら機銃で通路全体を掃射する。

エルデの部隊員が重装強化服の懐に入ろうとする。それを坂下重工の部隊員が迎撃する。一瞬の判断の遅れ、一度の判断の誤りが戦局を大きく左右する世界で、どちらも遅れず、誤らず、その実力を発揮する。

わずか十数メートルの空間を大量の弾丸が飛び交う中、光刃が追加で幾度も振るわれる。通路の壁、床、天井の至る所に無数の弾痕が穿たれ、続く斬撃で更に斬り裂かれていく。

車外の激戦にも劣らない熾烈《しれつ》な戦闘がそこにあった。

エルデの連撃を受け続けた分厚い扉は、もう目に見えて分かるほどに大きく歪んでいた。それに呼応するようにヒカルの表情も焦りで大きく歪んでいる。状況の把握は済んでいない。しかし扉の限界は近いことと、相手の目的が自分であることだけは、どうしようもなく分かっていた。

車内のハンター達による救助も期待できない。今も扉への攻撃が止まっていない以上、恐らくハンター達はこの近くに辿り着くことすら出来ていない。その焦りがヒカルの心を乱し、平静さを失わせていく。

（ど、どうすれば……）

ヒカル自身はいろいろ考えようとしているつもりだったが、焦りで空回りする頭では建設的な思考は全く出来ていなかった。どうすれば。それだけの言葉が繰り返される。

そこでアキラとの通信が微弱だが回復する。ヒカルはそれで我に返った。一度深呼吸してからアキラに繋ぐ。

『……アキラ。そっちの状況は？』

『ああ、ついさっき一段落ついたところだ』

ヒカルはアキラの軽い口調から、車外の状況は片付いており、アキラも無事だと理解した。

『そう。それじゃあ悪いんだけど、今すぐこっちに来てくれない？　実は今、ちょっと厳しい状況なの』

ヒカルは自身を奮い立たせる為に、敢えて力強く笑ってそう答えた。それでも深刻な状況であることはアキラに十分伝わった。真面目な声が返ってくる。

『……分かった。すぐに行く』

『私がいるのは28号室よ。頼んだわ。お願いね』

ヒカルはそれだけ言ってアキラとの通信を切った。そしてもう一度深呼吸すると、自分の頬を両手で叩いて気合いを入れた。

「……よし。じゃあ頑張って時間を稼ぎましょうか」

どうすれば。自身を惑わすばかりだったその言葉の答えを得たヒカルが、この若さで広域経営部に配属された才女の有能さを改めて発揮する。部屋を見渡し、策を練り、動き出す。

アキラが来るまで時間を稼げば何とかなる。そこに希望を見出して、ヒカルは出来る限りのことをした。

◆

車両の屋根の隙間から車内に入ったアキラがヒカルの下に急ぐ。

バイクは屋根に置いてきた。屋根の隙間はバイクが通れるほど広くはなく、格納庫の外壁を通って28号室に向かう経路は遠回りになるからだ。アキラは最短時間でヒカルの下に辿り着く為に、バイクの無事を願いながら自分だけで車内に入った。

その後はアルファの案内で28号室を目指して進む。床を蹴り、壁を蹴り、宙を蹴って、障害物を避けながら車内の通路を駆けていく。

本来であれば強化服の身体能力で全力で走ればすぐに着く。しかし通路にはそれを邪魔する障害物が散らばっている。無数の死体だ。28号室に向かったハンター達。エルデの部下達。坂下重工の部隊。それらの激戦の痕が、大量の無惨な死体として残されていた。

それらの死体や大破した重装強化服などを見て、アキラが顔を険しくする。

『……これ、モンスターに車内まで入り込まれたって感じじゃないな。誰かが車両を中から襲撃したのか？　外で上空領域のモンスターが暴れてたんだぞ？　何考えてんだ？』

その疑問にアルファが答える。

『むしろ、だからこそ、なのでしょうね。車両の部隊が外の対処で手一杯の内に襲撃したのよ』

『……それ、白い機体の連中はその為の囮だったって言いたいのか？　上空領域のモンスターまで連れて来て？　いや幾ら何でも無理があるだろう。襲撃犯が初めから車内に入り込んでいたとしても、下手をすれば車両ごと吹き飛ぶところだったんだぞ？』

『それを覚悟の上で潜り込んだのでしょうね。少なくとも白い機体の操縦者は、命を惜しんではいなかったわ』

アキラが顔をしかめる。仮定にすぎないが有り得る話だった。そしてヒカルがそのような者達に襲われているのであれば、楽に勝てるとは思えなかった。

『……厄介だな。さっきから情報収集機器の精度も落ちてるし、通信状態も悪いし、これ、情報収集妨害《ジャミング》煙幕《スモーク》か？』

『厳密には拡張粒子の影響よ』

『拡張粒子？』

『物理特性を拡張する効果を持つ特殊な粒子のことよ。今は詳しい説明は省くけれど、これを散布したのが敵であれば、敵を有利にする効果が働いていると思っておいて』

『……了解だ』

今回の不運も手強《てごわ》そうだ。アキラは何となくそう思いながら先を急いだ。

強化服の超人に迫る身体能力で走ると、その余りの速さに無風の室内でも強い向かい風の中を進んでいるような錯覚を覚える。その感覚にはアキラも既に慣れていた。

しかし今は別のものも感じていた。水中を動く時の抵抗感、それを非常に薄めたような感覚だ。走るのに支障が出るほどではないが、明確に気の所為ではない抵抗感があった。

アルファが言っていた拡張粒子というものの所為だろうか。アキラはそう思い、それらしい理由を聞いたこともあって深くは気にしなかった。

◆

28号室の扉がエルデの猛攻に屈して遂に大破した。大きく歪んだ扉が壁から千切れて床に転がり、通路に充満した拡張粒子が部屋の中に一気に流れ込む。

そしてエルデは室内に入ろうとして、足を止めた。通路の奥に視線を向ける。

（……誰か来る。一人だ。この動き……、車外のハンターか？）

車内のハンターは既にこちらと交戦済みであり、

自分達の強さを知っている。躊躇い無く距離を詰めてくるとは考え難い。坂下の部隊を引き付けている部下達の中に、一人で勝手に撤退するような真似をする者はいない。坂下の部隊が部下達を撃破して向かってきているとしても、一人だけで突撃するような行動を取るとは思えない。

エルデはそれらの考えから、気配の主を車外のハンターだと判断した。

「トルパ。サーザルト。迎え撃て。最低でも時間を稼げ」

車外のハンター達の実力も、2号車の者と10号車の者では大違いだ。しかしこの2号車に向かわせる者は、2号車に配置されたハンターの可能性が高い。加えて車外のハンター達は外の戦闘で疲弊している。トルパ達であれば問題無く勝てる。仮に10号車の強力なハンターだったとしても、時間稼ぎぐらいは出来るだろう。

エルデはそう判断し、自分も含めた三人掛かりで相手をするのではなく、トルパ達に任せることにした。了解の意を返した二人を残して、一人で部屋に入る。

エルデが室内を見渡したが、ヒカルの姿は見当たらない。しかし居場所の見当はすぐについた。緊急避難室を兼ねた金庫室の扉から、スカートの裾が出ていたからだ。

(慌てて入って扉に挟んだが、それを取る為に扉を一度開ける度胸は無かったか)

相手の迂闊《うかつ》な行動は焦りによるもの。エルデはそう判断して金庫室をこじ開けようとする。砲撃にも耐える強固な扉だが、その扉も28号室の扉を破壊した超人の驚異的な身体能力の前では抗い切れない。変形しながら徐々に開いていく。

部屋の扉を破壊した時のような真似は出来ない。金庫室は28号室全体に比べれば狭いのだ。扉を勢い良く破壊してしまえば、吹き飛ばした扉で中の者を殺しかねない。急ぎながらも慎重に時間を掛けて開けていく。そして遂に扉をこじ開けた。

「……何だと?」

扉の中には誰もいなかった。ハンガーラックに掛けられたヒカルのスカートが、扉に挟まるように配置されていただけだった。

「クソッ！　どこだ？」

してやられたことを理解したエルデが、スカートを破りながらもう一度室内を見渡す。すると部屋の奥の寝室のドアから、ヒカルの服の袖が出ているのに気付いた。

二度も騙されるとでも思っているのか、という考えの裏をかいてそこに潜んでいる可能性は否定できない。一度調べれば良いだけだ。寝室のドアは金庫室のように頑丈なものではない。すぐに終わる。エルデはそう判断し、次は寝室を調べに向かった。

◆

アキラは次の角を曲がれば28号室が見える所まで来た。そしてここまで一度の戦闘も無しに辿り着いたことを、幸運ではなく状況の悪化と捉えて顔を険しくする。

敵と遭遇しないのは、目的を済ませて既に立ち去った後だからではないか。その場合、ヒカルが無事だとは考え難い。間に合わなかったかもしれない。そう思いながらアキラが角を曲がる。

角を曲がった通路の奥、30メートルほど先の28号室の前には、二人の男が待ち構えていた。車両の警備員である可能性もあったが、アキラはその二人を直感で敵とみなした。そして事実、その二人は敵だった。エルデの部下のトルパとサーザルトだ。

ようやく敵と遭遇したことにアキラは逆に若干の安堵を覚えつつ、即座に両手の銃をトルパ達に向けた。同時に、トルパ達もナイフを勢い良く振るう。本来ならばそのナイフの刃など、絶対に届かない距離だ。だがそれが届く事態に慣れているアキラは、すぐに回避行動を取った。

発光するナイフから放出された斬性を帯びた波動が、光刃と化して宙を飛ぶ。通路の空気を裂きながらアキラに迫る。

アキラはその光刃の軌道を見切って躱しながら発砲する。２挺のＬＥＯ複合銃から無数の銃弾が放たれる。

だがその銃弾は、一発たりともトルパ達に届かなかった。アキラの顔が驚愕に染まる。

『何!?』

その弾道を空気の歪みとして目視可能なほどに濃く残しながら直進した弾丸は、数メートル進んだ所で突如急減速した。それはまるで見えない壁を貫いたかのようだった。

その弾に後続の銃弾が衝突し、跳弾となって通路に飛び散る。前の弾丸が弾かれたことで障害物の無くなった弾は、同様に数メートル進んだ辺りで著しく減速し、後続の弾に同じように弾かれて通路の壁に激突した。

『どうなってるんだ!?』

余りの事態に混乱するアキラに、アルファが状況を説明する。

『空気中の拡張粒子が、高速フィルターを発生させているわ。銃の射程距離が極端に短くなったのはその所為よ』

色無しの霧の研究から生み出された副産物は数多く存在する。そして色無しの霧による悪影響の一つに、銃の射程距離を短くするものがある。高速フィルターとは、その効果に特化した拡張粒子がもたらす物理特性のことだ。一定以上の速さで動く物体に反応し、速度に比例した抵抗を発生させる。

高速フィルターが発生する条件は、主に物体の速度と拡張粒子の密度で決まる。アキラの弾の射程がわずか数メートルまで縮まったのは、高速で進む弾丸が前方の空気を圧縮して、拡張粒子の密度を高速フィルターが発生する閾値まで上げたことが原因だった。

アルファからその説明の概略を聞かされたアキラが怪訝に思う。

『高速フィルター？　でも向こうのナイフはあんなに速いのにこっちまで届いてるぞ!?』

『高速フィルター発生の閾値を、斬性の波動の移動速度より上げているか、物体にのみ反応するタイプの拡張粒子を使用しているのでしょうね。或いは銃弾と違って前方の空気を圧縮しないから、高速フィルターが発生する閾値まで、拡張粒子の濃度が上がらないのかもしれないわ』

『何にしろ、向こうの都合の良いようになってるってことか！　どうすれば良い？』

『銃の射程内まで近付くしかないわ。アキラ。また少し無理をするわよ』

『了解だ！』

既に使用している体感時間の操作に加えて、現実の解像度の操作を実施する。アルファのサポートを受けて、時が非常に緩やかに流れ、その上で輝くほどに鮮明になった世界の中を、高速、精密、正確に駆けていく。

前方から高速で飛んでくる光刃の切断力は、アキラの強化服の防御を超えている。喰らえば両断される。しかも連続して飛んでくる。

アキラはそれを必死に躱して距離を詰める。通路の広さを活かして複雑に不規則に動き続け、床も壁も天井も区別無く、走り、駆けて、跳躍する。その動きは、発砲後の拳銃弾を目で追える者ですら、捉え切れないほどだった。

だがそれほどのアキラの動きを、トルパ達は捉えていた。闇雲にではなく、しっかり狙ってアキラに光刃を飛ばす。加えて二人で連携してアキラを追い詰める。

躱される前提で放たれた光刃を、しかし躱さなければ致命傷になる一撃を、アキラは通路を強く蹴って加速し回避した。だが回避する方向を限定されてしまっていた。避けた先の場所には、その行動を読んだ光刃がすでに放たれていた。

躱せない。そう悟ったアキラが両手の銃を連射する。狙いは自身に向かう光刃だ。

膨大な量の弾丸が斬性を帯びた波動に衝突し、自身を斬らせて光刃の切れ味を落としていく。それでも光刃はアキラに当たったが、ナマクラと化した刃ではアキラの強化服を裂くことは出来なかった。光の塊が砕けたように消えていく。

この迎撃を成功させるには、想像を絶する精度を要求される神懸かり的な銃撃が必要だ。銃の有効射程はわずか数メートル。高速で放たれた光刃はその距離を一瞬で進む。その一瞬に銃撃を、発砲のタイミングだけでなく照準も含めて、極めて正確に合わせなければならない。

それをアキラは現実解像度操作によって可能にさせた。アルファのサポートにより、どこまでも鮮明な輝く世界の中で動いていたアキラには、それが可能だった。

光刃の迎撃に成功したアキラが、そのまま足を止めずに駆けていく。そして遂にトルパ達との間合いを詰め終えた。戦闘開始から数秒しか経過していないのにもかかわらず、通路は無数の光刃でズタズタに斬り刻まれている。その光刃を何度も回避し、3度迎撃してその死地を突破したアキラが、有効射程内に収めた敵に両手の銃を撃ち放つ。

だがそこでトルパがアキラとの間合いを詰める。ナイフをサーザルトに投げ渡しながら踏み込むと、アキラの銃を両手で弾いて照準を狂わせた。無数の銃弾がトルパではなく通路の壁に着弾する。

続けてトルパがアキラに貫手を繰り出す。アキラはそれを躱そうとして、驚愕した。

アキラの両手の銃を弾いたトルパの両手は、まだ弾いた時の位置にあった。つまりその貫手は、トルパの3本目の腕で放たれていた。

緩やかに時が流れる世界の中で、アキラが眼前に迫る貫手を見る。顔の中心から少し左の位置を狙うその貫手を見て、アキラは頭を右に傾けるのではなく、左へ傾けた。当然ながら、貫手はアキラの頭部を貫通した。

だがアキラは無傷だ。その貫手の腕は、実体ではなかった。

(立体映像の腕……！)

そしてアキラの頭の右側の空中を、実体の腕が穿っていた。

(こっちは光学迷彩の腕か……！)

立体映像の腕と、光学迷彩の腕による同時攻撃。立体映像の貫手を躱そうとすると、光学迷彩の貫手が突き刺さる。その初見殺しを、アキラはまずは回避した。

驚愕するアキラに、4本目の腕による貫手が放たれる。アキラは自分の頭部の中心を狙うその貫手を敢えて躱さず、その立体映像の貫手が自分の頭を貫いた後に、続け様の光学迷彩の貫手を回避した。

今度は時間差による初見殺し。立体映像の貫手に反応すると、続く光学迷彩の貫手が非常に躱し難くなる攻撃だった。

初見殺しの二連撃。それをどちらも初見で見切られたことに驚愕するトルパに、アキラが同じく驚愕の顔のまま蹴りを繰り出す。どれだけ驚いても、アキラが驚きで動きを止めることはない。アルファが強化服を操作し、それに反応する形で即座に行動する。2度目の攻撃を仰《の》け反《ぞ》って躱した勢いも込めて、トルパの頭部を蹴り上げた。

トルパはその蹴りを両腕で防いだものの、その痛烈な一撃で通路の天井に叩き付けられた。その体が天井への激突の反動で、自由落下よりも早く床に再度叩き付けられる前に、その体がまだ天井にある間に、アキラが両手の銃をトルパに向けようとする。

だがそれよりも早く、今度はサーザルトが間合いを詰めてくる。そして両手のナイフをアキラに向けて勢い良く振るった。

光刃が飛んでくる。反射的にそう判断したアキラは、トルパへの銃撃を中断して全力で回避行動を取った。

しかし発光するナイフは宙を裂いただけで、斬撃の波動は飛ばさなかった。そして回避行動を取ったアキラの隙を衝いて、サーザルトがアキラの背後に回り込む。加えてトルパが床に叩き付けられるように着地した後、即座にアキラに襲い掛かる。

（挟まれた！）

アキラが両手の銃をそれぞれに向けて撃ち放つ。どちらも有効射程内だ。当たれば殺せる。そしてこの距離、このタイミングなら躱せない。そう確信しての銃撃だった。

アキラの確信は正しかった。だがその上で結果は覆された。

トルパがアキラの銃口に向けて掌《てのひら》を高速で突き出す。サーザルトはナイフを側面で仰ぐように振るう。それにより銃口の前の空気が一時的に圧縮された。

拡張粒子の濃度が上がり、高速フィルターが発生する閾値が下がる。アキラの銃の射程が更に短くなり、弾丸が空中で急停止する。

『何っ!?』

銃撃を無効化されて驚くアキラに、トルパの拳とサーザルトのナイフが襲い掛かる。アキラはそれを躱しつつ蹴りを放つ。トルパ達がその蹴りを躱しつつ反撃する。それにアキラが更に反撃する。

そのまま激しい攻防が続く。既に全員足場を床に限定していない。壁や天井どころか空中まで足場にして、重力の方向すら無視して高速の攻防を繰り広げる。

その余りに激しい攻防に、アキラは体感的にではあるが、車外で戦った白い機体や巨大なモンスターよりも、トルパ達の方を手強く感じていた。

『クソッ！　強いぞこいつら！　それに高速フィルターってやつを使った戦いに慣れてやがる！』

銃撃を躱すのではなく、射程距離を縮めて無効化するという方法に、もなく、力場装甲《フォースフィールドアーマー》で防ぐのでアキラは驚きを隠せなかった。

（……まずい。勝てるか？）

敵の強さに加えて、車外の戦闘で消耗していることもあり、アキラの心にわずかな弱気が生まれた。

そこでアルファが言う。

『アキラ。愚痴を吐かずに頑張りなさい。確かに高速フィルターは厄介だけれども、こちらにも都合の良いことが一つだけあるわ』

『何だ？』

『彼らの狙いがヒカルだとしても、殺害ではなく拘束や拉致の可能性が高くなった。おかげでこちらも少しは時間を掛けて戦えるわ』

『そんなこと、何で分かるんだ？』

『高速フィルターは標的を誤って殺すのを防ぐ為に使うこともあるの。銃を使うと誤射や跳弾で死ぬ危険が高くなるでしょう？　だから重要人物を生かしたまま確保する場合は、標的を誤って殺さない為に、近接戦闘に優れた者に高速フィルターを使わせることがあるのよ』

『なるほどな！　……何でヒカルはそんなやつらに狙われてるんだ？』

アルファのサポートを受けている自分がここまで苦戦していることから、アキラも相手が非常に高度な訓練を受けた者であることは容易に想像できる。しかしヒカルがそのようなここまで強い者達に襲われる理由は、全く分からなかった。

『それは私にも分からないわ。あとでヒカル本人に聞きましょう』

『……、そうだな！』

その為には、まず今戦っているこの二人を倒さなければならない。それを当然のことのように語るアルファの態度に、二人に勝つことを当然のこととしているアルファに、アキラは相手の余りの強さに湧いたわずかな弱気を払拭して意気を上げた。力強く笑う。

もっとも意気を上げれば勝てる訳でも無い。アキラの苦戦は続く。

トルパが4本の腕で連撃を繰り出す。目視可能な腕の数も、実際の腕の数も同じだが、そこには虚実が入り組んでいる。

見えている実体の腕。見えるが実体ではない立体映像の腕。見えないが実体の光学迷彩の腕。それらの腕で高速で繰り出される攻撃を、アキラはその虚実を全て見極めて対処しなければならない。拡張感覚を用いて自身でも識別しながら、アルファにも教えてもらって見切り、躱す。

サーザルトが両手のナイフを振るう。残りのエネルギーの関係で光刃は飛ばせないが、ナイフ自体の切れ味は旧世界製並みだ。アキラの銃や強化服など容易く斬り裂く。

そのナイフを振るう腕は、常人の可動域を完全に逸脱した動きを見せている。関節が逆に曲がっている程度ではない。腕全体が軟体動物のように曲がっている。その柔軟性を生かした複雑かつ精密な動きでナイフを振るい、アキラを追い詰める。発光する刃の残光が斬撃の軌道の帯となり、アキラを追尾していく。

それをアキラは必死に躱す。自身も、両手の銃も、背中の銃も斬られる訳にはいかない。アルファが強化服を操作して行う達人の動きに自身の動きを重ねることで、紙一重の回避を繰り返す。自力だけならば既に殺されていることを自覚しながら、発砲の反動まで利用した不可解なまでの動きで、自身を執拗に追う刃から逃れ続ける。

一手遅れれば死ぬ。一手間違えば死ぬ。最善手以外は全て致命の悪手。その連続を、アキラはアルファのサポートを受けて、遅れず、間違えずに、全力を尽くす。そこまでして尚、アキラはトルパ達二人と互角に戦うのが限界だった。

そしてトルパ達もまた、アキラと互角に戦うのが限界だった。拡張粒子を散布した自分達に有利な状況で、二対一で戦っても互角にしかならない。そのアキラの強さに顔を険しくする。

（……強い！　この強さ、ただのハンターではないな!?　標的の護衛か！　事態収拾の為に車外で戦っていたが、戻ってきた訳か！）

（こいつをエルデ隊長の下に向かわせる訳にはいかん！　絶対に食い止める！　命に代えても指示は全うする！）

全てのものの価値は相対的に決まる。自身の命も例外ではない。より重要なものの為に使い潰す。その覚悟を以てこの場にいる二人は、目の前の強敵にも臆さずに、アキラと同じく全力を尽くしていた。

一瞬で数十の死線を掻い潜る攻防、その一瞬を無数に集めた濃密な時間を、アキラもトルパ達も死力を尽くして駆け続ける。その果てに、遂に次の一手を間違えた者が出た。

余りに激しい戦闘の余波を受けて通路は酷く傷んでいる。普通の建物の中であれば、通路は建物ごと倒壊している。頑丈な都市間輸送車両の通路だからこそ、傷だらけ、ひびだらけになろうとも、壁や床に穴が開いて向こう側が見えるような事態にはなっていない。

それでも耐久には限界がある。高速で動く為に床を強く踏み締めたトルパの足下が、限界を超えてひび割れ陥没した。その所為でトルパがわずかに体勢を崩す。

普通ならその程度の動きの乱れなど、勝敗を決するようなものではない。踏み出す足場を間違えはしたが、他の場所との違いは最善ではないという程度でしかない。一瞬で体勢を立て直して戦いを続行するだけだ。

しかし今は駄目だった。最善手以外は全て致命の悪手。トルパは選択を誤った。

アルファはアキラの情報収集機器を介して、床の状態を正確に把握していた。そしてトルパがまだ体勢を崩していない時に、次の一歩で体勢をわずかではあるが崩すと、予知に近い精度で予測する。そしてその一瞬の隙を衝いた動きをアキラに取らせた。

相手が体勢を崩さなければ、アキラの方が悪手となる。その一撃が、痛烈で絶妙な蹴りがトルパの腹に突き刺さる。トルパは体をくの字に大きく曲げるほどに体勢を崩した。

もっともその蹴りによる負傷自体は、致命傷でも何でもない。トルパは都市間輸送車両を襲撃するほどの者なのだ。その程度で死ぬほど脆くはない。

だが勝敗を決する一撃だった。

トルパがアキラを即座に攻撃できないほどに体勢を崩したことで、二対一の状況が一時的に、限定的に、一対一になる。二対一で互角の状況で、それは致命的だった。

アキラが蹴りの反動まで利用してサーザルトとの間合いを詰める。サーザルトは両手のナイフを今までで最高の精度で振るったが、それをアキラは掻い潜った。そして両手の銃の銃口を、相手の頭と腹に押し付ける。

次の瞬間、その銃口から撃ち出された膨大な量の銃弾がサーザルトを粉砕した。頭を撃って即死させる。その後に首無しの死体が動こうとも、胴体を吹き飛ばされれば戦えない。これ程の相手であれば即死が即座の無効化に繋がらないことを考慮した上で、確実に倒し切った。

トルパがその間に体勢を立て直す。だが既に手遅れだ。一対一では勝ち目が無い。

せめて刺し違える。最低でも深手は与える。トルパはその覚悟でアキラへ踏み込む。体内に仕込んでおいた強化薬、副作用で確実に死ぬ劇薬を躊躇無く使用し、人生最後の戦いを始める。

アキラも相手が道連れ前提、自身の命と引き換えの覚悟であることを察した。一対一でも優勢とは思わずに、油断などしないで応戦する。

勝負は1秒でついた。厳密には1秒掛からなかった。そのわずかな時間を十数分に感じるほどに死地の濃度を極限まで上げた一瞬の中で、アキラとトルパは超高速の戦闘を繰り広げた。

その互角の攻防を崩したのは、ある意味で経験の差によるものだった。単純な戦闘経験であれば、トルパの方がアキラを数段上回っている。しかし死地で死力を尽くす経験に限っては、アキラの方がわずかに上だった。

そしてそのわずかな差がアキラに勝利をもたらす。死の恐怖など強靭な精神で捩じ伏せたトルパだったが、そこから生じる高揚までは完全には抑えることが出来なかった。それがトルパの動きをほんの少しだけ乱し、次の動きを半手遅らせる。

その一方で、アキラは意気を上げつつ過度な高揚を抑えて冷静さを保った。積み重ねた経験、死地への慣れがそれを可能にした。それがアキラの動きを半手早める。

合わせて一手、アキラはトルパを上回った。両手の銃が標的を捉え、大量の銃弾を喰らわせる。トルパは至近距離から弾幕を浴び、全身を粉砕されて絶命した。

トルパ達を撃破したアキラだが、安堵の息を吐く暇など無い。即座に次の敵に備える。体感時間の操作を続けたまま、高速戦闘での攻防と同じ速さで、強化服のエネルギーパックを交換し、銃の弾倉とエネルギーパックを再装填し、回復薬を大量に服用する。そして両手の銃を構えた。

「…………よし！」

トルパ達との戦いで装備も体も大きく消耗した。そのままでは次は死ぬ。大きな隙を晒してでも、弾倉等の交換と回復薬の服用を済ませなければならなかった。

今襲われたら死んでいた。危なかった。そう思って安堵しながら、アキラが一度深呼吸する。

『じゃあ行くか。アルファ。間に合ったと思うか？』

『確かめた方が早いわね』

『そうだな』

アキラが28号室へ向けて走り出す。ヒカルが生きていれば助ける為に。死んでいれば、一応仇《かたき》ぐらいは取ってやる為に。

第209話　超人

28号室の中を一通り探し終えたエルデが険しい顔で頭を抱える。

「……馬鹿な!?　なぜ見付からない？」

都市の幹部などが使用する広い部屋とはいえ、邸宅ほど広い訳でも、隠し部屋がある訳でもない。全ての部屋を調べてもすぐに終わる。そう楽観視していたエルデだったが、全ての部屋を調べ終えてもヒカルが見付からないことに、流石に焦りを覚えた。

通常の環境であれば、高度な情報収集機器を使用すれば、たとえ相手が壁の中に埋まっていようとも発見できる。しかし今は室内に充満している拡張粒子の所為で困難だ。加えて超人であるエルデは索敵も自身の感覚で行うのを好んでおり、そこまで高性能な情報収集機器を持っていなかった。

（……落ち着け。俺は何を見逃している？　この部屋の出入口は一つだけ。外にはトルパ達がいる。密かに脱出することは不可能。絶対に部屋の中にいる。恐らく俺は、何か簡単なことを見逃している。それは何だ……？）

エルデは冷静さを保つ為に自身にそう言い聞かせながら、室内を改めて見渡した。すると一番初めに調べた金庫室が目に入る。

（まさか……）

エルデが金庫室に向かい、歪んだ扉に手を伸ばす。そして変形して引っ掛かった所為で中途半端に閉じていた扉を、再びこじ開ける。

金庫室の中に隠れていたヒカルと、エルデの目が合った。

エルデが28号室の扉を破ろうとしていた時、ヒカルも一度は緊急避難室を兼ねた金庫室に籠城しようと考えた。

しかしすぐにその考えを改める。28号室の扉を破壊できる者であれば、この金庫室の扉も長くは保たない。ヒカルはそう判断し、それならばと、最も安全な金庫室には敢えて隠れずに、代わりに時間稼ぎの囮に使うことにした。

まずは金庫室にスカートを配置して扉に挟み、自分がそこに隠れているように装う。次に部屋の奥にある寝室のドアに上着を挟むと、金庫室の近くにあるロッカーの中に息を殺して身を潜めた。

その後1分も経たずに、エルデが部屋の扉を破壊して中に入ってくる。そして金庫室の扉に挟まったスカートを見付けると、扉をこじ開け始めた。

ヒカルはその様子をロッカーの中から見ていた。まずは上手くいったと思いながら、緊張で震える自身を抑えて気配を殺し、じっとする。

金庫室をこじ開けたエルデだが、ヒカルはそこにはいない。険しい顔で部屋を見渡し、寝室のドアに挟まった上着を見付けて、次は寝室を調べに向かった。

それを見たヒカルは覚悟を決めてロッカーから出る。そしてゆっくりとした動きで金庫室に入り、身を潜めた。


幸運に助けられはしたが、ヒカルの作戦は上手くいった。

まずエルデはヒカルが金庫室にいると思い込んだことで、周囲の気配を探るのを疎かにしてしまった。その所為で、近くに隠れていたヒカルに気付けなかった。

その後は次に寝室を調べるように誘導されてしまう。寝室にはベッドやクローゼットなど調べる場所が数多くあり、全て調べ終えるのに時間が掛かる。その間にヒカルに金庫室に移動されてしまった。

また、その時にヒカルがゆっくり動いて隠れたことも、エルデがヒカルに気付けなかった理由の一つだ。

室内に満たされた拡張粒子は情報収集機器の精度を低下させるが、高速フィルター効果を発生させることもあって、動体探知の精度は余り落ちない。エルデが拡張粒子の影響下でアキラの気配に気付いたのも、アキラが非常に高速で移動していたからだ。

もしヒカルが恐怖に負けて金庫室に駆け込んでい

れば、エルデはその気配を確実に察知していた。

ヒカルは出来る限りのことをした。ロッカーの中に隠れたのを、あっさり見破られてしまう恐れもあった。賭けではあった。

それでもヒカルはその賭けに勝ち、エルデに時間を浪費させた。一度調べた場所、真っ先に確認した所、そこにヒカルが隠れているとは気付けずに、エルデは部屋中を隈《くま》無く調べる羽目になってしまった。

だがそれでも遂に見付かってしまう。服を囮に使った所為で下着姿のヒカルが、冗談交じりの硬い笑顔をエルデに向ける。

「……閉めてくれません？　下着姿の女性がいる部屋を勝手に開けるなんて失礼ですよ？」

「それは失礼した、と言いたいところだが、こちらも急いでいてね」

エルデがヒカルの腕を摑む。

「御同行願おう。抵抗はお勧めしない。君の首から上を、生命維持装置に繫いで運ぶことになる」

ヒカルは観念したようにわざとらしく大きな溜め息を吐いた。

「……分かったわ。でも一つだけ教えて。都市間輸送車両を襲うぐらいだもの。あなた達は建国主義者なんでしょう？　そんな人達が何で私を狙うの？」

「とぼけてるのか？　それともそれは自分の価値を軽んじての発言か？」

「自分の価値を軽んじるつもりはないわ。子供だからって軽んじられることはあるけれど、そういう声を実力で捩じ伏せて今の地位にいるんだしね。でもここまでするほどの地位じゃないでしょ？」

「その辺りは認識の相違だな。君は自身の地位に満足していないのかもしれないが、それでも我々にとっては重要だ」

「だからって……」

自分達の会話には大きな齟齬が生じている。ヒカルはそれを理解しながらも、敢えて誤解を解かずに話を続けようとしていた。それは時間稼ぎの為であり、相手から情報を引き出す為であり、相手にとっての自分の価値を下げさせない為だった。

理由は不明だが、相手は恐らく何らかの誤解により、ここまでするほどに自分の身柄を必要としている。つまりこの場で殺される恐れは低い。そのような状況で丁寧に説明して誤解を解くような真似をすれば、相手は無価値となった自分を殺しかねない。ヒカルはそう考えて、とにかく話を続けようとした。

しかしエルデはそれを時間稼ぎと判断して話を打ち切った。ヒカルの腕を引っ張って金庫室から引き摺り出す。

「細かい話は後にしてもらう。行くぞ」

ここまでか。アキラは結局間に合わなかったか。ヒカルは思わずそう思い、顔を険しくさせた。

その時だった。エルデが急に顔を部屋の出入口に向ける。アキラが部屋に飛び込んできたのは、その一瞬後だった。

エルデは部屋でヒカルを探していた頃から、通路で繰り広げられていた激戦の気配を捉えていた。しかし加勢には向かわない。迎え撃って時間を稼ぐように命じたのはエルデ自身であり、何よりもトルパ達のことを信頼していたからだ。苦戦はしているようだが、勝つのはトルパ達だと考えていた。

やがてその激戦の気配が消える。それはちょうどヒカルを見付け出した頃だった。

随分と手こずっていたようだが、ようやく勝ったか。トルパ達が時間を稼いでくれたおかげで標的も発見できた。あとは合流して脱出するだけだ。エルデはそう考えていたが、そこで予想外のことが起こる。通路の気配が高速でこちらに向かってきたのだ。それはトルパ達が取る行動ではなかった。

まさか。そう思いながら思わず部屋の出入口に視線を向ける。まさか、という予想外の事態が発生したという考えの通りに、そして気配の主はトルパ達ではないという予想通りに、現れたのはアキラだった。

常人であるヒカルには、アキラが来たことに気付くことすらまだ出来ていない。だが体感時間の操作など当然のように可能なエルデには、アキラが自分達に銃を向けようとしている動きがはっきりと見えていた。極限の集中による静止した世界の中で、エルデが思考する。

(おい、そのまま撃てば彼女を巻き添えにするぞ？　こいつ、彼女に気付いていないのか？　いや、こいつは気付いている。見れば分かる。それならば俺の回避行動を誘ったハッタリか？　俺が反射的に飛《と》び退《の》いて、彼女から離れるのを狙っている？　撃つ気は無い？)

その言語にすれば長くなる一瞬の思考を経て、エルデが結論を出す。

(違う！　こいつ、撃つ気だ！)

そして回し蹴りを放った。蹴り足は前の空間を薙いだだけでアキラには届かない。だが蹴り足から衝撃が伝播《でんぱ》する。アキラはまるで見えない蹴りを喰らったように吹き飛ばされた。

その隙にエルデはヒカルを金庫室の中に押し込むと、扉を力尽くで閉じた。歪んで閉まらなかった扉を無理矢理閉めた所為で、扉が引っ掛かって動かなくなる。常人の身体能力ではもう開けられない。ヒカルは金庫室に閉じ込められた。

28号室に突入したアキラが、エルデに即座に銃を向ける。そこにヒカルもいることに気付いていたが、躊躇は無かった。

しかしそこで蹴りの衝撃を食らって吹き飛ばされる。太い鉄骨が折れるどころか切断される威力の衝撃が、点ではなく太い線で放たれていた。衝撃による陥没で、部屋の壁に長い線が記される。

しかしアキラはほぼ無傷だ。エルデが蹴りの予備動作を見せた時点で、アルファは強化服の力場《フォースフィールド》装甲《アーマー》の出力を瞬間的に高めて衝撃への備えを済ませ、加えてアキラに回避行動を取らせていた。

それでも流石に躱し切るのは無理だった。部屋の壁まで飛ばされる。だが叩き付けられるのではなく、壁に両足で着地するようにして、体勢の崩れを出来る限り抑えた。両手の銃も落とさずに済んでおり、そのまま床に下りる。

『……アルファ。一応聞いておくけど、今のはあいつに蹴られたんだよな？』

『ええ。拡張粒子の特性を利用した特殊な蹴り方で、蹴りの衝撃を伝播させたのよ』

『何でもありだな……』

銃弾はわずか数メートルで止まるくせに、蹴りはその射程距離の外から飛んでくる。その不可解な状況にアキラは思わず顔をしかめた。

そのままアキラとエルデが対峙《たいじ》する。アキラが床に下りた時、ちょうど銃を下げる体勢を取っていたこと。エルデがヒカルを金庫室に閉じ込めた直後だったこと。それらの理由が両者から交戦続行の契機を奪い、相手の出方を窺わせていた。

エルデがアキラに侮蔑の目を向ける。

「お前、彼女を助けに来たのではなく、殺しに来たのか？　生きたまま敵に奪われるぐらいなら死体の方が良いってことか？　全く、企業らしい合理的な判断だな」

アキラが怪訝な顔をする。皮肉を言われたが、それが妙な誤解を受けた上でのことだと、何となく分かった。

「……一応、ヒカルを殺さないように撃つつもりだった。腕や脚が千切れるぐらいはしたかもしれないけど、回復薬もあるし死にはしない。それに、無傷で助け出せる状況でもなさそうだったしな」

「ふん。最悪死んでも構わない、と言っているようにしか聞こえんが？」

その返事にアルファが口を挟む。

『まあ、ヒカルを助ける為にアキラに死なれては困るから、間違ってはいないわね』

『……いや、まあ、そうだけどさ』

アキラもヒカルを助ける為に出来る限りのことはするつもりだ。しかしその出来る限りのことに、自分の命と引き換えに、というものは含まれていなかった。

ヒカルはアキラ達のその物騒な会話を金庫室の中で聞いていた。アキラが助けに来てくれたことは嬉しく思うが、再生治療が必要なほどの怪我はしたくないし、うっかり殺されたくもない。勘弁してくれと思って顔を引きつらせていた。

今度はアキラが質問する。

「何でここまでしてヒカルを狙うんだ？　車外の騒動はその為の陽動だったんだろ？　そこまですることか？」

「坂下重工を敵に回すのは愚かだと言いたいのか？　お前たちは相変わらず傲慢だな」

坂下重工の経済圏で運行されている都市間輸送車両を襲撃したのだ。坂下重工を敵に回す行為で間違いない。それはアキラも分かる。しかしどうも話が噛《か》み合《あ》っていないように思えた。

エルデもそのアキラの様子から、相手が自分の話に軽く困惑していることに気付く。そしてその理由を推察し、自分なりに結論を出した。

「……そういうことか。お前、彼女の護衛ではないな？　ただのハンターか。単に指示通りに彼女を助けに来ただけ。彼女とは面識があるだけか」

「そうだけど……」

ヒカルを助けに来たが、自分は別にヒカルの護衛ではない。アキラはそう思い、怪訝な顔を浮かべながらもエルデの話を肯定した。

それにより、エルデが自身の推察の正しさを確信する。

「トルパ達を倒すほどの実力だ。彼女の護衛で、車外の事態を収める為に別行動を取っていただけだと思っていたが、違ったようだな。何も知らされずに派遣されただけか。良いだろう。教えてやる」

「何を？」

「彼女は坂下重工所属の旧領域接続者だ」

「…………は？」

余りに予想外のことを聞かされたアキラは、その心情を端的に示した短い声を出していた。続けてヒカルの驚きの声が響く。

「そんな訳無いでしょう!?」

下手に誤解を解くと逆に危ない。そう考えていたヒカルだったが、思わず叫んでいた。それほどに驚いていた。

『アルファ。どう思う？　本当だと思うか？』

『真偽は別にして、彼は嘘は吐いていないわ。ヒカルが坂下重工所属の旧領域接続者であると判断するに足る根拠はあるのでしょうね』

『まあ、そうじゃなきゃここまではしないか』

アキラが戸惑いながら一応聞き返す。

「……ヒカルは違うって言ってるけど？」

「そうだと言えば、お前は帰るだろう。お前が受けた仕事は都市間輸送車両の護衛で、坂下重工所属の旧領域接続者の護衛ではないのだ。命懸けで彼女を助ける義務は無い」

間違ってはいない。アキラにヒカルを助ける義務は無い。エルデが続ける。

「こちらからも提案しよう。退いてくれ。退いてさえくれれば、お前と敵対する気は無い。お前なら俺の実力ぐらい分かるはずだ」

攻防は一瞬だった。それでも相手がとてつもない強敵であることは、アキラも容易く理解できた。エルデが更に続ける。

「ハンターらしく合理的に考えろ。坂下重工の重要人物の奪取。俺にはそれを任命されるだけの実力がある。それを死んでも成し遂げる覚悟もある。その俺と戦うのは、お前が幾らで雇われているかは知らんが、絶対に割に合わんぞ？」

それを聞いたヒカルが慌て出す。

ハンター稼業に死は付き物だ。自分の命を金に換える仕事でもある。だからこそ、割に合う仕事かどうかの判断は、非情なほどに冷徹、厳格だ。高ランクのハンターほどその傾向は強い。割に合わない仕事、高確率で死ぬ上に報酬まで安い仕事を、情に絆《ほだ》されて引き受けた者を生かして帰すほど、荒野は慈悲深くないからだ。

そしてアキラもその高ランクハンターだ。割に合わないと判断して、退いてしまうかもしれない。そう思ったヒカルが大声で頼み込む。

「アキラ！　待って！　退かないで！　助けて！　お願い！　何でもするから！」

アキラに見捨てられたら建国主義者に攫《さら》われてしまう。

まう。ろくでもない末路は確定だ。その思いで、ヒカルは必死に懇願していた。

アキラは別にヒカルを見捨てる気は無い。それでも一応、予想外の強敵と戦う分だけ、自分かヒカル、或いはその両方の不運に対処する分だけ、報酬の上乗せを要求する。

「……報酬はしっかり弾んでもらうぞ！」

「わ、分かったわ！」

これで取引は成立。アキラにはヒカルを助ける義務が出来た。アキラがエルデに向けて軽く笑う。

「一応、割に合う報酬になったぞ？」

それをエルデは軽く流す。

「いいや、割には合わない。その判断の誤りを、死んで悔いると良い」

そしてこの時点で、エルデはアキラを口先で退かせるのを諦めた。

エルデの気配が変わる。それをアキラも察した。

『アキラ。気を付けて。相手は超人よ』

『超人か……。強そうだな』

超人。アキラもその言葉は知っている。超人のように、という形容詞が、冗談のように、空想のように、驚異的に強いことを意味することも知っている。

しかしそう呼ばれる存在と敵対したのは初めてだ。やっぱり今回の不運も飛び切り厄介だった。アキラはそう思い、その不運に打ち勝つ為に気合いを入れ直した。

エルデは非常に急いでいる。一人ではあるが、車外のハンターがここまで来た以上、他の者達も直に来る。その前にヒカルを連れてこの場から脱出しなければならない。本来ならばアキラと悠長に話している暇は無い。

それでもエルデがアキラと話したのは、撤退を要求したのは、この非常に急ぐ状況で、それだけの時間を掛ける価値があると判断したからだ。

トルパ達を倒したハンターだ。弱い訳がない。先程の一瞬の攻防からもその実力は確かだ。それでも自分であれば殺せる。しかし時間は掛かる。そこでハンターの合理性を語って退くように提案する。上手く説得できれば、殺して押し通るより早く済む。そう考えてのことだった。

結果として、アキラとの会話に費やした時間は無駄になった。浪費した時間は命で補う。命を賭して、最短時間で相手を殺す。エルデはその覚悟を以て、アキラへ踏み込んだ。

アキラも合わせて踏み込んだ。蹴りの衝撃を飛ばしてくる相手の上に、自分の銃は高速フィルター効果により射程が極端に短くなっている。間合いを詰めなければ、真面に戦うことすら出来ない。

超人と、それに迫る身体能力を与える強化服の着用者が、共に全力で距離を詰める。実時間では一瞬、体感時間の操作を行っている二人の時間感覚でもわずかな時間で、両者の間合いが詰まり切る。

その瞬間、アキラは銃を撃ち放ち、エルデは拳を打ち放つ。無数の弾丸と爆発のような衝撃波が室内に飛び散った。

アキラ達の激戦の余波で揺れる金庫室の中で、ヒカルは恐怖に耐えていた。

頑丈な金庫室に閉じ込められて良かったと本心で思いながらも、安堵は全く出来ない。扉の隙間から室内の様子を窺うことすら、その隙間から入ってくる余波で死んでしまいそうで、扉に近付くことすら出来なかった。狭い金庫室の奥側に身を潜めて、助かることを願う。

アキラとエルデの戦いが本格的に始まってから、まだ1分も経っていない。だが室内は既に廃墟になっていた。

調度品などは粉々に砕けて、それが何だったのか分からなくなっている。内壁もほぼ全て吹き飛んでおり、28号室を広々とした空間に変えている。個別の部屋として残っているのは、ヒカルがいる金庫室だけだ。

アキラの情報収集機器との連係は既に回復している。拡張粒子による通信障害は今も続いているが、流石にこの短距離であれば繋がる。室内の様子はそれである程度は分かる。

しかしアキラ達の戦闘の様子はヒカルには分からない。正確には、常人であるヒカルには、超人と、そのような存在と互角に戦うハンターの攻防など、速過ぎて摑み切れない。狭く頑丈な室内で人型兵器同士が派手に戦っているかのような、無数の破壊が絶えず続いていることが分かるだけだ。

それを金庫室の扉越しとはいえ肌で感じたヒカルは、高ランクハンターを制御するということがどのようなことなのかを、本当の意味でようやく理解した。

（……こ、高ランクハンターの管理って、こんな連中が暴れないようにするってことなのね。キバヤシがあれだけ力を持つ訳だわ）

上手く活用すれば都市経済を大いに潤すが、下手をすれば都市を吹き飛ばしかねない特大の爆発物。その制御が可能な人間は都市も重用せざるを得ない。多少人格に問題があってもだ。

（……無理！　私には無理！　考えが甘かった！）

金庫室の外は自分の手に負える状況ではない。自分にこの爆発物は扱えない。その爆発物を嬉々として扱うキバヤシは頭がおかしい。ヒカルはそう思い、今回の件が無事に終わったら、高ランクハンターの管理からは手を引くと決めた。

そしてまずは無事に帰る為に、アキラの勝利を願った。

エルデが拳を放つ。超人の身体能力で放たれた拳は、余りの速さに高速フィルターを発生させた。拳の前に見えない強固な壁が突如現れたような、極度の抵抗がエルデの拳を襲う。

弾丸であれば、仮にその不可視の壁を貫いたとしても、それで運動エネルギーを使い切り、そのまま落下するだけだ。

しかしエルデの拳は違う。前腕が、上腕が、肩が、腰が、足が、全身の力で拳を押し出し、高速フィルター効果による抵抗の壁を突き破らせる。それにより生じた衝撃波を纏った拳が、拡張粒子を含んだ空気を穿ってアキラに迫る。

それをアキラはギリギリで回避した。見切ったのではない。全力で避けようとして、ギリギリで躱すのが限界だった。

それでも余波までは避けられない。自身の真横を通過した拳が発生させた衝撃波に襲われる。拳の直撃に比べればそよ風に等しいが、それでも鉄骨ぐらい折れるどころか千切れ飛ぶ威力がある。

それをアキラは強化服の力場装甲《フォースフィールドアーマー》で耐えた。更に吹き飛ばされないように死力を尽くし、エルデを横から銃撃する。

前から撃っても意味は無い。高速でアキラに迫るエルデは、その高速移動により自身の前方の空気を圧縮させている。それにより高速フィルター発生の閾値が下がり、アキラが撃っても抵抗の壁に阻まれるだけになっていた。

つまり今のアキラは、相手が向かってくる限り反撃しか出来ない。エルデの攻撃を死ぬ気で躱した後に、弾が届くギリギリの位置と角度から銃撃するしかなかった。

そしてそこまでしても、アキラはエルデに深手を与えられない。根本的な実力差がそこにはあった。

無数の銃弾がエルデに直撃する。LEO複合銃が破損はするが大破はしないギリギリの調整で、可能な限りのエネルギーを注ぎ込んだ最大威力のC弾《チャージバレット》を、拡張弾倉が許す限りの弾数で連射した。

しかしそれでもエルデの負傷は、皮膚の下の肉がわずかに削《そ》がれる程度だ。戦闘に支障は全く無い。つまり掠り傷と変わらない。

そしてその掠り傷すら、服用済みの回復薬の効果で治っていく。アキラの銃撃の目に見える成果は、エルデの既に穴だらけの防護服に、更に穴を増やしただけだった。

続けてエルデが後ろ回し蹴りを繰り出す。喰らえば確実に即死するその一撃を、アキラは弾丸のような速さで跳躍して回避した。そのまま天井に着地し、両手の銃をエルデに向ける。

だが発砲よりも早くエルデはアキラへ掌打を繰り出した。掌打そのものは天井のアキラには届かない。

しかし掌から伝播した衝撃は、問題無く天井に到達した。衝撃で巨大な手の形に天井がくぼむ。

アキラはそれを真横に飛んで、再びギリギリで回避した。伝播した衝撃は広がって威力を落としていたとはいえ、喰らえばアキラの体は天井にめり込み、身動き出来ない一瞬の内に、エルデから直に追撃されて死んでいた。エルデ自身の攻撃であれ、伝播した衝撃であれ、アキラはエルデの攻撃を真面に喰らえば死ぬ。違いは即死するかどうかでしかない。

天井を足場にして横に高速で飛んだアキラが、その足場を滑りながら両手の銃から手を離す。同時に背中のAFレーザー砲がアキラの前に現れる。既にエネルギーを限界まで充填済みだ。即座に撃ち放つ。光線が拡張粒子を焼き焦がして突き進み、一瞬でエルデに直撃した。

しかし片手で受け止められる。掌が焦げているが、それだけだ。アキラが顔を険しく歪める。

『本当に強過ぎる！　生身でこれか！　そりゃ超人なんて呼ばれる訳だな！』

防がれたとはいえ、アキラも全く効いていないとは思っていない。それでもそろそろ、相手の苦悶《くもん》の滲んだ表情以外にも、分かりやすい成果がほしいところだった。

既にエルデにはAFレーザー砲を3度も喰らわせている。LEO複合銃のC弾《チャージバレット》による連射も、AFレーザー砲も効果が無いのであれば、もう打つ手が無い。その思いがアキラを焦らせ、アキラに確認を取らせる。

『アルファ！　ちゃんと効いてるんだよな!?』

『勿論よ。C弾《チャージバレット》もレーザーも相手の命を確実に削っているわ。泣き言を言わずに頑張りなさい』

『分かったよ！』

アキラはAFレーザー砲を背中に戻しながら、一度手を離して宙に浮かんだままのLEO複合銃を再び摑む。AFレーザー砲は連射できない。また撃てるようになるまでは、LEO複合銃によるC弾《チャージバレット》の連射で凌《しの》がなければならない。

効果はある。アルファに聞いて確かめた。無駄なことはしていない。アキラはその思いで弱気と焦りを振り払い、意気を保って戦闘を続行する。自分の銃撃への対応、高速フィルターを利用した防御を兼ねて突進してくるであろうエルデを、今まで通り全力で迎え撃とうとする。

だがそこでエルデは、アキラに向けて駆け出す前に一手加えた。その場で手刀を繰り出し、目の前の空間を薙ぎ払う。斬性を帯びた衝撃が拡張粒子を介して伝播し、不可視の斬撃となってアキラを襲う。

その斬撃は肉眼では視認できない。情報収集機器による拡張感覚でも捉えられない。しかしアキラの拡張視界には、アルファの解析により浮かび上がった斬性の衝撃が、はっきりと映し出されていた。

それをアキラは何とか回避した。だが無理矢理な避け方をした所為で体勢を崩す。もっともそれも一瞬だ。空中すら足場に出来るアキラであれば、即座に体勢を立て直せる。

しかしその一瞬は、超人の身体能力で間合いを詰めるエルデの前では長過ぎた。アキラが体勢を立て直した時、既にエルデはアキラの前で、拳を弓のように大きく引き絞っていた。

躱せない。そう判断したアキラが銃をエルデの拳に向ける。躱せない時点で最善手ではない。だがアキラは次善の選択を即座に選んだ。

拡張弾倉の残弾を全て吐き出すかのように、銃口から膨大な量の銃弾が放たれる。そのC弾《チャージバレット》には、装着された大容量エネルギーパックのエネルギーが、可能な限り注ぎ込まれていた。それは銃の耐久を完全に無視した大破と引き換えの銃撃であり、使用者の安全すら度外視して威力を上げたものだった。

アキラはクズスハラ街遺跡での戦闘でも似たようなことをしていたが、威力はその時の比ではない。その時は通常のLEO複合銃だったが、今は高性能な拡張部品の組み込みにより、基本性能を格段に上げている。加えて今回はアルファのサポートを受けている。銃の制御装置の書き換えまで実施して、限界まで威力を向上させていた。

だがそこまでしてもエルデの拳は止められなかっ

た。そこらのモンスターなど一発で消し飛ばす威力の弾丸を弾幕の単位で喰らおうとも、全て弾き飛ばして突き進む。大破した銃を余波だけで粉微塵にした拳が、アキラに叩き込まれた。

アキラが大きく吹き飛ばされる。そして部屋の床に着地した。そのアキラの表情は、死ぬところだった、という心情を強く滲ませていた。

LEO複合銃の連射はエルデの拳を止められなかったものの、威力の軽減には成功していた。その上でアキラは大破した銃から手を離し、強化服の力場装甲《フォースフィールドアーマー》の出力を被弾箇所に集中させて防御態勢を取っていた。そのおかげでアキラは消し飛ばされることもなく、戦闘を続行可能な程度の負傷で済んでいた。

拳を直接受けた腕は強化服ごとへし折れているが、千切れてはいない。銃も大破させたのは1挺だけだ。LEO複合銃はまだ1挺残っており、AFレーザー砲もある。アキラはまだ戦える。その意志が折れない限り。

そしてアキラはこの程度で折れるような柔な意志など持っていない。エルデを警戒しながら、折れた方の腕をもう片方の腕で無理矢理戻す。

『……本当に、どういう強さだよ。アルファ。隙を衝いてヒカルと一緒に脱出するとか、何とかなったりしない？』

『無理ね』

『だよな！』

アキラもそれを相手が許すとは思えない。駄目で元々で言ってみただけであり、駄目だっただけだった。エルデと距離を取ったまま対峙を続ける。

エルデがなぜ追撃してこないのかは、アキラには分からない。しかし先程の攻撃から回復し切っていないこの状態では好都合なことに変わりはなく、事前に服用しておいた回復薬の効果が全身に沁《し》み渡るのを、アキラは全力で警戒しながら待っていた。

第210話　名乗る理由

アキラの銃を破壊したエルデは、追撃をせずにその場に立っていた。アキラを見ながら険しい表情を浮かべる。

(ここまでやって、銃を一挺《いっちょう》破壊できただけとはな……。見誤った)

東部の実力者達は、基本的に相手の力量を見抜く力に長けている。その技術が未熟であれば、どれだけ強い者であっても、勝てる敵の見極めを誤って死ぬからだ。

エルデもその力量には長けていた。そしてアキラの実力をしっかり見抜いて、厳密には少々過大評価した上で、それでも問題無く勝てると判断していた。

だが見誤る。アキラ自身の実力は見抜けても、アルファのサポートを受けた強さまで正確に見抜くのは、流石にエルデも無理だった。

(あの短時間でトルパ達を倒したのだ。弱い訳がないとは思っていたが、慢心していたか……。すまん。俺はお前たちの実力を軽んじていたようだ)

トルパ達はわずかな時間で倒されたのではなく、これだけの実力者を相手にあれだけの時間を稼いだ。そう判断するべきだった。エルデはそう自身の失態を恥じた上で、トルパ達に謝罪した。

(トルパ達の死を無駄にする訳にはいかない。俺も覚悟を決めるべきだな)

大義の為に、エルデは自身の死を許容する。仲間達も同じ考えだと思っており、実際にそれは正しい。

しかし、死んでも構わないと思っていることと、無駄死にを許容することは全く別だ。

必要なら死ぬ。しかしその必要性を見誤ってはならない。エルデはそう心掛けていた。そして今、自分がそれを見誤っていたことを認めて、新たな覚悟を決めた。

エルデの気配が切り替わる。周囲の空気の震えや歪みからも、或いはそれが錯覚だとしても、まるで人型兵器がジェネレーターの耐久と損耗を度外視して出力を数段引き上げたような、そう感じてしまう何かがそこにはあった。

　エルデは生体力場装甲《フォースフィールドアーマー》を使用できる。生物が使用可能な力場装甲《フォースフィールドアーマー》のようなそれは、超人の物理法則を超越したかのような身体能力の理由の一つであり、旧領域接続者のように、旧世界の人類が当たり前に使用していた人体改造技術が、何らかの理由で発現したものだとも言われている。

　生前は別種の生物かと思うほどの身体能力を持つ超人でも、死体の強度は基本的に常人と変わらない。それは死亡したことで、身体の生体力場装甲《フォースフィールドアーマー》の出力が常人と同程度にまで低下したから。そう考えられているほどに、生体力場装甲《フォースフィールドアーマー》の出力は重要だ。

　力場装甲《フォースフィールドアーマー》の出力を上げるには、当然ながらそれだけ高いエネルギーを必要とする。

　アキラの強化服の力場装甲《フォースフィールドアーマー》のエネルギー源は、装着しているエネルギーパックだ。エネルギーを使い切れば動かなくなる。

　そしてエルデの生体力場装甲《フォースフィールドアーマー》のエネルギー源は、エルデ自身だ。エネルギーを使い切れば、死ぬ。

　既にエルデはそのエネルギーを大量に消費している。車外の他のハンターがこの場に到着する前にアキラを速やかに倒し、ヒカルを連れて急いで脱出する為だ。数時間分の戦闘に匹敵するエネルギーを、浪費に近い非効率な使い方だと分かった上で、戦闘時間の短縮の為に使っていた。

　だがそこまでしてもエルデはアキラを倒せなかった。もう時間は大して残っていない。恐らく他のハンター達は直に到着する。任務達成は著しく困難になる。

　任務は成功しなければならない。失敗すれば、トルパ達の死は無駄死にとなる。何としてでも成功させなければならない。

　エルデはその思いから、未来を捨てた。自分の命はヒカルを仲間に引き渡すまで保てば良い。そう判断し、細胞の自食作用を自分の意志で開始させた。自身を喰って生まれた膨大なエネルギーが、文字通り自分の命を削って生み出したエネルギーが、エルデの生体力場装甲《フォースフィールドアーマー》の出力を引き上げていく。

死んでも成し遂げる覚悟がある。エルデのその言葉に、偽りは無かった。


エルデの気配が明確に、そして強力に変化したのを感じ取り、アキラが顔を険しくする。アキラだけでなく、アルファも険しい表情を浮かべていた。

『アキラ。残念だけれど時間稼ぎはここまでのようよ』

『時間稼ぎ？　俺がやってたの、時間稼ぎだったんだ……』

『ええ。時間を稼いでいる間に、他のハンターが来てくれるのを期待していたのだけれどね』

勝つつもりで、死力を尽くして戦っていたつもりだった。だがそれがただの時間稼ぎだったと知らされて、アキラは複雑な想いを抱いた。そして自分が死力を尽くして尚、時間稼ぎにしかならないエルデの強さに改めて驚き、ここからはその時間稼ぎすら出来そうにないことに苦笑する。

『それで、アルファ。何とかなるんだよな？』

アルファが少し挑発的に笑う。

『何とかするしかないわね。そういう訳で、ここからはかなりの賭けをすることになるわ。アキラ、覚悟は良い？』

少し賭けになる。前にアルファがそう言った時は、アキラはバイクで白い機体に体当たりし、そのまま機体を押して巨大なモンスターの口の中に一緒に飛び込み、喰われて、腹をぶち破って脱出する羽目になった。わずかな時間だが、アルファとの接続も切れた。

少し、だけでそれなのだ。かなり、ならばどれほどか。アキラには見当もつかない。それでも返事は決まっていた。

『ああ。覚悟は俺の担当だからな』

覚悟を決めれば何とかなる、とはアキラも思っていない。しかし覚悟を決めなければ、勝てば何とかなる賭けそのものが成立すらしない。それはアキラも分かっていた。

だからこそ、アキラは覚悟を決める。これまでのように、そしてこれまで以上に。

アキラもエルデも、決死の覚悟を決めた。


アキラの気配が変わったことにエルデが気付く。互いにここからが本番。そう思い、対峙もここまでだと判断した。

だが戦闘を始める前に、エルデが口を開く。

「俺はエルデだ。お前の名前は？」

「……？」

アキラは急にそう尋ねられたことに軽く困惑し、答えられないまま怪訝そうな顔を見せた。

それをエルデは返答の拒否と捉える。

「……言いたくないか。まあ良い。お前が殺した部下達の墓標に、お前の名前を供えてやろうと思っただけだ。そのまま名も無き者として死ぬと良い。名すら無い塵芥《ちりあくた》を相手に命を落としたあいつらの不運は、俺が十分嘆いてやるとしよう」

エルデが戦いを開始しようとする。だがそこでアキラが口を開く。

「アキラだ。それが俺の名前だ」

エルデは少しだけ意外そうな顔を浮かべた。しかしすぐに表情を戻す。

「……そうか。お前が殺した二人の名前は、トルパとサーザルトだ。二人の名前、あの世に持っていくと良い」

既に自食作用を始めているエルデの残り時間は少ない。大量のエネルギーと引き換えに自身を消費しており、1秒すら惜しい状態だ。それを考えれば、本来ならば即座に戦闘を開始しなければならない。

エルデはその貴重極まる数秒を、相手の名を聞き出すという、ある意味で無駄な時間に費やした。自身の命を削り続ける時間を、任務に命を捧《ささ》げた部下達への敬意の為に消費した。そしてアキラは、仲間の死に敬意を示した者への、最低限の礼儀を済ませた。

アキラとエルデの表情が切り替わる。相手の死を望む意志を、互いにその顔に侮蔑無く示す。束の間の対峙が終わり、死闘が始まった。

エルデが拳を振るい、アキラに向けて衝撃を伝播させる。躱されることが前提の牽制《けんせい》。避けさせて相手の体勢を崩す為のもの。その程度の攻撃の威力が、既に28号室そのものを歪ませるほどに高い。伝播した衝撃が、それを必死に躱したアキラの横を駆け抜けて、その先にあった壁を大きく凹ませる。

エルデが手刀を繰り出す。壁、床、天井に、部屋を巨大なブレードで内側から両断しようとしたような痕が刻まれる。更にその亀裂から室外に漏れた衝撃が、周囲の部屋や通路を破壊する。

回し蹴りを放つ。拳よりも広範囲に伝播した衝撃が、部屋の床と天井を津波のように歪ませる。腕をしならせて拳を振るう。伝播する衝撃の軌道が合わせてしなり、直線ではなく弧を描いてアキラを襲う。

それらの攻撃が瞬く間に次々に繰り出される。痛烈な衝撃がそこら中を荒れ狂い、戦場そのものを巻き添えにしていく。アキラ達がいる28号室だけではなく、都市間輸送車両の車体自体が、たった一人の攻撃により歪み始めていた。

その猛攻をアキラは全力で躱し続ける。厳密には、多少は喰らっている。広範囲に伝播する衝撃を完全に躱すことなど不可能だ。喰らっても致命的な支障は出ない程度に抑えることに成功している、という意味で攻撃を回避していた。

それでも攻撃を喰らっていることに違いは無い。普通ならば余波だけで木っ端微塵になっている。それをアキラは強化服の力場装甲《フォースフィールドアーマー》の出力を上げて防いでいた。余りに高出力にした所為で、アキラ自身が力場装甲《フォースフィールドアーマー》に細胞単位で圧殺されかねない状態だ。

アキラは似たような防御方法を、以前にクズスハラ街遺跡で黒狼や巨人と戦った時にも実施していた。しかし今回はその時と比べて、防がなければならないものの威力に雲泥の差がある。前回のものよりも格段に高性能な強化服を着用しているが、それだけでは防げない。

そこを、大きく三つの要素で何とかする。一つ目はツェゲルト都市で購入したエネルギーパックだ。

クガマヤマ都市と比較して、最前線に遥かに近い領域で活動するハンターが使用するエネルギーパックは、アキラの強化服に膨大なエネルギーを供給し、力場装甲《フォースフィールドアーマー》の出力を桁違いに上げていた。

もっともそれだけでは、アキラが自身の強化服に圧殺されるだけだ。そこを二つ目、同じくツェゲルト都市で購入した回復薬の治療効果で、無理矢理補う。余りの負荷に体が細胞単位で磨《す》り潰《つぶ》されたような負傷すら、即座に完治させる驚異的な回復効果。それを以てアキラの体が融解するのを防ぎ、戦闘を続行させる。

そして三つ目は、前回はアキラの自力だったが、今回はアルファのサポートがあることだ。アルファのサポートが無ければ、アキラの自力だけならば、既にアキラは消し飛んでいる。

アルファはアキラの強化服の制御装置を乗っ取り、その制御を代行することで、その基本性能を格段に上げている。力場装甲《フォースフィールドアーマー》の出力も、強化服がアキラを殺さないように、しかし敵にも殺されないように、神懸かり的な調整を常に続けている。

加えてアキラの体感時間操作と現実解像度操作も、アルファによる厳密な負荷計算が実施されている。ツバキから得た治療薬のおかげで旧領域接続者の通信能力を大幅に引き上げたアキラは、以前より格段に濃密で高解像度の世界で長時間戦えるようになった。だがそれでも余りに高い負荷がアキラを脳死させることに変わりは無い。

そして今アキラは、体感時間操作と現実解像度操作の精度を、本当に限界ギリギリまで高めていた。時がどこまでも緩やかに流れ、世界が輝いて見えるほど鮮明な意識上の現実で、過負荷で次の瞬間には脳死しかねない死地を、アルファによる絶妙な調整を受けて戦い続ける。

わずかでも調整を誤ればアキラは死ぬ。だがアルファは誤らない。死が眼前に迫るどころか、瞳に触れ続けているほどの危険を代償にした力で、アキラは超人の命懸けの猛攻に抗い、生き延びていた。

だがそこまでしてもアキラには反撃の機会さえ無

い。アキラの拡張視界には、本来視認など出来ない伝播する衝撃が、アルファのサポートにより赤く表示されている。自由落下など静止して見える極度の体感時間操作を実施している世界の中ですら、それは弾丸のような速さで進んでいる。崩壊しかけている28号室の中で、アキラはそれを辛《かろ》うじて躱していた。

『アルファ！　さっきから逃げ回ってるだけだけど、あいつを倒す作戦がちゃんとあるんだよな!?』

『ええ。賭けにはなるのだけれどね』

『そうか！　背中から異音がするんだけど、それも作戦の一部か!?』

『そうよ。ＡＦレーザー砲が許容値を逸脱したエネルギーを供給されたことで壊れかけているの。その破損による動作不良の音よ。撃ったら確実に大破するわ。でも２度もチャンスがあるとは思えないし、構わないでしょう？』

『ああ！　それであいつを倒せるなら、幾らでも壊してくれ！』

ＬＥＯ複合銃でもやった銃自体を犠牲にして威力を上げる攻撃を、ＡＦレーザー砲で実施する。そういう作戦なのだろう。確かに２度も当てられるとは思えない。次の一撃が、唯一の勝機だ。アキラはそう判断し、その唯一の勝機を絶対に逃さない為に、引き続き死力を尽くす。

そのアキラの隣では、アルファがいつものように微笑んでいる。その微笑みでアキラの意気を底上げして、勝率を少しでも上げる為に。

そして、今その微笑みが曇ったとしても、アキラの意気が失われることは、もう無いとは気付かずに。

そこにはある種のすれ違いがあった。

もっともその程度のことなど、命を懸けた超人との戦闘の前では些事《さじ》に等しい。続く死闘の中でそのことに気付く余裕など、どちらにも無かった。

切り札を切るどころか奥の手を使い、自分の命すら賭け金に上乗せしたのにもかかわらず、まだアキラを殺せていないことに、エルデは驚愕していた。

同時に、そのことに惑わされずに冷静に思案する。向こうも動きを格段に向上させている。恐らく向こうも何らかの奥の手を使った。自食作用を使わずに戦っていれば、そのまま時間を稼がれていた。危ないところだった。

エルデはそう思い、奥の手を使った自分の判断は正しかったと考えていた。また、アキラの限界が近いことも見抜いていた。

このまま戦っていれば問題無く殺せる。相手はこちらの牽制を死に物狂いで防いでいるが、もう少しで崩せる。それで勝ちだ。エルデはそう思いながらも、それが1秒後か、10秒後か、1分後か、或いはそれ以上なのかは、判断がつかなかった。

その見極めを誤ったからこそ、本来ならば即座に使用するべきだった奥の手を使うのを、大幅に遅らせてしまった。その考えがエルデを迷わせ、不用意な突撃を止めていた。

エルデはアキラが次の一撃に賭けていることぐらい気付いている。許容値を超えたエネルギーを供給されて、アキラの背中で壊れかけているAFレーザー砲の気配を、エルデは当然のように摑んでいた。

あれを撃てば確実に大破する。つまりそれを防ぐなり躱すなりすれば、相手の攻撃手段は潰《つい》える。そして今の自分であれば、それを喰らっても耐えられるのではないか、とも思う。

それならばもう踏み込むべきか。今は1秒でも惜しいのだ。いつまでも牽制を続けている場合ではない。エルデはそうも思いながら、迷って二の足を踏んでいた。

AFレーザー砲の最後の一撃を喰らっても、無事である保証は無い。恐らく、でしかない。自分の予想をここまで超えた者の、取って置きの一撃なのだ。真面に喰らえば危ないかもしれない。あれにはアキラが賭けるに足る威力があるはずなのだ。そうでなければ、賭ける訳がない。

その懸念を拭えずに、エルデは衝撃を伝播させた牽制を繰り返す。しかし自分が牽制を続けている間は、相手もAFレーザー砲を撃たない。それはエルデも分かっていた。

今撃っても、自分はそれを確実に躱せる。それぐらい相手も分かっている。では、その絶対に外せない一撃をいつ撃つか。当然ながら最も躱し難いタイミングで撃つに決まっている。それはいつか。自分が焦って突撃した時だ。自分の突撃に、カウンターで合わせるはずだ。

その考えが、エルデの足を鈍らせる。牽制で相手の体勢を崩してから突撃した方が、安全であり確実だ。そう思ってしまう。

しかしそうやって牽制を続けている間にも、ＡＦレーザー砲には更なるエネルギーが注ぎ込まれ、その威力を上げているのではないか。今突撃すれば、不十分な威力で済むのではないか。或いはもう手遅れか。自分を殺しうる威力の一撃を、完全に回避することを優先するべきか。

どれだけ強力な相手であろうとも、それがただ強いだけの者であれば即断していた。しかし自分の予想を何度も覆す得体の知れない者を前にして、エルデは判断を鈍らせていた。

そこでアキラが牽制の余波を受けて体勢を崩す。それによる動きの乱れはほんのわずかなものだったが、牽制続行か突撃かの判断をきわどい均衡で揺らがせていたエルデの、思考の天秤《てんびん》の傾きを狂わせるのには十分だった。

エルデが動く。超人が命を懸けて生み出した身体能力で突撃し、アキラとの間合いを一瞬で詰めようとする。

だが同時にアキラも動く。体勢を崩したまま、ＬＥＯ複合銃をエルデに向けて投げ付けた。

投げられた銃はアキラとエルデの間で、大量の弾丸を爆発したかのように吐き出した。過負荷のエネルギー供給で崩壊した銃は実際に爆発しており、銃に装着されていたエネルギーパックの、残りの全エネルギーを注ぎ込まれた拡張弾倉の中身が、濃密な弾幕となって周囲に飛び散っていく。

もっともその程度の攻撃など、今のエルデには全く通じない。目眩《めくらま》し程度の意味しかない。そして実際に、それは目眩しを目的としたものだった。

相手の位置や動きを気配で探知するのに優れたエルデでも、膨大な量の弾丸が目の前で様々な方向に高速で放たれ、しかもそれらが高速フィルター効果で急停止し、後続の弾丸に激突されて空気を掻き乱しながら跳弾している状態では、その弾幕の煙幕の向こうにいるアキラの動きを掴むのは無理だった。

しかしエルデは驚かない。その程度のことは想定していた。

アキラがAFレーザー砲を撃つ為には、背中の未展開状態のそれを展開しなければならない。その展開は実時間では一瞬で行われるが、体感時間の操作を実施して超高速の戦闘を繰り広げているアキラ達にとっては、十分隙になる長さだ。

しかし事前に展開しておくことは出来ない。展開後の大きな状態では、エルデが牽制で放つ衝撃の伝播で破壊されてしまう。未展開の小さな状態であれば、アキラは自身を盾にしてAFレーザー砲を守ることが出来る。どうしても撃つ直前に展開させる必要があった。

だが同時に、エルデの突撃を察知してから展開しても手遅れだ。アキラがAFレーザー砲を展開し、構えて撃つ間に、エルデに確実に間合いを詰められてしまう。

そこでLEO複合銃を目眩しに使用する。濃密な弾幕を煙幕代わりにして、一瞬だけ自分の動きを隠し、距離を取ってAFレーザー砲を展開する時間を稼ぐ。それでギリギリ撃つのが間に合う。そういう作戦なのだろう。エルデはそう考えていた。

しかし間に合うのは、相手が万全な状態ならばの話だ。体勢を崩した状態では、それを立て直す時間の所為で間に合わない。撃つ暇は与えない。これで勝ちだ。エルデがアキラに向けて踏み込む瞬間、揺らいでいた判断の天秤の傾きを決定付けたのは、その思考だった。

そして実際に、アキラにAFレーザー砲を撃つ時間は無かった。弾幕の煙幕を突破したエルデがアキラの姿を捉える。AFレーザー砲は未展開のままだった。今から展開しても絶対に間に合わない。

だがそこでエルデが驚愕する。確かにＡＦレーザー砲は未展開のままだったが、アキラは砲の展開の為にエルデから距離を取るどころか、自分から間合いを詰めて既にエルデの側まで迫っていた。


アキラが体勢を崩したのは、アルファが意図的にやったことだった。つまりエルデに突進させる為の誘いだ。

それでも体勢を崩した演技をした訳ではなく、アキラは実際に体勢を崩している。その時点でエルデの推察通り、アキラにＡＦレーザー砲を展開して撃つ猶予は無くなった。

しかしそもそもアルファはＡＦレーザー砲を撃つつもりは無かった。作戦の詳細を聞かされていないアキラが勝手にそう判断しただけだ。そしてその思い込みがアキラにＡＦレーザー砲の展開を気にする挙動を無意識に取らせており、それを達人の観察力で読み取ったエルデに同様の誤解を与えていた。アルファの作戦はそこまで含んだものだった。

アキラは崩れた体勢でエルデに向けてＬＥＯ複合銃を投げた後、アルファによる強化服の操作でエルデとの距離を詰める。ＡＦレーザー砲の展開の為に距離を取ると思っていたアキラは、それとは正反対である予想外の挙動に驚きながらも、欠片も遅れずに即座に自身の動きを強化服に合わせる。

どれほど突拍子の無い行動であっても、疑わず、躊躇わず、アルファのサポートの邪魔をしないことが最適解。今までアルファと組んで生き延びてきた実績が、アキラに迷わずそれを実行させた。

未展開のＡＦレーザー砲を右手で背中から取り外す。更に左手でバックパックを掴むと、アキラはそれらをエルデに向けて投げ付けた。

中身の量に応じて大きさが可変するバックパックは、車外の激しい戦闘で弾薬類を大量に消費したこともあり、随分小さくなっている。それでもまだエネルギーパックは少々残っていた。

小さな容器の中に莫大なエネルギーを持つエネル

ギーパックだが、その安全性は非常に高い。撃たれても燃やされても壊れるだけで、大容量のエネルギーを一気に放出して大爆発し、一帯を吹き飛ばすなどということはない。驚異的な力を持つモンスターとの戦いに用いるのだ。生半可な衝撃で誘爆するような危険物では誰も使用しない。

しかしその安全性にも限度はある。通常の使用であれば絶対に有り得ない衝撃、圧力、高エネルギーなどが加われば、流石に反応する物もある。

ＡＦレーザー砲が未展開の状態で発砲処理を実施する。本来ならば安全装置が止めるので出来ないのだが、アルファの制御により可能になっていた。

現在のＡＦレーザー砲はエネルギー超過の状態だ。発砲時の負荷を出来る限り抑える展開後の状態ですら、確実に大破するほどのエネルギーが投入されている。それを未展開の状態で、意図的に暴走させて撃ったのだ。ＡＦレーザー砲は、強固な力場《フォースフィールド》装甲《アーマー》に守られた自身を、瞬時に消滅させるほどの大爆発を起こした。

更にその爆発により、すぐ側にあったバックパックの中身、複数のエネルギーパックの一つが反応する。場のエネルギーは一瞬で膨れ上がり、連鎖的に全てのエネルギーパックが反応、途方も無いエネルギーが生み出された。

しかしアキラもエルデもこの時点では無事だ。その膨大なエネルギーは、周囲に広がらずに直径50センチほどの光球と化してその場に留まっていた。

アキラとエルデの両方が高速で間合いを詰めたことで、二人の間の拡張粒子を含んだ空気は極度に圧縮されていた。それにより、超高密度の色無しの霧が生み出すエネルギーの遮断性質に類するものが、この場で二度生じた結果だ。

一度目はＡＦレーザー砲の爆発によるもの。そのエネルギーが周囲に四散して低下していれば、エネルギーパックの反応は起こらなかった。反応を引き起こすだけでも、それだけのエネルギーが必要だった。

二度目はエネルギーパックの連鎖反応によるもの。

ＡＦレーザー砲の爆発すら起爆剤代わりでしかない膨大なエネルギーが、圧縮されて光球と化していた。

もっともこの光球の状態も長くは保たない。体感時間の操作を実施しているアキラ達の時間感覚ですら、ほんのわずかな時間しか維持されない。光球は崩壊し、周囲にエネルギーを指向性無く放出してアキラ達を呑み込む。最低でもアキラは気化して消えて無くなる。

その光球に向けて、アキラは駆けて賭けながら拳を構えていた。

エルデはアキラが自分に向けて未展開のＡＦレーザー砲を投げた時点で、相手の行動の意図をアキラ自身よりも早く把握していた。そこまでするか、という驚きと共に、光球が発生するよりも早く、アキラと同様に拳を構える。

拳を振るって衝撃を伝播させる技術を用いて、光球に指向性を与える。すると光球の崩壊と同時に放たれるエネルギーが特定の方向に放出される。それを可能にする技術がエルデにはある。そしてエルデは相手も同じことが出来ると確信していた。

その指向性を持った特大のエネルギー放出には、流石に自分も耐えられない。相手よりも早く光球の指向性の制御を奪わなければならない。

（……間に合え！）

エルデは渾身の力を以て、最速で拳を振るった。

光球に両者の拳が同時に激突する。厳密にはエルデの拳の方がわずかに早く接触した。光球が崩壊し、部屋を閃光で染める。高エネルギーが部屋中を一瞬で焼き焦がした。

そしてその閃光が治まった時、床には焼け焦げたアキラの姿が転がっていた。しかし死んではいない。強化服の力場装甲《フォースフィールドアーマー》で何とか耐えていた。そもそも部屋中に広がった閃光は、指向性を持って放出されたエネルギーの余波にすぎない。エネルギーの総量と比べれば誤差の範囲だ。

光球から放出されたエネルギーを喰らったのはエルデだ。拳を突き出した体勢のまま、体の左半分を

失った状態で立っている。

拳の速さはエルデの方が勝っていた。しかし技術の方はアルファが勝っていた。速さと技術、その総合的な差により、放出されるエネルギーの指向性の奪い合いは、本当にギリギリのところで、アキラ達が制した。

エルデもまだ生きている。しかし流石にこれは致命傷だった。体を半分失っただけならば、超人の肉体ということもあり、事前に服用しておいた回復薬で延命も可能だ。だが自食作用を使っていたことに加えて、残った肉体もエネルギーの奔流を浴びて酷く負傷している。どう足掻いても助かる状態ではなかった。

そのエルデが、わずかに笑って口を開く。

「…………お見事」

そして申し訳なさそうな表情でゆっくりと崩れ落ちていく。

「……負けたか。……トルパ、……サーザルト、……皆、すま……ない……」

絶望的な戦力差を覆して自分に勝った者への称賛と、仲間達への謝罪の言葉を残して、エルデは息絶えた。

身を起こす気力も残っていないアキラが、エルデが倒れたことに気付く。

『アルファ……。勝ったよな？』

アルファがアキラの側で微笑む。

『ええ。勝ったわ』

『……そうか。何とかなったか』

床に横たわったまま、アキラは大きく安堵の息を吐いた。

『……それで、さっきのは何だったんだ？　俺はどんな危ないことをやらされてたんだ？』

アキラはアルファの指示通りに動いただけだ。エルデとは異なり、自分がどれほど危険なことをしたのかは正確には分かっていない。それでも、かなりの賭け、には勝ったのだ。賭けの詳細が知りたいところだった。

『説明しても良いけれど、しっかり説明すると長くなるわよ？　今聞きたい？』

『……そうだな。後にするか』

戦闘は終わった。追加も無い。アルファの様子からそれを理解して気を緩めたアキラに、溜まりに溜まった疲労感が襲い掛かる。アキラは抵抗せずに気を緩めた。意識がゆっくりと眠りに落ちていく。

そこにヒカルから通信が届く。

『アキラ！　どうなったの!?　アキラ!?』

それでアキラはヒカルが金庫室に閉じ込められていることを思い出した。頑丈な金庫室の中にいたことと、アキラ達がヒカルを巻き込まないように戦っていたこともあって、ヒカルはすぐ側であれほどの戦闘があったのにもかかわらず無事だった。

ヒカルは自力で金庫室から出られない。誰かに開けてもらう必要がある。

しかしアキラは疲れていた。

『……ヒカル。……後にしてくれ』

『後にしてって、どういう意味!?　勝ったの!?　負けたの!?　ちょっと!?　アキラ!?』

今は指一本動かしたくない。立ち上がるなんて論外だ。アキラはその思いのまま眠りに就いた。

ヒカルの慌てた声は、増援のハンター達が部屋に入ってくるまで、ずっと続いていた。

第211話　激戦の報酬

多数の死体が散らばる血に染まった通路で、その惨劇の生成者であるハーマーズが、少し疲れた顔を見せていた。

「……これで終わりか。まあまあ手間取ったな」

それは敵に向ける言葉としては、ハーマーズとしては称賛や賛辞の範疇に入る内容だった。実際にその死体達は、生前はそれだけの強さを見せていた。

死体はエルデの部隊の者達だ。坂下重工の部隊を撃破して3号室の前の通路に辿り着くことが出来た時点で、その力に疑いの余地は無い。個々の実力はエルデより劣るが、部隊全体の戦力はエルデを軽く超えていた。

そしてハーマーズは、そのエルデの部隊をたった一人で撃破した。しかも3号室周辺の通路は多少のひび割れはあるものの、アキラとエルデの戦いの場のような崩壊はしていない。それはハーマーズがエルデの部隊に、戦闘の余波で周囲を破壊する暇すら与えなかった証拠だ。坂下重工所属の超人には、それが可能だった。

もっともハーマーズも流石に無傷で勝った訳ではない。少し疲れた顔を見せているのはその所為だ。

そこにメルシアがやってくる。ハーマーズもメルシアにすぐに気付いた。

「加勢のハンターか。この場の支援を頼んだ覚えは無いぞ。制御室か28号室の援護に行け」

「制御室の方はもう片付いたし、28号室には仲間が向かったわ。私は一応こっちの様子を確認しに来たんだけど……、大丈夫そうね」

制御室まで後退していた車内のハンター達は、既に車外のハンター達に助けられていた。28号室にも実際にメルシアのチームの者が向かっている。メルシアの説明に不審な点は無い。ハーマーズもそう判断した上で、シロウの護衛としてメルシアのそれ以上の接近を抑止する。

「ああ、こちらは問題無い。そしてここは坂下重工の警備下にある。お引き取り願おう」

「分かったわ。そんなに脅かさなくても良いじゃない」

「申し訳無い。当社を狙う不届き者が出た直後なのでね。少し強めに警戒中だ」

ハーマーズの雰囲気が警告に変わる。それでメルシアも大人しく戻っていった。すると今度はシロウが3号室の扉を開けて顔を出す。

「終わった？　うおっ！　酷えな」

通路の惨状を目の当たりにしても、シロウは普段と変わらない調子の良い態度を見せていた。ハーマーズが溜め息を吐く。

「シロウ。部屋に戻ってろ」

シロウは気にせずに辺りを見渡した。そしてハーマーズに視線を戻すと、軽くおどけたように言う。

「血、凄えな。大丈夫なの？　顔色も悪いし」

「問題無い。返り血だ」

「本当にー？　無理してないー？　大丈夫ー？」

そのシロウの態度にハーマーズがいらだちを見せる。

「良いから部屋に戻れ。こんな状況でふざけるんじゃない」

するとシロウも普段の調子をやめて真面目な顔をする。

「いや、真面目な話、大丈夫なの？　今、俺の護衛はあんたしかいねーだろ？　また同レベルの襲撃をされた場合に備えて、体調は万全にしていてほしいんだけど。回復薬で場当たり的に凌ぐんじゃなくて、医務室でしっかり治療を受けてくれ。あんたが本気で装えば、本当に大丈夫なのか、大丈夫な振りをしてるだけなのかは、俺には分からねーからな」

そう言われると、ハーマーズも難しい顔になる。シロウに言われた通り、体調をしっかり整えておきたいのは確かだ。しかしシロウを連れて医務室に行く気にはなれなかった。

「……駄目だ。お前から離れる訳にはいかない」

「俺も一緒に医務室に行けば良いだけだろ？」

「それも駄目だ。恐らくだが、襲撃犯は初めから車内に乗っていた。乗員やハンターに紛れてまだ残っている恐れがある。お前が他者と接触する機会を不用意に増やすのは危険だ」

「うーん。そういうことか。……よし！　じゃあこうしよう！」

我ながら良い案を思い付いた、とでも言うように、シロウが得意げに解決策を話していく。その内容を聞いてハーマーズは難しい表情を浮かべた。

「……いや、流石にそれはどうなんだ？　それにそこまでするとお前の存在も露見することになる。一応お前の輸送は秘匿事項なんだが……」

難色を示すハーマーズに、シロウが軽く言う。

「良いじゃねえか。こんなことがあったんだ。その辺はもうバレてるよ。それに巻き込むとか巻き込まないとかの話は、俺がここにいる時点で誤差なんだろ？　気にするなよ」

そう言われるとハーマーズも反論し難いところがあった。少し迷った上で自分なりに結論を出す。

「……治療の為とはいえ、一時的であってもお前の護衛から外れることになる以上、俺の独断では決められん。上への報告は俺がする。お前は早く部屋に戻れ」

「へーい」

シロウが大人しく部屋に戻っていく。部屋の扉がしっかり閉まった後で、ハーマーズは上司に連絡を入れた。


ハーマーズが医務室で治療を受けている間、代わりに自分の護衛をすることになったハンター達を、シロウが笑顔で歓迎する。

「シロウです。よろしくお願いします」

ハンター達は不機嫌な顔と舌打ちを返した。

ハーマーズが溜め息を吐く。ハンター達の態度は坂下重工の要人に向けて良いものではない。しかしそれを非難する気にはなれない。それだけのことを強いている自覚がハーマーズにもあった。

自身の護衛を頼むハンター達の中に襲撃犯の仲間が紛れている懸念を解決する為に、シロウは対象を義体者に絞った上で、更に義体の管理者権限を要求した。

　確かにそこまですればハンター達の中に襲撃犯の仲間が紛れていたとしても、シロウを襲うことは出来ない。しかし自身の義体の管理者権限を他者に渡すなど、普通は受け入れ難い。それは生殺与奪どころか体の自由まで制限された、巨額の債務を負った重犯罪者並みの処遇だ。

　それをシロウは坂下重工の権力で押し通した。下手に拒否すれば五大企業の一社から睨まれることになる。ハンター達に拒否権は無かった。

　勿論それだけのことを強いられた以上、多額の報酬が用意されている。坂下重工に貸しを作る点でも利益は大きい。しかしそれでも表情を不満げに歪めるほどに嫌なことだった。

　ハーマーズが、気持ちは分かる、という表情でハンター達に告げる。

「それではしばらくの間、こいつのことを頼む。シロウ！　絶対に迷惑を掛けるんじゃないぞ！」

「へーい」

　そのシロウの軽い返事に、ハーマーズはもう一度溜め息を吐いてから医務室に向かった。

　強要されたものとはいえ仕事は仕事。それも坂下重工からの依頼だ。しっかり働かなければならない。ハンター達はその高い職業意識で、シロウの護衛を真面目に続けていた。

　そのハンター達の一人、通路で哨戒《しょうかい》をしていた男にシロウから通信が入った。無視する訳にもいかずに通信に出ると、拡張視界にシロウの姿が現れた。

　男がシロウに不機嫌そうな目を向ける。

「何だ？」

「いやー、暇かなって思ってさ。ゲームでもする？　俺の部屋の機器に繋ぐから遊んで良いよ。大丈夫。ハーマーズにはバレないように俺がちゃんとやっとくから」

「不要だ」

「遠慮しなくても良いのに。義体者向けの仮想現実の凄いのもあるよ？　飯も食えるしエロいことも出来る。凄過ぎて、体感の精度を上げる為に義体の管理者権限まで渡したプレイヤーが出て問題になったやつだ。まあ普通はそこまでするのは拒否感があるだろうけどさ、今ならちょうど良いんじゃない？」

義体者にとって食欲や性欲を満たす手段は重要だ。戦闘用の義体にはその手の機能がついていないものが大半で、長期に亘る作戦中などは、その手の欲求の解決方法に苦心する者も多い。それこそ、自分の命に関わる義体の管理者権限の移管に手を出すほどに。

男も本音を言えばシロウの話に興味はあった。しかし高ランクハンターとしての職業意識でそれをはね除《の》ける。

「良いから消えろ。お前の護衛を強要させた上で、その邪魔までする気か？」

男はそう言ってシロウを睨み付けた。するとシロウも態度を変える。

「あっそ。へいへい。仕事の邪魔をしてすみませんでした。……悪いことしたって思ってるから言ってるんだろうが。じゃあ真面目に仕事してろ。あ、それなら襲撃時の戦闘記録を見せてやる。坂下の部隊が全滅したやつだ。下手をすればそういう連中に襲われるってことを、それを見てしっかり理解しとけ。仕事だぞ？　見とけよ」

シロウはそう言い残して男の拡張視界から姿を消した。

続いて戦闘記録へのアクセス権が送られてくる。男も仕事と言われれば見るしかない。また、襲撃してくる敵の強さを事前に把握しておくことは重要だ。軽く溜め息を吐いて戦闘記録に接続する。

すると男の拡張視界にエルデの部下達と坂下重工の部隊の戦闘の様子が表示された。義体の管理者権限をシロウに渡した状態で、実際に見ている通路に重ねて拡張現実で表示されるそれには、現実と見紛《みまが》う確かな臨場感があった。

「……強いな」

流石は坂下重工の部隊。そう思わせる強さを見せる者達が、エルデの部下達に殺されていく。そしてそのエルデの部下達は、今は掃除の済んでいない通路で死体となって転がっている。

「あの男……、こいつらを一人で殺したのか」

ハーマーズの強さに戦慄する男に、シロウから通信が入る。さっきは悪かった、という短い謝罪の言葉に、食事の仮想体験へのアクセス権が添えられていた。

仕事中に女を楽しむのは論外だが、食事ぐらいならまあ良いか。男はそう考えて、そこに接続する。すると空中にコーラとハンバーガーが出現した。

男がそれを手に取り、口に含む。実在しない食料品の味が、味覚の機能などついていない口の中に広がった。

「美味いな……」

その美味しさで多少機嫌を直した男は、観戦を続けながら生身では味わえないコーラとハンバーガーを味わっていた。

◆

アキラが白いベッドの上で目を覚ます。強化服は脱がされており、代わりに簡素な服が着せられていた。

ベッドに腰掛けているアルファが、アキラに笑顔を向ける。

『アキラ。おはよう。よく眠れた？』

そのアルファの笑顔を見て、アキラは取り敢えず状況は大丈夫そうだと判断した。軽く笑って返す。

『ああ。たっぷり寝たって感じだ。ここは？』

『車両の医療室よ』

増援のハンター達によって28号室の跡地から運び出されたアキラは、医療室で応急処置を受けた後、ベッドの上に放置されていた。

治療は回復薬を投与して終わりという、ある意味で雑な処置だった。もっとも都市間輸送車両の医務室に常備されている高性能な回復薬を使用したこともあり、死ぬことは無い。

万全な治療をしない理由は大きく二つある。治療を必要とする者が他にも大勢いること。そして戦力への復帰を期待されていないことだ。アキラの都市間輸送車両の護衛依頼は、ヒカルの手により負傷による離脱として既に終了していた。

そのヒカルはベッドの側で椅子に座って仕事をしていた。アキラが目覚めたことに気付いて、その手を止める。

「アキラ。起きたのね。体の方はどう？　一応治療はしてもらったんだけど……」

アキラが身を起こして体を軽く動かす。痛みは無い。両手もしっかり残っていた。

「大丈夫だ」

「そう。良かったわ。念の為にクガマヤマ都市に戻ったら病院でしっかり検査を受けた方が良いと思うけど、今はゆっくり休んでいて」

「分かった」

そのままヒカルから状況の説明を受ける。自分は既に車両の護衛要員から外されており、戦力ではなく乗客扱い。クガマヤマ都市に戻るまでのんびりしていれば良い。そう聞かされて、アキラは大きく息を吐いた。

自分の仕事は終わった。そう思って思いっ切り気を緩めたアキラだったが、逆にヒカルは少しだけ緊張した様子を見せる。

「……ん？　どうした？」

「えーっとね？　……あー、うん。まずはお礼を言わなくちゃね。アキラ。助けてくれてありがとう。おかげで死なずに済んだわ」

「……？　ああ、うん。どう致しまして」

礼を言う程度のことで緊張するのは変だと思って、アキラは不思議そうにしている。勿論、ヒカルもその程度のことに緊張している訳では無い。

「それでね？　えーっと、ほら、あの時、私、言ったじゃない。何でもするって。それでアキラは、報酬はしっかり弾んでもらうぞって言ったけど、その具体的な話をしたいんだけど……」

何でもする。ヒカルは確かにそう言った。しかし実際に本当に何でもするかといえば、それは無理だ。仮にアキラからその言葉を根拠に、統企連に喧嘩を売ってくれ、などと言われても絶対に出来ない。結局その言葉はただの意気込みにすぎない。

それでもヒカルはアキラに何でもすると約束してしまった。口約束でも約束は約束、取引は取引だ。しかもその報酬と引き換えに、相手に命懸けを強いたのだ。

その約束を破ればどうなるか。ヒカルは考えたくもなかった。相手はエルデを倒せるほどの実力者で、しかも報酬に際限の無い取引だ。下手をすれば、あの力が自分に向かうことになる。

約束を守る為に、自身の破滅を防ぐ為に、何でもするという無限無制限の報酬を、何としても有限で現実的な内容に纏めなければならない。その思いでヒカルは緊張を滲ませていた。高ランクハンターの管理とはどういうものなのかを、改めて思い知っていた。

「……それで、報酬を弾むってのは、つまり、幾らぐらい欲しいの？」

ヒカルはそう言って、まずは報酬とは金であるとアキラに思わせようとした。つまり、何でもする、という報酬を、金銭の支払に限定しようとした。

流石にアキラも1兆オーラム寄越せとは言わないだろう。まずは報酬を金に限定させよう。そしてその上でこちらの支払能力を超えた額を要求されたら、交渉で出来る限り減額したり、減額に見合う別の報酬を提案したりしよう。ヒカルはそういう方向に持っていこうとした。

しかしそこでアルファが口を出す。

『アキラ。せっかく何でもするって言ってくれているのだもの。いろいろやってもらった方が良いと思うわ。ヒカルは都市の職員だし、そこらの人では出来ないことも出来ると思うわよ？』

『うーん、そうだなー』

アキラが少し唸ってからヒカルを見る。

「ヒカル。何でもするって言ってたし、何を頼んでも良いのか？」

「……ま、まあ、取り敢えず、言うだけ言ってみて」

ヒカルは笑顔を硬くして、何を頼んでも良い、と答えるのを避けた。

「じゃあ言うだけ言ってみるけどさ、ヒカルには俺の装備の調達を頼んでるだろ？　次は出来る限り高性能なやつにしてくれ。可能なら最前線向けのやつが欲しい」

「さ、最前線向けの装備の手配ね……」

ヒカルがその実現可能性を考える。結論は、極めて困難であると出た。顔にも出た。

そのヒカルの顔を見て、アキラが軽く言う。

「いや、俺も最前線向けの装備なんて、寄こせと言えば手に入るとは思ってないよ。可能な限り高性能な装備が欲しいってだけだ」

自分の装備は50億オーラムはする代物だった。それほど高性能な装備で、アルファのサポートまで受けて戦っても、自分がエルデに勝てたのは恐らく偶然だった。本来であれば、100回戦えば100回負ける。それぐらいの実力差があった。

アキラはそう思い、また似たようなことが起こった場合に備える為にも、その絶望的な差を運以外で埋める為に、ここはヒカルに頑張ってもらうことにした。

「自分で言うのも何だけど、今回俺は物凄《ものすご》く稼いだと思ってる。その金を全部使って良いから、出来る限り良い装備を調達してくれ。何でもするんだろ？その意気込みで頑張ってくれ」

出来る限りのことをする。その十分現実的な頼み事に、ヒカルが力強く笑う。

「分かったわ。命の恩人の頼みだしね。出来る限り頑張ってみる。アキラ。それで良い？」

「ああ、頼んだ」

これで次の装備は一段と高性能な物になったはずだ。そう思い、アキラも軽く笑って返した。

「……それにしても、大変だったな」

「……ええ、本当に大変だったわ」

深い感情の籠もった声を二人で出した後、ヒカルが少しからかうように言う。

「それにしても、アキラは予想外の事態に遭遇することが多いって言ってたけど、こんな事態に巻き込まれるとは思ってなかったわ。アキラって、本当についてないのね」

「いや待て、あいつに狙われたのはヒカルだろ？　今回は俺が巻き込まれたんじゃないか？」

「えー、そんなはずはないわ。私はついてる方だもの。アキラよ」

アキラとヒカル、今回の不運をギリギリで生き延びた二人は、この不運がどちらのものであったのかを、笑って言い合っていた。同じ場所で、共に幸運にも生き残ったことで、二人の奇縁を少し強めに絡めながら。

◆

アキラ達を乗せて都市を出発したギガンテスⅢは、過酷な道程を経て再びクガマヤマ都市に戻ってきた。巨大な乗降場に停車した都市間輸送車両から、アキラがヒカルと一緒に降りていく。

「無事に戻ってこれたか。いや、無事じゃないな」

「そうね。本当に大変だったわ。それでアキラ、本当に病院に寄らなくて良いの？」

「ああ、大丈夫だ。一応治療は済んだしな」

到着まで医務室で過ごしていたこともあり、アキラの体は精神的な疲労を除けばほぼ完治している。体調を心身共に万全にするのであれば、アキラは病院に行くよりも、早く家に帰りたかった。

その後、アキラはクガマビルまでヒカルに送ってもらった。中位区画と下位区画の境であるクガマビル1階のロビーで、ヒカルが別れの挨拶をする。

「私はここまでね。悪いけど、私は当分防壁の外に出る気は無いわ。外はもうこりごりよ」

笑って冗談っぽくそう言ったヒカルに、アキラが苦笑気味に笑って返す。

「だろうな」

「それじゃ改めて、アキラ、お疲れさま。帰ってゆっくり休んでちょうだい」

「ああ。ヒカルもな」

アキラにとってもヒカルにとっても、予想外で想定外のことだらけだった都市間輸送車両の護衛依頼は、これでひとまず完了となった。別れの挨拶を済ませてヒカルは防壁の内側に、アキラは外側に戻っていく。

そしてもう一人、アキラの後に続いて防壁の外に出た者がいた。フードを深く被ったその少年は、アキラに興味深そうな視線を向けてから、クガマヤマ都市の下位区画の中に消えていった。

◆

クガマヤマ都市に到着した車両の医務室で、ハーマーズが安堵の息を零す。

「いろいろあったが……、無事に着いたか」

ハーマーズは何かあったらすぐにシロウの下に行ける状態を保ちながら治療を続けていた。前回と同規模の襲撃を受けても、ハンター達を犠牲にして時間を稼げば問題無く間に合うとは思っていたが、自分が側にいない以上、絶対は無いのだ。そう考えていただけに、零した安堵の息も深かった。

そのまま3号室に向かったハーマーズが、室内にいたハンター達を労《ねぎら》う。

「御苦労だった。依頼は完了だ。もう戻って良いぞ」

それを聞いたハンター達も安堵の息を吐く。坂下重工の要人を護衛するなど、高ランクハンター達であっても大仕事だ。精神的な疲労も大きい。そこから解放された分だけ、大きな息を吐いていた。そしてソファーに座るシロウに視線を向ける。

「仕事は終わった。義体の管理者権限を戻してくれ」

「へーい。よし。戻したぞ」

義体の管理者権限が自分に戻ったことを確認して、ハンター達が表情を和らげる。大きく伸びをしたり、手を握ったり開いたりして、自分の体が自分の物に戻ったことを実感していた。

そこでハーマーズが怪訝な顔を浮かべる。そしてその顔を一気に険しく変えた。

「……おい、シロウはどこにいる？」

「……どこって、そこにいるだろ？」

ハンター達は不思議そうな表情でそう答えて、無人のソファーを指差した。

ハーマーズが顔を更に険しく歪めて、眼鏡型の情報端末を素早く装着する。超人であるハーマーズはコンタクト型の情報端末や眼球の拡張処理を好まず、拡張視界を得る為には別途その手の器具を使用する必要があった。

拡張視界を通して見たソファーには、笑いながら自分に向けて両手を合わせて謝っているシロウの姿が映っていた。

ハンター達もそのハーマーズの様子を見て、慌ててシロウを確認する。そして今までずっと見ていたその姿が、ただの拡張現実だったことに気付いて驚愕した。

「……拡張現実！　いつの間に!?」

次の瞬間、部屋の壁が、まるで透過したように外の景色を映し出す。そこにはハーマーズに向けて手を振る人型兵器の姿があった。

その機体からハーマーズに向けて通信が入る。

「悪いな！　ちょっと出掛けてくる！　久々の外出なんだ！　少しぐらい楽しませてくれ！　あと、そいつらを責めるなよ？　義体の管理者権限が無い状態で俺のハッキングを受けたんだ！　見抜くのは無理だって！　第一、そいつらの仕事は俺の護衛だ！　脱走の防止じゃねえよ！　あんたとは違ってな！」

機体は憤怒《ふんぬ》の表情のハーマーズへそう言い残すと、軽く手を振って防壁の外へ向けて飛び去っていこうとする。だがそれを許すハーマーズではなかった。

「なめるな！」

ハーマーズは万全な状態ではないとはいえ、既に戦闘に支障は無い程度には回復している。激怒の声を上げて超人の身体能力で機体に向けて走り出す。そして外の景色を映し出している部屋の壁を突き破り、その先の通路の壁も、更に先の車両の外壁も突き破って、更には空まで駆けて機体の後を追う。

その場には、車外まで続く大穴を見ながら唖然としているハンター達だけが残された。

シロウが操縦している人型兵器は、都市間輸送車両の車列が荒野で白い機体の部隊に襲われた時に、シロウの操作で格納庫から出撃した最前線向けの機体の一機だ。無傷ではないが最前線向けの飛び抜けた性能は健在であり、荒野の空を高速で移動している。

そしてハーマーズはその機体を走って追っていた。超人と呼ばれるだけはある者の、その余りの速さに、機体とハーマーズの距離が徐々に縮まっていく。

「シロウ！　諦めろ！　逃げられないぞ！　今なら常時の拘束だけで勘弁してやる！　止まれ！」

痛烈な怒気の籠もったその声に、機体は一切反応せずにとにかく前に進んでいた。流石にハーマーズを銃撃するような真似はしない。しかし止まることもない。だが追い付かれるのは時間の問題で、それは時間稼ぎでしかなかった。

そして遂にハーマーズは機体に追い付いた。跳躍し、宙を駆け、機体の胴体に取り付くと、凶悪に笑いながら機体の運転席を抉《こ》じ開ける。

だがその中は無人だった。

「……なっ!?」

ハーマーズはシロウの作戦にまんまと引っ掛かっていた。

シロウが格納庫の機体を援軍に出したのは、機体の操作権を事前に得ておく為。護衛を義体者に限定して管理者権限まで要求したのは、脱走する自分の姿を拡張現実でごまかす為。ハーマーズに治療を勧めたのは、拡張現実での陰蔽が通じないハーマーズを遠ざける為。

そしてハーマーズを挑発して機体を追わせたのは、ハーマーズが無人機を追って離れている間に脱出する為だった。

光学迷彩などで姿を隠しても、監視装置のデータから自分の存在を消しても、超人であるハーマーズには自分の気配を察知されるかもしれない。確実に逃げる為には、自分の気配を察知できない距離までハーマーズを遠ざける必要がある。シロウはそこまで考えていた。

「クソが！」

ハーマーズが八つ当たり気味に拳を振るう。機体はその一撃で内側から吹き飛んだ。空中に放り出されたハーマーズは全く慌てずに、しかし顔を非常に険しくさせて着地する。そして厳しい表情で情報端末を取り出すと、クガマヤマ都市に向けて走りながら通信を繋ぐ。

「緊急連絡！　シロウが脱走した！　こちらでの確保に失敗！　まだクガマヤマ都市付近にいるはずだ！　すぐに包囲を敷いてくれ！」

その後、連絡を受けた坂下重工の部隊は即座にクガマヤマ都市の内外に捜索網を敷く。しかしシロウが見付かることはなかった。

◆

クガマヤマ都市の下位区画にある、多くのハンターが利用する安宿。その一室で、シロウがハーマーズには見せていない非常に真面目な表情を浮かべている。

「……しばらくは自由に動けるはず。こんな機会は二度と無い。どうすれば良い？　考えろ」

シロウも坂下重工による捜索から長期間逃れられるとは思っていない。この貴重極まる時間を無駄にしない為に必死に考える。

坂下重工所属の旧領域接続者という重要人物が、その坂下重工から逃亡するという暴挙をしてでも成し遂げたいことを、何としてでも成功させる為に。

◆

自宅に戻ったアキラは早速風呂に入ることにした。そして改装済みの浴室を見て感嘆の声を漏らす。

「おおっ！」

浴室の改装は既に完了している。派手で豪華な内装などは無いが、品の良い良質なデザインの室内を見るだけでも、以前の浴室とは別物であることが一目で分かる。浴槽も輝いている。

もっともここまでは見た目の話だ。アルファに頼めば拡張視界上にこれより数段上のものを再現できる。アキラもそれを分かっており、見た目では分からないものを味わう為に、嬉々として入浴の準備を始めた。

そして浴槽に身を沈める。そこらの湯とは成分からして違う贅沢な湯船に首まで浸かり、その違いを全身で味わっていく。

「あー……、ああー…………」

心身に溜まった疲労が湯に溶けていく感覚に、アキラは緩んだ顔でだらしない声を零していた。

いつものように一緒に風呂に入っているアルファが、そのアキラの様子を見て、アキラに顔を近付けて微笑む。

『アキラ。随分気持ちよさそうね』

「ああ……、最高だ……。もう駄目だ……。もう前の風呂には戻れない……」

すぐ側のアルファの裸体を見ても、アキラは全く反応していない。拡張現実上の存在で本来ならば触れることなど出来ないその魅惑の体に、アキラは義手などを介して擬似的に触れたことで、少しはアルファの裸を意識するようになった。だが今はその感覚も消し飛んでいる。アキラの魂はそれほどまでに湯船に溶け込んでいた。

その無反応振りに、アルファが小さな溜め息を吐く。

『……そう。それならゆっくり堪能しなさい。あれだけ苦労したのだからね』

「ああ……」

アキラはその余りの気持ちよさに、まるで疲労が体内で捏造《ねつぞう》されて即座に湯に溶け出しているかのような感覚を覚えながら、その後もふやけた顔で極上の入浴を堪能していた。

至福の一時を堪能して浴室を出たアキラは、心地好い余韻に浸りながら寝室に向かった。今日はもうこのまま寝よう。凄く気持ち良く眠れるはずだ。そう思いながら、部屋に入ってすぐに倒れ込むようにベッドに横になる。そして睡魔に身を委ねて目を閉じた。

目を覚ました後もアキラのハンター稼業は続いていく。不運に勝ち、死闘に勝ち、死力を尽くして得たもの全てを、これまでのように自身の命ごと次の賭け金に注ぎ込んで。

それをアルファが止めることはない。アキラがアルファの依頼を完遂するまで。今までと変わらずに。

それがこれからもずっとなのか、それともあと少しなのかは、今はアキラにもアルファにも分からなかった。

SYLPHEED-A3

シルフィードA3

ツェゲルト都市で売られていた白色の高性能バイク。両輪から力場装甲の足場を生成することで、空中を飛行ではなく“走行”することが可能。扱いの難しい乗り物として、店主からもキワモノ呼ばわりされていたが、アルファの勧めで購入した。価格はブレード生成機を含めたオプション品込みで38億オーラム。

SYLPHEED-A3

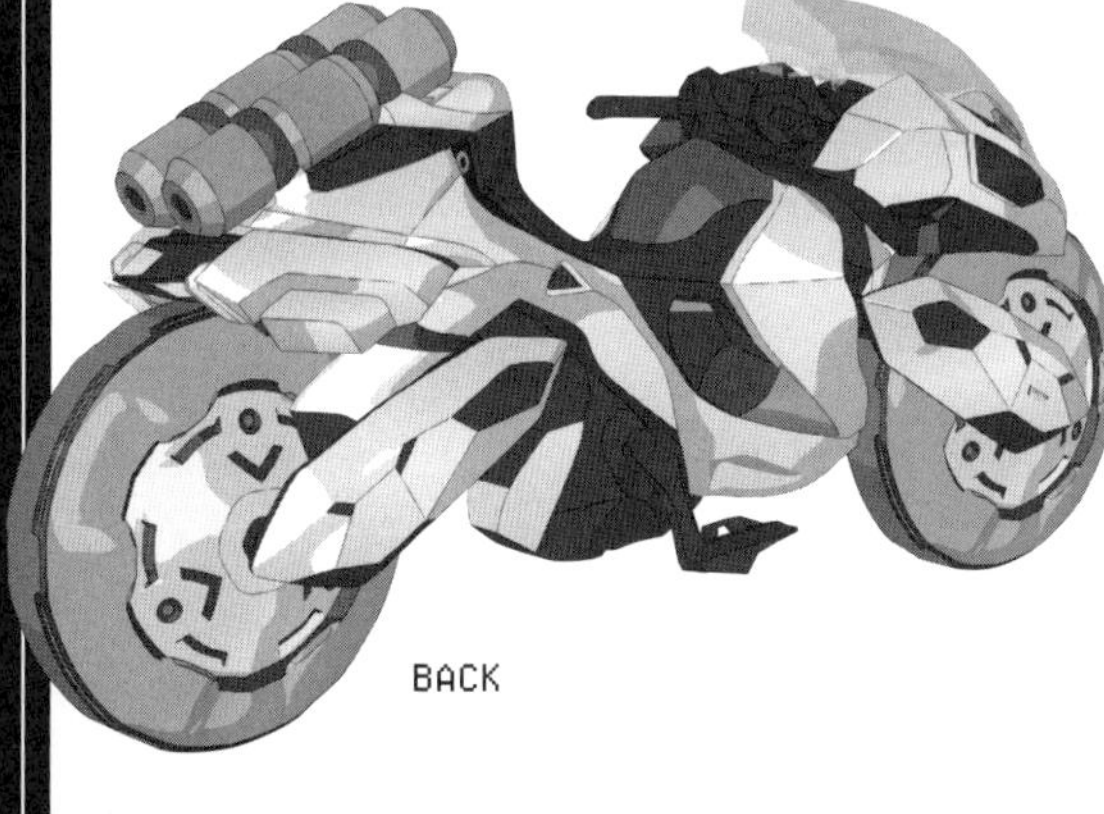

BACK

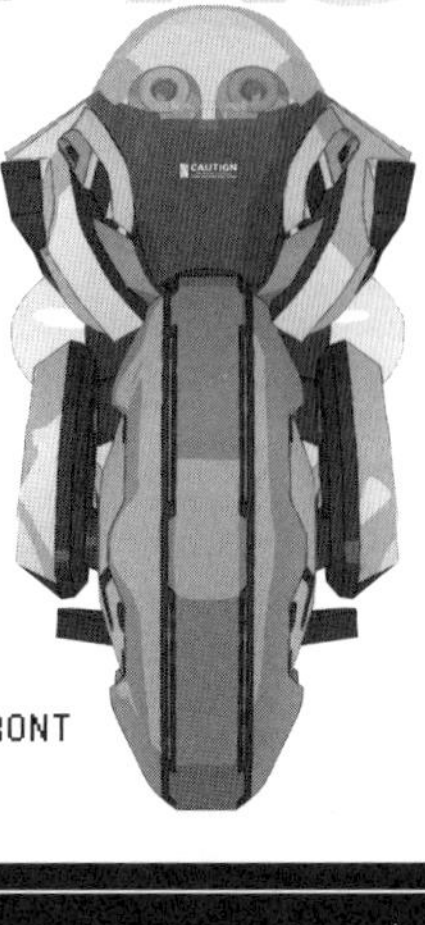

FRONT

書籍版オリジナル展開で贈る、
新エピソード！
著 ナフセ
イラストレーション 吟
世界観イラスト わいっしゅ
メカニックデザイン cell
電撃の新文芸
リビルドワールド
Rebuild World
NEXT EPISODE >>> VIII
2023年、発売予定!!

電撃の新文芸

リビルドワールドⅦ
超人《ちょうじん》

著者／ナフセ
イラスト／吟《ぎん》　世界観イラスト／わいっしゅ　メカニックデザイン／cell

2023年1月17日　初版発行

発行者／山下直久
発行／株式会社ＫＡＤＯＫＡＷＡ
〒102-8177　東京都千代田区富士見2-13-3
0570-002-301（ナビダイヤル）
印刷／図書印刷株式会社
製本／図書印刷株式会社

【初出】……………………………………………………………………………………………
本書は、2018年にカクヨムで実施された「電撃《新文芸》スタートアップコンテスト」で《大賞》を受賞した『リビルドワールド』を加筆、訂正したものです。

ISBN978-4-04-914275-4　C0093　Printed in Japan

ファンレターあて先
〒102-8177
東京都千代田区富士見2-13-3
電撃の新文芸編集部

「ナフセ先生」係
「吟先生」係「わいっしゅ先生」係
「cell先生」係